백만 번의 키스

초판 1쇄 찍은 날 § 2006년 10월 30일
초판 1쇄 펴낸 날 § 2006년 11월 10일

지은이 § 이현숙
펴낸이 § 서경석

편집장 § 문혜영
편집책임 § 이종민
편집 § 한지윤

펴낸곳 § 도서출판 청어람
등록번호 § 제1081-1-89호
등록일자 § 1999. 5. 31
어람번호 § 제5-0113호

주소 § 경기도 부천시 원미구 심곡1동 350-1 남성B/D 3F (우) 420-011
전화 § 032-656-4452 팩스 § 032-656-4453
http://www.chungeoram.com
E-mail § eoram99@chollian.net

ISBN 89-251-0375-3 03810

※ 파본은 구입하신 서점에서 교환하여 드립니다.
※ 저자와 협의하여 인지를 붙이지 않습니다.

백만 번의 키스

KISS

이현숙 지음

도서출판 청어람

C O N T E N T S

성은 황이요, 이름은 진이라. 그녀의 이름은 황진이였다. 이름이란 부르라고 붙여진 것이지만 그녀의 앞에서 황진이라고 부른다면 매 석 대 맞을 각오를 하여야 할 것이다. 조선의 아름다운 여인처럼 곱게 자랄 수 있었다면 좋았겠지만 이름은 이름일 뿐이었다. 그녀의 학창 시절 별명은 오스칼이었다. 그리고 지금 선생님으로 근무하고 있는 세림고에서 그녀의 별명은 황 장군이다. 그 별명 그대로 그녀는 풍유를 즐기며 취할 것 같은 꽃가루 향을 풍기는 색기로 남성들의 마음을 홀렸던 아름다운 여인상과는 거리가 멀었다. 그녀는 아름답기보다는 씩씩했다. 그녀는 여성스럽고 섬세한 감성보다는 심술궂은 익살을 가득 가지고 있었다. 그게 그녀의 매력이자 그녀가 살아가는 힘이었다.

지금 황진이는 선생님으로서 쉬는 시간에 싸움질을 한 학생들을 훈계 중이었다. 치고받고 싸우느라 얼굴에 피멍이 든 남자애 두 명을 무릎 꿇고 앉혀놓고, 그 앞에 의자를 놓고 앉아서 열심히 어린 양들을 좋은 길로 인도하고 있었다. 손에 든 대나무 대는 바른길로 가는 좌표를 알려주는 나침반과도 같은 것이었다.

"제발 욕을 해도 예의를 지켜가면서 하자. 씨발이라고만 하지 말고, 어허 씨발이오! 이 개자식이라고만 하지 말고, 이 개자식님아! 그래야 듣는 사람 기분도 좋잖니. 그리고 스마일은 언제나 기본이다. 내 말 못 알아들었어? 웃으라고! 그렇게 죽을상을 하고들 있으니까, 서로 쳐다보는 것만으로도 기분을 잡쳐서 싸움질을 하는 거잖아."

진이는 회초리의 끝으로 한 남자애의 입꼬리를 억지로 올리며 다그쳤다. 자신의 성질을 제대로 다룰 리 없는 열일곱 살 소년이 버럭 화를 내며 일어날 만도 한데, 남자애는 진이의 횡포에도 아무 말 못하고 꾹 주먹만 쥘 뿐이었다.

진이는 스마일 고문을 이쯤에서 접고, 근엄한 목소리로 물었다.

"그런데 왜 싸운 거냐?"

하지만 둘 다 대답이 없었다. 그저 서로를 외면한 채 엉뚱한 곳만 쏘아보고 있을 뿐이었다. 진이는 오 초 이상 기다리지 않았다. 원래 참을성이라고는 없는 성격이었다.

"목격자들의 진술을 들어보니, 너희들이 싸우는 동안 은미라는 이름이 열세 번이나 나왔다고 하던데. 설마 여자 때문이냐?"

진이의 날카로운 질문에 두 녀석 모두 놀라서 진이를 쳐다보았지만, 입을 열지는 않았다. 진이에게 지금 필요한 건 심증이 아니라, 두 녀석의 증언이었다. 하지만 이대로 계속 물어보기만 하면 끝이 나지 않을 것 같았다. 그래서 극약 처방을 하기로 했다.

"좋았어. 그럼 난 지금부터 우리 학교에 있는 은미라는 이름의 여자애들을 모두 불러 모을 거야. 그 다음 그중에서 너희들의 은미를 찾아내서 그 녀석을 족치겠어."

"은미는 아무 잘못 없어요!"

"은미 건드리면 선생님 가만 안 둬요!"

돌처럼 닫혀 있던 두 녀석의 입이 동시에 열렸다. 정말 여자 때문이었던 것이다. 열일곱 살이라는 나이에 사랑이라는 이름으로 혈투를 벌인 두 중생들을 바라보면서 진이는 혀를 끌끌 차며 판결을 내렸다.

"둘 다 반성문 열 장 빽빽하게 '은미야 사랑해'로 채운다."

놀라는 두 남학생에게 진이가 짓궂은 미소를 지으며 마지막 말을 했다.

"아마도 사랑이 더 깊은 쪽이 더 빨리 쓰겠지?"

아이들의 사랑 싸움이다. 어느 쪽이 본가이고, 어느 쪽이 정부인지를 따지는 건 무의미하다는 게 진이의 생각이었다. 십대들의 마음이란 언제나 폭풍 치는 바다와 같은 거니까.

학생들이 반성문을 쓸 동안 진이는 핸드폰을 꺼내 들어 어딘가로 전화를 걸었다. 1번을 꾹 누르고 통화 버튼을 누르는 걸 보니 꽤 가까운 사이의 사람에게 전화를 거는 것 같았다. 띠리리리 띠리리리, 통화음이 가는 동안 진이는 시계를 쳐다보았다.

두 시니까 그쪽은 새벽 한 시쯤 되었을 시간이다. 아직은 깨어 있을 게 분명했다.

[여보세요?]

청량하고 매력적인 남자의 목소리가 전화기 반대편에서 흘러나왔다. 목소리와 외모가 비례하는 게 법칙이라면 전화기 속의 남자는 왕자님일 게 분명했다.

남자의 목소리가 흘러나오자마자 조용하던 진이의 얼굴에 미소가 번졌다. 무척 반가운 사람인 듯하였다. 아니, 어쩌면 그보다 더 깊은 의미의 사람인지도 모르겠다.

"저예요, 오라버니. 공부하던 중이었어요?"

열심히 반성문을 쓰던 남학생 두 명은 갑자기 나긋나긋하게 오라버니를 부르는 진이의 목소리에 놀라서 고개를 들었다. 오라버니? 그게 어느 시대 말이야? 라는 눈빛으로 서로를 쳐다보았다.

탁!

두 남학생의 손이 멈추자마자 귀신같이 안 진이가 들고 있던 대나무 대로 책상을 쳤다. 남학생들은 바로 반성문 용지로 시선을 떨어뜨렸다.

[기말고사 기간이니까.]

오라버니라는 남자는 진이보다 나이가 많지만 의사가 되기 위해 미국으로 유학 가 열심히 공부 중인 학생이었다. 아무래도 욕심이 대단한 남자인 것 같다. 한국에서도 의사 되기가 힘든 일인데 유학까지 가서 공부 중인 걸 보면 말이다. 우리나라는 대학에 들어갈 때부터 의대 소속이 되지만 미국은 대학에서 학과를 마친 다음 메디컬스쿨에 입학하고부터 정식으로 의학에 대해 공부할 수 있다. 결국 우리나라의 의대는 육 년이지만 미국에서 메디컬스쿨까지 마치려면 장장 팔 년이 걸린다. 그것도 중간에 메디컬스쿨 입학에서 떨어지지 않으면 말이다.

"이제 금방 여름방학이잖아요. 한국에 안 오세요?"

[글쎄, MACT 시험 결과 나오는 것 보고. 성적 안 나오면 8월에 다시 봐야 하거든.]

"오라버니는 취미가 공부고, 특기가 공부잖아요. 당연히 잘 보지 않았겠어요?"

[세계는 넓고 인재는 많거든. 난 그 많은 인재들 속에서 살아남으려고 바동거리는 중이야. 겨우 쫓아가고 있어. 그런데 어떻게 감히 당연히라는 말을 쓸 수 있겠냐.]

"에이! 겸손은! 안 어울려요. 오라버니는 잘난 척하는 게 딱 오라버니 스타일이에요."

[그거 내가 재수없는 놈이라는 소리냐?]

"아뇨. 웬만하면 방학 때 꼭 내려오라는 소리죠."

[왜?]

왜라니, 당연히 보고 싶으니까다.

하지만 성격이 여우는 되지 못해서 진이는 솔직히 마음속의 말은 못하고 열심히 반성문을 쓰고 있던 남학생의 등짝을 손으로 후려쳤다. 난데없이 얻어맞은 남학생은 아프다고 쓰러지고, 그 모습에 놀란 다른 남학생은 자신도 맞을까 겁나서 뒤로 몸을 피했다. 쑥스러움을 폭력으로 승화시켰던 진이는 결국 사실대로 말하지는 못하고 핑계를 댔다.

"연우가 오라버니 보고 싶다고 매일 징징대요."

연우는 그의 여동생이다. 그리고 진이의 친구다. 그와 진이를 연결해 주는 최초의 매개체였다. 그러니까 그는 친구이 오빠였다. 그의 이름은 지승우. 벌써 삼 년째 이렇게 이틀이 멀다 하고 유학 간 그에게 전화를 하지만 그 흔한 보고 싶다는 말 한마디 못하고 있다. 끈기는 있지만 사랑스러움이 없다. 일편단심으로 기다리는 건 잘하지만 살랑살랑 다가가는 건 영 재주가 없다. 그게 황진이의 짝사랑이 십 년이나 이어지는 비극적인 이유였다. 이건 그러니까 '사랑해'라는 말이 빠진 러브레터다.

"한국 올 거죠?"

[글쎄.]

"아! 오면 오는 거고, 안 오면 안 오는 거지 글쎄는 뭔데요?"

성격이 버럭 화도 잘 낸다. 이럴 때는 풀죽은 목소리로 못 보면 섭섭하다고 약한 척을 해야 하는데 말이다.

[내가 못 간다고 하면 연우가 실망할까 봐.]

마치 연우보다 진이가 더 실망할 걸 다 안다는 듯한 말투이다. 가끔 그가 얼마나 알고 있는지 궁금하다. 때론 전혀 모르는 것도 같고, 때론 마치 전부 다 아는 것도 같다.

"……안 오시는 거예요?"

설마하는 마음으로 물었다.

[응, 그럴 거 같아. 연우에게는 비밀이다.]

연우는 전혀 슬퍼하지 않을 것이다. 요즘 자기 애인만 챙기느라 멀리 떨어져 있는 오빠는 뒷전이다. 그런데 진이는 오지 않는다는 승우의 말에 끝없이 가라앉아 갔다.

그냥 오지. 시간이 없으면 왔다가 얼굴만 보고 돌아가도 되잖아. 단 하루만이라도 얼굴 보고 이야기하게 좀 오지.

하지만 전화를 끊을 때까지 진이는 보고 싶다고, 꼭 오라고 투정 한 번 부리지 못했다.

"다 썼습니다!"

"다 썼습니다!"

반성문을 쓰던 두 학생은 거의 동시에 두툼한 반성문 용지를 진이에게 내밀었다. 진이는 물끄러미 남학생들이 쓴 깨알 같은 글씨를 바라보았다. '은미야 사랑해'로 꽉 채워진 종이를 보니 이 소년들의 사랑이 너무도 절실한 것 같았다.

난 한 번도 말하지 못하는 걸 아직 십칠 년밖에 살지 못한 이놈들은 어째서 이리도 술술 적어 내려갈 수 있는 건지. 어째서 승우오라버니는 방학이 되어도 한국에 안 온다고 하는 건지. 내가 안보고 싶은 걸까? 하긴 애인도 아닌데 절실히 보고 싶지는 않겠지.

"얘들아."

너무도 조용한 부름에 두 남학생은 긴장하였다.

"악필이 너희들의 사랑을 더럽히고 있잖니. 글씨 예쁘게 열 장다시 써라."

방학이 되면 만날 수 있을 줄 알았는데. 그러지 못할 수도 있다는 실망감에 지금 황진이의 마음에는 심술만 가득 찼다.

나 지금 무진장 꿀꿀하거든! 그러니까 너희들도 같이 꿀꿀하자!

그날 밤, 진이는 잠이 오지 않았다. 평소에는 누우면 십 분도 되기 전에 잠이 들었지만, 오늘 밤은 멍한 정신으로 벌써 한 시간째 천장만 바라보고 있다.

"달리기나 할까."

벌써 밤 열두 시가 다 되어가는 시간이지만, 아무래도 잠이 올 것 같지 않아 진이는 차라리 움직이는 걸 선택했다.

운동복으로 갈아입고 집 밖으로 나온 진이는 차가운 공기를 얼굴에 맞으며 달렸다. 그 차가움이 오히려 상쾌함으로 느껴졌다. 역시나 머리 아프게 생각하는 것보다는 움직이는 게 체질에 맞았다. 진이는 그대로 전력 질주하여 근처에 있는 Y대학교까지 달려갔다. 학교 운동장을 뛸 생각이었다.

"헉 헉 헉."

숨차게 뛰던 진이는 멈추어 서서 Y대학교 운동장을 내려다보고 서 있었다. 원래 계획은 운동장을 뛸 생각이었는데 그럴 수가 없었다. 희미하게 공의 울림이 들려왔다. 한 남자가 농구 코트에서 혼자 농구를 하고 있었다. 상대가 없어서 그런지 어딘가 불안전한 농구 경기 같았다.

설마 이 늦은 밤 나 같은 인간이 또 있었단 말인가?

동지감과 호기심을 가지며 진이는 농구를 하는 남자의 모습을 지켜보았다.

탕 탕 탕.

공이 땅을 때리는 소리가 아무도 없는 밤 외롭게 울려 퍼졌다.

밤하늘의 둥근 달이 스산할 정도로 밝은 밤 열두 시, 남자의 거대한 그림자가 코트를 사납게 뛰어다녔다.

도대체 몇 시간이나 뛸 생각인 걸까?

정체불명의 남자는 농구공에 홀린 것처럼 미친 듯이 달리고 있었다. 땀 한 방울이 날카로운 바람을 타고 날리는 것이 얼핏 보인 것 같다는 착각이 들었다. 거친 숨소리가 야수의 흐느낌처럼 들려와 소름이 돋았다.

남자는 몸 안에 있는 수분을 모두 쏟아낼 만큼의 땀을 흘렸지만, 멈추지 않았다. 자신의 의지로 멈출 수 없는 듯이 뛰고 또 뛰었다. 던지고 또 던졌다. 넘어지고 또 일어났다. 그리고 뛰고 또 뛰었다.

시합이 아니었다. 이건 몸부림이었다.

달 아래 모든 것이 너무도 조용한데 공의 울림만이 거칠게 들려왔다.

도대체 뭐가 그렇게 마음속에 사무치기에 저리도 몸부림치고 있는 걸까?

울적한 밤 울적한 동지를 만난다는 건 전혀 즐거운 일이 아니었다. 진이는 발걸음을 돌렸다. 아무래도 움직이는 것보다는 먹는 게 나을 것 같았다. 배 터지게 먹고 늘어지게 자는 거다. 그럼 내일 아침에는 카타르시스—뜻 그대로 배변의 쾌감이랄까—가 찾아오면서 울적함도 같이 사라지지 않을까?

이제 막 5월 15일이 시작된 지 한 시간이 지나고 있었다.

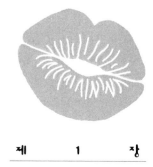

제 1 장

[**진**아! 나 외로워!]

전화에 대고 다 죽어가는 목소리로 말하는 친구의 투정을 들으며 진이는 떨떠름한 표정을 지었다. 왜냐하면 그녀의 외로워는 배부른 투정이었기 때문이다. 비록 지금은 멀리 떠나 있지만 그녀에게는 애인이라고 부를 수 있는 남자가 있다. 그녀의 표현을 빌리자면 열렬히 사랑하고 있는 사이란다. 열렬한 사랑인지 아닌지는 모르지만 적어도 동화 속 공주님 같던 그녀의 팔자는 연애를 하면서 이제야 스물여섯 살 처녀가 되어가는 중이었다.

정의롭기는 하지만 착하지는 못한 황진이는 외롭다는 친구에게 까칠하게 물었다.

"그래서 나보고 어쩌라고?"

[친구가 외롭다는데 꼭 그런 식으로 말해야 해! 너 정말 못됐어!]

"그래, 난 못되고 넌 불쌍하다. 내가 아주 제대로 괴롭혀 줄 테니까 만나자."

두 사람은 만나서 밥을 먹었다. 그리고 진이의 괴롭힘은 연우 몫의 밥을 조금 훔쳐 먹는 것으로 끝났다.

"태후 씨는 지금 어디 있을까?"

연우가 창밖을 바라보며 멍한 목소리로 물었다. 그쪽에서 연락이 오기 전에는 지금 어디에 있는지도 모르는 여행 중이었기에 연우는 이 순간 그녀의 애인이 정확하게 어디 있는지 알 수 없었다.

"지구 어디엔가 있겠지."

진이는 무심하게 대답했다. 그녀의 애인이 아니었기에 진이는 마태후가 어디 있는지 전혀 궁금하지 않았다. 그저 언제나처럼 누군가의 안부가 궁금할 뿐이었다.

승우 오라버니는 지금 뭐 하려나.

결국 승우는 방학 내내 돌아오지 않고 있었다. 이렇게 얼굴 보기 힘들어서야. 대통령 얼굴 한 번 보기보다 어렵다. 승우가 점점 머나먼 나라의 사람이 되어가는 느낌이었다. 몸이 멀어지면 마음에서도 멀어진다고 했는데, 아무래도 황진이한테는 해당되지 않는 말인가 보다. 진이가 생각해도 참 질기다. 얼굴도 제대로 못 보고 지낸 지 벌써 삼 년이 다 되어가는데, 아직도 마음이 그대로이다. 이걸 지독한 사랑이라고 해야 하는 건가, 아니면 진실한 사랑이라고 해야 하나. 아니, 짝사랑이니까 그런 거 따지면 안 되나.

진이는 멍하니 앞에 앉은 연우를 바라보았다. 승우와 남매라서 그런지 두 사람은 참 많이 닮아 있었다. 대한민국의 모닝 레이디—아나운서 지연우에게 팬들이 붙여준 닉네임이다—지연우의 오빠가 지승우였다. 그러니까 지승우는 대한민국의 모닝 브라더 정도 되려나. 대한민국의 모닝 브라더는 아니더라도, 황진이의 모닝 브라더임은 확실했다. 아침에 눈만 뜨면 생각난다. 그래서 자꾸 전화를 하게 되나 보다. 승우에게 들인 국제 전화비를 모았다면 분명 집은 못 사더라도 차 한 대는 뽑았을 것이다.

"그런데 넌 네 애인 걱정은 매일 하면서 유학 가서 고생하는 네 오라버니한테는 전화 안 하냐?"

어쩐지 자기 애인 걱정만 하고 자기 오빠에 대해서는 한 마디도 하지 않는 연우가 얄미워 진이가 한마디 톡 쏘아주었다. 하지만 연우는 무심하게 대답할 뿐이다.

"우리 오빠야 공부하느라 바쁘겠지."

"바쁘겠지? 뭐냐, 그 추측성 발언은? 최근에 전화 안 해봤지? 네 오라비가 널 얼마나 예뻐했는데 네가 그럴 수 있냐? 적어도 네 애인 생각하는 만큼은 네 오빠도 생각해 줘야지."

설교하듯 말하는 진이의 말에 연우의 표정이 안 좋아졌다.

"갑자기 왜 우리 오빠야!"

"네가 자주 전화하면서 보고 싶다고 말하면 오라버니가 방학인데도 미국에만 있지는 않을 거 아냐."

진이는 승우가 한국에 오지 않는 걸 무심한 연우의 탓으로 돌려 버렸다.

“우리 오빠가 놀고 있니? 공부하느라 못 오는 거잖아. 그게 왜 내 탓이야!”

“아! 그래서 넌 네 오빠 하나도 안 보고 싶구나.”

“누가 안 보고 싶대! 나도 보고 싶어.”

“그럼 오라버니가 방학해서도 안 오는데, 전화해서 한 번이라도 보고 싶으니까 한국에 오라고 말한 적 있어?”

“그, 그건……”

본디 거짓말은 나쁜 거라는 철저한 세뇌를 당하며 살아온 연우는 쉽게 거짓말도 못했다. 진이가 연우의 핸드폰을 들고 그녀에게 내밀며 거의 강요를 했다.

“너 그러면 안 된다. 빨리 전화해.”

“뭐? 지금 하라고?”

“그래, 안 그러면 또 네 애인 걱정만 하느라 네 오라버니는 뒷전일 거 아냐.”

“나 안 그래.”

“그럼 오라버니를 그렇게 오랫동안 보지 못했는데 왜 한국에 오라고 안 해! 너 애인 생기기 전에는 이러지 않았거든!”

연우는 마지못해 진이가 내민 핸드폰을 받았다. 연우는 곁에 없는 태후 때문에 울적해서 진이를 만난 것이기에 자신의 오빠 때문에 질책을 받아야 하는 이 상황이 조금 이해가 되지 않았다. 하지만 더 이상 나쁜 동생 취급을 받고 싶지 않았기에 전화를 걸었다. 그러나 승우는 쉽게 전화를 받지 않았다. 그쪽은 아직 아침이었기 때문이다. 저기압인 승우는 아침잠이 많은 편이었다.

[연우야, 세 시간 뒤에 다시 걸어.]

전화를 받은 승우는 나중에 다시 걸라는 말만 남기고 바로 끊어 버렸다. 여보세요라는 말도 못 한 연우는 그대로 핸드폰을 내려놓으면서 진이를 쳐다보았다.

"자는 중이니까 나중에 다시 하래."

잔뜩 기대하고 있던 진이는 김 팍 샌다는 표정을 지었다. 사랑하는 여동생이 전화했는데, 잠 때문에 그냥 끊다니. 어쩐지 지승우도 예전 같지 않았다. 연우 일이라면 자다가도 벌떡 일어나던 인간이었는데, 오랫동안 떨어져 있다 보니 심각했던 시스터 콤플렉스가 사라진 걸까?

학교가 여름방학 기간이었기에 진이는 한가하였다. 선생님이란 직업은 남들 학창 시절에 끝나는 방학이 평생 있는 참 신기한 직업이었다. 하지만 진이는 방학이라고 해서 특별히 신나지도 않았다. 그래도 승우가 한국에 왔을 때는 연우를 핑계 삼아 가끔 얼굴이라도 볼 수 있었는데, 이번엔 직접 미국으로 찾아가지 않으면 그럴 수도 없었다. 그렇게 허송세월을 보내다가 대단한 결심을 하고 승우에게 전화를 걸었다.

"미국 여행 재미있을까요?"

비행기 타고 미국 가는 거다. 여행도 하고, 영어도 배우고, 승우도 보고. 두루두루 좋은 일이었다. 돈이 많이 들기는 하지만 쓸려고 버는 돈이니까 그냥 쓸 거다.

미국에 온다는 진이의 말에 전화기 저편의 승우가 놀라서 되물었다.

[미국? 여기로 여행 온다고?]

"방학도 해서 시간도 많으니까."

[방학 일주일 정도밖에 안 남지 않았어?]

"그렇죠."

[그럼 미국 비자는 받아놨어?]

"아뇨."

[비자도 받기 전에 방학 다 끝나겠다.]

기껏 결심했더니, 그런 난관이 있었다. 비행기 타면 제주도까지는 한 시간이면 도착하는데, 미국이라는 나라는 비행기 타기까지도 오래 걸린다. 정말 머나먼 나라다.

[그럼 미리 비자 받아두었다가 겨울방학에 여행 오든지.]

"아! 겨울방학. 그런데 그때도 오라버니는 한국 안 오나요?"

[아니, 갈걸.]

이 엇박자의 대화는 무어란 말인가! 오라버니가 한국에 있는데, 내가 왜 미국에 가는데요!

"겨울의 미국은 추워서 좀 그런데."

진이는 슬그머니 자신의 도발적인 생각을 집어넣었다.

[한국도 춥거든. 마이애미 같은 곳은 겨울에도 따뜻해서 겨울 관광지로 괜찮아.]

마이애미? 그건 누구 애미 이름이야! 내가 가려는 곳은 보스턴이거든요!

"겨울이니까 아직 멀었네. 그건 그때 가서 생각할래요."

괜히 말 꺼냈다. 미국은 절대 즉흥적으로 간다고 해서는 안 되는 나라였다. 사전에 철저히 조사를 한 다음 계획을 세웠어야 했다.

[나도 선생님 하고 싶다. 더우면 쉬고, 추우면 또 쉬고. 얼마나 좋아.]

"대신 남들 한두 명 키우면 될 애들을 몇백 명씩 키워야 하거든요. 오라버니 애들 싫어하잖아요."

[그럼 다 큰 어른 가르치면 되겠네. 교수나 할까?]

"진심이에요?"

[아니, 농담.]

"농담 한번 정말 재미없게 하네. 하루 종일 꼬부랑 말로 써진 전공 서적만 읽으니까 이렇게 재미없는 인간으로 변했잖아요. 옛날에는 얼마나 웃겼는데."

[내가 재미있는 사람이었어?]

"네. 모르셨어요?"

[그래, 전혀 몰랐네. 나도 모르는 내 유머감각이 뭔데?]

"기억 안 나세요? 오라버니 소파에서 자다가 혼자서도 잘 떨어지잖아요. 아! 그때 정말 재미있었는데."

이건 재미있는 유머감각이 아니라 지승우의 치부였다. 구 년 전에 딱 한 번 그런 걸 가지고 아직도 놀리는 진이의 짓궂음에 승우는 떨떠름한 목소리로 대꾸했다.

[그건 확신하는데, 자고 있는 날 네가 밀었던 거야.]

"그때 연우랑 춘희도 같이 보고 있었거든요. 저의 결백을 입증

해 줄 증인이 두 명이나 있다고요."

[You're a crosspatch.]

영어 나왔다. 이거 분명 좋은 뜻 아니다.

진이는 방에 있던 영어사전을 펼쳐서 승우가 말한 단어의 뜻을 빠르게 찾아보았다. crosspatch, 심술꾸러기란다. 피식, 웃음이 나왔다. 누가 연우 오라비 아니랄까 봐 연우랑 하는 말이 똑같다.

"끊을게요. 너무 무리하지 말고 몸 생각하면서 공부해요."

언제나 먼저 전화를 거는 것도 진이지만 언제나 먼저 전화를 끊는 것도 진이다. 마치 떠나는 것처럼 승우가 먼저 전화를 끊어버리는 게 싫어 이렇게 미리 선수를 친다.

[그래, 넌 남은 방학 잘 쉬어라.]

가끔은 오라버니가 전화 줄래요? 문득 그렇게 부탁하고 싶었지만 그러지 않았다. 짝사랑에서 그건 어쩐지 부려선 안 될 욕심 같았기에.

미국 보스턴 케임브리지이다. 막 진이와의 전화를 끊은 승우는 물끄러미 벽에 걸린 달력을 바라보았다. 다행히 걱정했던 MACT 시험의 성적이 좋았기에 메디컬스쿨 입학은 수월해졌다. 그래서 남은 방학 동안은 조금 여유로운 시간이었다. 같이 사는 룸메이트는 조금이라도 쉬고 온다고 어제 고향인 영국에 갔다.

나도 다녀올까?

가면 하루 이틀만 지나고 곧 돌아와야 하지만, 그래도 반가운 얼굴들을 볼 수 있다는 게 어디인가. 만약 지금 안 간다면 겨울까지는 절대 만날 수 없는 그리운 얼굴들이 하나둘 떠올랐다. 그 안에 진이도 있었다. 아마 승우가 갑자기 나타나면 놀라서 기절할지도 모른다.

정말 갈까?

거의 저질러 볼까라는 생각에 기울면서 승우의 얼굴에 미소가 번졌다. 그래, 가보자.

다람쥐 쳇바퀴 같은 시간에 질려가던 일상에 이런 조그만 일탈은 있어야 살맛이 나는가 보다. 조용하던 승우의 시간이 갑자기 바빠졌다. 승우는 서랍 깊숙이 넣어두었던 여권을 찾아서 꺼내고 한동안 쓰지 않아 먼지가 내려앉은 여행가방도 꺼냈다. 어차피 잠깐 다녔다가 오는 것이니까 거의 챙겨갈 것도 없다. 막 여행가방의 뚜껑을 열어보는데, 초인종이 울렸다. 올 사람이 없었기 때문에 승우는 놀란 눈으로 현관문을 바라보았다. 딩동, 초인종은 또 울렸다.

"잘 지냈어요?"

어디를 쏘다녔는지 검게 탄 방문객을 보며 승우는 반갑다기보다는 어이없다는 눈을 하였다.

어째서 이 인간이 여기 서 있는 거야!

마태후였다. 그의 하나뿐인 여동생의 연인. 왜 그가 애타게 기다리는 여동생에게 가지 않고 자신을 찾아왔는지 승우는 그 이유를 알 수 없었다.

세대로 환영해 주지 않는 승우의 반응에도 상관없이 태후는 넉살 좋게 웃으면서 말했다.

"혼자서 외롭게 지낸다기에 위로차 왔는데, 타국에서 나 보니까 정말 반갑지 않아요?"

하나도 안 반가웠다. 승우가 보고 싶었던 얼굴에 마태후는 결코 들어 있지 않았다.

"왜 한국으로 가지 않고 여기로 온 겁니까?"

"사실 나도 별로 오고 싶은 마음은 없었는데 연우가 부탁했습니다, 형님! 자기는 일 때문에 가지 못하니까 대신 가달라고."

태후의 입에서 나온 여동생의 이름에 한국에 간다고 흥분되었던 마음이 어느 순간 차분하게 가라앉아 있었다. 그제야 자신의 생각이 너무 도발적이었다는 생각이 들었다. 계획도 없이 갑자기 결정을 내리다니 전혀 지승우답지 않은 일이었다. 승우가 갑자기 한국에 가고 싶다는 생각이 든 건 아무래도 가족들 때문이 아니었나 보다. 그러니까 연우라는 이름에 미안함이 밀려오는 거다.

난 도대체 무슨 생각을 하고 있었던 거야! 설마 진이 때문이었나?

자신답지 않은 도발적인 생각을 한 것이 미국에 온다는 진이의 말에 영향을 받은 것인지, 아니면 그저 진이가 보고 싶어서 그런 것인지 판단이 되지 않았다. 흥분했던 마음이 어지럽게 얽혀들어가 길을 찾을 수가 없었다.

2학기가 시작되고 진이는 다시 수백 명의 아이들 틈에서 바쁜 일상을 보내고 있었다. 진이가 근무하고 있는 학교는 승우의 모교였다. 우연이 아니라 승우의 모교였기에 진이가 먼저 선택을 하여

지원한 학교였다.

그 일은 즐거운 점심시간에 일어났다. 진이는 학생주임의 음료수 심부름을 받들어 자판기로 걸어가고 있던 중이었다. 도서관 앞을 지나는데 진이는 우뚝 걸음을 멈추었다. 조용해야 할 도서관이 여학생들의 소란스러운 수다와 비명 소리로 너무 시끄러웠던 것이다.

"도서관에서 떠든 녀석들 다 나와!"

쾅앙! 진이가 고함을 치며 도서관 문을 박차고 들어오자 한참 떠들고 있던 여자애들의 목소리가 한순간에 사라져 버렸다. 한 무리의 여학생들은 도서관에 마련된 큰 책상 앞에 옹기종이 모여 앨범을 보고 있었다.

"도서관에서 무슨 모의를 하기에 이렇게 시끄러워?"

진이가 눈에 힘을 주며 엄하게 묻자 모여 있던 여자애들 중 도서관 담당 도서부원이 조심스럽게 입을 열었다.

"그게, 졸업앨범을 보고 있었어요."

"그리고?"

자기네 졸업앨범도 아니고 선배들 졸업앨범을 보면서 좋다고 시끄럽게 떠든 이유가 분명 더 있을 것이었다. 역시나 모여 있던 여자애들이 각자 손에 앨범 하나씩을 가지고 진이 앞까지 걸어와서는 일렬로 나란히 섰다. 앨범을 하나씩 들고 쭉 늘어선 여자애들을 진이는 어이없다는 눈으로 바라보았다.

이게 뭐 하자는 플레이야?

진이가 도통 이해를 못하고 있을 때 가장 중앙에 서 있던 여자애가 조심스럽게 물었다.

"선생님은 이중에 어느 남자 선배가 가장 멋있게 보이세요?"

그거였다. 앨범에 나온 남자 선배들의 사진을 보면서 킹카 후보를 뽑고 있었던 것이다. 생판 남인 연예인을 보며 목이 터져라 오빠라고 부르며 자신의 친오빠보다 더 친근함을 표시하는 십대들이 할 만한 일이었다.

여학생들이 들고 있는 앨범을 쭉 훑어보던 진이의 시선이 한 앨범에서 뚝 멈추었다. 승우의 사진이었다. 승우는 세림고 35회 졸업생이었다. 그러니까 세림고 졸업앨범에 승우의 사진이 있는 건 문제되지 않았다. 문제는……

"너희들은 누굴 뽑았는데?"

가장 상냥한 목소리로 물었다. 만약 승우가 아닌 다른 사람의 사진을 가리킨다면 그냥 점심시간의 가벼운 장난으로 조용히 넘어가 줄 생각이었다. 하지만 만약 이것들이 승우의 사진을 뽑는다면 점심시간 내내 화단 풀 뽑기를 시킬 것이었다. 불공평하다고 해도 소용없다. 이건 선생님이 가지는 특권이다. 그리고 십 년 동안 해바라기 한 여자의 유치함이기도 했다.

상냥한 진이의 목소리에 경계심을 풀고 여학생들은 이구동성으로 대답했다.

"이 사진이요! 꼭 순정만화 남자 주인공처럼 생겼죠?"

진이는 웃으면서 학생들이 내민 앨범을 뺏어 들며 말했다.

"모두 운동장에 집합!"

어린것들이 어딜 감히!

풀 뽑는 아이들의 억울한 원성을 들으며 진이는 점심시간 내내 졸업앨범 속의 승우의 사진을 감상하였다. 이런 게 있다는 건 생각도 못하고 있었다. 호기심이 많은 십대들 때문에 좋은 걸 발견했다. 연우네 집에 갔을 때 본 적이 있지만 오랜만에 봐서 그런지 감회가 새로웠다. 졸업앨범 속의 승우는 안경을 쓰고 찍어서 완벽한 모범생의 모습이었다. 하긴 진짜 모범생이었었다. 언제나 전교 수석에 학생회장까지, 딱 황진이가 밥맛없어할 스타일이었는데 어쩌다 승우를 좋아하게 된 건지. 아마도 승우만이 가지는 그 오묘한 매력 때문인가 보다. 그는 보이는 겉모습보다 더 복잡하였다. 아니, 정확하게 표현하자면 신비로웠다. 그는 친절하고 배려심이 깊었지만 쉽게 그의 속을 보여주는 법이 없었다. 그래서 항상 그의 마음이 궁금했었다. 그런데 십 년을 궁금해하고 있는데 아직도 오리무중이다. 결국 진이는 심오한 지승우의 속을 알기에는 자신이 너무 단순하다는 가슴 아픈 판단을 내릴 수밖에 없었다.

점심시간이 거의 끝나갈 때 친구 연우에게서 전화가 왔다.

[태후 씨 한국 왔다.]

목소리가 날아다닌다. 좋아 죽겠나 보다.

전화기 저편에 연우의 표정이 손에 잡힐 듯 훤히 보여 진이는 피식 웃어버리고 말았다. 심오한 오라버니에 비해 여동생이라는 이 여인네는 너무 쉽다. 그냥 생각이 바로 바로 얼굴과 목소리에 나타난다.

[귀국축하 파티하자.]

"천천히 하지. 뭐 축하할 게 있다고 돌아오자마자 환영파티야?"

[뭐야? 넌 태후 씨 온 게 안 반가운 거야?]

당연히 안 반갑다. 내 애인도 아닌데 뭐가 반가울 게 있겠는가.

하지만 대놓고 그리 말할 수는 없어서 진이는 대충 물었다.

"누구누구 모이는데?"

[나랑 태후 씨, 춘희랑 기남이. 그리고 너.]

듣고 있자니 조금 그랬다. 어째 다 짝이 있는데, 진이 혼자만 달랑 '너'로 끝나고 있었다. 이런 젠장이오! 절로 욕 아저씨가 튀어나왔다. 하지만 그렇다고 안 갈 수도 없었다. 만약 진이가 빠지면 연우는 적어도 일 년은 이 일로 진이에게 트집 잡을 것이다. 어쩌면 자신의 결혼식에 진이만 초대하지 않을지도 모른다. 그저 짝 없는 나의 무능력이오, 라고 생각하며 구석에서 술이나 마셔야 한단 말인가?

[귀국축하?]

연우가 마태후의 귀국을 축하하기 위해 친구들을 모이라고 했다는 진이의 말을 듣고 승우가 떨떠름하게 물었다. 승우도 진이처럼 별로 탐탁지 않나 보다. 승우는 마태후를 별로 좋아하지 않았다. 아니, 지승우라면 여동생의 남자는 그 누가 되더라도 싫어할 것이다.

"네, 오자마자 바로 전화 왔더라고요. 내일 한대요."

[그래서 갈 거야?]

"자기 애인 돌아왔다고 지연우 기가 너무 세졌어요. 안 오면 저 다시는 안 본대요. 그래서 안 간다고 할 수도 없더라고요."

진이는 지금 전화를 받으면서 아침 출근 준비를 하느라고 정신이 없었다. 여름이 가고 가을이 시작되는 계절의 분기점이라 옷을 고르기도 쉽지 않았다. 반팔을 입자니 춥고, 긴팔을 입자니 조금 더웠다.

진이는 입고 있던 반팔 티셔츠와 반바지를 벗어 던지고 정장 블라우스를 빠르게 몸에 걸쳤다. 단추를 끼우는데, 처음에 하나를 틀리게 끼워서 결국 나중에 하나가 남아버렸다. 진이는 웃기게 단추가 끼워진 블라우스 차림을 한 자신을 거울로 보면서 눈살을 찌푸리고는 다시 빠르게 단추를 풀었다. 마음이 급해져서 그냥 단추를 뜯어버리고 싶은 충동이 일었다. 전화하랴 출근 준비하랴 정말 정신이 없었다. 누군가 구경하는 사람이 있다면 전화 끊고, 먼저 출근 준비부터 하라고 말할 텐데. 진이는 전화도, 출근 준비도 둘 다 포기하지 않고 있었다.

"그런데 모이는 사람들 명단을 쫙 불러보니 저만 짝 없는 외기러기인 거 있죠. 그래서 고민 중이에요."

[고민?]

"아무리 저 혼자 씩씩하게 잘살아가고 있다지만 그런 자리에서 혼자 덩그러니 앉아 있으면 초라하잖아요. 그래도 예전에는 춘희만 짝이 있었는데 이제는 연우까지 애인 생겨서 저만 솔로더라고요. 음! 이러다가 나중에는 애인 있는 사람들만 모이고 저 왕따시킬까 봐 좀 걱정이 돼요."

[그래서…… 소개팅이라도 해서 애인 만든다고?]

"소개팅이요? 그걸로 애인 만들려면 한 백 번은 봐야 할걸요. 그것보다 더 간단한 방법이 있죠."

아무리 소개팅을 한다고 해도 승우와 비교하면 계속 허탕만 칠 것이다. 뻔하다. 지승우는 길거리에서 흔히 만날 수 있는 그런 남자가 아니었다. 그런데 만약 친구의 오빠가 아니라 소개팅에서 승우를 만났더라면 어떻게 되었을까? 아마도 그 자리에서 승우에게 차였을지도 모른다. 불행히도 그럴 가능성이 아주 컸다. 그리고 진이는 싫다는 승우의 바짓가랑이를 붙잡고 늘어지는 것이다. 아! 정말 슬픈 상상이다. 그만 하자.

[뭐?]

"저의 힘으로 춘희와 연우한테서 두 남자를 떼어버리는 거예요. 그래서 우아하게 여자 세 명이 남는 거죠. 세상에 우정보다 중요한 게 어디 있겠어요? 안 그래요?"

[하하하하. 강지남은 어떻게 된다고 하더라도, 마태후랑 싸우겠다고? 이길 자신 있어?]

"음! 솔직히 그 인간은 겁이 나요. 도대체가 무슨 꿍꿍이속이 그리 많은지 당최 무슨 생각을 하고 사는지 깜짝깜짝 놀랄 때가 너무 많아요."

[그래, 정말 이해할 수 없는 남자야.]

지승우가 100% 공감한다는 듯이 말했다.

쾅!

그때 어머니가 한 손에 국자를 들고 독불장군처럼 문을 박차고 등장하셨다.

"황진이! 지각하고 싶어! 빨리 챙겨!"

아무리 불러도 진이가 나오지 않자 밥하시다가 뛰어올라 오신 것이다. 블라우스는 단추가 잘못 끼워지고, 아래에는 팬티만 입고 전화통화를 하고 있는 자신의 막내딸을 어머니는 기가 막힌다는 눈으로 바라보았다.

"너 시방 뭐 하는 거야! 출근 안 해!"

어머니가 강제로 전화기를 뺏자 진이가 놀라서 손을 뻗었다.

"엄마! 통화 중이라고! 그렇게 뺏으면 어떻게 해. 돌려줘!"

진이가 빼앗긴 핸드폰을 돌려받기 위해 필사적으로 손을 뻗었으나 어머니를 이기기에는 역부족이었다.

"이 가시나! 옷이나 똑바로 입고 전화를 해! 저쪽은 네가 팬티 차림으로 전화 받는 거 아냐!"

"으악! 엄마! 그걸 말하면 어떻게 해! 오라버니, 전화 끊어요!"

핸드폰을 빼앗을 수 없자 진이는 전화기에 대고 큰 소리로 외쳤다. 부디 승우가 자신의 말을 듣고 먼저 전화를 끊어주기를 바랄 뿐이었다. 하지만 어쩐지 아직도 계속 자신이 어머니에게 혼나는 소리를 듣고 있을 것 같았다.

"뭐? 오라버니? 남자랑 전화하고 있었어?"

"엄마! 나 출근 준비할 거야. 나가."

"아! 누구냐니까? 애인이야?"

역시 황진이 어머니답게 윽박지르며 묻는 게 꽤 박력있으시다.

"까악! 어머니 국 넘쳐요."

아래층에서 새언니의 목소리가 들려오자 어머니는 더 이상 따지지 못하고 다시 아래층으로 내려갔다. 진이는 어머니가 방에서 나가기 직전 어머니의 손에 쥐어진 핸드폰을 극적으로 빼앗을 수 있었다. 어머니가 한번 진이를 의미심장한 눈으로 노려보시다가 그냥 내려가셨다. 진이는 혼자 남아서야 핸드폰을 귀에 가져갔다. 전화가 끊겼으면 뚜뚜 전화음이 들려야 하는데 조용하였다.

"제가 끊으라고 했잖아요. 왜 아직도 안 끊고 있어요."

진이가 너무하다는 투로 승우를 나무랐으나 돌아오는 건 웃음기 섞인 승우의 목소리였다.

[쿡쿡. 출근 준비 잘해라. 아! 빨간색 옷 입고 가. 넌 빨간색이 잘 어울리더라.]

진이는 고개를 옷장 안으로 돌렸다. 그런데 빨간색 옷이 하나도 없었다. 있는 건 빨간 속옷뿐이었다. 연우가 선물한 것이다. 매일 청바지만 입는 진이가 답답하다며 속옷이라도 화려하게 입으라고 선물한 것이었다. 물론 입어본 적은 한 번도 없었다. 설마 그걸 알고 말하는 건 아니겠지. 헉! 혹시 지연우가 말한 거 아냐? 만약 그런 거라면 지연우 가만 안 둔다!

하루의 수업이 모두 끝나고 진이는 행복한 연우가 있는 약속 장소로 향했다.

진이가 약속 장소인 '아프리카'에 도착했을 때, 네 사람은 이미 와서 짝끼리 앉아 있었다. 결국 진이는 왕 자리에 혼자 앉아야 했다.

"왜 이렇게 늦었어?"

연우가 늦게 온 진이를 타박하며 물었다.

"일이 늦게 끝났어."

그리 반가운 자리가 아니었기에 미적거리며 움직이다가 늦은 거지만 그렇게 말하면 연우가 화낼 게 뻔하기에 일 핑계를 댔다.

"여행은 잘 다녀오셨어요?"

진이는 오랜만에 보는 태후에게 물었다. 태후는 인사의 뜻인지 가볍게 고개를 까닥하고는 말했다.

"그럭저럭."

정말 짧은 귀국 인사였다. 내가 저 한마디를 듣기 위해 여기 술로로 앉아 있어야 한단 말이더냐? 덤으로 얹어주는 말도 그것보다는 길겠다.

어쩐지 마음이 곱게 써지지 않고 있었다. 아무래도 이 자리가 편하지가 않아서인가 보다. 친구들하고만 만날 때는 이러지 않은데 그녀의 연인들과 같은 자리에 모이니 꼭 진이 혼자만 미운 오리새끼가 되어 그들과 섞일 수 없는 존재가 되어버린 것 같았다.

쳇! 이럴 줄 알았으면 학교 학생들 중 젤 나이 들어 보이는 놈으로 하나 끌고 올 걸 그랬나.

평소 말이 적은 편이 아닌데, 그날 진이는 친구들과 그녀들의 애인들이 하는 말을 들으며 술만 마셨다. 말을 적게 하니 그에 반비례하게 술을 너무 많이 마셔서, 결국 술집에서 나왔을 때 가장 취한 사람은 데려다 줄 사람도 없는 황진이였다.

"진아, 왜 취할 정도로 술을 마셨어? 집에 갈 수 있겠어?"

연우가 태후의 손을 꼭 잡은 채 진이에게 물었다. 술에 취한 진이의 눈에 맞잡은 두 손이 어찌나 꼴 보기 싫던지 그만 해선 안 되는 말을 해버렸다.

"걱정되면 네 남자 친구를 빌려주든지!"

그 순간 진이의 눈에는 보였다, 아리따운 연우의 눈에 보인 섬뜩함을. 연우는 지금 황진이를 친구가 아니라 사랑하는 연인을 갈라놓으려는 못된 여자로 보고 있었다. 확실했다. 아까는 30㎝ 정도 떨어져 서 있었는데, 진이의 말이 끝나기도 전에 간격을 없애며 딱 붙어 섰다. 그리고 말하기를.

"태후 씨랑 난 갈 데 있단 말이야."

이 오밤중에 가긴 어딜 간단 말인가! 결국 술 취한 솔로 친구를 위해 자기 애인은 죽어도 못 빌려준다는 소리였다. 야속한 것! 내가 널 어찌 키웠는데!

지연우가 곱게 자라는데 6할은 어머니의 공이요, 3할은 오라비의 공이고, 나머지 1할은 황진이의 공이었다. 진이는 연우의 친구라기보다는 거의 보디가드였다. 꽃 같은 지연우에게 날아들던 수많은 날파리들을 물리치느라 진이의 알통은 더욱 단단해졌고, 남자들은 점점 더 진이를 멀리하였다. 그런데 지금 네가 그 마씨 놈 때문에 날 버리는 거냐! 모든 악의 무리들로부터 연우를 지켜온 나날들이 참 덧없이 느껴졌다.

"아! 그럼 내가 믿을 수 있는 운전수 불러줄게."

태후가 절충안을 내놓았다. 부잣집 도련님답게 운전수 딸린 차를 보내준다는 것이다. 진이는 그 제안을 받아들였다. 쓸쓸한 택시보다는 좀 더 폼나는 쓸쓸한 리무진이 낫다고 생각했기 때문이다.

결국 진이는 차가운 돌난간 위에 주저앉아 태후가 불러준다는 차를 기다렸다. 오 분이면 도착한다고 해서, 그냥 진이 혼자 기다리기로 한 것이다. 혼자가 되어서야 알딸딸한 취기가 더욱 강하게 올라왔다. 점점 술기운이 오른 진이는 주머니에서 힘겹게 핸드폰을 꺼냈다.

1번을 꾹 누르고 통화 버튼을 눌렀다. 띠리리리 띠리리리, 그런데 여러 번의 신호음이 가도 그는 전화를 받지 않았다. 받지 않는 상대를 기다리며 진이는 서글프게 중얼거렸다.

"뭐야? 댁도 데이트 간 거야?"

분명 승우도 미국에서 여자 친구를 사귀었을 것이다. 스물다섯 살이 넘으면 짝이 있는 게 정상인 것처럼 모두가 짝을 찾아 나서니까. 스물일곱 살인 승우도 그 머나먼 나라에서 외로움을 달래줄 애인을 사귀었을 게 분명하다. 물어본 적은 없지만, 왠지 그럴 것 같았다. 그가 말해준 적은 없지만, 그럴 게 확실하다. 그가 먼저 다가간 게 아니라고 해도 미모의 금발 여자가 흔드는 유혹의 꼬리에 그가 넘어갔을 것이다. 혼자란 외로운 길이고 예쁜 여자 마다하는 남자는 없는 법이니까.

"왜 유학 같은 걸 간 거야."

끝까지 승우가 전화를 받지 않자 진이는 짜증스러운 목소리로 중얼거렸다.

삼 년이다. 승우가 미국으로 떠난 게 벌써 삼 년이나 되어가고 있었다. 승우를 알아온 십 년의 세월 동안 가장 지루하고 긴 삼 년이었다.

"왜 그렇게 멀리 떠나 버린 거냐 말이야. 난 여권도 없다고. 그냥 여기서 공부하지, 뭐 대단한 거 배운다고 그 먼 미국까지 날아간 거냐고."

승우에 대한 그리움이 투덜투덜 푸념들로 터져 나왔다. 그리고 진이의 머리는 점점 차가운 바닥으로 떨어져 내렸다. 오 분 안에 온다는 리무진 운전수는 오 분이 지나도 오지 않고 있었다. 멀어지는 의식 속에서 아직도 연결되지 않은 전화기 발신음 소리만 들렸다.

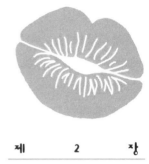

제　　2　　장

*19*96년 3월.

"으아아아아아아아아앙!"

고등학교 입학식 날, 웃으면서 나갔던 지연우는 울면서 집으로 돌아왔다.

"연우야, 왜 그래? 문 좀 열어봐! 연우야!"

어머니 김 여사는 연우의 눈물에 혼비백산이 되어 연우의 방문을 계속해서 두드렸지만, 연우의 방문은 열리지 않았다.

"나 학교 전학 갈 거야!"

겨우 눈물을 멈춘 연우는 무단결근을 선언하며, 이 무지 막대한 사태의 해결방법은 전학뿐이라고 주장하였다. 베개를 껴안고, 절대로 학교에 가지 않겠다고 버티는 연우를 달래기 위해 온 가족이 모두 나서야 했다.

"왜 가기 싫어?"

다그치는 엄마와 달리, 놀리는 동생과 달리, 지루한 설교만 늘어놓는 아빠와 달리, 오빠 승우가 언제나처럼 고요한 목소리로 물었다. 한 살 터울일 뿐이지만, 오빠 승우는 언제나 침착하였다. 그리고 언제나 모든 걸 미리 알고 있었다. 어쩌면 지금도 다 알고 있으면서 떠보는 것일 수도 있다. 연우가 대답을 안 하고 베개만 더 꽉 껴안자, 승우가 연우의 머리카락을 다정하게 쓸어주며 말했다.

"네 등교 거부 이유를 들었을 때 정말 가기 싫겠다고 생각되면, 학교 안 가도 좋아."

다정한 승우의 말에 연우는 결국 또 울음을 터뜨렸다.

"으아아앙! 그 애랑은 죽어도 같은 학교 못 다녀!"

이건 승우가 '그 애'라는 여자애를 만나봐야 판단을 내릴 수 있는 일이었다.

세라여고, 진이는 여러 명의 여자애들에게 둘러싸여 있었다. 생긴 게 보이시하고 하는 행동이 터프한 진이는 여자애들 사이에서 인기가 많은 편이었다. 하지만 그건 여자애들 사이에서 말하는 친구의 의미는 아니었다. 그래서 가능한 여고는 안 오고 싶었는데, 시집 잘 가려면 무조건 여고를 다녀야 된다는 아버지의 신념 앞에 또 무너져 버리고 말았다. 아버지는 100% 잘못 알고 계신 거다. 황진이를 여자로 만들고 싶으면, 여고가 아니라 남고에 넣었어야 했다. 적어도 남자들 사이에 끼어 있으면, 그래도 그나마 진이의 외모가 여자처럼 보일 테고, 자신을 남자 대신으로 생각해서 달라붙는 과대소녀망상증 여자애들도 줄어들 테니까 말이다.

"젠장! 망할 생리통!"

가방을 먼저 담 밖으로 던져 버린 뒤 지름길인 담을 타고 오르는 순간, 아랫배가 싸하니 아파왔다. 생리 첫날은 생리통이 유독 심했다. 이런 날 아이들에게 붙잡힌다면, 아픈 티도 못 낸 채 '놀자'라는 허울뿐인 생고생을 해야 할 게 분명하다. 감히 생리통 때문에 못 논다고 한다면, 그 순간 돌아올 아이들의 경악스런 표정은 뻔하였다. 바로 이런 게 스타의 비애라고 혼자 위로하며, 진이는 힘겹게 담에 올라앉았다.

"황씨 집안 막내딸, 오늘도 무사 귀환하였습니다."

학교 다녀왔습니다, 라는 인사를 거창하게 한 진이는 집 안으로 들어섰다. 거실 쪽에서 어머니가 나오는 걸 보고, 진이가 잔뜩 엄살을 부리며 어머니에게 매달렸다.

"엄마, 막내딸 생리통으로 죽을 거 같아!"

절대 밖에서는 생각도 할 수 없는 어리광이었다. 집 안이었기에, 그것도 엄마 앞이었기에 아무런 신경도 쓰지 않고, 엄마에게 매달리던 진이는 자신의 집 거실 소파에 앉아 있는 말끔한 남정네를 보고 그대로 굳어버렸다. 세림고등학교 교복을 입고 있는 남자의 심오한 시선과 마주쳤을 때 진이는 섬광 같은 계시를 받았다.

저놈을 아무도 모르게 생매장하여야 한다.

황진이와 지승우의 첫 만남은, 황진이와 지연우의 첫 만남보다도 더 위험천만한 일보였다.

편안하게 이야기 나누라는 어머니의 하례와 같은 배려로 진이는 난생처음 보는 남자와 단둘만 남게 되었다. 난 모르는 놈이야 라고 소리치기도 전에 어머니는 바람처럼 사라져 버리셨다. 필시 동네방네 자랑을 하러 가신 것이다. 우리 막내딸이 럭셔리한 놈 하나를 물고 왔다고. 진이는 바람처럼 나가 버리는 어머니의 뒷모습에 대고 소리없는 절규를 외쳤다.

그러니까 난 모르는 놈이라고!

"앉지."

마치 자신의 집인 것처럼 진이에게 앉으라고 권유까지 하는 이 남자. 오빠의 성숙함인가, 본디 이렇게 뻔뻔한 놈인가는 진이가 알 길이 없었다. 왜냐하면 진이는 결단코 모르는 놈이었으니까.

"누구세요?"

생리통이 주는 쪽팔림을 끝까지 참아내며, 진이는 당당하게 물었다. 그런데 내가 누굴까요, 라고 들었는지 남자는 발끝에서부터 머리끝까지 진이의 모습을 찬찬히 훑어보기 시작했다. 마치 시장판에 나와 감정을 받는 느낌에 진이는 한 걸음 뒤로 물러나며 목소리에 더 힘을 주어 말했다.

"누구⋯⋯."

"황진이?"

"네."

갑자기 남자의 입에서 자신의 이름이 불리자, 진이는 자신도 모르게 대답을 하였다.

진이의 대답으로, 연우의 슬픈 첫사랑이 저 여학생이라는 것이 분명해졌다. 육 개월 전쯤 남학생들에게 괴롭힘당하고 있던 연우를 저 여학생이 바람처럼 나타나서 구해주었단다. 연우의 오빠로서 승우는 이 순간 슬펐다. 얼마나 사랑을 하고 싶었으면, 저 까무잡잡한 피부에 눈만 댕그란 여학생을 남자로 착각했을까. 그러니까 사람은 무조건 처음 만났을 때 자기소개를 필시 해야 한다는 법을 만들어놔야 한다. 만약 처음 만남에서 '황진이'라는 이름을 들었다면, 그런 허무맹랑한 상상을 키우지는 않았을 것이다.

연우가 더욱 슬퍼하는 건, 자신이 반한 사람이 여학생이어서라기보다는 만남을 기대하며 보낸 시간들이 억울해서이기도 했다. 이미 지나간 그 아까운 시간들, 도대체 뭐로 변상 받을 수 있단 말인가. 시간의 귀중함을 아는 지승우는 신사적인 미소를 지으며 빠르게 자기소개를 했다.

"난 지연우 오빠 지승우라고 해."

"지연우?"

그녀가 연우의 이름을 낯설게 중얼거리는 걸 보아하니 그녀는 연우를 모르는 듯했다. 뭐, 어쨌든 자신의 동생을 알든 말든 승우는 오늘 온 본론을 꺼냈다.

"내 귀한 여동생의 순수한 로망을 망친 죄, 뭘로 갚을래?"

경찰의 딸로 태어나 무단횡단도 한 번 안 해본 황진이한테 눈앞의 남자가 죄를 묻고 있었다. 황진이의 입장에서는 기가 막히다 못해 그대로 터져 나올 발언이었다.

"뭔 헛소리야, 이놈아!"

처음 보는 놈이라서 차마 놈이라는 표현은 쓰지 않으려고 했는데, 흥분했다. 젠장! 놈께서 '놈'이라는 표현에 예술적으로 그려진 눈썹이 활처럼 휘신다. 순간 사과하고 싶어지는 이 마음, 그건 다 저놈이 나보다 나이가 많아 보이기 때문이다. 다른 이유는 없다. 결단코 없다.

수군수군. 세라고교로 등교하던 여학생들은 한 남학생의 에스코트를 받으며 나타난 긴 생머리의 청순가련한 그녀를 보고 열심히 씹어대기 시작했다.

"세상에! 재수다. 학교에 자기 남자 친구 자랑하려고 같이 왔나봐."

"하여튼 예쁜 것들은 교도소에 죄수 몰아넣듯이 한 곳에 몰아넣어서 살라고 해야 돼! 이게 웬 아침의 짜증이냐! 쟤 누구냐?"

"있잖아, 1학년 지연우. 중학교 때도 예쁘다고 소문 대단했었잖아. 까다로운 척하더니, 이제 보니 남친이 있었네, 아주 끼리끼리네."

"근데 남자는 누구야? 세림고등학교면 남녀공학인데 왜 지네학교 여학생들 두고 여기 애를 사귀어!"

지연우와 지승우는 꽤 닮았는데, 아무도 두 사람이 남매라고 생각하지 못하고 있었다. 그만큼 둘은 잘 어울리는 한 쌍이었다. 그 자리에 모인 사람 중 두 사람이 남매임을 아는 사람은 여학생들에 둘러싸여, 교실로 가고 있던 진이뿐이었다.

진이는 떨떠름한 얼굴로, 승우의 옆에 서 있는 연우라는 여학생을 바라보았다.

'눈 돌아가게 예쁘고, 거기다 공주님 떠받들듯이 받들어주는

오빠 있어서 넌 좋겠다.'

진이도 다른 여학생들처럼 심술이 올라오고 있었다. 지연우의 첫인상은 그러니까, 악랄한 악녀보다도 더 재수없는 청순한 가증녀였다. 가녀린 척, 착한 척, 순진한 척. 세상의 모든 소녀들의 부러움을 사지만 절대로 친구로 삼고 싶지는 않은 인종. 저런 인종은 하루 빨리 멸종을 시켜야 지구의 십대 소녀들에게 평화가 찾아올 수 있다.

그래서 지승우가 집까지 찾아와 부디 내 동생과 친구 해달라고, 자기 입으로 부탁이라는 표현을 쓰며 협박을 했지만, 진이는 절대로 지연우와 친구 따위 되고 싶은 생각이 없었다. 절대로 노 땡큐였다.

"사람이 찾아가서 공손히 부탁했으면, 들어주는 척이라도 해줘야 예의 아닌가? 집에서 주먹질하는 법만 배우고, 예절 교육은 안 해주나?"

역시나 동생 사랑 독특하게 끔찍한 오라버니답게 친구가 되라는 명령을 진이가 무시하자, 승우는 다시 진이를 찾아왔다. 그리고 한다는 말이 처음보다 많이 건방졌다. 그래서 진이도 건방지게 나가기로 하였다.

"네, 저는 할 줄 아는 게 주먹질뿐입니다. 이런 무식한 녀석을 동생 친구로 붙이려고 하다니, 동생 인생 망치고 싶으신가 보죠?"

기분 나빠라고 한 말인데, 승우는 오히려 크게 웃었다. 남자의 아름다운 웃음에 진이는 자기도 모르게 뒤로 물러났다. 정말 적응

하기 힘든 포스였다. 이 남자도 그렇고 지연우라는 아름다운 여자아이도 진이와는 어울리지 않았다. 꼭 진이 자신이 이방인이 된 느낌이었다. 싫다. 이 겉도는 느낌. 언제나 사람들에게 둘러싸여 있는 진이에게는 절대로 어울리지 않는 거북함이었다. 웃을 거 다 웃었는지, 승우가 소리를 죽이며 진이를 다시 보았다.

"너 진짜 남자애 같구나. 우선 인생의 정체성부터 확실히 해야 사는 데 안 괴롭겠다."

정말 내뱉는 말 한 마디 한 마디에 기분이 나빴다. 남자애 같다는 말을 들은 게 한두 번이 아니지만, 지금 이 순간이 진이는 가장 기분이 나빴다. 더 기분이 나쁜 건 반박할 말이 없다는 것이다. 자신이 여성스럽지 않은 건 진이 자신이 가장 잘 아는 일이었으니까.

"때론 상극이 서로의 단점을 보완하면서 잘 통하는 법이니까. 우리 연우랑 잘 사귀어봐!"

기분 나쁘게 할 거 다 하고, 또 자기 동생 친구 하라고 명령이다. 이렇게 되면 해결책은 하나다. 그런 소리 한 걸 후회할 정도로 괴롭혀 주겠어!

황진이 인생 처음으로 이지메를 결심하였다.

지연우는 이미지 때문에 학교 여자애들의 입방아에 항상 오르내렸다. 너무 내숭을 떤다든지 너무 예쁜 척한다든지. 너무 선생님들에게 아부를 한다든지. 별로 좋은 소문은 없었다. 만약 여고가 아니라 남녀공학이었다면, 학교의 스타로 떠올랐겠지만, 여기는 여고였다. 내숭과의 공주님보다는 황진이처럼 정의파 오스칼이 인기를 얻는 곳이었다. 그래서 황진이가 지연우를 이지메하기에는 그야말로 최상의 위치에 있는 셈이었다. 맘만 먹으면 지연우를 학교 전체의 왕따로 만들 수도 있는 입장이었다. 하지만 본성이 그리 영악하지 못했기 때문에 우선 개인적인 이지메를 시작했다. 마주칠 때마다 야금야금 신경을 긁는 소리를 해줄 생각이었다. 가장 확실한 괴롭힘은 주먹이지만, 황진이의 철칙상 여자애를 때릴 수는 없었다.

"너 근친상간에 대해서 어떻게 생각하냐?"

쏴아아아아! 화장실에서 마주친 지연우에게 뜬금없이 뱉어낸 말이었다. 꼴사나운 남매 사이를 비꼬려고 한 말이었다. 그런데 황진이의 질문에 비누칠을 하던 지연우의 손동작이 그대로 정지하였다. 놀란 것이다, 그것도 소스라치게. 민감한 지연우의 반응에 진이도 놀라 버렸다. 뭐야? 설마 진짜로 둘이? 지연우를 에스코트하며 교문 앞에 모습을 자주 나타내는 지승우를 생각하면 그리 가능성이 없는 말도 아니다. 요즘에 어떤 오라비가 여동생을 학교 앞까지 에스코트하고 온단 말인가? 그리고 세림고는 여기서 한 시간 거리였다. 절대로 가는 길에 바래다줄 수 있는 곳이 아니었다.

"어떻게 그런 질문을 할 수 있어? 너 정말 사상이 이상한 아이구나!"

순산 지연우가 격분하며 소리친 말에 진이는 잠시 홍수처럼 쏟아지던 생각을 멈추어야 했다. 청순가련형 지연우가 처음으로 흥분하며 외치고 있었다.

"너 설마 그런 사랑을 꿈꾸고 있는 거니? 안 돼! 그런 건 축복받을 수 없어! 정신 차려! 드라마에서 그려지는 근친상간이 아무리 아름답게 그려져도 그건 다 사기야! 세상에 해도 될 일이 있고, 하지 말아야 하는 일이 있어! 그건 절대로 안 돼! 네버!"

그러니까 이지메를 하려던 계획이었는데 오히려 이상한 애 취급을 받게 된 건 지연우가 아니라 황진이였다.

"저기, 난 그런 뜻으로 한 말이 아니라, 너랑 네 오빠가……."

"오빠는 오빠일 뿐이야! 너 설마 네 오빠를 좋아하는 거니? 그건 안 돼! 절대로 안 돼! 생긴 건 남자애같이 생겨서 왜 그런 말도 안 되는 일을 벌인 거니? 세상에! 너희 집 전화번호가 뭐야?"

"뭐? 우리 집 전화번호는 왜?"

"당장 너희 부모님에게 말해야겠어! 이건 절대로 그냥 넘어갈 문제가 아냐!"

제대로 흥분한 지연우는 진이의 말을 끝까지 듣지도 않고 자기 멋대로 평가하고 있었다. 진이는 집에 전화하고, 선생님에게도 말하겠다고 설치는 지연우를 말리느라고 생고생을 해야 했다. 애가 흥분하니, 당최 사람 말을 듣지를 않았다. 젠장! 애 뭐야?

이지메를 하기 위해서는 대화의 주제를 잘 골라야 한다. 청순가련형이 흥분하면 제대로 필 받는다는 걸, 오늘 뼈저리게 느낀 황진이였다.

진이는 지친 표정으로 창가에 서서, 저 멀리 자신의 반 친구와 같이 돌아가는 지연우를 바라보았다. 친구가 없는 줄 알았는데,

그게 아니었나 보다. 같이 가는 여자애는 같은 반의 오춘희였다. 그 반의 실장이라서, 진이도 얼굴은 알고 있는 아이였다.

"설마 쟤도 친구 하라고 부탁받았나?"

아니, 지승우가 지연우의 친구 관계에 관여한 건 황진이가 처음이자 마지막이었다. 승우가 진이를 찾아와 연우의 친구가 되어달라고 말한 이유는 한 가지였다. 그게 첫사랑의 가장 아름다운 마무리였으니까.

"넌 어떻게 지연우 같은 애랑 친구가 됐냐?"

진이는 교무실에서 춘희를 만났다. 진이는 주번일지를 가지러 온 것이고, 춘희는 담임선생님을 만나러 온 것이었다. 진이가 넌지시 물어보는 말에 춘희는 잠시 황진이를 쳐다보았다.

"지연우 같은 애가 어떤 앤데?"

비꼬는 말은 아니었다. 편안한 목소리, 오춘희는 어른스러운 타입이었다. 그래서 진이도 별 거부감 없이 생각나는 대로 말했다.

"내숭과 아냐? 언제나 착한 척 얌전……."

얌전한 척한다고 말하려다가, 화장실에서 잡혀 한 시간이나 설교를 들은 기억이 떠올라 잠시 입을 다물었다. 음, 생각했던 것보다 얌전하고는 좀 거리가 있는 이미지였다.

"세상에는 보는 걸로도 모든 걸 알 수 있는 사람이 있고, 먼저 다가가서 두드려 보아야 알 수 있는 사람이 있어."

춘희의 말이었다. 단순한 진이로서는 조금 이해가 안 되는 말이었다.

"무슨 뜻이야? 난 단순해서 척 보면 알고, 지연우는 심오해서 척 보면 모른다는 거야?"

단순과 심오의 차이가 욕이냐 칭찬이냐의 경계에 서 있었다. 하지만 춘희는 그런 뜻으로 한 말이 아니었다.

"오늘 연우랑 옷 사러 가기로 했는데, 같이 갈래?"

연우의 오라버니처럼 지연우와의 친목의 장을 친히 마련해 주는 춘희의 말을 진이가 쉽게 받아들이지 않고 물었다. 이거 혹시 그놈한테 부탁받은 거 아냐?

"내가 왜?"

"여자애들의 쇼핑이야 사람이 많으면 많을수록 즐거우니까."

여자애들의 쇼핑, 왠지 그 말이 주는 어색함과 껄끄러움에 진이가 얼굴을 돌리며 퉁명스럽게 말했다.

"흥! 쇼핑 같은 건 지루해."

"응. 쇼핑은 지루해도 연우는 재미있어."

지연우가 재미있다는 소리에 진이가 고개를 돌렸다.

"무슨 소리야?"

"설명이 불가능해. 직접 봐야 알아."

결국 진이는 오묘한 지연우의 세계를 탐구하기 위해 여자들의 쇼핑에 동참했다.

그리고 지연우의 오묘한 세계에 대해서 안 것은 쇼핑을 시작하고 한 시간 뒤, 춘희가 잠시 화장실을 간 사이였다. 처음부터 진이의 등장을 별로 반기는 것 같지 않았던 연우가 심각한 얼굴로 말했다.

"춘희는 내 친구야!"

진이는 '나도 알아' 라는 시선으로 바라보았으나, 지연우는 '그게 뭐' 라는 시선으로 받아들였나 보다. 발끈해서 소리쳤다.

"네가 아무리 친구가 많아도, 네가 아무리 사람들에게 인기가 좋아도, 춘희는 나랑 먼저 알고 나랑 더 친해!"

자고로 적에게 자신의 약점을 드러내는 건, 치명적인 허점이다. 지연우를 이지메 시키자고 결심하고 있던 황진이는 지연우 필사의 충고에 회심의 미소를 지었다. 그래서 그날부터 대놓고 오춘희에게 집적댔다. 여자로서 이런 짓 하고 싶지 않았지만, 괜히 친한 척했다. 그럴 때마다 돌아오는 지연우의 화가 난 고양이 표정을 볼 때마다 느끼는 통쾌함이라니.

큭큭큭, 너무 화내지 마라. 그래도 넌 미모가 되잖니.

"내가 친구 하라고 했지, 언제 내 동생 괴롭히라고 했니?"

역시나 얼마 지나지 않아 연우의 오라비께서 진이의 앞에 재등장하였다. 집으로 가는 길, 집 근처 놀이터에 서 있는 승우를 발견한 진이는 걸음을 멈추었다. 심기가 불편한지 진이를 바라보는 시선이 곱지 않았다. 그런데 이상하게 지연우의 곱지 않은 시선은 통쾌한데, 놈이 곱지 않은 시선은 조금 그랬다. 뭐가 그런지 정확하게 알 수 없지만, 하여튼 조금…… 그랬다.

"난 친구 하기 싫다고 했습니다."

"내 동생 어디가 싫은데?"

승우의 질문에 진이는 별로 할 말이 없었다. 솔직히 지연우, 알고 보니 괜찮은 아이였다. 낯가림이 심해서 잘 알지 못하는 사람과 데면데면하는 걸 빼면 말이다. 예쁘다고 예쁜 척하는 것도 특별히 없었다. 옷을 산다고 해서 무슨 드레스라도 사러 가는 줄 알았더니, 엄마 몰래 청바지를 산 것이었다. 왜 청바지를 몰래 사는지 그 이유는 정확히 알 수 없었지만, 바지 사면서 그렇게 좋아하는 여자애는 처음 봤다. 그리고 다른 아이들처럼 황진이의 남자 같은 외모 때문에 진이를 남자 대하듯이 대하지도 않았다. 진이가 여자애라는 걸 안 순간부터, 지연우에게 황진이는 그저 얼굴 보이시한 여자 아이일 뿐이었다. 그리고 가끔 보이는 엉뚱함, 이게 꽤 재미있었다. 진이가 춘희에게 가까이 다가가는 게 정말 맘에 들지 않았는지, 오늘 학교에서 아주 대놓고 진이 앞에서 통곡을 했다.

"춘희는 내 친구란 말이야! 넌 친구 많잖아. 그런데 왜 자꾸 뺏어가려는 거야! 으아아아앙!"

지연우를 보고 고등학생도 친구 때문에 울 수 있다는 걸 알 수 있었다. 아직 애가 덜 컸다는 걸, 눈으로 실감하는 순간이었다. 재미있는 구경거리였지만, 마음 한편으로 조금 미안함이 있기도 했다. 그리고 친구를 그 어떤 것보다 소중히 여기는 지연우의 태도에 조금 감동도 왔다. 별로 할 말이 없던 진이가 지승우가 더 이상 관심 끊게 한마디를 툭 던졌다.

"댁 같은 오라비 있다는 게 싫은데요."

지승우는 나이 한 살 더 먹은 걸 허투로 쓰지 않았다. 오빠답게 바로 화내지 않고, 느긋하게 팔짱을 끼며 '그래?' 라고 물어보기까지 한다. 당연히 화내라고 한 말인데, 화를 안 내자 진이는 조금 아주 조금 당황하였다. 바로 이런 점이 싫은 것이다. 여자만 여시 같은 게 아니다. 지승우, 이 여시 같은 놈! 썩 사라져!

진이의 말에 지승우도 포기했는지 더 이상 아무 말 없이 진이를 보내주었다. 하지만 진이는 이미 맘속으로 내일부터는 지연우한테 잘해주자라고 반성을 하고 있었다. 생각해 보니 지연우가 무슨 잘못이 있는가? 그래, 내일은 매점에서 빵이라도 사다 주면서 화해를 시도해 봐야지.

"황진이!"

진이가 고개를 돌리니, 곱게 포장된 선물 하나가 그녀를 향해 날아오고 있었다. 진이는 반사적으로 자신에게 날아온 선물을 받았다. 계단 위에서 지승우가 웃으면서 손을 흔들고 있었다.

"나 너무 미워하지 말라는 뇌물이야. 잘 가라!"

할 말을 전한 승우는 그대로 몸을 돌려 진이에게서 멀어졌다. 진이는 승우가 던진 선물을 품 안에 안고, 멀어지는 승우의 뒷모습을 보면서 자신도 모르게 대답을 하였다. 승우는 이미 저 멀리 가버렸지만…….

"네."

승우가 준 선물이 무엇인지 짐작이 되는가? 소녀의 로망을 꿈꾸신다면 알려 하지 마라.

2006년 10월.

"……봐. 당신이 연우 친구 맞나?"

꿈속의 진이는 멀어지는 승우의 뒷모습을 열심히 쳐다보고 있었는데, 누군가 자꾸 말을 걸었다. 말소리가 선명해질수록 승우의 모습이 불투명해졌다.

말시키지 마! 난 지금 잘 시간이라고!

몽롱한 의식 속에서 진이는 자신을 깨우려는 목소리의 남자에게 화를 냈다. 그런데 그걸 모르는지 남자는 이제 진이의 어깨를 흔들기까지 했다.

"이봐요! 일어나. 여긴 집이 아니라 길이라고."

결국 승우의 모습은 완벽하게 사라져 버렸다. 그 때문에 진이는 유쾌하지 못한 기상을 해야만 했다.

잔뜩 찌푸리며 실눈을 뜨는데, 바로 앞에 광택이 흐르는 남자의 검은색 발리 구두가 들어왔다. 진이는 천천히 고개를 들었다. 그런데 다리가 어찌나 긴지, 아무리 올라가도 허리가 안 나왔다. 겨우 허리가 나왔을 때, 또 한참을 올라가야 남자의 가슴이 나왔다. 정말 장신이었다. 얼굴까지 가는 길이 너무 멀어 술 취한 진이는 조금 짜증이 올라왔다. 진이는 거의 목이 부러질 정도로 고개를 젖혀서야 자신을 데리러 온 운전수의 얼굴을 볼 수 있었다.

가로등을 등지고 서 있는 남자의 얼굴에는 역광이 비치고 있었다. 그건 압박을 주는 신비로움이었다. 빛을 헤치고 겨우 남자의 얼굴을 확인했을 때, 진이는 이상한 낯익음을 느끼고 고개를 갸우뚱했다.

"어라? 분명 본 얼굴인데 누군지 모르겠네. 당신 누구야?"

술에 취해 제대로 정신을 차리지 못하고 한참이나 나이가 많은 그에게 반말을 해대는 여자를 태유는 난감한 눈으로 내려다보았다.

"난 태후 형인데. 태후가 집까지 에스코트해 달라고 한 여자가 당신 맞나?"

"태후 형? 아! 마태후 형! 마태유! 전설적인 농구 선수! 사인해 줘요."

태유는 진이가 내민 빈손을 그저 바라만 볼 뿐이었다. 태유가 농구를 했던 건 십 년도 더 된 옛날 일이었다. 설마 자신이 농구 선수였다는 걸 아는 사람을 이렇게 길거리에서 만나게 될 줄은 생각도 못했다. 이제 그가 농구 선수였다는 걸 기억하는 사람은 아무도 없었다. 마태유를 아는 사람들은 모두 그를 황제그룹의 마 사장님으로 알고 있을 뿐이었다.

"일어나지. 집에 가야지."

"아니, 나 전화해야 하는데……."

"전화?"

"계속 걸어도 안 받아요. 어쩌죠?"

정말 태유를 난감하게 하는 말들만 하는 여자다. 그건 태유가 신이 아닌 이상 해결해 줄 수 없는 문제였다. 알지도 못하는 사람이 전화 안 받는 이유를 태유가 어찌 알겠는가.

"내가 전화 거는 게 귀찮은 걸까요?"

태유는 신사였기에 울상을 지으며 심각하게 물어오는 여자에게 나랑 상관없는 일이야, 라고 냉정하게 말할 수는 없었다. 다행스럽게도 태유가 그 질문에 대답할 필요가 없어졌다. 그녀가 오바이트를 시작했기 때문이다.

마태유는 길에서 잠든 진이를 친절하게 깨워주고 더욱 친절하게 오바이트를 하는 그녀를 끝까지 기다려 주었다가 차 문까지 열어주었다. 진이는 차에 타고서야 태유에게 인사를 했다.

"죄송합니다. 잘 부탁드립니다."

죄송하다는 건 황제그룹 사장님이나 되는 분이 길바닥에서 자는 여자 운수나 하게 되어서 죄송하다는 거고, 잘 부탁드린다는 것은 이왕 운수 했으니 집까지 잘 데려다 달라는 뜻이었다. 태유도 알아들었는지 차의 시동을 걸며 친절하게 또 그녀를 챙겨주었다.

"힘들면 말해, 참지 말고."

"네, 걱정 마세요. 무슨 일이 있어도 이 고급 차 안에서는 안 토할 테니까."

"난 차보다 사람을 걱정해서 하는 말이야."

열린 창문 턱에 얼굴을 대고 찬바람을 맞으며 억지로 술을 깨우고 있던 진이는 태유의 말에 천천히 고개를 돌렸다. 태유는 앞만 보고 운전을 하고 있었다. 진이는 잠시 운전을 하는 태유를 물끄러미 바라보았다.

"왜 그렇게 보지?"

귀에도 눈이 달렸는지, 진이가 쳐다보는 시선을 알아챈 태유가 물었다.

"그냥, 진짜 마태후 형 맞는가 해서."

태유는 그제야 조금 얼굴을 틀어 진이를 보았다. 참 단단한 시선이었다. 그 무엇도 이겨낼 것 같은 강한 시선이 아니라, 그 무엇도 뚫고 들어갈 수 없을 것 같은 단단하게 막힌 시선이랄까. 그래도 무언가를 묻는 시선 같았기에 진이는 꼬이는 발음으로 부연 설명을 했다.

"음, 그러니까 외모는 닮았는데, 성격이 참 다른 것 같아서요. 만약 당신 동생이 저 길바닥에서 자고 있는 걸 봤다면 사진으로 찍어서는 그걸 약점으로 제 평탄한 인생에 이만한 짱돌을 던져 넣었을 거예요. 아! 그래도 당신 동생이니까 이런 이야기 기분 나쁘나요? 당신 동생이 나쁘다는 뜻이 아니라 참 개성있는 성격이라는 소리였어요."

진이는 변명하듯 덧붙였다.

"그러니까 전 당신이 참 신사적이라는 소리를 하고 싶었던 것뿐이에요."

별로 자신에 대한 칭찬같이 들리지 않았나 보다. 태유는 그저 운전에만 집중할 뿐이었다.

그리고 두 사람은 오랫동안 말이 없었다. 본디 침묵을 그리 좋아하는 성격이 아닌 진이가 먼저 입을 열었다.

"그런데 농구는 왜 그만두신 거예요?"

태유에 대해 아는 거라고는 농구 선수를 하다가 갑자기 그만둔 것뿐이기에 그 일을 물었다. 그런데 묻지 말아야 될 걸 물었는지 태유는 한참이나 대답이 없었다. 무시인가라고 생각하고 포기할 때쯤 그가 말했다.

"재미없어져서."

간단한 대답이었다. 하지만 그 무게는 이상하게도 묵직했다. 심연 속으로 끝없이 가라앉는 무거운 돌덩이 같은 대답이었다. 하지만 그녀가 모르는 타인의 마음이었기에 진이는 더 이상 신경 쓰지 않았다.

마태후는 신사적일지는 모르지만 지독히도 말이 적었다. 그래서 지루함을 참지 못하고 진이는 자리에 앉아서 꾸벅꾸벅 졸 수밖에 없었다. 또다시 꿈속에서 승우의 모습을 보았을 때 그녀의 얼굴에 다시 미소가 걸렸다.

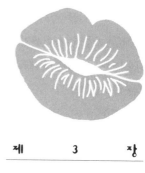

제 3 장

미국 보스턴 케임브리지 하버드 대학 도서관이다. 수많은 사람들 사이에서 은테 안경을 끼고 공부하는 승우가 있다. 대학 교수인 아버지를 닮은 것인지 승우는 타고난 학구파 스타일이었다. 유학은 더 넓은 배움을 얻기 위한 그 자신의 선택이었다. 한국에서 의대를 일 년 다니다가 하버드에 입학한 승우는 현재 생물학과 3학년 과정을 밟고 있다. 벌써 유학 온 지 삼 년이나 되었지만, 아직도 남아 있는 시간이 더 길다. 전문의가 되기 위해서는 생물학과를 졸업한 뒤 사 년의 메디컬스쿨 과정과 일 년의 인턴, 그리고 사 년의 레지던트 과정을 거쳐야 한다.

그 어려운 길을 돌아서 가지 않기 위해 열심히 책을 파고 있는데, 누군가 승우가 앉아 있는 책상을 두드렸다. 고개를 드니 룸메이트인 렉이었다. 영국인으로 원래 이름은 레이몬드 윌리엄인데, 그냥 팍 줄여서 렉이라고 부르고 있었다. 레이몬드나 레이는 절대로 그에게 어울리는 이름이 아니라는 게 승우의 지론이었다. 처음엔 못 알아들었지만 이제는 부르면 대답도 잘했다. 역시 교육이란 모든 걸 가능하게 하는 거다.

승우가 뭐야? 라는 눈길만 보내자 렉이 웃으면서 속삭였다.

『너 핸드폰 집에 놔두고 갔더라.』

렉의 말에 냉정하던 승우의 두 눈이 놀라움을 감추지 못하고 커졌다. 승우는 서둘러 자신의 바지 주머니를 확인해 보았다. 비어 있었다. 어떻게 그걸 잊어버리고 올 수 있는지!

승우는 렉에게 손을 뻗었다. 자신의 핸드폰을 달라는 뜻인데, 렉은 웃으며 말했다.

『집에 두고 왔는데.』

『그러면 말을 하지를 말든지! 왜 말한 거야!』

렉의 대답에 화가 난 승우는 도서관이라는 것도 잠시 잊고 조금 큰 목소리로 화를 내버렸다. 돌아보는 사람들의 시선을 느끼고 승우는 바로 입을 닫았다.

『궁금했거든.』

핸드폰도 안 갖고 왔다면서 계속해서 말을 하는 렉을 승우는 쏘아보았다. 하지만 렉은 여유로운 태도로 승우의 앞자리에 앉으며 말했다.

『과연 네가 핸드폰 없이 하루를 그냥 버티나, 아니면 지금 당장 집으로 달려가서 핸드폰을 가져오나.』

핸드폰이 마약도 아니고 버티긴 뭘 버틴단 말인가!

더 이상 영양가있는 대화가 안 될 것 같다 판단한 승우는 렉을 무시하고 다시 책에 집중했다. 그런데 아까까지 잘 이해되던 글자들이 제각각 분해되어 아무런 의미 없는 말들인 채로 머릿속에 들어왔다. 한 손은 이미 텅 빈 주머니 안을 더듬으며 방황하고 있었다.

어제 했으니까 오늘 또 전화하진 않겠지…….

서서히 잡생각들이 머릿속을 비집고 들어오고 있었다. 승우는 집중력을 되돌리기 위해 이마를 강하게 눌렀다. 그때 렉이 말했다.

『아, 네 방에서 전화벨 소리가 들리기에 너 핸드폰 안 갖고 간 거 안 거야. 나 절대 네 방에 안 들어갔다.』

승우는 못 들은 척 책만 읽었다.

『꽤 오래 울리는 거 보니까, 오스칼인 것 같던데.』

오스칼, 이틀이 멀다 하고 승우에게 전화를 하는 묘령의 연인을 부르는 렉의 애칭이었다. 황진이가 정말 그 아름다운 조선의 여인처럼 생겼냐는 렉의 끈질긴 질문에 승우가 오스칼이라는 진이의 고등학교 때 별명을 가르쳐 주면서부터 렉은 한 번도 만난 적 없는 그녀를 승우의 오스칼이라고 부르기 시작했다.

『이 시간에 전화한 적은 없지 않나? 무슨 일 있는 건가?』

자신한테 온 전화도 아닌데 렉은 걱정까지 하였다. 딱 오지랖 넓은 영국 누렁이다.

탁! 승우는 보고 있던 책을 덮었다. 그리고 렉에게 간다는 소리도 하지 않고 자리에서 일어났다. 예의없이 인사도 하지 않고 도서관을 나서는 승우를 보고 렉은 소리없이 웃었다.

레이몬드 윌리엄이 추측하길, 아마도 도서관을 나서자마자 지승우는 달릴 것이다.

"여기서 어디로 가면 되지?"

말없이 운전하고 가다, 갈라진 길이 나오자 태유는 진이에게 물었다. 그러나 옆 자리에서는 대답이 돌아오지 않았다. 태유는 힐긋 옆을 바라보았다. 진이는 자고 있었다. 태유는 자고 있는 진이를 깨우려다가 멈칫하였다. 그녀의 이름조차 알지 못했기 때문이다. 그저 아직은 태후의 연인인 연우의 친구라고 알고 있을 뿐이었다. 태유는 진이를 깨우는 대신 태후에게 전화를 했다.

띠리리리 띠리리리. 그런데 무얼 하는지 태후는 전화를 받지 않았다.

[저희 고객 전화의 전원이 꺼져 있으니…….]

결국 신호음이 얼마 가지도 않아 전원이 꺼졌다는 말이 흘러나왔다. 일부러 전화의 전원을 꺼놓고 있는 것 같았다. 태유는 손으로 이마를 찍어 눌렀다. 태후가 지금 누구와 뭘 하고 있을지는 뻔하기에 방해하고 싶은 마음은 추호도 없었지만, 조금 짜증이 올라왔다. 누군가 태유에게 그녀의 집으로 가는 길을 가르쳐 줘야 했다. 그래야 그녀를 집에 내려주고 태유도 집으로 갈 수 있었다.

태유는 고개를 돌려 아직도 자고 있는 진이를 바라보았다. 아무래도 그녀를 흔들어 깨우는 길밖에는 방법이 없다고 생각되어서 그녀의 어깨를 흔들어 깨우기 위해 천천히 손을 뻗었다. 막 그녀의 어깨에 손이 닿을 때쯤, 태유의 눈에 그녀의 손에 쥐어진 핸드폰이 들어왔다. 태유는 그녀의 어깨로 향하던 방향을 꺾어 진이의 손에 쥐어진 핸드폰으로 손을 뻗어 조심스럽게 빼냈다. 그리고 생각할 것 없이 1번을 누르고 통화를 눌렀다. 1번에 저장된 사람이 누구든, 분명 그녀의 집쯤은 알고 있는 관계일 테니까.

띠리리리 띠리리리.

단조로운 신호음이 가는 동안, 태유는 창에 머리를 기대고 눈을 감고 있었다. 며칠 동안 풀리지 않는 서류들과 싸웠더니 조금 피로감이 몰려왔다. 체력은 자신있었는데, 아무래도 이제 서서히 한계라는 걸 느낄 나이인가 보다. 내일 회사에 가자마자 챙겨봐야 할 서류에 대해서 생각하고 있을 때, 그녀의 1번이 전화를 받았다.

[황진이! 아까도 전화했던데 무슨 일 있어?]

"황진이?"

태유는 전화를 받은 사람이 남자라는 것보다 그녀의 이름을 듣고 놀라서 저도 모르게 고개를 돌려 자고 있는 진이를 바라보았다.

아름답다는 말보다는 샤프하다는 말이 어울리는 여자였다. 황진이라니. 이름과 그녀의 이미지가 주는 언밸런스에 태유는 저도 모르게 웃고 말았다. 하지만 전화기 속의 그는 전혀 웃고 싶은 기분이 아니었나 보다.

[누구시죠?]

처음보다 경직된 목소리라는 걸 느낄 수 있었다. 역시 남자 친구? 아마도 전화를 안 받는다고 한 사람인 것 같았다. 태유는 잠시 귀에서 핸드폰을 떼어서 발신자 명을 확인하였다. 애인이면 '자기야' 나 '우리 그이' 정도로 등록되어 있을 것이다. 하지만 예상과 달리 발신자 명은 단순하게 이름이었다.

〈지승우.〉

들어본 적이 있는 이름이다. 전화번호가 미국인 걸로 보아 이 남자는 미국에서 유학 중인 지연우의 오빠인 듯했다. 그러니까 동생의 연인에 오빠가 동생의 연인에 친구의 핸드폰 1번으로 저장되어 있다는 소리니까. 젠장! 도대체 무슨 관계가 되는 거지?

"진이 씨를 집으로 데려다 주는 길입니다. 경찰서와 우체국이 있는데, 어느 쪽 길로 가는 건지 혹시 아시나요?"

태유는 우선 자신의 신분을 밝히지 않기로 했다. 그가 지연우의 오빠가 맞는다면, 안 밝히는 게 좋을 것 같았다. 분명 나중에 만나게 될 사람인데 그때 이 일로 서로 어색하게 대면하기는 싫었다.

[전 누구냐고 물었습니다.]

그런데 지승우는 물러서지 않고 태유의 신분에 대해 물어왔다. 친구의 오빠로서 묻는다고 하기에는 너무 경계가 섞인 목소리였다. 아무래도 태유가 1번을 누른 건 하지 말았어야 될 실수였던 것 같았다. 태유는 곤란하다는 눈으로 고개를 돌려 진이를 보았다. 태유가 처한 곤란한 상황 따위는 자신과 전혀 상관없다는 듯이 잘도 자고 있었다.

"……당신이 꼭 알아야 할 이유라도 있나요? 전 그냥 길만 물어 보려고 전화한 겁니다."

이름을 말하기 싫어, 상대방이 불쾌해할 말을 꺼내 버렸다. 아마도 지승우는 기분이 나빠졌을 것이다. 이런, 그냥 신분을 밝힐까라고 생각하고 있을 때.

[우체국 있는 곳으로 가세요.]

뚝! 지승우는 길만 가르쳐 주고 바로 전화를 끊어버렸다. 뚜뚜뚜뚜뚜뚜, 끊긴 전화 뒤에 들려오는 규칙적인 전화음을 태유는 잠시 말없이 듣고 있었다.

오늘 그는 단지 동생의 부탁으로 이름도 알지 못하는 여자의 에스코트를 맡은 것뿐인데, 어쩌다 보니 그녀의 은밀한 비밀을 알아 버리게 되었다. 그리고 어쩌면 그녀가 아직 알지 못하는 은밀한 비밀까지도. 이건 정말 예기치 않은 사고였다.

태유는 진이의 핸드폰 폴더를 닫고, 조심스럽게 진이의 손 위에 다시 올려주었다. 차를 출발시켜 우체국이 있는 길로 가면서 아까 전의 통화는 없었던 일로 하기로 결정하였다. 하지만 아마도 한 가지는 절대 잊지 못할 것 같았다.

황진이. 정말 인상적인 이름이다.

달이 지키고 있는 한국에서 태유가 잠이 든 진이를 집에 데려다 주고 있는 시간, 태양이 지키고 있는 미국 보스턴 케임브리지에서 승우는 멍하니 끊긴 전화기를 내려다보고 있었다. 굵은 땀방울 하나가 하얀 승우의 뺨을 타고 턱 밑으로 떨어져 내렸다. 무덥다. 시원한 게 절실히 필요했다. 승우는 핸드폰을 내려놓고 그대로 샤워실로 걸어갔다.

쏴아아아아아.

승우는 벌써 십 분째 샤워 중이었다. 평소라면 샤워를 끝내고 커피 한 잔을 다 마셨을 시간이지만, 승우는 아직도 차가운 물줄기 아래 있었다.

[……당신이 꼭 알아야 할 이유라도 있나요?]

전화기 속에서 들려왔던 굵은 남자의 목소리가 다시 환청처럼 들려와 승우는 얼굴을 찌푸렸다. 그래도 나름대로 좋은 관계를 유지하고 있다고 생각했는데, 단 한 통의 전화가 그런 믿음에 지독한 불신을 가져오고 있었다.

애매한 선.

그게 항상 문제였다. 황진이와는 언제나 명확한 선을 긋는 게 힘들었다. 심플하게 생각할 수 없는 사이였다. 그저 동생의 친구로만도 생각할 수 없는 사이였고, 그렇다고 더 깊은 사이라고도 말할 수도 없었다.

처음엔 연우의 친구라는 게 걸렸고, 그 다음엔 고3이라는 진이의 상황이 걸렸고, 그 다음엔 유학을 준비해야 하는 자신의 상황이 걸렸고, 결국 그대로 유학을 떠나와 지금의 이 샤워실까지 이어져 버렸다. 그 긴 시간이 흐르는 동안 달라진 건 아무것도 없었다. 아직도 친구의 오빠였고, 동생의 친구였다.

그 남자가 건넨 질문은 승우가 승우 자신에게 물어보고 싶은 질문이었다.

그 남자가 진이와 무슨 사이인지 내가 꼭 알아야 할 이유가 있는 건가?

찰싹!

상쾌한 아침 진이는 등을 때리는 매서운 손길에 잠에서 깨어났다.

"엄마, 아프잖아!"

자신이 왜 맞는지도 모른 채 맞은 아픔 때문에 진이는 온 얼굴을 찌푸리며 어머니에게 항의했다.

"넌 더 맞아야 해! 다 큰 처녀가 술에 취해 외간 남자 차를 타고 집에 온다는 게 말이 돼! 빨리 이실직고해! 어제 그 남자 누구야?"

"남자?"

진이는 어머니의 말이 무슨 뜻인지 모르겠다는 눈으로 멍하니 앉아 있었다. 어젯밤의 기억이 거의 나지 않았다. 술에 취해 계단에 앉아 마태후가 부른 운전수를 기다리며 승우에게 전화를 하고, 하지만 승우는 전화를 받지 않고, 그리고 키가 아주 큰 그가 나타났다. 그제야 진이는 태유의 존재가 기억이 났다.

"아, 마태유! 마태후 형이야."

"마태유? 마태후? 그게 누군데!"

어머니는 진이의 말뜻을 알아들을 수 없어 답답하다는 듯이 다그쳐 물었다.

"연우 애인."

"뭐? 그럼 어제 너 데리고 왔던 남자가 연우 애인이라고?"

"아니, 그 남자는 연우 애인 형."

"뭐야? 그럼 너랑 뭐 있던 사이가 아니었어?"

"아니, 어제 처음 본 사이인데."

찰싹! 어머니는 다시 매서운 손길로 진이의 등짝을 때렸다. 이번에는 아까보다 더 매서워서 진이는 고통스러운 표정을 지으며 손으로 등을 감싸 안았다.

"또 왜 때리는데!"

"어휴! 너는 스물여섯 살이나 먹었으면서 어떻게 그 흔한 애인 한번 데리고 오지 못하냐! 이제 금방 서른이야! 시집 안 갈 거야?"

어머니는 혹시나 어제의 그 부티나는 남자가 자기 딸과 썸씽이 있는 남자가 아닌가, 내심 기대를 했었나 보다.

술에서 깨어난 아침 진이는 어머니의 구박을 받으며 하루를 시작했다. 매정한 어머니는 해장국 끓여달라는 딸의 부탁을 단칼에 거절하시며 아침밥도 안 주시고 집에서 쫓아내시었다. 술기운 때문에 지끈거리는 머리를 손으로 감싸 안으며 진이는 흔들리는 버스에 몸을 실었다.

"그런데 그 남자가 우리 집을 어떻게 안 거지?"

진이의 기억 속에는 태유에게 집을 가르쳐 준 사실이 없었다. 아니, 그것보다 바래다줘서 고맙다는 인사도 못했다.

다음에 만나면 꼭 고맙다고 해야겠다. 그런데 또 만날 기회가 있으려나?

2학기가 시작되면서 체육 시간에는 수영을 하고 있었다. 세림고등학교는 수영부가 있어 학교에 수영장이 있었다. 수영복을 입은 학생들이 자유롭게 수영을 하고 있는 동안, 진이는 구석에 있는 간의 의자에 앉아 어제 마신 술로 인한 숙취에서 깨기 위해 노력하고 있었다. 진이가 생각해 낸 숙취 해결방법은 수면이었다. 자다가 일어나면 해맑은 머리로 다시 돌아와 있기를 바라며 진이는 꾸벅꾸벅 졸고 있었다. 철썩! 그런데 갑자기 차가운 물이 자고 있는 그녀를 덮쳐 왔다. 진이는 놀라서 눈을 번쩍 떴다.

"어떤 자식이야? 하늘 같은 선생님한테 감히 물세례를 한 게 누구야?"

진이의 고함에 수영장에 있던 학생들의 시선이 모두 그녀에게 몰렸다. 아니, 정확하게는 그녀의 앞에 서 있는 학생주임 선생님한테 몰렸다. 이제 나이 오십 줄에 들어서는 학생주임 선생님은 손에 주황색 바가지를 든 채 근엄한 얼굴로 진이를 내려다보며 말했다.

"황 선생이 하늘이면 난 뭐냐?"

진이는 가능한 저자세의 미소를 지으며 말했다.

"하하! 하늘보다도 더 높으신 선생님! 수업 참관도 좋지만, 수영장은 삼가해 주세요. 여학생들이 부끄러워하잖습니까."

"부끄러워해? 그럼 부끄러워한다는 아그들이 수영복 차림으로 매점까지 오간단 말이냐?"

학생주임의 말에 진이가 놀라서 아이들이 있는 쪽으로 고개를 돌렸다. 하드를 입에 물고 벌을 서는 학생 두 명이 눈에 들어왔다.

수영장 바로 옆이 매점이기는 하지만, 너희들이 여자 맞더냐?

어떻게 다 벗은 차림으로 밖에 나가! 너희들 때문에 나만 혼나고 있잖아.

진이가 일을 벌인 학생들을 원망 어린 눈으로 바라보는 동안 학생주임 선생님의 호통은 계속 이어지고 있었다.

"황 선생은 학교에 자러 왔나? 황 선생이 학생이냐, 선생님이냐? 퍼뜩 안 일어나!"

학생주임의 호통에 진이는 의자에서 벌떡 일어났다.

"똑바로 해라! 또 걸리면 그땐 황 선생부터 맞는다!"

선생이라고 불러주고 있었지만, 이건 완전히 학생 취급이었다. 교직 생활 삼십 년째를 맞고 있는 학생주임 선생님은 교직 생활이 오 년이 넘어가지 않는 선생은 선생 취급해 주지도 않았다. 그래서 이제야 겨우 삼 년째를 맞고 있는 진이는 학생주임의 눈에 그저 학생처럼 보이는 것이다. 햇병아리 선생님들 중 그런 학생주임의 태도에 화를 내는 사람도 많았지만, 진이는 그저 나 죽었습니다 하고 그의 호통을 모두 받아내는 편이었다. 왜냐하면 학생주임 선생님은 아버지의 친우이셨기 때문이다. 잘못 보이면 집에서까지 괴롭다. 정말 괴롭다.

학생주임 선생님이 수영장을 나가고 진이는 한숨을 푹푹 쉬며 학생들의 앞으로 걸어갔다.

"니들 때문에 나만 혼났잖아. 너희들의 자유는 이제 끝났어! 모두 집합!"

진이는 여학생들을 모두 불러 모은 후 편을 가르고, 릴레이 수영 시합을 시켰다. 그리고 진 팀은 전원 운동장에서 수영복 패션

쇼를 해야 한다는 무시무시한 벌칙을 주었다. 여학생들의 원성은 하늘을 찔렀고, 수영 시합의 치열함은 올림픽을 연상시켰다. 그리고 시합이 끝난 뒤 수영복 패션쇼는 열리지 않았다. 수영 시간에 죽기 살기로 수영을 했으니까 그걸로 된 것이었다. 몸매에 자신있는 사람만 수영복을 입고 학교를 돌아다녀도 좋다는 말을 마지막으로 진이는 여학생 반의 수영 수업을 마쳤다.

하지만 수영장 사건은 그걸로 끝이 아니었다. 여학생 반 수업이 끝나고 남학생 반 수업을 할 때였다.

"선생님, 아이스크림 사주세요!"

한 학생의 입에서 나온 투정에 한입두입이 모여지더니, 한순간 걸걸한 목소리들이 진이에게 아이스크림을 내놓으라고 아우성을 쳐대기 시작했다. 진이도 지지 않고 큰 소리로 외쳤다.

"조용히 해! 지금은 수업 시간이야! 물장구나 치라고!"

진이가 자신들의 요구를 받아들이지 않자, 1학년 2반의 수장이라고 할 수 있는 놈이 나와서는 당당히 요구라는 걸 했다. 열일곱 살이라는 나이에 걸맞게 아이스크림을 얻기 위해서.

"그럼 선생님, 저랑 시합해요! 제가 이기면 우리 반 전체에 선생님이 아이스크림을 쏘세요. 만약 제가 진다면 우리 반 전원이 모두 선생님을 위해 아이스크림 값을 내겠습니다."

수한이라는 남자애였다. 진이를 여자라서 우습게 보기보다는 자신이 수영에는 자신이 있다는 뜻이었다. 수한의 도전이 떨어지자마자 수영장 안은 도저히 수업이 불가능할 정도로 들썩였다. 만약 여기서 진이가 물러난다면, 난동이라도 부릴 분위기였다.

역시 십대들이란 요동치는 바다다. 그깟 아이스크림이 뭐라고 이 난리란 말인가.

진이는 사십 명이나 되는 학생들을 조용히 시키는 방법은 수한과 시합을 해서 이기는 길밖에 없다고 판단을 내리고 또 한숨을 푹푹 쉬며 입고 있던 트레이닝복을 벗었다. 안에 수영복을 입고 있었기 때문이다.

순간 시끄럽던 수영장 안이 거짓말처럼 조용해졌다. 십대 소년들의 눈에는 '벗는다'는 그 동작 자체가 자극이었던 것이다. 그리고 진이가 좀 보이시한 느낌이 강하기는 했지만 건강한 몸매를 갖고 있는 스물여섯 살의 여자였다. 아직도 성장 중인 열일곱 살의 소녀들과는 그 느낌이 질적으로 달랐던 것이다.

그러나 어릴 때부터 워낙 남자애 취급을 많이 받은 진이는 그런 걸 몰랐다. 그녀의 성적 매력이 지금 열일곱 살의 집단들에게 폭발할 정도로 치솟았다는 걸 모른 채 훌훌 트레이닝 바지까지 벗어던졌다. 봉긋한 가슴 하며 허리에서 엉덩이로 이어지는 탄력있는 라인, 그리고 그 무엇보다 눈길을 사로잡는 건 군살없는 다리였다. 진이의 다리는 뷰티풀과 원더풀의 완벽한 조화였다. 꿀꺽! 제어심이 약한 어린 늑대의 숨 넘어가는 소리가 철없이 흘러나왔다.

타이트한 수영복 차림이 된 진이는 시합을 할 때 쓰는 출발대 위에 올라서서 말했다.

"내가 이기면 네놈들 한 명당 아이스크림 값 오백 원씩 내놓는 거야! 나중에 딴소리하지 마! 알았어?"

만약 이 순간 학생주임이 들어온다면 그야말로 반성문을 써야 될지도 모르는 일이지만, 진이는 이미 시합에 대한 승부욕으로 불타고 있었다.

"혹시라도 날 응원할 녀석은 내 옆으로 와서 서라! 그럼 내가 아주 예뻐해 줄 테니까."

진이는 회유책을 내놓았다. 똘똘 뭉친 악동 집단을 와해하고 싶었기 때문이다. 하지만 남학생들은 서로의 눈치만 볼 뿐, 선뜻 진이의 옆으로 오지 않았다. 왜냐하면 그녀와 시합을 하는 수한은 그들의 짱이었으니까. 욕정보다는 의리라는 것이다.

결국 진이는 한 명의 응원군도 얻지 못한 채 수한과의 시합에 들어갔다. 심판을 맡은 실장의 출발 신호에 맞추어, 진이와 수한은 동시에 풀로 입수하였다. 아름다운 곡선을 그리며 물속으로 깊게 잠수해 들어간 진이는 물을 헤치며 앞으로 나아갔다.

코흘리개들의 오백 원을 강탈하기 위해 그녀는 질주했다.

"확실한가요?"

"네, 없었습니다. 지난 십 년 동안의 환자 기록을 모두 조사해 보았지만, 이십대 한국계 여자 환자 중 장수진이라는 이름은 없었습니다."

보고자의 말을 들은 태유는 실망도 하지 않았다. 이미 그러리라는 것을 알고 있었다는 듯이. 언제부터인가 사람들이 습관적으로 신문의 운세란을 확인하는 것 같은 그런 습관이 되어버렸다. 기대를 하지 않는다. 하지만 그렇다고 해서 그만둘 수도 없다.

"그럼 다른 곳을 찾아봐요."

태유의 명령에 남자는 곤란하다는 빛을 얼굴에 나타냈다.

"이미 병원이라는 병원은 모두 돌아다녔습니다. 더 이상 찾아 갈 병원이 없습니다."

태유는 눈을 감고 조용히 명령했다.

"그럼 처음부터 다시 찾아요."

찾지 못한다고 해서 멈출 수 있는 일이라면 이미 옛날에 그만두 었다. 비록 그게 세상 속에 숨은 모래알 하나 찾는 일보다도 어려운 일이라 하더라도, 멈출 수가 없는 일이 있었다. 지금 태유가 그랬다. 그래서 찾고 또 찾아야 했다. 두 사람이 만들어가던 사랑은 하나가 사라졌다고 해서 사라지는 게 아니었으니까. 수진이 사라지면서 불완전해진 사랑은 완벽해지기 위해 계속해서 잃어버린 반쪽을 찾아헤매고 있었다.

태유는 평소보다 이른 시간에 퇴근을 하여 집으로 돌아왔다. 태유가 정원에 들어섰을 때 정원사가 사다리를 타고 삼층으로 올라가고 있었다. 태유네 집 실내정원은 신기하게도 삼층에 있었다. 원래 다락이었던 곳을 개조하여서 그렇게 된 것이었다. 어머니의 부탁으로 만들어진 곳이었으나 계단을 만들 때쯤 어머니가 돌아가셔서 공사는 더 이상 진행되지 않았다. 결국 공사를 위해 지었던 간이 계단이 철거된 뒤 여태껏 그곳에는 계단이 없었다. 하지만 정원사 빼고 아무도 불편해하지 않았다. 어차피 아무도 구경 가지 않는 곳이니까. 그저 미관상 존재하는 화원일 뿐이었다. 결국 짐들이 놓여 있던 곳에 이제 아무도 구경해 주지 않는 화초들이 자리해 있는 것이었다.

삼층 정원 때문에 태유네 집은 멀리서도 한눈에 알아볼 수 있었다. 사방이 유리로 둘러싸인 화원은 기형적으로 자라난 담쟁이덩굴로 뒤덮여 신비롭게 보이기도 하였다. 과연 저 담쟁이덩굴로 둘러싸인 유리 화원 안에는 무엇이 있을까 하는 호기심을 불러일으켜 지나가는 사람들의 발걸음을 멈추게 할 정도다. 하지만 정작 이 집에 사는 사람들은 아무도 그 화원에 관심을 가지지 않았다. 보기에는 멋있었지만 구경 가기에는 너무 높은 곳에 있었으니까.

　정원사와 눈이 마주치자 예의 바른 태유는 언제나처럼 가볍게 목례로 인사를 하고 집 안으로 들어갔다.

　"다녀오셨어요."

　마치 집의 안주인처럼 자신을 맞는 연우를 태유는 말없이 바라보았다. 태후가 한국으로 돌아온 뒤 두 사람이 떨어져 있는 걸 본 적이 없었다. 태후가 있으면 그 옆에 연우가 있었고, 연우가 있으면 그 옆에 태후가 있었다. 연우가 상냥하게 웃으며 말했다.

　"저녁 아직 안 드셨죠? 빨리 씻고 오세요. 저희 기다리고 있을게요."

　씻기 위해 방으로 올라가는 태유를 연우가 다시 불렀다.

　"어제 진이 집까지 데려다 주셔서 고마워요."

　태유가 돌아보자 연우가 웃으면서 진이 대신 고맙다는 인사를 했다.

　"이름이 진, 아니면 진이?"

　그저 천만에, 라는 말만 할 줄 알았는데, 태유가 진이의 이름을 물어오자 연우는 놀란 듯 눈을 동그랗게 떴다.

"네?"

태유도 자신이 괜한 걸 물었다는 것을 깨닫고 연우의 대답을 기다리지 않고 바로 고개를 돌려 계단을 올랐다. 태유가 대답도 기다리지 않고 그냥 가버리자 연우는 별일 아니라고 생각하고 몸을 돌렸다. 그런데 태후가 놀란 눈을 하고 이층으로 올라가는 태유를 바라보고 있었다.

"왜 그렇게 놀라요?"

하지만 태후는 대답도 없이 이층 자신의 방으로 사라져 가는 자신의 형의 뒷모습만 바라볼 뿐이었다.

자신의 방으로 들어온 태유는 샤워를 하기 위해 옷을 벗었다. 운동을 그만둔 지 십 년이 지난 지금 마태유는 현역 시절보다 몸무게가 5kg이나 빠져 있었다. 매일 하던 운동을 그만두고 책상에 앉아 서류만 뒤적이니 살이 더 찔 만도 한데, 십 년 동안 태유의 몸에 살이 오른 적은 단 한 번도 없었다. 마음에 놓인 무거운 짐이 겉모습에도 나타나는 것인가 보다.

샤워실로 걸어가던 태유는 잠시 책장 앞에서 멈추어 섰다. 책꽂이에는 여러 종류의 책들이 꽂혀 있었는데, 그중에 눈에 띄는 낡은 책이 있었다. 얼핏 보기에도 그 책이 동화책이라는 것을 알 수 있었다. 마태유의 방과는 전혀 어울리지 않는 책인데, 태유는 많은 책들 중에서 그 책을 꺼내 들었다. 책의 겉봉에는 사람이 직접 쓴 글씨로 '마이공주와 친구들'이라는 제목이 영어로 적혀 있다. 태유는 천천히 동화책의 책장을 넘겼다. 서걱서걱, 낡은 책의 종이 넘기는 소리가 무겁게 들렸다. 동화책 속에 그려진 곱슬머리 여자애를 쳐다보며 태유의 입술에 작게 미소가 걸린다. 너무 작아서 미소라고 부르기도 어색한 그런 웃음이다. 아무래도 마태유는 제대로 웃는 법을 모르나 보다. 아니, 어쩌면 제대로 웃을 마음의 여유가 없는 것인지도. 아주 오래전에 동화책을 읽으며 행복했던 기억들은 이제 그 기쁨의 크기만큼 태유에게 무거운 짐이 되었다. 아마도 같이 책을 볼 사람이 옆에 없기 때문일 것이다. '마이공주와 친구들', 수진이 선물해 준 책이었다.

저녁식사 시간, 바쁜 일 때문에 아직도 들어오지 못한 아버지 마산만 빼고, 마태후와 미태유, 그리고 지연우 세 사람이 식탁에 모여 밥을 먹었다.

"집에는 말하고 온 거지?"

태유가 걱정이 되어서 물었다.

"네, 전화했어요."

"아버지도 안 계신데, 왜 집으로 온 거야? 밖에서 먹지."

태유가 태후에게 묻자 태후는 연우를 보며 말했다.

"휴! 형이 네가 반갑지 않은가 보다. 너, 나 모르게 우리 형 괴롭혔구나?"

연우가 작게 태후를 흘겨본 뒤 태유에게 물었다.

"제가 온 게 불편하세요?"

태유는 식탁 밑으로 강하게 태후의 다리를 찬 뒤, 웃으면서 연우에게 말했다.

"아니, 내 말은 둘이서 오붓하게 먹는 게 좋잖아."

막 연우가 대답하려는데 그녀의 핸드폰이 울렸다. 연우는 실례라고 말하고 핸드폰을 받기 위해 거실로 나왔다. 전화를 건 사람은 진이였다.

[너 아이스크림 먹을래?]

"뭐? 그게 무슨 소리야?"

[내가 사랑하는 제자들이랑 내기를 해서 이겼거든. 근데 이것들이 돈으로 주지 않고 아이스크림 사십 개를 사 왔잖아. 꾀를 부리는 거야! 가져가서 먹으라고 할 줄 안 거지. 하지만 내가 누구냐! 악착같이 받았지. 그런데 내가 그걸 어찌 다 먹냐? 교무실에 있는 선생님들 나누어 줘도 스무 개가 남네. 이걸 어쩌누? 네가 먹을래?]

"그거 말하려고 전화한 거야? 그런데 너 태후 씨 형한테 고맙다는 인사는 한 거야?"

[마태유? 아니, 깨어보니까 아침이던데. 이야! 그 사람 신통하데. 내가 집도 안 가르쳐 줬는데, 일어나 보니까 우리 집 침대더라고. 다음에도 종종 대리운전 부탁해야겠다.]

"그게 말이 돼! 태후 씨 형이 얼마나 바쁜 사람인데, 너 술 취할 때마다 데려다 주니!"

[가시나! 말이 그렇다는 거지. 그걸 또 토를 달아요.]

"지금 당장 고맙다고 말해!"

[뭐? 지금 바꿔준다고? 너 설마 또 태후 씨네 집이냐? 야! 차라리 그냥 시집을 가! 뭐 하러 차비 아깝게 왔다 갔다 해! 어휴! 내가 결혼 선물로 아이스크림 준다. 오케이?]

"……."

엉겁결에 연우에게 핸드폰을 받아 든 태유는 아무 말도 없이 진이가 연우에게 하는 말을 듣고 있었다. 태유에게 전화기를 넘기자마자 연우는 진이와의 통화를 잊어버리고 태후의 옆에 앉아 웃으면서 밥그릇을 들어올렸다.

[지연우! 왜 말이 없어? 아이스크림 결혼 선물로 준다니까 삐졌냐? 내가 싸워서 얻어낸 거라니까. 그냥 아이스크림 아냐! 전리품이라고. 종류별로 어찌나 잘 골랐는지 똑같은 아이스크림이 하나도 없다. 수박바, 누가바, 조스바, 구슬동자, 옥동자, 찰떡아이스, 우와! 빵빠레도 있어. 이게 아직도 팔았네. 이 자식들! 일부러 내가 싫어할 것들만 골라왔어. 난 바닐라 못 먹는단 말이야! 아! 그런데 해장바 같은 건 없을까? 아직도 속이 쓰려!]

"형! 전화기 들고 뭐 해?"

밥을 먹던 태후가 전화기를 들고 아무 말도 안 하는 태유를 보며 물었다. 그제야 연우도 진이의 전화에 관심을 가지며 조금 큰 소리로 진이를 향해 말했다.

"황진이! 너 제대로 고맙다고 하고 있는 거지?"

[헉! 지연우! 바꾸면 바꾼다고 말을 해야지!]

그제야 상황을 눈치 챈 진이가 연우를 향해 이를 바드득 가는 소리만을 남기고 그냥 전화를 끊어버렸다. 고맙다는 말을 하기에는 그 앞에 주저리주저리 떠든 말들이 좀 창피했던 것이다.

달칵! 진이가 일방적으로 전화를 끊자, 태유도 핸드폰의 폴더를 닫았다.

"진이가 고맙다고 말한 거예요?"

태유가 아무 말도 안 하고 그냥 전화를 끊는 게 이상해 연우가 물었다. 태유는 연우에게 핸드폰을 돌려주며 말했다.

"그래."

다음날 태유가 집에 왔을 때 그의 앞으로 소포 하나가 와 있었다. 태유는 꽉 메어진 넥타이를 느슨하게 풀며 소포의 발신인을 보았다.

〈세림고등학교 황진이.〉

순간 태유의 눈썹이 작게 꿈틀했다. 태유는 소포의 발신인만 바라볼 뿐 한참이나 소포를 열어볼 생각을 하지 않았다.

서서히 그의 손이 소포로 올라간 건 꽤 많은 시간이 흐른 후였다. 투드득! 칼로 소포에 붙여진 테이프를 잘랐다. 봉인이 풀리고 상자의 뚜껑이 열렸을 때, 상자 안에는 아이스크림이 종류별로 들어 있었다. 엄청난 양의 드라이아이스, 그리고 쪽지와 함께.

〈집에 바래다주신 거 고맙습니다. 이건 선물입니다. 이미 들으셨겠지만, 그냥 아이스크림이 아닙니다. 저의 승리에 대가이니 맛있게 드세요.〉

지연우의 결혼 선물로 갈 아이스크림이 태유의 손으로 들어온 것이었다. 장난스런 진이의 소포에 웃을 만도 한데 태유는 지독한 무표정으로 상자 안의 아이스크림을 바라보았다.

툭 툭 툭. 위험한 소리가 들리고 있었다. 꾹꾹 눌러 참고 있던 마태유의 인내가 힘없이 부러져 나가는 소리였다. 단지 오백 원짜리 아이스크림 몇 개에 독하게 유지하고 있던 그의 평정에 서서히 균열이 오고 있었다. 미세하게 시작된 금은 점점 커지면서 그를 공격해 왔다. 단지 오백 원짜리 아이스크림에 마음 저 깊은 곳에 꼭꼭 숨겨두었던 과거의 기억들이 떠올랐다. 찬란했던 청춘의 시간, 태유는 열정 가득한 농구 선수였다. 그리고 그의 옆에는 대책 없는 솔직함으로 가득한 장다르크가 있었다.

진이는 맛있게 먹으라고 했지만 태유는 그럴 수가 없을 것 같았다. 이런 식의 선물을 줄 수 있는 사람은 태유가 아는 한 장다르크 뿐이었다. 그래서 먹을 수가 없었다. 이 아이스크림을 보낸 사람이 장다르크가 아니라서, 도저히 먹을 수가 없었다.

뜨거웠던 마녀의 계절이 지고 있었다. 하지만 태유의 영혼은 마녀에게 뒷덜미가 붙잡혀 뜨겁던 그 여름날의 시작으로 강제로 끌려가고 있었다.

1992년 6월.

Y대학교 교양심리학 학기 마지막 시간이었다. 그날은 기말고사 대신으로 제출한 리포트를 발표하고 토론하는 시간이었다. 리포트가 기본 점수였고, 발표와 토론은 참여자에 한해서 가산점이 붙는 형식이었다. 리포트의 주제는 '이성(異性)'이었다. 남자는 여자라는 성에 대해, 그리고 여자는 남자라는 성에 대해 심리학적인 측면에서 리포트를 쓰는 것이었다. 어려웠던 중간고사를 감안해

학생들이 재미있게 과제를 할 수 있도록 선택한 주제였다.

십육 주간 이루어진 1학기의 마지막 강의 시간, 교양심리학 담당 이진숙 교수는 굉장히 불쾌한 표정을 지으며 학생들의 리포트를 들고 강당 안으로 들어섰다. 이 교수는 교탁 위에 소리가 날 정도로 리포트 뭉치를 내려놓은 다음 냉소적으로 말을 했다.

"우선 마지막 시간에 이런 말을 하게 되어서 유감이지만, 저로서는 굉장히 불쾌한 경험이었습니다. 분명 전 이 리포트가 기말시험이라고 말했는데, 여기 앉아 있는 학생 중 한 명은 그저 장난으로 받아들인 것 같더군요."

그렇게 말하면서 이 교수의 눈이 강의실에 앉아 있는 수강생들을 쭉 둘러보았다. 교수의 예리한 시선은 한 학생에서 우뚝 멈추어 섰다. 그래서 자연스럽게 모든 학생들의 시선이 교수의 시선을 따라 한 여학생에게 모여들었다.

"야, 왜 교수가 장수진을 노려보는 거냐?"

육현이 옆에 앉아 있는 마태유에게 물었다. 육현은 태유의 고등학교 선배이자 농구부 선배였다. 하지만 육현이 건강상의 이유로 재수를 하면서 이제는 같은 학번이 되었다. 비록 육현은 야자 트면서 편하게 지내자고 하지만 태유에게 한 번 선배는 영원한 선배였다. 그래서 태유는 꼬박꼬박 선배 대접을 해주고 있었다. 하지만 육현의 질문에 태유는 관심없는 듯 무심하게 말했다.

"교수가 말했잖습니까, 리포트에 장난을 했다고."

그러니까 육현이 궁금한 게 그 장난의 실체였다. 강의실 안을 꽉 메우던 궁금증은 교수의 한마디로 풀릴 기미를 보였다.

"장수진 학생, 앞으로 나와서 리포트 발표해요."

교수의 명령에 수진이라는 학생은 자리에서 일어나 앞으로 걸어나가 교수에게서 자신의 리포트를 받아 들었다. 싸늘한 교수의 시선에도 수진은 넉살 좋게 웃어주며 교탁 앞에 가서 섰다. 생글생글 웃는 밝은 인상이 사람의 눈길을 끄는 여학생이었다.

"발표하라시니까 발표하겠는데, 부디 진지한 마음으로 들어주시기 바랍니다. 저의 입장에서는 그 어떤 리포트보다 심혈을 기울인 리포트입니다."

교수는 장난이라고 하고, 본인은 자기 인생의 역작이라고 하고……. 결국 어느 쪽이 진실인지는 리포트를 들어보면 되는 것이었다. 수업의 집중도는 그 어느 때보다 높아져 있었다. 모든 학생들이 수진의 리포트를 경청하기 위해 귀를 열었다. 단 한 사람만 빼고.

마태유는 장수진을 잘 알았다. 분명 또 엉뚱한 짓을 벌였을 것이다. 바라는 게 있다면 부디 그 엉뚱한 짓에 제발……

"Y대학교 경영학과 92학번 마태유는 자신이 원하는 여자는 누구라도 손에 넣을 수 있는 마력을 갖고 있는 남자이다."

……자신이 끼어 있지 않았으면 했는데, 그 바람은 무참히 깨지고 말았다. 태유는 수진의 입에서 자신의 이름이 나오는 순간 눈을 꽉 감아버렸다. 하지만 자신에게 쏟아지는 시선들이 고스란히 느껴졌다. 마음 같아서는 당장 이 강의실을 빠져나가고 싶었으나, 체면 유지상 한 발자국도 움직일 수 없었다. 그저 서 빌어먹을 발표가 끝날 때까지만 장님이 되고 귀머거리가 되길 바랐지만, 그것

역시 터무니없는 바람일 뿐이었다.

"Y대학교 학생들 중 마태유에 대해 모르는 사람은 아무도 없을 것이다. 여자들은 마태유를 이성적으로 흠모하고, 남자들은 마태유를 동경하거나 경계한다. 여자들이 마태유를 이성적으로 좋아하는 이유에는 여러 가지가 있다. 우선 첫 번째로 그는 잘생겼다. 비록 본인이 잘 웃지는 않지만, 그 잘생긴 용모는 상대방이 절로 미소 짓게 하는 힘이 있다. 그리고 둘째로 그는 천재적인 농구 선수이다. 상대방을 제압하고 언제나 승리를 거머쥐는 남자의 카리스마는 여자들로 하여금 보호받고 싶은 심리를 극대화시킨다. 셋째로 그는 부잣집 아들이다. 슬픈 일이지만 돈 싫어하는 사람 없다. 그러니까 여자들은 돈 많은 남자를 좋아하게 되어 있다. 만약 돈을 초월한 여자가 있다고 하더라고 첫 번째와 두 번째 이유 앞에서 굴복하고 말 것이다. 마지막으로 그에게 관심을 가졌던 여자들이 그를 벗어날 수 없는 결정적인 이유는, 마태유는 쉽게 마음을 주지 않는다. 한마디로 더럽게 도도하다. 사람이라면 누구나 가지지 못하는 것에 더 욕심을 부리게 되어 있는데, 그의 그런 도도함이 여자들로 하여금 그의 주위를 방황하게 만든다."

리포트는 세 장이면 된다고 했는데, 장수진의 발표는 A4 용지가 세 장을 넘어가도 끝나지 않았다. 발표가 진행되는 동안 여학생들의 호응도는 극을 치달았고, 마태유의 분노는 최고점에 도달하고 있었다.

끝나지 않을 것 같던 발표가 끝나고, 우레와 같은 박수가 터져 나왔다. 학생들의 반응에 교수의 얼굴은 더욱 안 좋아졌다. 교수가 바란 건 학생들의 비난이었기 때문이다. 그런데 마치 한 편의 쇼가 끝난 분위기였다. 교수로서는 정말 마음에 안 드는 분위기였다.

"마태유 학생!"

교수가 수진 다음으로 호명한 학생은 리포트의 주인공인 마태유였다.

"당신이 장수진 학생에게 리포트 점수를 준다면 얼마나 주겠어요?"

태유의 시선과 수진의 시선이 현란하게 부딪쳤다. 태유는 잡아먹을 듯이 그녀를 노려보았고, 수진은 해사하게 웃으면서 그를 바라보았다. 태유는 망설이지 않고 바로 대답했다.

"F입니다."

역시나 더럽게 도도한 마태유였다.

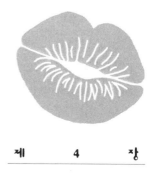

제 4 장

"**당**신 친구 애인 있어?"

전화를 해서 갑자기 황진이에 대해 물어보는 태후의 질문에 연우는 놀라서 되물었다.

[진이? 그건 왜요?]

태후의 손에는 아이들이나 좋아할 아이스크림이 들려 있었다. 진이가 태유에게 보냈던 아이스크림들을 태유가 세 살 어린 동생에게 먹으라고 준 것이었다. 상자째 주었기에 진이가 보냈던 쪽지까지 태후의 손에 들어왔다. 당당하게 자신의 전리품이라며 맛있게 먹으라는 진이의 쪽지를 읽으며 태후는 의미심장한 미소를 지었다.

"없으면 내가 소개팅이나 시켜주려고."

마태후는 절대 이유없이 일을 진행시킬 사람이 아니었다. 연우는 그걸 잘 알았다. 그래서 이해할 수 없다는 목소리로 물었다.

[갑자기 왜 내 친구 일에 관심을 가지는 거예요? 당신 이상해.]

"갑자기 궁금해졌거든."

[뭐가요?]

"오스칼과 잔다르크가 같은 운명을 가진 여자일 수 있는지, 없는지."

[네?]

오스칼과 잔다르크, 두 여자의 공통점은 칼을 들고 싸웠다는 것이다. 단지 그뿐이었다. 하지만 천만 분의 일의 확률로 오스칼이 잔다르크를 대신할 수 있다면 한 남자에게 구원이 되는 일이었다. 태후는 그것에 희망을 걸고 오스칼과 자신의 형을 서로 소개해 주기로 마음먹었다. 마태후의 꿍꿍이는 그 어느 때와 다르게 아주 순수한 동기를 가지고 시작되고 있었다.

태후가 전화로 진이의 소개팅 이야기를 꺼낸 바로 다음날, 진이가 근무하는 세림고등학교 교무실로 소포 하나가 배달되어 왔다.

"황진이 씨가 누구시죠?"

수업이 없어서 교무실에 있었던 진이가 자리에서 일어나며 말했다.

"전데요."

언제나처럼 진짜? 라고 묻는 택배 아저씨의 시선과 함께 소포가 황진이에게 전달되었다. 소포를 받아 든 진이는 작게 얼굴을 찌푸렸다. 본 적이 있는 박스였다. 맞는다면 이건 분명……

〈성의만 감사히 받겠습니다.〉

마태유에게 보냈던 아이스크림들이 개수 하나 안 틀리고 그대로 상자 안에 놓여 있었다. 순수한 마음으로 보냈던 성의가 무시당하자, 황진이의 본능이 꿈틀대기 시작했다.

마태유, 좋게 보고 있었는데 오백 원짜리 아이스크림을 무시하는 그의 태도로 이미지가 180도로 바뀌고 있었다. 천재 바스켓 맨이 친절한 신사에서 시건방진 부잣집 도련님으로.

오백 원짜리 하드는 싸구려라서 못 먹는다는 거야! 뭐야!

진이는 그길로 가장 비싼 아이스크림을 파는 가게로 달려갔다. 그리고 이렇게 외쳤다.

"이 가게에서 제일 비싸고 제일 큰 케이크에 '베리 베리 땡큐'라고 써주세요!"

그저 고마움을 전하는 일이 어쩐지 너무 힘이 들어갔다.

"그리고 드라이아이스 꽉꽉 넣어줘요. 일주일은 끄떡없게."

돌고 도는 세상, 돌고 도는 아이스크림이다. 릴레이 경주처럼 또다시 태유의 손에 진이가 보낸 아이스크림 케이크가 도착했을 때 태유는 기가 막혔다. 그리고 그 길로 바로 동생 태후의 방으로 쳐들어갔다.

"이게 어떻게 된 거야?"

태유는 '베리 베리 땡큐'라고 써진 아이스크림 케이크를 태후에게 보여주며 물었다. 태후는 케이크 위에 써진 살벌한 글씨체를 보며 휘파람을 불었다.

"호! 역시나 다시 보내왔네."

"내가 너한테 준 아이스크림 어떻게 했어?"

또다시 이런 게 온 것을 보니, 녀석이 이상한 짓을 한 게 분명하다. 처음부터 마태후에게 주는 게 아니었다. 아이스크림이나 빨면서 좋아할 순수가 태어날 때부터 결여된 녀석에게 아이스크림을 주다니 지금에야 태유는 후회가 되었다.

"다시 돌려줬어."

"그런 무례한 짓을 하면 어떻게 해!"

씩씩대며 아이스크림 케이크를 샀을 그녀가 너무도 선명히 떠올라 태유는 머리가 지끈거렸다.

"무례? 형한테 온 선물을 건드리지도 않고 다른 사람한테 넘기는 건 안 무례하고?"

태유는 진이에게서 온 아이스크림 케이크를 태후의 앞에 놓으며 말했다.

"너 때문에 온 거니까 네가 다 먹어! 지금! 내가 보는 앞에서."

"무셔라! 안 먹으면 어쩔 건데?"

태유가 성난 목소리로 말했다.

"케이크에 맞을래, 먹을래?"

한 손에 아이스크림 케이크를 들고 화를 내는 태유의 모습을 태후는 허락도 받지 않고 핸드폰 카메라로 사진을 찍었다. 그리고 웃으면서 말하기를.

"사진의 제목은 마태유의 부활 정도로 할까?"

부활, 생명력이 넘치는 단어이다.

띠리리리 띠리리리. 승우에게 전화를 걸던 진이의 얼굴이 점점 굳어갔다. 벌써 며칠째 전화를 받지 않고 있었다. 꼭 피하는 것처럼 말이다. 바쁘면 전화를 받고 바쁘다고 말하고 끊었는데, 아예 전화를 받지 않는 건 아무리 생각해도 이상했다.

[저희 고객이 지금 전화를 받기에 곤란한 상황이니…….]

또다시 안내원이 망할 목소리가 흘러나오자, 진이는 또다시 1번을 누르고 통화를 눌렀다. 몇 번째 거는 건지 기억도 나지 않았다. 그저 받을 때까지 걸 생각이었다.

띠리리리 띠리리리. 신호음이 가는 동안, 어쩐지 눈물이 날 것 같았다. 갑자기 자신이 너무도 불쌍하게 느껴졌다. 받지도 않는 사람에게 끈질기게 전화를 하는 자신의 모습이 한없이 초라하게 느껴졌다. 화가 나는 건 그걸 알면서도 계속 전화를 걸고 있다는 것이다. 이렇게 상대방이 전화를 안 받으면 전화라는 건 아무 쓸모가 없다. 목소리만이라도 듣고 싶어 전화하는 건데 그것마저 안 받으면 나보고 어쩌라고요.

진이는 차가운 벽에 이마를 기댔다.

"제발 받아."

하지만 끝까지 승우는 받지 않았다.

뭐예요? 설마 집에 손님이 온 거예요? 누구인가요? 아리따운 금발의 아가씨가 당신의 옆을 차지하고 있나요? 그래서 방해받기 싫어 전화기는 멀리 버려둔 거예요?

속수무책이다. 지금 이 순간 진이가 할 수 있는 건 연결되지 않는 전화기를 붙잡고 있는 것 빼고 아무것도 없었다. 정말 속수무책이다.

한국의 밤, 미국 보스턴에서는 아침이 시작되고 있었다. 아침 일찍 같은 스터디그룹 멤버인 엘리가 찾아왔다. 그녀는 도도하고 전형적인 미국 여자였지만 자신의 감정에 솔직한 타입이었다.

『승우는?』

문을 열자마자 물어오는 엘리의 질문에 렉이 웃으면서 물었다.

『승우가 문 열었을 때에도 '레이몬드는?' 이라고 물어?』

엘리는 가볍게 렉을 쏘아본 후 집 안으로 들어왔다. 승우는 거실에 없었다. 렉이 승우의 방문을 가리키며 말했다.

『코리언 프린스는 지금 자는 중이야. 지승우 최대의 약점이 바로 아침이지. 몰랐지?』

벌써 아침 아홉 시가 넘어가는 시간이었다. 엘리가 놀라며 물었다.

『아직도 잔다고? 왜 안 깨웠어?』

『음! 예전에 모닝키스를 하며 깨웠더니, 다음부터 자기 방에 들어오면 날 죽여 버리겠다고 하더라고.』

엘리는 자신이 직접 깨우려는지 승우의 방으로 걸어가 문고리를 잡았다. 달칵! 그런데 문이 잠겨 있었다.

『아! 그런데 내가 무시하고 계속 자기 방에 들어가니까 이제는 문을 잠그고 자더라고.』

엘리는 뒤로 돌아 렉을 원망스런 눈으로 바라보았다. 하지만 렉은 웃으며 상냥하게 물었다.

『커피 줄까?』

띠리리리 띠리리리. 잠을 자던 승우는 핸드폰 벨소리에 반응하여 번쩍 눈을 떴다. 알람 소리를 못 들은 적은 있지만 전화벨 소리는 언제나 가장 예민한 신경까지 파고들어 와 승우의 잠을 깨웠다. 일종의 교육 효과라고 할 수 있을 것이다.

승우는 손을 뻗어 핸드폰의 액정을 쳐다보았다. 설마라는 눈에 짜증이 묻어나온 건 순간이었다. 전화를 건 사람은 렉이었다. 거실에서 전화를 걸어온 것이다.

빌어먹을 코쟁이!

영국인이라는 게 맘에 들어 룸메이트를 선택했는데 이건 영국 신사가 아니라 영국 누렁이다.

『늦게 잔 거야?』

마치 자신의 집처럼 부엌에 서서 커피를 따르고 있는 엘리를 보고 승우는 얼굴을 찌푸렸다.

『네가 불렀어?』

승우는 엘리의 질문을 무시하고 렉에게 물었다. 렉은 아메리칸 제스처를 취하며 'No'라고 말했다.

『학교 가는 길에 들렀어. 베이글 샌드위치 사 왔는데, 먹을래?』

『스터디도 없는 날, 이렇게 찾아오는 건 자제해 줘. 여긴 남자들만 사는 집이야.』

고지식한 승우의 말에 자유분방한 미국인 엘리는 픽 코웃음을 치며 커피를 마셨다.

『한국에서는 여자가 절대로 남자들만 사는 집에 놀러가면 안 되나 보지? 그러면 연애는 도대체 어떻게 하는 거야? 먼저 혼인 신고서에 도장부터 찍고 연애해?』

『내 말을 잘 못 알아들은 것 같은데 난 한국의 문화에 대해 말한 게 아니라, 너보고 나가달라고 말하는 거야.』

그제야 웃고 있던 엘리의 표정이 싸하게 차가워졌다. 그리고 쿨한 현대 여성답게 그대로 집을 나가 버렸다. 우아하게 퇴장하는 엘리의 뒷모습에 렉은 가볍게 손을 흔들었다.

쾅!

화가 났다는 걸 문 닫는 힘에 실었는지 굉장한 소리를 내며 현관문이 닫혔다.

『이야! 언제나 네가 선을 긋는 솜씨에는 감탄을 한다. 엘리가 살짝 그 선을 넘어왔다고 그리 단칼에 잘라내냐! 넌 남자 아냐? 엘리 멋있는 여자잖아. 보면 딴마음 안 생겨?』

『안 생겨.』

렉은 승우의 말을 도저히 이해할 수 없었다. 엘리는 남자라면 누구나 데이트하고 싶은 금발의 아름다운 여자였다. 거기다 몸매까지 너무 훌륭해서 렉은 공부하다가 피곤하면 엘리를 보며 눈의 피로를 풀곤 했다.

『그런데 왜 엘리를 스터디그룹에 넣은 건데?』

승우는 생각할 것도 없이 바로 대답했다.

『나보다 성적이 좋으니까.』

승우에게 엘리는 단지 경쟁자일 뿐이었다, 반드시 뛰어넘어야 하는.

승우는 간단하게 아침을 먹고 집을 나섰다. 오후 수업이었기에 아직 시간은 여유로웠다. 길거리 자판에서 신문을 하나 사서 읽으며 학교로 향했다.

"야! 아무래도 여기가 아닌가 봐!"

"아냐! 맞다니까!"

갑자기 들려온 한국어에 신문을 읽던 승우가 고개를 들어 주위를 둘러보았다. 그리 멀지 않은 곳에 한국인인 게 분명한 검은 머리의 여자 두 명이 등에 큼직한 배낭을 메고, 지도를 보면서 아옹다옹 한국말로 다투고 있었다.

그녀들을 보고 있자니, 자기도 모르게 승우의 얼굴에 미소가 번졌다. 꼭 진이와 연우 같았기 때문이다. 참 별일 아닌 일로 언제나 아옹다옹하는 사이였다. 연우가 고등학교 2학년 때였나, 흥분한 연우와 진이가 승우에게 와서 물었다. 순정만화 보는 남자가 로맨티스트냐, 마마보이냐는 것이었다. 아마도 서점에 갔다가 순정만화를 사는 남자를 봤나 보다. 그리고 서점을 나와 집까지 오면서 계속 그 문제로 다툰 것이다. 연우의 주장은 로맨티스트였고, 진이의 주장은 마마보이였다. 그리고 판결자의 입장에 선 승우의 대답은 간단했다.

"심부름이었나 보지."

그 뒤로는 심부름을 시킨 사람이 누구냐라는 논제로 말싸움을 했다. 연우는 남자 친구였다. 그리고 진이는 엄마였다. 결국 승우가 사비를 털어 베스킨라빈스 아이스크림 한 통을 사준 뒤에야 두 여자의 말싸움은 멈추었었다.

제어할 사이도 없이 진이의 기억이 떠오르면서 승우의 기분은 한없이 다운되기 시작했다. 요즘은 진이 생각만 하면 답답하고 불안했다. 그 전화가 온 뒤부터였다.

"당신이 꼭 알아야 될 이유가 있나요?"

그 말만 생각하면 고요하던 마음이 헝클어진다. 뒤죽박죽이다.

왕자님의 근심은 온 나라의 근심이라고 했던가, 승우의 고뇌는 그 혼자만의 고뇌로 끝나지 않았다.

승우가 그러는 이유가 오스칼의 전화 때문이라는 렉의 말을 들었을 때 엘리는 화가 났다. 자신을 보면 섹스만 생각하는 미국의 남자와 다른 승우가 맘에 들었다. 그리고 먼저 사귀자고 한 자신을 한 번에 거절했던 그 자존심까지 맘에 들었다. 하지만 한 여자 때문에 바보처럼 실의에 빠진 모습은 결코 마음에 들지 않았다. 그래서 엘리는 그저 가만히 앉아서 승우가 혼자서 바보같이 고민하고 있는 모습을 지켜보고만 있을 수는 없었다.

승우가 교정에 혼자 앉아 여전히 고민의 늪에 빠져 있을 때, 금발 머리의 엘리가 검은 머리의 동양 미인과 같이 승우를 훔쳐보고 있었다. 엘리가 검은 머리의 여자에게 말했다.

『저기 앉아 있는 남자 보이지?』

『동양인 말이야?』

『그래, 그 남자가 타깃이야. 가서 데이트 약속을 얻어내. 그럼 대가를 줄게.』

대가를 지불한다고 말하는 엘리의 섹시함이 남자를 헌팅하기에는 더욱 적합해 보이나, 지승우에게 그런 게 통하지 않는다는 걸 잘 알기에 일부러 단아한 동양 미인을 포섭한 것이다. 헌팅을 해오는 동양 미인을 보며 마음이 흔들린다면 지승우도 자신의 번뇌가 쓸데없는 거라는 걸 느낄 것이다. 그게 엘리가 바라는 것이었다.

『할 거야?』

엘리가 동양 여인에게 물었다. 하지만 그녀의 대답을 듣지 않아도 그녀의 대답을 알 수 있었다. 그녀는 먹이를 발견한 하이에나의 눈으로 승우를 바라보고 있었다. 단아한 이미지와는 달리 남자를 밝히는 여자였던 것이다. 탐욕적인 그녀의 눈빛이 맘에 들지 않았지만, 한국계 동양 미인을 찾기는 어려운 일이었기에 어쩔 수 없었다. 승우는 자신의 이상형이 한국 여자라고 했었다. 정말 고지식한 취향이었지만 그게 승우의 취향이니 맞출 수밖에 없었다.

여자는 자신만만하게 오케이 사인을 손으로 그리며 승우에게 걸어갔다. 그녀는 엉덩이를 흔들며 승우에게 가까이 다가가 슬쩍 손수건을 떨어뜨렸다. 말을 걸 거라고 생각했는데, 손수건을 떨어뜨리는 여자의 얌체 같은 행동에 엘리는 헛웃음을 뱉어냈다. 과연 저 여자가 떨어뜨리는 손수건에 몇 명의 남자가 넘어갔을지 잠깐 궁금해졌다.

적어도 지승우는 아닌 것 같았다. 승우는 자신의 앞에 손수건이 떨어진 것도 모르고 골똘히 생각에 빠져 있었다. 결국 여자는 승우의 관심을 얻기 위해 먼저 말을 걸었다. 그제야 승우가 고개를 들어 여자를 쳐다보았다. 그때부터 여자의 꼬리 흔들기가 시작되었다. 지나치게 웃으며 무언가 몇 마디를 건넸다. 하지만 듣고 있는 지승우의 얼굴은 무표정하기만 했다. 틀린 건가 생각하고 있을 때, 지승우가 여자의 손수건에 무언가를 적어서 그녀에게 돌려주었다. 그리고 여자는 의기양양한 표정을 하고 엘리에게 돌아왔다.

『전화번호를 얻었어. 언제든 전화하라고 하던대.』

너무도 쉽게 승우의 전화번호를 얻어온 게 믿을 수 없어 엘리는 여자의 손수건에 적힌 전화번호를 확인하였다. 그 전화번호가 누구 것인지 확인한 순간, 엘리는 자신이 바보 같은 짓을 했음을 깨달았다. 손수건에 적힌 전화번호는 렉의 것이었다.

띠리리리 띠리리리, 오늘도 역시나 승우의 핸드폰에 진이의 전화가 걸려왔다. 승우는 언제나처럼 전화를 하는 진이의 행동에 이젠 화가 났다. 그럼 진이의 핸드폰으로 전화를 걸어온 그 남자는 뭐냐고! 마치 진이가 바람이라도 피우고 발뺌을 하는 뻔뻔한 여자라는 생각마저 들고 있었다. 승우와 진이는 사귀는 사이도 아닌데 말이다. 진이는 절대로 그럴 여자가 아니라는 걸 아는데도 말이다. ……여자, 이 순간 진이를 완벽한 한 명의 여자로 보고 있는 자신의 마음을 읽고 승우는 쓰디쓴 웃음을 삼켰다. 이성으로는 진이를 완벽하게 연우의 친구로 정의내리고 있지만 때때로 감성이 이성을 배반하고 진이에게서 여자를 찾는다. 하지만 그건 아담이 선악과를 따먹는 일처럼 하지 말아야 될 마음만 같아 그런 생각이 들 때마다 승우가 스스로 자기 마음에 제동을 걸었다.

동생의 친구였으니까. 그저 동생으로만 봐야 한다는 책임감이 있었다. 그리고 제어가 가능했었다. 그런데 요즘은 그게 되지 않았다. 마음이 고장이 난 것처럼 자기 멋대로 화났다가 자기 멋대로 우울해지고 자기 멋대로 진이를 찾는다. 그래서 화가 나는 것이다. 마음 하나 다스리지 못하는 자신에게, 자신을 이렇게 만든 진이에게.

"여보세요?"

더 이상 피하는 것도 우스워 승우는 전화를 받았다. 목소리는 그 어느 때보다 냉랭했지만 진이는 그 사실을 눈치 채지 못하고 놀란 목소리로 기쁘게 말했다.

[우와! 오라버니, 진짜 오랜만에 전화 받는 거 아세요? 그동안 바쁘셨어요?]

"나보다는 네가 더 바쁘지 않니?"

[네? 제가요? 아뇨, 안 바쁜데요.]

당장 그 남자에 대해 묻고 싶은 충동이 일었지만 그럴 수가 없었다. 진이와의 사이에 놓인 애매한 선은 남자로서 그녀의 남자에 대해 묻는 걸 섣불리 허락하지 않았다. 승우가 지금 할 수 있는 건 질투에 화가 난 남자의 다그침이 아니라, 언제나 그 자리를 지켜왔던 친구의 오빠로서의 충고였다.

"남자랑 데이트를 해도 가능한 낮에 다니도록 해. 밤늦게 다니는 거 보기 안 좋으니까."

[네? 남자요?]

"그래. 나한테 전화해서 길 물어본 남자 말이야. 도대체 넌 뭐 하고 있었기에 그 남자가 나한테 전화해서 길을 묻는 건데?"

갑자기 거칠어진 승우의 목소리에 놀라 진이는 뭐라고 반박도 못하고 더듬거리며 대답했다.

[그게, 그러니까 제가 술 취해서 마태후 형이 바래다준 날 말하는 거예요?]

"뭐? 술 취해서? 너 그럼 술 취해서 그 남자 차에서 잠이라도 들었던 거야? 그래?"

점점 더 높아지는 승우의 목소리에 반비례하게 진이의 목소리는 점점 더 작아졌다.

[그게, 그러고 싶어서 그런 게 아니라 그 남자가 워낙 말이 없어서…….]

"무슨 여자애가 그렇게 헤프게 행동해! 네가 내 여동생이었으면 당장 집에서 쫓겨났어!"

[헤, 헤프다니, 말이 너무 심하잖아요.]

진이의 목소리에 억울함과 원망이 짙게 드리워졌지만 화가 난 승우는 그걸 헤아려 줄 여유가 없었다.

"황진이! 행동 똑바로 하고 다녀! 끊어!"

뚝! 승우 쪽에서 일방적으로 전화를 끊어버렸다. 전화를 끊은 승우는 분을 삭이지 못하고 방 안을 서성거렸다. 밖에서 승우가 고함치는 소리를 듣고 놀라서 전화통화를 훔쳐 듣고 있던 렉이 조심스럽게 문을 열며 승우에게 충고했다.

『승우, 네가 말이 너무 심했어.』

비록 무슨 말인지 모를 한국어였지만 승우의 거친 고함 소리로 그리 좋은 소리가 아니었음은 충분히 짐작할 수 있었다. 렉의 입장에서 보기에 승우가 오스칼에게 저리 화내는 건 부당했다.

『당장 나가!』

그러나 누렁이의 충고 따위는 필요없다는 고함만이 이어질 뿐이었다.

"누구라고?"

태유는 자신이 잘못 들었다고 생각했다. 하지만 여비서의 말은 아까와 똑같았다.

[황진이라는 분이 오셨는데, 약속에 없는 손님이라서요. 그냥 돌려보낼까요?]

태유는 혹시나 하는 마음에 물었다. 이건 정말 설마였다.

"혹시 손에 아이스크림 케이크 같은 거, 들고 있나?"

[아뇨, 없는데요.]

아이스크림도 없이 왔다는 말에 태유는 의아한 마음이 들었다. 그게 아니라면 그녀가 그를 찾아올 이유가 없었기 때문이다.

[그냥 돌려보낼까요?]

"아니! 그냥 들여보내 줘요."

어쨌든 그녀는 연우의 친구였다. 정중하게 대해주어야 하는 상대였다. 반갑지 않다고 해서 문전박대를 할 수는 없었다.

달칵!

문이 열리고 진이가 사무실 안으로 들어서자 태유는 자신도 모르게 긴장하고 말았다. 그녀는 지금 화가 나 있었다. 태유를 쏘아보는 시선이 강렬하게 나 화났다고 말하고 있었다. 만약 이곳이 농구코트였다면 태유도 같이 쏘아보아 주었을 테지만, 태유는 더 이상 농구 선수도 아니었고 농구코트가 아니라 사무실이었기에, 태유는 조심스럽게 진이가 화난 이유를 파악하기 위해 머리를 굴렸다. 그런데 아무리 생각해도 태유는 진이를 화나게 한 기억이 없었다. 술 취한 그녀를 딱 한 번 집에 데려다 준 만남밖에 없던 인연이었다. 고맙다는 말을 들어야 하는데 지금 그녀의 표정을 보니 절대 고맙다는 말을 하려고 온 게 아닌 것 같았다.

"전 정말 좋은 마음으로 아이스크림 보낸 거거든요."

진이의 입에서 아이스크림이 나오자, 태유는 저도 모르게 한숨을 쉬고 말았다.

역시 아이스크림 돌려준 거 때문이었나? 정말 질기다. 그건 자신이 아니라 태후가 그런 거라고 말해도 별로 믿어줄 것 같지 않았다. 나이 서른세 살에 설마 아이스크림 때문에 누군가에게 원한을 살 줄은 정말 몰랐다.

"하지만 이제 보니 아이스크림까지 건네며 고마워할 일이 아니었더군요. 왜 함부로 남의 핸드폰을 쓰신 거예요?"

핸드폰? 아이스크림 때문이 아니었어?

태유가 아직 사태를 파악하지 못해 아무런 말도 안 하자, 진이는 그걸 발뺌하는 걸로 여겼는지 증거자료로 자신의 핸드폰에 찍힌 발신번호를 보여주며 태유에게 화를 냈다.

"여기! 이 부분요! 이건 제가 전화한 게 아니거든요! 당신이 한 거죠? 설마 이렇게 증거가 있는데 발뺌하실 건 아니죠?"

태유는 진이가 손가락으로 짚어준 통화 목록을 말없이 바라보았다. 기억에 있는 통화 기록이었다. 아마도 태유가 진이의 집을 물어보기 위해 진이의 핸드폰을 빌려 쓴 기록 같았다. 그러니까 저건 지승우의 전화번호였다. 그리고 저게 지승우의 전화번호가 맞다면 이 앞에 선 여자는 대책이 안 설 정도로 그 남자한테 빠져 있는 것이다. 그러니까 여기까지 쳐들어와 감히 마태유를 상대로 화를 내는 것일 게다.

"당신 때문에 저만 승우 오라버니한테 헤픈 여자로 낙인찍혔잖아요. 이 무지막지한 사태를 어떻게 해결하실 거예요?"

역시나 지승우의 전화번호였다. 역시나 태유는 알면 머리만 아픈 남의 애정사에 재수없게 끼여 버린 것이다. 이게 다 언제나 문제만 일으키고 다니는 동생 놈 때문인데 태유는 마태후한테 전화해 따질 수도 없었다. 왜냐하면 마태후와 싸워서 이긴다는 건 불가능하기 때문이었다. 태유는 농구 빼고 모든 것에서 태후를 이길 자신이 없었다.

"설마 겨우 그거 때문에 여기까지 왔다고?"

어쩐지 아이스크림보다 더 유치한 이유였다. 그런데 진이에게는 그렇지 않은가 보다.

"겨우 그거라니요! 승우 오라버니가 절 헤픈 여자라고 경멸했다고요. 당신이 전화한 거 때문에 승우 오라버니가 나한테 소리치고, 나한테 화내고, 날 경멸했다고요!"

그건 나랑 상관없는 문제야, 라고 말하고 싶었으나 진이가 태유의 책상을 쾅 소리가 나게 치며 선수를 쳤다.

"당신이랑 상관없는 일이라고 하지 마세요! 당신 때문이라고요! 그러니까 당신이 풀어줘야 해요. 안 그러면 전 다시 승우 오라버니한테 전화 못한단 말이에요!"

"차라리 딴 남자 찾아보는 게 낫지 않아?"

상관하고 싶지 않았는데 여기까지 찾아온 그녀의 간절함이 답답하여 한마디 하고 말았다.

"만나지도 못하면서 전화로만 서로의 안부를 묻는 사이는 발전할 수 없어. 당신, 시간만 낭비하는 거라고. 찾아보면 남자는 널렸고 젊음은 길지 않아."

충고를 하면서 태유는 속으로 쓰디쓴 웃음을 삼켰다. 내가 무슨 자격이 있다고 이런 말을 하는 건지. 어쩌면 답답한 인생을 사는 건 황진이보다 마태유가 더할지도 모른다.

그런데 답답한 인생을 사는 사람의 충고여서 그런지 전혀 먹히지가 않았다. 진이는 더욱더 화를 내며 소리쳤다. 그래서 그녀의 큰 목소리가 굳게 닫혀 있던 태유의 마음을 인정사정없이 쾅쾅 차댔다.

"답답해도 내 마음이에요. 그런데 왜 당신 맘대로 접으라 마라예요! 당신이 대기업 사장님이라고 당신 명령 한 번이면 내가 예 할 줄 알아요. 당신한테는 우스운 일일지 몰라도 나한테 아니에요. 승우 오라버니가 내 마음의 전부라고요!"

고백을 한다면 승우의 앞에서 아름답게 설레게 조금은 서툴게 그렇게 할 줄 알았지 이렇게 생판 남인 남자 앞에서 악쓰며 소리치면서 하게 될 줄은 몰랐다. 그래서 더욱 화가 났다. 진이 스스로 승우에 대한 마음을 밝힌 것인데 마치 마태유가 함부로 자신의 마음을 훔쳐본 것처럼 화가 났다.

"엉망진창이야. 당신 때문에 다 엉망이 되었잖아요!"

진이는 더 이상 감당이 안 되는 상황에 지쳐 태유에게 모든 책임을 떠넘기고 두 손으로 얼굴을 감쌌다. 사무실 안에는 잠시 동안 정적만이 흘렀다. 그 침묵 속에서 마음을 진정시킨 진이는 자신이 어린애처럼 화를 내고 있다는 걸 깨달았다. 그리고 마태유가 자신의 화를 받는 것이 부당하다는 것도 깨달았다. 그래서 더 화가 났다.

그럼 난 누구한테 화를 내냐고!

"당신은 좋겠네요. 가지고 싶은 건 뭐든 가질 수 있으니까."

"……."

"인생이 너무 완벽해서 내가 왜 여기까지 찾아와서 화내는지도 모르겠죠?"

"내가 행복해 보이나?"

혼자 괴로워하던 진이는 태유의 말에 고개를 들어 그를 쳐다보았다. 그 순간 처음으로 마태유의 눈이 보였다. 그의 눈빛에는 표정이 없었다. 마치 모든 감정을 도둑맞은 것처럼 건조하고 메말랐다.

"적어도 나보다는 행복하잖아요! 난 승우 오라버니한테 헤픈 여자라는 경멸을 당했다고요. 당신이 내 핸드폰으로 승우 오라버니한테 전화를 해서요!"

진이는 지금 이 순간 자신의 감정만으로도 벅찼다. 그래서 텅
빈 태유의 눈빛에 대고 또 화를 내고 말았다.

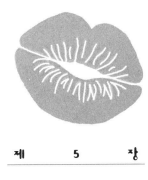

제 5 장

*19*98년 5월.

시험 기간이었기 때문에 싫어도 지겨운 교과서를 시도 때도 없이 들여다봐야 하는 시기였다. 진이는 독서실에서 한 시간 정도 안 풀리는 수학 문제와 씨름하다가 포기를 선언하며 책상에 뻗었다.

"수학이 날 거부한다. 어쩌누! 이깟 숫자나부랭이들이 날 농락하고 있어."

"조용히 해! 공부에 방해되잖아."

옆 자리에서 공부를 하던 연우가 짜증을 내며 진이의 투정을 타박했다. 위로를 바랐건만 날아오는 건 입 닥치라는 소리였기에 진이는 눈에 불만을 가득 품고 연우를 바라보았다.

"지연우! 나에 대한 너의 우정은 내 수학 점수보다 박하구나."

진이는 수학과 철천지원수였다. 아무리 용을 쓰고 기를 써봐도 오십 점을 넘겨본 적이 없었다. 그 사실을 잘 아는 연우는 진이를 곱게 흘겨본 뒤 다시 자신의 공부에 집중했다. 지연우는 시험 기간만 되면 생리할 때보다 더 날카로워졌다. 시험 성적이 조금만 떨어져도 어머니가 바로 학교로 찾아오시기 때문이었다. 그 사실을 또한 너무 잘 아는 진이는 더 이상 연우를 못살게 굴지 않았다. 대신 반대편 옆 자리에 있는 춘희를 바라보며 푸념을 했다.

"춘희야, 난 이제 숫자만 보면 화가 난다. 이거 병 아닐까? 시험보다 병원에 먼저 가야 하는 거 아닐까?"

춘희는 손을 들어 진이의 등을 툭툭 치고 다시 자신의 공부를 계속했다. 역시나 대단한 집중력이다. 옆에서 진이와 연우가 치고받고 싸움을 해도 춘희는 공부를 할 것이다.

진이는 수학 문제지를 들고 자리에서 일어나 독서실 밖으로 나갔다. 꽉 막힌 머리에 시원한 공기라도 쐬어주면서 풀어야 좀 제대로 풀 수 있을 것 같았다.

밖으로 나온 진이는 독서실 입구 계단에 주저앉은 다음 방금 자판기에서 뽑은 음료수를 마시며 수학 문제지를 들여다보았다. 하지만 여전히 미로 같은 수학이었다. 절로 한숨이 나왔다.

"휴, 제발 누가 나 좀 살려줘."

"쿡, 오스칼도 수학 앞에서는 속수무책이군."

갑자기 들려온 승우의 목소리에 진이가 놀라서 고개를 쳐들었다. 언제 왔는지 승우가 바로 앞에 서서 진이가 보고 있던 수학 문제지를 들여다보고 있었다. 늦게까지 공부를 하고 있는 연우를 마중 나온 것이다. 답답해서 죽을 것 같던 진이는 이제 심장마비로 죽을 것 같았다.

제발 예고 좀 하고 나타나란 말입니다!

승우가 문제지를 보던 시선을 들어 진이를 쳐다보았다. 깊이를 알 수 없는 그 깊은 눈동자의 시선에 진이는 저도 모르게 꿀꺽 마른침을 삼켰다.

"심히 걱정된다. 이것도 모르면서 우리 대학에 온다고 그랬냐?"

어이없다는 승우의 목소리가 그대로 돌덩이가 되어 진이의 머리 위로 떨어져 내렸다.

"딴 과목은 잘해요! 누구나 약한 과목은 있는 거잖아요!"

진이는 자신을 방어하기 위해 큰 소리로 외쳤다. 하지만 승우는 믿을 수 없다는 듯이 고개를 설레설레 저으며 손목시계를 들여다보았다. 시간을 확인한 승우는 진이의 앞자리에 털썩 주저앉더니 손을 내밀었다. 진이가 무슨 뜻인지 몰라 쳐다만 보고 있자 승우가 힘을 주어 말했다.

"볼펜."

"네?"

"살려달라며."

승우는 못된 미소를 지으며 말했다.

"살려줄게."

진이에게 로맨스란 별 게 아니었다. 승우가 자신을 위해 입 아프게 미분 적분을 설명해 주는 것도 가슴 벅찬 로맨스였다. 하지만 슬프게도 도대체가 뭔 소리인지 모를 달콤한 속삭임이었다.

  시험이 끝나는 날이 승우의 생일날이었다. 진이가 넌지시 연우에게 물었다.

  "연우야, 너 오늘 시험 끝나고 뭐 할 거야?"

  "오빠 학교 갈 거야."

  역시나 예쁜 동생 지연우는 오라버니의 생일을 챙길 것인가 보다. 진이가 교과서를 들여다보고 있는 연우의 옆에 바짝 다가서며 물었다.

  "학교? 거기는 왜?"

  "생일인데, 늦게까지 학교에서 공부한다고 하잖아. 가서 데리고 올 거야."

  승우는 Y대학교 의과대 1학년이었다. 의대생답게 매일 하는 일이 공부뿐이었다. 분명 미팅도 안 해봤을 것이다. 분명하다.

  "나도 같이 갈까?"

  진이가 조심스럽게 물어봤다. 그런데 눈치없는 지연우가 이리 물어온다.

  "왜? 나 놀러가는 거 아냐!"

  동그랗게 뜬 눈이 어찌나 순진해 보이는지 순간 확 뽑아버리고 싶은 충동이 일었지만 참았다.

  "나 그 학교에 원서 넣을 거잖아. 한번 제대로 구경하고 싶네."

  진이는 고3이 댈 수 있는 가장 보편적인 핑계를 댔다.

  "어머! 너 진짜 그 학교에 원서 넣을 거야? 이번 수학 몇 점 맞았는데?"

진이는 애써 웃으면서 연우의 긴 머리카락을 손에 들어 연우의
가는 목에 감았다.

"어휴! 머릿결이 너무 좋네!"

"캑, 캑! 야! 숨 막혀!"

연우랑 같이 Y대학교에 오게 된 진이는 주머니에 넣어두었던
선물상자를 계속 만지작거렸다. 연우와 승우를 알게 된 것은 올해
로 삼 년째로 접어들고 있지만 승우의 생일선물을 산 것은 이번이
처음이었다.

이걸 뭐라고 말하며 줘야 하는 거야.

산 것까지는 좋았는데 전해주는 게 문제였다. 생일 축하해요,
라고 말하며 건네는 건 너무 닭살이었다. 그렇다고 다른 사람을
통해 전하는 건 더 싫었다.

뭔가 소프트한 방법이 없을까…….

"네? 이 학교 학생이 아니면 못 들어가요?"

진이가 생일선물 때문에 고민하고 있을 때 연우는 도서관에 들
어갈 수 없다는 사실 때문에 고민에 빠졌다.

"정말 못 들어가요? 우리 오빠가 저 안에 있어요. 꼭 만나야 하
는데……."

지연우가 불쌍한 표정을 지으며 '안 돼요?' 라고 물으면 안 된다
고 하는 사람 아무도 없다. 역시나 수위 아저씨도 허허 웃으시면
서 허락하셨다.

"원래는 안 되는 거지만 내가 특별히 봐주는 거야."

별 어려움 없이 연우와 진이는 대학생들의 공간 안에 교복을 입고 들어섰다. 도서관 안에는 공부 중인 대학생들이 꽉 채우고 있었다. 아마 대학도 중간고사 기간인 것 같았다. 진이와 연우는 승우를 찾기 위해 각자 반대편으로 걸어갔다.

앉아서 공부하는 사람들 중에서 승우를 찾지 못한 진이는 서가 쪽으로 발걸음을 돌렸다. 유명한 대학교의 도서관이라서 그런지 규모가 꽤 컸다. 일렬로 늘어선 서가 사이를 걸어가며 승우를 찾다 보니 꼭 미로 속에 갇힌 공주님을 구하러 가는 길 같았다.

공주님?

진이는 자신의 상상에 자신이 면박을 주었다.

왜 공주님이야! 넌 여자니까 당연히 왕자님이지.

진이가 승우를 발견한 건 가장 끝 서가에서였다. 승우는 바닥에 주저앉은 채 여러 권의 책을 뒤적이고 있었다. 흘러내린 안경이 어쩐지 귀여워서 진이는 속으로 피식 웃고 말았다.

"승우 오라버니."

승우의 앞에 선 진이는 작게 승우의 이름을 불렀다. 그제야 승우의 시선이 천천히 위로 올라오는데 어쩐 일인지 진의 무릎과 허벅지 사이에서 살짝 지체를 하신다.

"승우 오라버니?"

진이가 다시 승우의 이름을 불렀을 때야 승우는 완전히 고개를 들어 진이를 쳐다봤다. 승우는 흘러내린 안경을 벗으며 물었다.

"네가 왜 여기 있어?"

"연우랑 같이 왔어요. 오라버니 생일이라면서 공부 못하게 한다고⋯⋯."

라고 말하며 주머니 안의 선물을 만지작거렸지만 정작 전해줄 용기가 생기지 않았다. 그런데 갑자기 승우가 진이를 향해 오른손을 뻗었다.

헉! 설마 생일선물 달라는 시츄에이션?

진이가 기뻐하며 주머니에서 막 선물을 꺼내려는데⋯⋯.

"그럼 시험 끝났다는 소리네. 수학 시험지 내놔봐."

자신이 가르쳐 준 성과가 나타났는지 직접 눈으로 확인하시겠다는 것이었다. 진이는 결국 수학에 밀려 끝까지 선물을 전해주지 못했다. 수학 점수는 오십 점이었다. 그래도 진이의 입장에서는 꽤 잘나온 점수이지만 승우가 다니는 Y대학교에 들어오기에는 턱없이 부족한 점수였다. 점수를 본 승우는 딱 한마디로 마무리했다.

"하루에 1점씩 올려. 그럼 50일 뒤에는 100점 맞겠네."

말이야 쉽지! 차라리 하루에 1kg씩 찌워서 50일 뒤에 100kg되는 게 쉽겠다.

"불가능할 것 같은데요."

"가능해."

"무슨 근거로요?"

수학과 나는 철천지원수라고요!

수학에 대한 부정적인 생각으로 가득 찬 진이를 쳐다보며 승우는 웃으며 말했다.

"내가 가르쳐 줄 거니까."

그건 진이에게 기쁨과 절망의 하모니로 들리는 말이었다.

수학이 오작교가 되어 좋아하는 그를 매일 볼 수 있게 해주겠지만, 사랑의 오작교 역할을 너무도 열심히 하느라 수학 점수는 뚝뚝 떨어질 테니까. 분명하다. 50일 뒤에는 0점을 맞을지도 모른다. 죽느냐 사느냐, 그것이 문제가 아니라 수학이냐 사랑이냐, 그것이 문제로다.

2006년 10월.

며칠 동안 잠잠한 핸드폰을 승우는 말없이 바라보았다. 이렇게 오랫동안 진이의 전화가 없는 건 처음이었다. 시간이 지나서야 승우도 알았다, 자신이 너무 지나치게 화를 냈다는 걸. 그리고 그게 진이를 멀어지게 만들었다는 걸. 아마도 진이는 승우가 또 화를 낼까 봐 겁이 나 이제 먼저 전화도 못 거는 것 같았다.

술 취해 다른 남자 차 타고 집에 들어가는 거야 있을 수도 있는 일인데, 왜 그렇게 화를 냈는지 승우는 이제야 후회가 되었다. 헤프다고까지 말할 필요는 없었다. 황진이가 헤프면 세상에 안 헤픈 여자가 어디 있겠는가.

그렇게 소리치면 안 되는 거였는데. 너무 경솔했다. 어째서 자신을 제어하지 못하고 그리 심한 말들만 뱉어냈는지 승우는 자신의 말과 행동이 후회되고 또 후회되었다.

승우는 자신의 핸드폰을 꺼냈다. 진이와 전화를 하고 싶으면 이제 승우가 먼저 해야 했다. 띠리리리 띠리리리. 생각해 보니 미국에 와서 진이에게 전화를 거는 건 처음이었다. 그 수많은 전화 통화들이 모두 진이에게서 걸려온 것이었다.

나 정말 못된 놈이네. 아무래도 욕을 먹어야 될 건 황진이가 아니라 자신인 것 같았다.

[여보세요.]

평소와 달리 잔뜩 주눅이 든 진이가 전화를 받았다. 자신이 그렇게 만들었다는 생각에 승우는 진심으로 미안한 마음이 들었다. 이 순간 자신의 존재가 너무도 한심하게 느껴졌다.

"미안."

[네?]

"내가 너무 주제넘게 화를 냈다. 그럴 자격도 없는데 말이야. 미안했어."

[그런 자격이라니요? 무슨 자격이요?]

"그런 일로 화내는 건 네 가족이나 네 남자 친구가 할 일이잖아. 그런데 난 아무것도 아니잖아."

[······.]

"······그래, 아무것도 아닌데."

마치 스스로에게 납득시키듯 승우는 또다시 되풀이했다.

[미안.]

세상에 미안하다는 말이 이렇게 상처가 되어 돌아올지 몰랐다. 진이는 승우가 화를 냈을 때보다 더 많이 마음이 아팠다. 그런데 이번에는 마태유한테 가서 따질 수도 없었다. 오라버니가 너무 미안해서 화가 난다는 건 말이 안 되는 일이니까.

승우의 사과전화를 받은 밤 진이는 한숨도 잘 수 없었다. 그래서 다음날 학교에서 하루 종일 꾸벅꾸벅 졸았다. 교무실에서 졸다 학생주임에게 쫓겨나고, 양호실에서 졸다 생리통 환자들 때문에 자리를 양보하고 나온 뒤 진이는 복도의 창가에 불편하게 앉아 시원한 가을바람을 맞으며 졸았다. 간간이 지나가는 학생들이 창가에서 졸고 있는 진이를 보고 서로 수군거리며 키득거렸다.

"선생님 자는 모습이 꼭 순정만화 주인공 같지 않아?"

"응, 맞아. 싸가지 만땅에 왕자님 같아."

어린 나이의 여학생들은 아직도 진이에게서 샤프한 남성미를 보고 있었다. 남녀공학에 근무하는 지금도 이 정도인데 여고 시절에는 어떠했을지 거의 짐작이 가고도 남는다.

마침 교무실을 나오는 학생주임을 보고 웅성웅성거리던 구경꾼들은 일제히 도망을 갔다. 부산한 학생들의 행동에 눈살을 찌푸리던 학생주임의 눈에 또 졸고 있는 진이가 들어왔다. 선생 된 입장에서 아이들의 모범이 되지는 못할망정 졸고 있는 한심한 모습을 보여주고 있는 게 어이없어서 가서 한 대 쥐어박아 깨우려다가, 아슬아슬하게 창가에 머리를 기대 졸고 있는 모습이 불쌍해서 그냥 갈 길을 가버렸다. 어차피 쉬는 시간은 끝났고, 이제 구경꾼들은 모두 사라질 테니까. 하지만 수업을 끝내고 내려왔을 때에도 저 모습 그대로이면 기필코 매 석 대라고 마음으로 새기는 학생주임 선생님이었다.

진이가 잠을 깬 것은 강렬한 오렌지 향 때문이었다. 그 시큼한 향이 코를 찔러오는 순간 몽롱하던 정신이 번쩍 깨었다. 서녘으로 기울어진 해를 보니 잠이 들고 꽤 시간이 흐른 것 같았다. 자도 너무 많이 자버렸다. 오후 내내 잠만 자다 집에 가게 되었는데 어째서 학주가 자신을 깨우고서 혼내지 않았는지 신기하기까지 했다. 자는 모습이 그리 불쌍해 보였나?

"먹는 냄새는 귀신같이 맡네."

자신의 앞에 앉아 오렌지를 까고 있는 태후를 보고 진이는 놀람보다 어이없다는 얼굴을 하였다. 연우의 말이 맞았다. 정말 낮도깨비 같은 남자이다. 이 남자가 왜 갑자기 자신의 앞에 나타났는지 진이는 이해가 되지 않았다.

"당신이 왜 여기 있어요?"

"아, 길을 잃었어. 그런데 고개를 돌리니 세림고가 있더라고. 당신이 여기 다닌다는 걸 연우한테 들어서 알았거든. 그래서 길 좀 물으려고 들어왔지."

길을 잃다니, 전혀 마태후와 어울리지 않는 말이었다.

"……어디를 찾는데요?"

마태후의 수상한 기운을 읽어내려고 노력하며 진이는 물었다.

"과거와 현재가 만나는 곳."

과거와 현재가 만나는 곳? 꼭 수수께끼의 해답을 푸는 단서 같은 말이었다. 진이가 모르겠다는 표정을 하자, 태후가 주머니에서 쪽지를 꺼내면서 말했다.

"음, 똑똑한 사람만 선생님 할 수 있는 줄 알았는데 아닌가 봐?"

순간순간 한 대 패주고 싶은 인간, 그게 마태후였다. 하지만 진이는 참았다. 왜냐하면 진이가 태후를 때리면 연우는 울면서 그날로 진이에게 절교를 선언할 테니까. 절교는 참을 수 있었다. 참을 수 없는 건 연우의 눈물이었다. 세상에 그보다 강력한 무기는 없다. 그러니까 이 낮도깨비 같은 남자를 자신의 앞에 무릎 꿇게 만든 것일 게다.

진이는 태후를 쏘아보며 그가 내민 쪽지를 받아 들었다.

〈Y대학교 92학번 동창회.〉

과거와 현재가 만나는 곳은 동창회를 말한 것이었다. 하지만 그것보다 더 놀란 건…….

"92학번이요? 도대체 몇 살에 대학에 들어간 거예요? 서른 살 아니에요?"

"아, 우리 형 동창회야."

이젠 놀라움보다 어이없음이 더 컸다.

"당신 형 동창회를 당신이 대신 가요?"

"응. 한 오 년째 내가 형 행세를 하는데 아무도 눈치 못 채더라고. 재밌지?"

재밌는 게 아니라 요상한 것이었다. 그런 짓을 뭐 하러 시간 들여가며 하는 건가?

"안내해 줄 거지?"

태후의 질문에 진이는 동창회 장소를 봤다.

〈Y대학교 정문 앞 오닐 호프집.〉

진이는 가늘게 눈을 뜨고 태후를 바라보았다. 눈 감고도 찾아갈 수 있는 장소를 왜 나보고 찾아달라고 하는데? 라는 영양가 없는 질문 대신 좀 더 직격타를 날려야 한다. 그래야 다음부터는 이런 일로 진이를 가지고 놀지 않을 것이다.

"쉽게 찾아갈 수 없는 곳이라 돈이 좀 들겠는데요."

자신의 말을 맞받아치는 진이의 대꾸에 태후는 오! 감탄사를 내며 지갑을 털었다. 천 원짜리 달랑 한 장 있었다. 왕복 버스비도 안 되는 돈이었다. 국회의원 둘째아들씩이나 되면서 말이다.

"모자란 건 좀 꿔줘."

이제는 태후의 말 한 마디 한 마디가 나 좀 때려줘, 라는 소리로 들렸다. 대단하다, 지연우! 이런 남자랑 어떻게 사귀냐?

결국 마태후가 지나는 길에 황진이를 찾아온 건 길을 몰라서가 아니라 돈이 없어서였나?

돈이 없는 마태후는 진이가 퇴근할 때까지 기다렸다. 무려 두 시간이나 말이다. 차라리 그 시간에 돈을 꿔서 혼자 가겠는데 마태후는 끝까지 진이를 기다렸다. 결국 마태후의 기다림에 백기를 들고 진이는 자신의 사비를 털어 태후를 오닐이라는 호프집에 데려다 주기로 하였다. 다시는 길 모른다고 자신을 찾아오지 않는다는 다짐을 받아내면서 말이다.

"자! 여기가 오닐입니다. 부디 다음부터는 길 잃어버리지 마십시오. 그 나이에 길 헤매고 다니면 연우한테 차여요."

진이는 호프집 앞에서 태후와 헤어지려고 하였지만 태후가 진이를 다시 붙잡았다.

"여기까지 왔는데 안에 들어가서 술이나 마시고 가. 공짜야."

"네? 남의 동창회에 내가 왜 끼어요?"

"내 동창회도 아냐."

"내 말이 그 말입니다. 자기 동창회도 아닌데 왜 와요? 할 일이 그렇게 없어요? 정말 요즘 노시나 보죠? 그럼 결혼은 어떻게 하려고요? 연우 기다리는 거 잘 못해요."

거침없는 진이의 말에 태후가 쓴 미소를 지었다. 지연우는 이제 마태후의 약점이었다. 그 사실을 알면서도 버릴 수 없는 치명적인 약점. 그리고 더불어 태후의 힘이었다. 그게 바로 사랑의 불가사의라는 걸 요즘 몸으로 느끼고 있는 태후였다.

그래서 형을 이대로 그냥 내버려 둘 수가 없게 되었다. 이제는 자신의 형이 얼마나 괴로워하며 살았는지 알 수 있었기에 더 이상 태유의 방황을 모른 체할 수가 없어졌다. 잊으라고 다그쳐서 잊을 수 없는 거라면 또 다른 방법을 찾아야 했다. 그리고 그 방법이 지금 진이였다. 황진이가 누굴 좋아하고 있는지 태후는 알고 있지만, 그리고 진이가 좋아하는 남자 역시 어떤 마음인지 알고 있지만, 태후는 자신의 형을 위해 그냥 모르는 일로 하기로 했다. 지금은 단지 형만 생각하고 싶었다. 스스로를 절망 속에 밀어 넣고서 죽어도 나오지 않는 그의 바보 같은 형만 생각하기로 했다.

"난 안 들어갈 거야. 네가 들어가."

태후의 말에 진이는 갈수록 어이없음이 배가되어 웃음도 나오지 않았다.

"내가 왜요?"

"우리 형이 안에 있을 거야."

"네?"

마태유의 동창회니까 그곳에 마태유가 있는 건 이상한 일이 아니었다. 이상한 건 마태후가 이곳에 왜 자신을 데리고 왔느냐는 것이다.

"술도 안 마시고 바보처럼 앉아 있을 거야. 같이 술 좀 마셔줘."

"무슨 뜻이에요?"

"우리 형 굉장히 멋있는 사람이야."

도대체 이 인간은 무슨 말이 하고 싶은 건가! 마귀발의 머릿속에 무슨 생각이 들어 있는 건지 평범한 인간인 황진이는 알 수가 없었다.

"왕년에는 잘나가는 농구 선수에 지금은 황제그룹 사장님, 거기다 여자 관계 깨끗하고 성격 젠틀하지. 끝내주는 조건 아냐?"

나도 안다고! 그래서 뭐?

"어떤 여자는 이런 학설도 내놓았었어. 일명 장다르크 학설이라고. 마태유는 세상 모든 여자가 원하는 남성상이라고."

참 희한한 학설도 다 있다. 마태유라는 남자가 그렇게 대단한 남자였단 말인가?

"우리 형을 잡는 순간 당신 인생은 확 펴는 거야."

뭐?

"그러니까 잘해봐."

"도대체 뭘 잘해봐요!"

기가 막혀서 버럭 소리를 지르고 말았다. 내가 남자에 환장한 여자인 줄 알아! 난 좋아하는 남자가 있단 말이야! 라고 소리칠 수 없는 게 답답할 뿐이었다.

진이가 화를 내자 태후는 자신의 표현이 너무 직설적이었다는 걸 깨달았다. 전혀 마귀발다운 접근 방식이 아니지만 아무래도 좀 더 인간적으로 다가가야 할 것 같았다.

"음! 그럼 조금 다른 말로 부탁하자면."

바꾸어 말하든 직구로 말하든 나보고 지금 당신 형 꼬시라는 거잖아!

"우리 형 좀 구해줘."

열 시가 다 되어가는 시간, 소란스럽던 동창회는 파장 분위기였다. 이제 모두 가정이 있고, 누군가의 아빠이며 엄마일 나이, 자식들이 걱정된다며 하나둘 빠져나가 이제 동창회에 남아 있는 사람은 몇 명 없었다. 그중에 태유와 육현이 있었다. 태유는 오늘 술을 한 모금 마시지 않았다. 흥청망청 마시며 반가운 벗들과 같이 일탈을 해도 괜찮은 시간, 태유는 한마디 말도 없이 자리를 지키고 앉아만 있을 뿐이었다.

"그만 가자."

육현이 말했다. 하지만 태유는 대답도 없이 호프집의 문만 바라볼 뿐이었다.

"제발 그만 쳐다봐. 안 와."

육현은 거의 달래는 목소리로 말했다. 학창 시절 장난기 넘치던 남학생이었던 육현은 미련하게 행동하는 태유를 놀리기보다 타이르고 있었다. 그도 이제 나이를 먹은 것이다.

"너 이럴 거면 내년부터 동창회 오지 마. 너 때문에 다른 사람들이 눈치 보잖아."

타이르고 나무라는 육현의 말에도 태유는 끝까지 아무런 대꾸도 하지 않았다. 그저 굳게 닫힌 문만 쳐다볼 뿐이었다.

결국 올해도 오지 않는다. 혹시나 올지도 모른다고 생각했는데, 역시나 오지 않았다. 그러나 부질없는 기대라는 것을 알면서도 매년 오게 된다. 왜냐하면 이곳이 그녀와 연결되어 있는 유일한 통로였으니까. 시간이 지나면서 그녀와 연관된 것들이 하나하나 사라져 갔다. 시간이 이렇게 무서운 것이라는 걸 태유는 예전엔 알지 못했다. 시간이란 너무도 잔인한 것이었다. 서서히 그녀를 태유에게서 빼앗아갔다. 한 치의 동정심도 없이, 한 치의 배려도 없이. 시간에 맞서 사라져 가는 흔적을 붙잡는다는 건 너무도 힘이 든 일이었다.

"태유야, 그만 포기해라. 벌써 십 년이야. 살아 있었다면 이미 네가 찾았을 거라고."

결국 수진을 잘 아는 육현조차 태유에게 포기하라고 했다. 그런데 세상에서 가장 완벽해 보이는 남자는 세상에서 가장 바보 같은 남자가 된 것처럼 대답이 없다. 그런 그가 답답하고 안쓰럽고 가여워, 육현은 차마 혼자 가지 못하고 태유의 옆을 지키고 있는 것이었다.

달칵!

평생 열리지 않을 것 같던 호프집 문이 열리고 한 여자가 들어왔다. 그녀를 본 순간 윤기 없는 눈으로 출입문을 바라보던 태유의 눈이 커졌다. 몇 시간 만에야 사람다운 반응을 보이는 태유의 눈빛을 보고 육현도 놀라서 고개를 돌려 출입문을 들어오고 있는 여자를 쳐다보았다. 큰 키에 짧은 커트 머리, 그리고 시원시원한 이목구비가 중성적인 느낌을 주는 인상이 강한 얼굴이었다. 묘한 분위기의 여자이기는 했지만 그렇다고 태유가 놀란 이유를 육현은 알 수가 없었다. 여자는 걸어와서 태유의 바로 옆 자리에 앉았다. 그리고 마치 우연히 만난 것처럼 태유를 아는 척했다.

"어? 안녕하세요! 여기서 또 보네요. 술 마시러 오신 거예요?"

진이의 질문에 아무런 대꾸도 없이 태유는 진이를 뚫어져라 쳐다보았다. 왜 그녀가 지금 여기 있는지 이해할 수 없다는 얼굴이었다.

"기분이 꿀꿀해서 술 좀 마시러 왔어요."

진이는 자연스럽게 웨이터에게 술을 주문했다. 사실 자기 멋대로인 마태후를 한 대 갈겨준 후 그냥 가버리려고 했었다. 그런데 태후의 말을 듣고 그냥 갈 수가 없게 되어버렸다.

"여자가 있었는데, 십 년 전에 실종되어서 아직도 나타나지 않고 있어. 그런데 우리 형은 미련하게 계속 기다리고만 있어. 너무 한심하지 않아?"

정말 한심했다. 마태유가 아니라 진이 자신이. 자신의 아픔만 아픔으로 보여 마태유에게 화풀이를 했다. 그리고 당신 인생은 완벽해서 좋겠다고 염장까지 질러댔다. 진이는 그 일을 사과해야 했다. 진이는 사과의 뜻으로 태유에게 술잔을 내밀었다.

"혼자 마시면 너무 청승맞을 거 같은데 같이 안 마실래요?"

육현은 조용히 태유의 행동을 지켜보았다. 만약 태유가 저 술잔을 받으면 육현은 조용히 혼자 돌아갈 생각이었다. 하지만 받지 않는다면 이 커다란 놈을 질질 끌고서라도 같이 돌아갈 생각이었다.

태유는 아무런 말도 없이 진이가 내민 술잔을 바라만 볼 뿐이었다.

"저한테 잘못한 것도 있잖아요. 저 당신 때문에 승우 오라버니한테 헤픈 여자로 찍혔다고요."

사과의 뜻으로 내민 술잔이 받아들여지지 않자 그만 성격대로 협박성 말이 나왔다. 진이는 자신의 까칠한 성격을 스스로 나무랐다. 좀 더 친절하게 대하라고. 그는 위로가 필요한 사람이야!

진이는 태유의 앞에 술잔을 내려놓고 예의를 다해서 직접 술잔 가득 술을 따라주었다. 그리고 자신의 의무는 다했다고 생각했는지 진이는 바로 자신의 술잔에 술을 따라 한 잔을 원샷했다.

"그런데 어제는 전화로 화내서 미안하대요. 승우 오라버니가 처음 전화해 준 건데, 기껏 하는 말이 미안하대요. 아무 사이도 아닌데 화를 냈다고. 두 번 다시는 듣고 싶지 않은 미안해였어요. 그런 말 들어본 적 있어요? 다시는 듣고 싶지 않은 그런 말이요."

아무래도 황진이는 누군가를 위로해 줄 그릇은 되지 못할 것 같다. 태유의 마음을 위로하기보다 자신의 푸념이 먼저 나왔다. 하지만 어쩔 수 없었다. 하루 종일 미안하다는 승우의 말이 귀를 맴

돈다. 도저히 떨쳐 낼 수가 없었다. 정말 끔찍한 메아리였다.

"태후가 무슨 말을 하며 당신을 데리고 온 거지?"

망부석 같던 태유의 첫 질문은 예리했다. 자기 동생의 계략을 알고 있는 형의 예리함에 진이는 피식 웃었다.

"장다르크 학설 어쩌고저쩌고하던데. 정말 그런 학설이 있어요?"

십사 년 전 태유가 직접 F 학점을 주었던 리포트였다. 장수진이 그걸 발표한 후 그 리포트는 학교 전체로 퍼져 나가 모든 학생들의 애독 리포트가 되었고, 결국 나중에는 그녀의 별명을 따서 장다르크 학설이라는 제목까지 하사받았다.

"그리고 또 무슨 이야기를 했는데?"

혹시라도 자신의 이야기를 했을까 신경이 쓰이나 보다.

"그냥 술 한번 마시면 다 잊어버릴 이야기들이었어요. 정말 안 마셔요?"

또다시 권해본다. 혼자서만 괴로워하지 말고 같이 괴로워하자는 듯이. 정말 우울한 동지다. 우울한 남자가 우울한 여자를 만났을 때 무슨 일이 일어나는지 아는가? 갑자기 술이 당긴다. 태유는 진이와 술잔을 바라보다 천천히 손을 뻗었다. 태유가 술잔을 잡았을 때 육현은 이미 술집을 나가고 없었다.

진이는 가득 찬 술잔을 한 번에 비워냈다. 하지만 태유는 술잔만 잡았을 뿐 마시지 않았다.

"안 마시는 거예요, 못 마시는 거예요?"

태유가 대답이 없자 진이는 멋대로 판단을 내렸다.

"아! 못 마시는구나. 남자가 싱겁기는. 그럼 우유라도 사다 줘요?"

우유나 마시라는 진이의 말에 태유는 어이없다는 표정을 짓다가 술잔을 들어 조금 마셨다. 쓰디쓴 술이 아프게 목으로 넘어간다. 마치 가시라도 숨겨져 있는 것처럼 목구멍을 쿡쿡 쑤신다. 아니, 그건 술 때문이 아니라 그리움 때문이었다. 진이도, 태유도 말없이 그리움을 벌컥벌컥 마셔댔다.

"그쪽이 아무 사이 아니라고 못 박았는데 또 전화할 거야?"

태유가 진이의 아픈 곳을 찔러왔다. 하지만 다행히 술에 취해서 그리 아프지는 않았다. 이래서 사람들이 술을 가까이 하나 보다. 아픔에 대한 마취효과가 있다.

"네, 또 해요."

"왜?"

"당연히 목소리 듣고 싶으니까."

"버리지도 못하면서 왜 고백하지 않아?"

자기 답답한 건 생각하지 않고 말없이 속병을 앓는 진이만 답답해 보이나 보다.

"저 이래 봬도 수줍음이 많거든요. 그런 말 부끄러워서 안 나온다고요."

자신을 수줍음 많은 처녀라고 말하는 진이의 말에 태유는 피식 웃어버리고 말았다.

알면 알수록 수진과 다르다. 수진은 수줍다고 뒤로 물러나는 일이 절대 없었다. 먼저 다가온 것도 수진이었고, 태유를 끝없이 두

125

드린 것도 수진이었다. 그리고 지금 이렇게 태유를 무기력하게 만든 것도 모두 수진이었다.

"그러는 당신은 오지도 않는데 왜 계속 기다리는데요?"

태유가 자기 아픈 곳 물어보았다고, 이번엔 진이가 태유의 아픈 곳을 거침없이 물어왔다. 태유는 대답도 없이, 술도 마시지 않고, 그냥 물끄러미 술잔 속의 혼탁한 액체만 바라보았다.

"금방 갈게. 기다려."

수진이 그에게 남긴 마지막 말이었다. 그 마지막 말이 숨통을 막아 숨을 쉴 수가 없었다.

태유는 그녀의 말대로 기다렸다. 기다리라고 했으니까, 만나러 온다고 했으니까 기다렸다. 기다리다 지쳐 찾아 헤매기도 했었다. 찾아 헤매다 지쳐 또 기다렸다. 하지만 하루가 지나고, 한 달이 지나고, 일 년이 지나고, 십 년이 지날 동안…… 그녀는 돌아오지 않고 있다. 금방 오지 않아도 좋으니 언제 돌아온다고 말이라도 해주면 좋겠는데, 십 년 동안 태유는 그녀의 목소리조차 들을 수 없었다.

"아! 좀 마셔요! 그리고 나 재미있게 이야기도 좀 해주고요. 입이 마시고 떠들라고 있는 거지, 꾹 다물라고 있는 건 줄 아세요? 당신이 모든 여자들이 원하는 이상형이 절대로 될 수 없는 단점하나가 뭔지 알아요? 정말 재미없어요. 요즘은 유머가 없는 남자는 꽝이라고요."

태유가 우울한 건 자신과 상관없다는 듯이 진이가 태유를 타박하기 시작했다. 역시 그녀는 누군가의 외로움을 다정하게 위로해 줄 재능이 없다. 하지만 그래서 더 다행이었다. 위로는 필요없었다. 그저 혼자 남겨졌다는 걸 잠시만이라도 잊게 해준다면 그걸로 족했다.

2006년 10월, 수진이 없는 어제가 가고, 수진이 없는 오늘이 시작되고 있었다.

거국적으로 시작된 술자리는 그리 오래가지 못했다. 진이는 거침없이 마시는 기세에 비해 술이 세지 못했다. 혼자서 열심히 마시더니 저번처럼 어느 순간 잠이 들어버렸다. 하지만 태유는 천천히 조금씩만 마시고 있었기에 아직 멀쩡하였다. 마시는 술의 양으로 슬픔을 잰다면 단연 황진이가 세상에서 가장 슬픈 사람인 것 같았다.

"저기, 영업 시간 끝났거든요."

술집 종업원이 영업 시간이 끝났다고 조심스럽게 알려주었다. 태유는 쓰러져 자는 진이를 쳐다보며 깨울까 생각하다 진이의 주머니에서 삐죽이 튀어나온 핸드폰을 발견하고 마음을 바꾸었다. 주인의 허락도 없이 핸드폰을 꺼내서 바로 1번을 누르고 통화 버튼을 눌렀다.

띠리리리 띠리리리, 긴 신호음이 갈 동안 상대방은 전화를 받지 않았다. 아마도 저쪽도 이쪽처럼 번뇌 중인가 보다. 태유는 단 한 번의 통화로 승우의 마음을 짐작할 수 있었다. 그래서 그가 왜 진이에게 헤픈 여자라고 말하며 화를 냈는지도 알 수 있었다. 하지만 사랑에 용기있는 남자는 아닌 것 같았다. 그러니까 미안하다고 사과하며 멀찍이 멀어지는 것이다. 그가 그렇게 거리를 재는 동안에는 진이가 고백을 한다고 해도 두 사람의 사이는 달라지지 않을 것이었다. 태유는 큐피트의 역할을 하려는 게 아니었다. 그저 더 이상 진이가 그 남자 때문에 괴롭다면서 자신을 찾아오는 일이 없기를 바랄 뿐이었다. 서로 다른 사람을 마음에 품고 있는 인연이니 더 깊어질 필요는 없다. 이 한 번의 술자리로 족하였다. 그러니까 이건 진이에게 주는 작별의 선물이었다.

[여보세요?]

승우가 전화를 받자마자 태유는 여유로운 목소리로 말했다.

"안녕하십니까? 또 물어볼 게 있어서 걸었습니다."

지승우는 태유의 목소리에 놀랐는지 말이 없었다.

"진이 씨가 술에 취해서 잠이 들었는데 제가 집까지 데려다 줘도 될까요?"

진이에게 마음이 있다면 화를 낼 것이다.

"아! 생각해 보니 저도 술에 취해서 운전을 못하는군요. 그냥 모텔에서 재워도 될까요?"

화를 내지 않으면 자고 있는 진이를 깨워서 다른 남자를 소개시켜 줘야 한다. 태유는 조용히 지승우의 대답을 기다리며 자고 있는 진이의 얼굴을 쳐다보았다. 마치 고백을 한 여자처럼 남자의 대답을 기다렸다. 부디 그가 불같이 화내주기를 바라면서. 곧 살얼음 같은 그의 목소리가 들려왔다.

[그 여자한테 손가락 하나 대지 마!]

불같은 질투는 불같은 사랑과 통한다. 그녀의 사랑을 받는 것에 익숙한 그에게 사랑은 받기만 하는 게 아니라 주기도 해야 한다는 걸 알려주고 싶었다. 그래야 그 사랑이 떠나지 않는다고. 과연 그가 제대로 느꼈을까?

쾅!

무언가 부서지는 것 같은 엄청난 소리에 놀란 렉이 방에서 나왔을 때, 승우가 집을 뛰쳐나가고 있었다.

『승우! 어디 가는 거야?』

렉이 불렀지만 승우는 대답도 없이 달려나갔다. 이상한 낌새를 느낀 렉은 승우의 방으로 가서 문을 열었다. 승우의 핸드폰이 두 동강이 난 채 바닥에 널브러져 있었다. 아까의 엄청난 소리는 핸드폰이 망가지는 소리였나 보다. 부서진 핸드폰이 승우 대신 말하고 있었다. 승우가 화난 이유는 오스칼 때문이라고.

탕! 탕! 탕!

승우는 테니스 라켓과 공을 가지고 나와 근처 스쿼시 연습장에서 지쳐 쓰러질 때까지 공을 때리고 있었다. 마치 브레이크가 고장 난 것처럼 미친 듯이 화가 났다. 그래서 공을 쳐내는 동작이 거칠고 과격했다. 운동을 하는 게 아니라 대답도 못하는 벽에다 화풀이를 하는 것이었다.

치솟은 화는 쉽게 사그라지지 않았다. 또 그 남자를 만나 술을 마신 진이한테도 화가 났고, 또 전화를 걸어 진이에 대해 묻는 그 남자에게도 화가 났다.

탕! 날아온 공이 승우의 눈 바로 옆을 칼날처럼 스치며 지나갔다. 뺨에 싸한 통증이 느껴지더니 붉은 선혈이 떨어지기 시작했다. 그제야 승우의 대책없는 움직임이 멈추었다. 승우는 그 자리에 서서 폐가 찢어질 것 같은 거친 숨을 몰아쉬었다. 하얀 그의 피부에 땀과 함께 피가 흘렀지만 승우는 닦을 생각도 하지 않았다. 격렬하게 움직이느라 헝클어진 머리카락이 헝클어진 그의 마음과도 같아 보인다. 지승우는 지금 완전히 자신을 벗어나 있었다. 그리고 그 순간에 와서야 계속 모른 척했던 그의 마음을 인정할 수 있었다. 보낼 수 없었다. 그럴 수 있을 줄 알았는데, 그러지 못할 것 같았다. 승우는 진이를 원했다. 비록 그게 진이를 힘들게 하는 일이 된다고 하더라도. 진이가 자신만을 봐주기를 바랐다. 지금까지 그래 왔던 것처럼.

사랑이 이기적인 것인가, 지승우가 이기적인 남자인가.

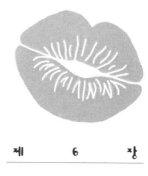

제   6   장

"**까**아악! 뭐야!"

아침에 눈을 뜬 진이는 눈이 부신 금색 벽지를 보고 놀라서 벌떡 일어났다. 생전 처음 와보는 별 다섯 개짜리 호텔이었다. 자신의 발로 이런 곳에 들어온 기억은 결코 없었다. 마태유다. 그 잘나신 사장님이 진이를 호텔 방에 던져 놓고 혼자 사라져 버린 것이다. 그래도 돈 있는 부자라고 진이가 신혼여행에나 와볼 특급호텔에 던져 주고 갔다.

그렇다고 누가 고맙다고 할 줄 알았어! 나 외박이라고! 집에 들어가면 죽었다.

거울에는 마태유가 남기고 간 쪽지가 하나 붙어 있었다.

〈다음부터 술은 믿을 수 있는 남자하고만 마셔.〉

이렇게 뒤통수를 때리다니! 진이는 측은한 마음으로 술잔을 내밀었는데 이 남자는 그 술잔을 받아먹고 술값으로 짱돌을 던져 준 것이다. 전혀 신사적이지 않고, 전혀 멋있지도 않고, 역시나 마태후 형 맞았다. 이렇게 뒤통수치는 실력이 뛰어나다니! 마태유! 다음에 만나면 내 손에 죽었어!

"꼬락서니 봐라. 선생은 아무렇게나 하고 학교 와도 된다고 누가 그러더냐?"

구깃구깃 구겨진 어제와 똑같은 옷에, 밤새 술 퍼마신 걸 여실히 보여주는 초췌한 얼굴, 단정하지 못한 머리를 하고 학교 정문을 들어서는 황진이를 학생주임이 붙잡았다. 학생주임은 지휘봉으로 교칙에 걸린 아이들이 서 있는 자리를 가리키며 황진이에게 말했다.

"황 선생도 저기 가서 서라!"

헤헤 웃으며 얼렁뚱땅 넘어가려고 했던 진이는 학생주임의 명령에 기겁을 하며 말했다.

"아이! 선생님! 농담도 심하셔라! 저도 명색이 선생님인데 어찌 저 자리에 같이 끼겠습니까?"

"선생이니까 넌 더 문제다. 학생의 모범을 보여야 하는 인간이 어찌 이 꼬락서니로 학교 올 생각을 하나? 아이들 보기 안 부끄럽나?"

"선생님! 전 지각하지 않으려고 집에도 안 들르고 바로 학교로 온 건데."

"뭐시라? 그럼 시방 네가 외박을 했다는 거가? 아이고! 황 거시기! 어찌 딸을 키웠기에 밖에서 밤을 새나? 넌 회초리로 끝날 벌이 아니다. 따라와라!"

학생주임은 교문을 지키던 일까지 때려치우고 진이의 옷을 잡은 다음 학교 밖으로 끌고 가기 시작했다. 학생주임에게 끌려가며 진이가 사색이 되어 소리쳤다.

"선생님, 어디 가시는 거예요? 학교는 여기라고요!"

"니는 경찰서행 감이다. 오늘 하루 콩밥 좀 먹어봐라!"

이 말은 아버지가 근무하시고 계시는 경찰서에 진이를 넘기겠다는 소리였다. 진이가 기겁을 하며 학생주임에게 끌려가지 않으려고 발버둥을 쳤다.

"선생님! 울 아버지 성격 아시면서 이러시면 어떻게 해요! 저 정말 나쁜 일 한 거 아니에요. 제가 외박하고 싶어서 한 게 아니라고요."

등교를 하던 학생들은 학생주임에게 끌려가지 않으려고 바동거리는 진이를 구경하며 서로 키득거렸다. 자신을 보고 웃고 있는 학생들에게 진이가 소리쳤다.

"이 자식들! 웃지만 말고 날 붙잡아! 이대로 끌려가면 너희들과 난 영원한 작별이야. 그래도 좋아? 이것들아!"

세림고등학교 정문은 아침부터 소란스러웠다. 마치 운동회날 줄다리기를 하듯이 진이를 필두로 길게 늘어선 학생들이 열심히

'이영차'를 했다.

하지만 역시 학생주임은 막강했다. 아니, 더 정확히 말하면 학생주임이 무서워 학생들이 제대로 힘을 주지 않고 있는 것이었다.

"네 이놈들! 지금 황진이 도운 녀석들은 명단 적어서 나중에 두고두고 괴롭혀 준다!"

하지만 그건 불가능했다. 등교하던 학생들이 희귀한 구경거리를 보고 몰려들면서 계속 선수 교체를 하고 있었기 때문이다.

학교란 정말 이상한 나라이다. 언제 무슨 일이 일어날지 전혀 예측불허이다. 그래서 우리들이 학창 시절을 떠올리며 그땐 그랬지 하고 미소 짓게 되는 것일 게다. 이십대의 꺾어지는 나이에도 아직도 이상한 나라에 거주 중인 황진이 공주님이 외쳤다.

"내가 아이스크림 쏜다! 더 힘 줘!"

학교에서는 학생들의 도움으로 무사히 넘어갔는지 모르지만 집에서까지 그럴 수는 없었다.

"새 옷 될 때까지 빨아!"

"이미 헌 옷 된 것들을 어찌 새 옷처럼 만드우? 내가 마술이라도 쓰리오?"

퍽! 말대꾸를 하는 진이의 얼굴 위로 어머니의 옷가지가 날아왔다. 어머니는 허락도 없이 외박을 한 황진이에게 온 집안 식구들의 빨래를 하도록 엄명을 하셨다. 그래서 진이는 첫째 오빠, 둘째 오빠, 큰언니, 작은언니, 엄마, 아빠, 거기다 올케, 조카들의 옷까지 산더미가 될 때까지 커다란 욕조 안에 쌓아놓은 다음 구박받는 신데렐라처럼 열심히 빨래를 하는 중이었다. 빨아도, 빨아도 줄지 않는 옷들을 보니 슬슬 부아가 치밀었다.

내가 이걸 왜 다 빨아야 하는데!

진이는 박박 문지르던 빨래를 집어 던지고, 핸드폰을 꺼내 들어 빠르게 황제그룹으로 전화를 걸었다. 그리고 당당하게 사장 바꾸라고 외쳤다.

[여보세요?]

허스키한 마태유의 굵은 음성이 들리자마자 진이는 쏘아대기 시작했다.

"난 억울해요! 왜 내가 3박 4일은 빨아야 될 빨래들을 다 빨아야 하냐고요? 당신이 우리 집 앞에만 던져 주었어도 이런 일은 없었잖아요! 어떻게 여자를 호텔방에 던져 두고 갈 수 있습니까? 그건 범죄에 가까운 행동이라고요."

흥분한 진이의 목소리와 달리 태유의 음성은 차분하였다.

[잘 알지도 못하는 남자랑 둘이서만 술을 마신 당신이 경솔하다고는 생각하지 않나? 왜 내가 집까지 데려다 줄 거라고 생각했지?]

누가 이 남자를 사랑에 슬퍼하는 외로운 남자라고 했는가! 마태후다. 그 인간 말을 믿는 게 아니었다. 이렇게 당돌한 남자가 절대 그럴 리가 없다. 십 년? 허! 십 일 기다리면 길게 기다린 거다.

"당신은 지금 나한테 말대꾸하면 안 돼요. 난 잔소리하려고 전화했단 말입니다. 당신이 외박 한 번 했다고 누가 당신한테 잔소리해요? 안 하죠? 당연해요. 대기업 사장님한테 누가 잔소리를 하겠습니까? 그런데 난 오늘 하루 종일 잔소리를 들어서 울화병까지 생겼다고요. 그래서 그 울화병 좀 풀어보겠다고 당신한테 조금 잔소리를 하겠다는데 그게 그렇게 억울합니까? 그래요?"

[억울하지는 않은데 귀는 아프군.]

"제가 원래 화나면 목소리가 커집니다. 제 눈 앞에는 빨랫감이 산처럼 쌓여 있다고요. 맘 같아서는 당신이 와서 빨라고 하고 싶은데, 태어나서 빨래는 한 번도 안 해봤을 거 같아서 참는 겁니다."

[왜 손으로 빨지? 세탁기 없어?]

"네, 없습니다. 우리 집이 워낙 고리타분해서요. 옷은 손으로 빨아야 깨끗하다는 아주 이상한 사고방식을 가진 사람들만 있거든요. 아! 절대 돈 없어서 안 산 거 아니니까 동정심 가지지는 마세요. 전에 연우가 제 말을 듣고 어찌나 불우이웃 보는 눈으로 보든지. 그냥 그 고운 눈알을 뽑아버리고 싶더라니까요."

[그 말 그대로 태후에게 전해주지.]

"도대체 처음의 그 신사적인 태도는 어디 가신 거예요? 제가 술 먹으면서 당신한테 실수라도 했어요? 지금 저한테 화나신 거죠? 그렇죠?"

[나한테 전화하지 마.]

"네?"

[당신이 전화를 해야 할 사람은 내가 아니라 미국의 그 남자잖아.]

"저도 알아요. 전 단지 당신이!"

[만나서 반가웠어. 그럼 행복하게 잘살아.]

대놓고 영원히 작별 인사를 하는 사람은 마태유가 처음이었다. 한 번도 누군가에게 영원한 작별 인사를 받아본 적이 없는 진이는 뭐라고 대꾸할 말이 없었다. 삑삑, 그때 또 다른 전화가 걸려왔다는 신호음이 들려왔다.

[그럼 먼저 끊을게.]

태유의 전화가 끊겼다. 결국 진이는 아무런 말도 하지 못했다. 착잡한 마음으로 진이는 또 다른 전화를 받았다.

"여보세요?"

[나야.]

진이는 하마터면 전화기를 떨어뜨릴 뻔하였다. 승우였다. 설마 그가 전화할 줄을 몰랐기에 헝클어졌던 진이의 마음은 회복불능의 상태까지 복잡해졌다.

[가을 학기만 끝나면 한국에 갈 거야. 내가 한국에 갈 때까지 기다려. 그리고 내가 한국에 간다는 말 다른 사람한테는 절대 하지 마. 너만 알고 있어.]

뚝! 승우는 자기 할 말만을 하고 바로 전화를 끊어버렸다. 마치 한낮의 꿈을 꾼 것처럼 승우와의 전화는 실감도 하기 전에 끝나버렸다.

허망한 전화 음을 들으며 진이는 혼자 중얼거릴 수밖에 없었다.

"도대체 뭐야?"

한 남자는 영원히 안녕이라고 말하고, 한 남자는 만나러 온다고 한다.

"어디 아프냐?"

며칠째 멍한 황진이의 모습이 이상해 학생주임이 답지 않게 걱정스런 목소리로 물었다. 멍하니 창밖만 바라보고 있던 진이가 힘없는 목소리로 말했다.

"신경 끄세요."

딱!

바로 학생주임의 지휘봉이 진이의 정수리를 내려쳤다.

"아픈 거 아니면 퍼뜩 일어나서 땡땡이친 학생들 잡아와! 아까삼 인조가 단체로 교문 넘어 도망갔다. 그놈들 잡아올 때까지 교무실에 들어올 생각도 마라!"

오후 수업이 없는 진이에게 학생주임 선생님이 내린 명령이었다. 사람이란 다 자기에 걸맞은 그릇이 있는데 황진이에게는 서류정리보다 정찰대 노릇이 더 효율적이라는 게 학주의 판단이었다. 하지만 기분이 울적한 진이는 쉽게 학생주임의 명령을 받아들이지 않았다.

"씨! 제가 선생님 시다바리입니까? 선생님이 하실 일을 왜 절 시키세요. 선생님이 자꾸 그러니까 애들이 절 무서워하잖아요. 전 그저 상냥한 선생님이고 싶다고요."

"그럼 사표 쓰고 유치원 선생 해! 어쩔 건데? 사표 쓸 거냐, 삼 인조 잡아올 거냐?"

학생주임보다 더 무서운 건 앙증맞은 병아리들이었다. 열 명의 유치원생들은 백 명의 고교생들보다 더 겁이 났다. 그래서 진이는 무거운 엉덩이를 들어 도망친 삼 인조를 잡기 위해 학교 밖으로 나갔다.

진이가 삼 인조를 잡기 위해 가장 처음 찾아간 곳은 병원이었다.

"혹시 도망친 삼 인조 봤니?"

진이의 질문에 춘희는 잠시 자신의 십년지기 친구를 물끄러미 바라보다 대답했다.

"여긴 병원이야."

"나도 알아. 그냥 물어보는 거야. 못 봤어? 아, 찾았는데 못 찾은 건 할 수 없지. 네가 증인이다. 나 분명 삼 인조 찾으러 다녔다."

"진아."

춘희는 횡설수설하는 진이를 지그시 바라보다 그녀의 이름을 불렀다. 꼭 동생을 걱정하는 언니의 부름 같다. 진이는 허망하게 웃으며 친구의 부름에 답했다.

"넌 똑똑하니까 미국에 가을 학기가 언제 끝나는지 알지?"

"……왜 그런 걸 물어봐?"

"삼 인조가 도망갔다니까. 잡아야 돼!"

자신에게 무언가를 숨기는 진이의 태도에 춘희는 한숨을 쉬었다. 캐물을 수 없는 문제였다. 모른 척해야 하는 문제라는 걸 '미국'이라는 단어에서 눈치 챘다. 지승우와 관련된 문제에서 춘희는 진이를 지지할 수도, 말릴 수도 없었다. 지지하기에는 두 사람의 상황이 결코 행복한 연애를 할 여건이 안 되었고, 말리기에는 지승우가 너무 괜찮은 남자였기 때문이다. 지승우보다 더 괜찮은 남자가 있다면 당장에 진이에게 소개시켜 줄 텐데, 불행히도 그런 남자는 아무리 찾아봐도 보이지 않았다. 진퇴양난이었다.

한 발만 더 나서면 이렇게 오랜 시간을 끌지 않고 더 깊은 관계를 맺었을 수도 있었던 지승우와 황진이의 문제는 관계에 있었다. 친구의 오빠와 동생의 친구, 그건 친구라는 존재와는 또 다른 복잡한 관계였다. 지승우가 머뭇거리는 가장 큰 이유는 연우였다. 영원히 연우의 옆에 있어줄 황진이라는 친구를 자신 때문에 잃게 할 수는 없었던 것이다. 만약 지승우와 황진이가 사귀게 되다가 끝났을 경우, 그건 연우와 진이의 친구 관계의 끝을 의미하는 것과 같았다. 가족의 연으로 묶인 지승우와 지연우의 관계가 끊어질 수는 없으니까 말이다. 진이와의 마지막을 확신할 수 없다면, 자신의 여동생을 세상에서 가장 사랑하는 지승우는 단 한 발자국도 움직일 수 없는 것이다. 그렇게 제자리걸음만 하다가 결국 십 년의 세월이 흘러 버렸다. 그동안 감정의 샘은 바닥이 보이지 않을 정도로 깊어졌지만 관계에서는 변화가 없었다. 여전히 친구의 오빠이고 동생의 친구일 뿐이었다.

"가을 학기 언제 끝나는지 나도 정확하게 모르는데, 연우한테 물어볼까?"

"됐어! 말하지 마!"

춘희의 입에서 나온 연우라는 이름에 진이는 발작적으로 외쳤다. 안 된다고. 연우가 알면 안 되었다. 그 철딱서니 공주님이 아는 순간 연우는 오빠와 진이를 연결해 주겠다고 발 벗고 나설 게 뻔하였고, 그럼 지승우는 더욱더 진이를 멀리할 것이었다. 뻔한 사실이었다. 진이는 춘희가 더 곤란한 질문을 할까 봐 겁을 먹고 바로 발걸음을 돌렸다.

"나 갈게. 삼 인조 보면 전화해 줘!"

답답한 마음을 풀려고 춘희를 찾아온 것이지만 소용이 없었다. 그 무엇도 지금 진이의 꽉 막힌 마음을 뚫어줄 수 없었다.

[가을 학기만 끝나면 한국에 갈 거야. 내가 한국에 갈 때까지 기다려. 그리고 내가 한국에 간다는 말 다른 사람들한테는 절대 하지 마. 너만 알고 있어.]

승우가 겨울방학을 하면 한국에 온다는 건 정해져 있는 일이었다. 가족들을 만나러 말이다. 그런데 아무한테도 말하지 말라니, 도대체 무슨 뜻일까? 설마 나만 만나러 온다고? 그 뜻이야? 진이는 아무리 생각해 보아도 승우가 한 말의 진정한 뜻을 알 수가 없었다. 아마도 지승우가 진이를 만나러 올 때까지 이 미칠 것 같은 답답함은 가시지 않을 것 같았다. 정말 지독한 가을이 될 것이 분명했다.

병원을 나온 진이가 그 다음으로 삼 인조를 찾으러 간 곳은 한강이었다. 고뇌할 일이 생기면 언제나 한강에 왔다. 서울에는 바다가 없으니까. 핸드폰을 옆 자리에 놓아두고서 턱에 손을 괴고 멍하니 한강 물을 바라보았다. 재미없었다. 괴물이라도 한 마리 뛰어나오면 스릴이라도 있을 텐데, 한강은 고요하기만 하였다. 진이는 슬쩍 고개를 옆으로 돌려 조용한 핸드폰을 바라보았다. 잠시 핸드폰의 눈치를 보듯 진이는 조심스럽게 그 작은 물건을 주시하다가 천천히 손을 뻗었다. 하지만 반도 가지 못하고 손을 거두어

버렸다.

　승우에게 전화를 해서 직접 물어보고 싶었으나 그게 쉽지 않았다. 승우가 화를 낼 때면 진이는 언제나 속수무책 바보가 되어버리는 것 같았다. 왜 승우가 그렇게 화를 내는지 알 수가 없다. 지승우가 말도 안 되는 이유로 화를 내는 것이거나 황진이가 눈치도 없는 둔치이거나 둘 중에 하나인데, 지승우처럼 냉철한 남자가 말도 안 되는 이유로 화를 낼 리는 없으니까 황진이가 눈치도 없는 둔치라는 것이다. 그러니까 직접 승우에게 물어볼 수밖에 없는데, 지금은 물어볼 용기마저 없다. 섣불리 물어보았다가 위태롭게 엉킨 실타래 줄이 툭 끊겨 버려서 더 이상 승우에게 전화조차 할 수 없는 사이가 되어버릴까 봐 겁이 났다.

　진이는 길게 한숨을 쉬며 무릎 사이에 얼굴을 묻었다. 내가 승우 오라버니한테 무슨 잘못을 했지? 그리고 미련스럽게 하지도 않은 잘못을 생각해 내기 위해 머리를 아프게 쥐어짰다. 혹시 시험 못 본 거 나한테 화풀이한 거 아닐까? 생각이 안 나니 유치한 생각만 들었다. 진이는 손에 핸드폰을 들어 만지작거리기만 하였다. 1번에 통화 버튼만 누르면 바로 승우와 연결되지만, 그 1번 누르기가 힘이 들었다.

　띠리리리 띠리리리. 진이가 핸드폰만 들고 고뇌하고 있을 때 전화벨이 울렸다. 연우였다.

　[진아! 우리 점 보러 가자.]

　그런데 즐거워 죽겠다는 연우의 목소리를 듣는 순간 그 어느 때보다 심술이 났다.

"친구! 우선 내 기분이 어떤지 물어보는 게 순서 아닌가!"

[그런 건 점쟁이한테 물어야지! 정말 용하대. 우리 방송국 노처녀 아나운서한테 이번 해 안에 결혼할 거라고 말했는데, 그 언니 진짜 결혼하잖아. 청첩장에 그 점집 약도도 있다. 결혼하고 싶은 사람은 모두 그 집으로 가보래. 진이야, 너 결혼하고 싶어?]

결혼? 애인도 없는 나한테 지금 그걸 질문이라고 하는 거냐, 친구!

"설마 궁합 보려고 가는 거냐?"

진이는 화를 내는 대신 차분하게 질문을 하였다. 전화기 저편에서 연우가 응 하는 소리가 들려왔다. 고개까지 끄덕이고 있을 거다.

"그래서 안 좋다고 하면 헤어질 거구나."

그리고 한참이나 전화기 저편의 순진 공주님은 말이 없었다. 그제야 진이는 웃을 수 있었다. 아! 이 심술보.

결국 진이는 한강에서의 청승을 접고 연우와 같이 대박선녀집으로 향했다. 이름 한번 너무 솔직한 선녀였다. 점집으로 가는 동안 연우는 계속해서 말했다. 절대로 안 좋을 리가 없다고. 진이가 생각하기에 절대로 좋을 리가 없을 것 같은데, 어째서 그런 확신을 할 수 있는 건지 알 수가 없었다.

"남자 생년월일이 어떻게 돼?"

"77년 4월 4일이요."

범상치 않은 인간이라고 생각했더니 생일도 범상치 않다. 쌍년 쌍일이다. 좋은 숫자와 나쁜 숫자가 같이 있으니 이걸 좋은 뜻이라고 생각해야 하는 거야, 아니면 나쁜 뜻으로 생각해야 하는 거야?

대박선녀는 쌀알을 떨어뜨리며 열심히 그 안을 들여다보았다. 그리고 쯧쯧 혀를 차기 시작했다. 선녀의 불길한 혀 굴림에 연우가 걱정스럽게 물었다.

"왜요? 안 좋은가요?"

번쩍! 갑자기 신기라도 받은 것인지 선녀가 고개를 쳐들며 날카롭게 물었다.

"그 남자 한 번 죽을 뻔한 적 있지 않아?"

있었다. 마태후는 십 년 전 백화점 붕괴 사고의 생존자였다. 그냥 넘겨짚은 거라고 생각하는 진이와 달리 연우는 사색이 되어 고개를 끄덕였다.

"네, 있어요. 그런데요?"

선녀의 표정이 더없이 비장해졌다.

"아직 한 번 더 남았어."

"하, 한 번 더 남다니, 그, 그게 무슨 뜻인데요?"

연우의 목소리는 이제 덜덜 떨리기까지 했다.

"아직 죽을 살(殺)이 한 번 더 있다고, 그것도 내년 안이야."

정말 지독한 말을 하는 점쟁이다. 부적 하나 팔려고 애한테 저런 말을 하다니.

꽉! 연우의 손이 진이의 소맷자락을 움켜쥐었다. 진이는 슬며시 옆에 있는 연우를 보았다. 역시나 겁을 먹어 눈에 눈물이 가득했다. 안 되겠다 싶어 이젠 진이가 물었다.

"그럼 그 살 없애려면 어떤 부적 써야 하는데요?"

분명 그 살을 없애려면 부적을 사야 한다고 말할 것이다. 뻔하다.

대박선녀의 얼굴이 진이에게 향했다. 주름이 깊게 팬 늙은 얼굴에 부리부리한 눈은 어쩐지 기괴한 기운을 풍기고 있었다.

"아가씨는 내 말을 믿지 않는군."

그럼 믿어봤자 근심만 느는 그런 말을 뭐 하러 믿어.

선녀는 진이의 얼굴을 한참이나 들여다보더니 또 쯧쯧 혀를 차기 시작했다. 저 소리 정말 거슬렸다. 꼭 재앙이라도 내리는 소리 같았다.

"연(緣)이 너무 멀리 있네."

의미 불분명한 점쟁이의 말에 순간 마음이 움찔했다. 멀리 있다고? 설마 승우 오라버니 말하는 거야? 에? 승우 오라버니가 내 연(緣)이라는 소리인가?

"그럼 그 살 없애려면 어떻게 해야 하는데요?"

연우가 겨우 마음을 가다듬고 물었다. 점쟁이는 간단하게 말했다.

"결혼해."

연우와 진이는 동시에 눈을 크게 떴다.

"단단하게 잡아주는 연이 없어 여기저기 싸돌아다니느라 화가 미칠 상이니까. 결혼해서 단단히 잡아놔! 하지만 잘산다고는 보장 못해. 남자한테 바람이 너무 심하네. 살면서 고생 좀 시킬 거야. 하지만 아가씨 옆에 있으면 오래 살 팔자야. 사람 하나 살리는 셈

치고 그냥 결혼해."

연우가 마태후와 결혼하는 게 마태후의 목숨을 살리는 길이란다. 진이가 이해할 수 없어 물었다.

"그럼 부적은요?"

자신을 끝까지 의심하는 진이를 보며 대박선녀는 또 혀를 찼다. 그것참 답답한 인생이라고 말하며.

점집을 나오자마자 연우는 태후에게 간다고 하였다.

"나 태후 씨 만나러 갈 거야."

"설마 만나서 결혼하자고 말하려는 건 아니지?"

점쟁이가 결혼하라고 했다고 결혼한다고 하면 그거 심각할 정도로 순진한 것이다. 진이는 부디 자신의 친구가 그 정도로 순진하지는 않기를 바랐다.

"내가 어떻게 먼저 결혼하자고 말해! 그건 남자가 먼저 하는 거잖아."

다행히 점쟁이가 결혼하라고 했다고 결혼할 생각은 아닌가 보다.

"태후 씨 입에서 결혼하자는 말 나오게 할 거야."

너무도 쉽게 결혼을 꺼내는 연우의 말에 진이가 놀라서 물었다.

"점쟁이가 결혼하라고 했다고 결혼한다고?"

"아니, 사랑하니까 결혼하는 거야!"

사랑하니까 결혼한다. 부러운 말이었다. 하지만 그리 희망적이게 들리지는 않았다.

"하지만 결혼하면 고생한다잖아. 너 결혼은 현실이다. 마태후

성격 만만찮은 거 네가 잘 알잖아. 그리고 그 점쟁이 말처럼 바람 무진장 많이 든 인간이다. 일주일에 꼭 하루는 자기 맘대로 사라지잖아. 양가 부모 다 아는 사이인데도 마태후가 너한테 결혼하자고 안 하는 거 보면 아직 널 책임질 자신이 없는 거야. 그런데도 결혼을 하겠다고?"

"내가 책임져! 내가 태후 씨 책임질 거라고. 그러면 되잖아."

아마도 점집에 오기 전부터 결혼할 생각이 있었던가 보다. 연우는 단호하였다. 마태후가 살(殺)이 두 번이나 낀 기구한 팔자인지는 몰라도 여자 복 하나는 끝내준다. 어디서 이렇게 예쁘고 일편단심인 여자를 만나겠는가. 그 성격에 힘들다.

결국 진이는 그녀가 지켜줘야 하는 남자를 찾아 떠나는 연우를 손을 흔들어주며 보냈다. 자기가 좋아 죽겠다는데 어쩌겠는가. 분명한 건 콩깍지는 아니라는 거다. 왜냐하면 마태후를 사랑한다는 것 자체가 극기였으니까. 정말 천생연분인 걸까? 진이는 자신도 한 번 물어볼 걸 그랬다고 생각했다. 멀리 있는 연이 어떻게 생긴 사람이냐고. 혹시 아주 아름다운 남자가 아니냐고. 믿거나 말거나 만약 그게 승우라는 말을 듣는다면 우울했던 기분이 나아질 테니까. 그런데 만약 연우한테 말한 것처럼 그 남자한테 죽을 살이 끼었다는 소리를 들으면 그 순간 바로 주먹이 날아갈지도 모른다. 아무래도 유혈 사태가 일어날지도 모르는 질문은 하지 않는 게 낫겠다는 생각에 진이는 호기심을 접었다.

혼자 남은 진이는 길거리에 쭈그려 앉아 핸드폰을 손에 꼭 움켜잡았다. 진이는 기를 모으듯 뚫어져라 핸드폰을 노려보았다. 그래, 거는 거야. 그리고 물어보면 되는 거잖아. 연우도 마귀발을 평생 책임진다는데 나라고 전화 못할 건 뭐가 있어.

'왜 화가 난 건데요!'

본인한테 직접 묻는 거야. 하늘을 우러러 찔리는 게 하나도 없으니 당당하게 물어보면 되는 거야. 결심을 굳힌 진이는 손가락에 힘을 주어 1번을 눌렀다.

띠리리리 띠리리리 띠리리리.

신호음이 늘어갈수록 진이의 심장 박동수는 기하급수적으로 늘어만 갔다. 안 받으면 어쩌지. 만날 수 있다면 집으로 쳐들어갈 테지만 이 전화라는 건 상대방이 받지 않으면 물어볼 기회조차 없다. 받았는데 또 화내면 어쩌지. 이 순간 진이는 승우가 세상에서 가장 무서웠다.

달칵, 한참이 지난 후에야 승우가 전화를 받았다. 진이는 조용히 숨소리를 죽인 채 승우가 말을 꺼내길 기다렸다. 그런데 승우도 한참이나 아무 말을 하지 않았다.

"저기, 여보세요? 승우 오라버니?"

결국 참지 못하고 진이가 먼저 말을 꺼냈다.

[왜?]

짧은 대답이 깊게 잠겨 있었다. 진이는 핸드폰의 시간을 확인해 보았다. 미국은 아직 아침일 시간이었다. 이제야 막 잠에서 일어났나 보다. 승우는 밤에는 잠이 없지만 아침에는 잠이 많은 편이었다. 조금 참았다 나중에 할 걸 하고 후회했지만 이미 걸었으니 지금 물어볼 수밖에 없었다.

"물어보고 싶은 말이 있어서 전화했어요."

[······뭔데?]

"저한테 화났어요?"

[······.]

승우가 대답이 없자 진이가 참지 못하고 말을 터뜨렸다.

"난 아무리 생각해 봐도, 오라버니를 화나게 한 기억이 없거든요. 왜 화나신 거예요?"

쭉 억울했었다. 자신에게 화를 내는 승우의 목소리가 너무 억울했었다.

[그래, 넌 아무 잘못 안 했어. 그냥 나 혼자 너한테 화가 난 거야.]

승우는 이렇게 전화로 진이의 목소리밖에 들을 수 없는데, 진이의 옆에서 그녀의 얼굴을 보며, 그녀의 온기를 느끼며 다정하게 이야기했을 그 남자의 존재가 미칠 것처럼 화가 났다. 그러나 저번처럼 이해심없는 남자같이 무턱대고 화내고 싶지 않았다. 그건 진이와의 사이를 멀어지게 하는 일일 뿐이었다. 그러긴 싫었다. 이렇게 멀리 떨어져 있는데 마음까지 멀어지게 하는 건 더 이상 싫었다.

"뭐라고요? 그게 어느 나라 말이에요. 이해할 수가 없어요. 차라리 영어로 하세요. 그럼 제가 독해를 해서라도 이해할 테니까."

[나도 아직 완전히 이해하지 못했어. 만나서 이야기하다 보면 알게 되겠지. 만나서 이야기해. 12월 중순에는 한국에 간다고 했잖아.]

"그때까지 못 기다려요."

[그럼 나보고 학교도 때려치우고 오라는 거야?]

"그냥 전화로 이야기하면 되잖아요."

[아니, 난 만나서 해야겠어.]

움직이기로 한 이상 지승우는 이 애매한 관계를 변화시킬 분명한 행동을 취해야 했다. 그러기 위해서는 우선 만나야 했다. 그저 서로의 목소리만 전할 수 있는 이 전화로는 턱없이 부족했다.

"12월 되려면 얼마나 많이 남았는데……."

계속해서 제자리만 맴도는 답답함에 진이는 푸념처럼 중얼거렸다. 기다리다 머리털 다 빠질지도 모른다.

[……내가 보고 싶니?]

언제나 보고 싶다. 그래서 자꾸 전화를 걸게 되는 것이다. 그런데 그걸 몰라서 물어본단 말인가. 당연한 거잖아. 하지만 정작 입 밖으로 내뱉기는 쉽지가 않다. 우물쭈물거리며 진이가 대답을 하지 못하고 있을 때 승우가 먼저 말했다.

[기다려 줘. 겨울에 만나서 모든 걸 이야기하자.]

다정한 목소리. 하지만 그것에 만족하기에는 승우의 말이 또 궁금증을 남기고 있었다.

"뭘 이야기하자는 건데요?"

[얼굴 보면서 이야기해야 해.]

당신의 마음을 바라는 게 아니에요. 그저 보고 싶을 때 얼굴만이라도 볼 수 있으면 좋겠는데. 어째서 이야기 한번 하는데 겨울까지 기다려야 하는지…….

그래도 용기를 내서 전화를 한 건 잘한 일이었다. 승우와의 통화로 진이의 불안했던 마음은 많이 가라앉았다. 아무리 멀리 떨어져 있어도 승우의 목소리는 그 어떤 것보다 가장 강력하게 진이를 움직이는 힘이었다. 기다려 달라고 했으니까 기다릴 것이다. 승우가 기다리라고 했으니까, 진이는 그의 말을 거부할 힘이 없었다.

다음날 학교에서 진이는 평소의 씩씩한 진이에서 더 나긋나긋하게 행동하여 주위의 사람들을 놀라게 하였다.

"얘들아, 싸움은 나쁜 거야. 서로 사이좋게 지내야지."

생글생글 웃으면서 훈계를 하는 진이의 모습에 싸움을 한 두 녀석은 그대로 얼어버렸다. 진이는 친근하게 두 학생의 머리를 손으로 토닥거려 주며 더욱 다정하게 물었다.

"이 화창한 가을날 왜 싸운 거야? 선생님은 너희들을 그렇게 가르치지 않았잖니."

차라리 가식적인 말이었다면 비웃으며 무시를 할 텐데 천하의 황 장군이 눈이라도 녹여 버릴 듯이 따뜻하게 웃으며 진심으로 하는 말이니까 더욱 소름이 돋았다. 싸움을 했던 만식과 태식은 이제 서로 도움의 눈길을 바쁘게 보내며 진이의 동태를 살폈다.

'황 장군 왜 이러냐?'

'낸들 알아! 그만 하라고 해. 죽을 것 같아.'

'네가 말해! 이 새끼야!'

"둘 다 자신의 잘못은 반성하고 있니?"

만식과 태식은 동시에 고개를 끄덕였다. 상태가 이상한 황 장군을 상대로 객기를 부리고 싶은 어리석음은 둘 다 없었던 것이다.

두 학생의 긍정에 크게 만족을 한 진이는 끝까지 생글생글 웃으면서 말했다.

"좋았어. 그럼 둘 다 운동장 가서 가볍게 열 바퀴만 뛰어."

거기까지는 좋았다. 아! 평소처럼 그냥 그렇게 마무리되나 하고 두 녀석은 안심을 하였다. 그런데 진이는 두 놈의 손을 들어올려 살포시 포갠 다음 마지막 지령을 내렸다.

"다정하게 손 꼭 잡고 뛰어라. 알았지?"

이런! 너무 다정해서 또 싸우겠네.

얼마 동안 병든 닭처럼 기운이 없던 진이는 그날따라 유달리 기분이 좋아 보여 사람들의 눈길을 끌었다. 진이는 괘도를 이탈해 불안하던 자신의 삶이 승우와의 전화 한 통으로 이제야 정상괘도를 찾은 것 같아 마음이 안정되어 있었다. 정말 욕심이 없는 성격이다. 전화해서 목소리 들으면 만나고 싶고, 얼굴 보면 키스하고 싶고, 키스하면 안고 싶은 게 사랑하는 마음인데 진이는 그저 전화 한 통화에 만족하고 있었다.

황진이와 지승우가 십 년 동안이나 평행선을 유지할 수밖에 없었던 건 지승우의 현실주의도 문제였지만, 황진이의 이 낙천주의도 문제였다. 사랑을 이루려면 무모함이 있어야 하는데 두 사람 모두에게 그 무모함이 없었던 것이다. 목소리 듣고 싶을 때 목소리 들으며 만족하고, 보고 싶을 때 얼굴만 볼 수 있는 걸로 만족하는 게 아니라 그를 가지고 싶은 이기적인 욕심도 때론 필요한 것이다.

"창사 기념파티?"

연우가 친구인 진이와 춘희에게 태후네 집 회사 창사 기념파티에 같이 가자고 하였다. 그 소리를 들었을 때 진이의 머릿속에 가장 먼저 떠오른 건 마태유였다. 다시는 전화하지 말라는 그의 말이 생각났지만 전화를 안 한다고 해도 평생 안 만날 수는 없을 것 같았다. 연우와 마태후가 서로 사귀고, 진이가 연우의 친구인 이상 말이다.

"뭐야! 넌 왜 매일 바지야! 이런 날에는 치마 좀 입으면 안 돼?"

창사 기념파티에 가게 된 날 바지를 입고 나타난 진이를 연우가 타박하였다.

"이거 정장 바지야. 정장이면 되는 거 아냐?"

연우는 진이에게 파티장에서 자신의 옆에 서지 말라고 당부를 하였다. 진이가 자신의 옆에 서 있으면 진이와 자신이 커플인 줄 안다는 것이었다. 그렇게 말하면서 한참이나 앞서 걸어간다. 연우의 말에 심술이 나 진이는 춘희에게 작게 부탁했다.

"야, 네가 망 좀 봐라. 나 쟤 한 대만 때리게."

파티장에 도착해서 가장 처음 만난 사람은 멋들어지게 검은 슈트를 차려입은 마태후였다. 사람이 옷에 따라 분위기가 정말 달라진다는 걸 눈으로 확인하였다. 진이는 오늘 처음으로 마태후가 조금 멋있다는 생각을 하였다. 연우는 자기 애인의 멋있는 모습에 만족한 듯 웃으면서 그의 옆에 가서 섰다. 태후가 연우의 손을 잡으며 진이와 춘희에게 말했다.

"재미없는 파티지만 음식은 맛있으니까 많이 먹고 가요."

태후가 연우를 낚아채서 가버린 뒤 진이와 춘희는 딱히 할 일도 없었기에 고급 뷔페가 차려진 곳으로 걸어가 음식들을 골랐다. 진이는 무얼 먹을까 고르다 고개를 들어 파티에 모인 사람들을 둘러보았다. 파티장 가장 앞쪽에서 나이 많은 사람들과 이야기를 하던 태유와 눈이 마주쳤다. 키가 커서 그런지 파티장에서 가장 눈에 띄는 사람이 마태유였다. 그래서 일부러 찾았다기보다는 자연스럽게 그에게 눈길이 간 것이었다. 진이는 인사를 해야 되나 모른 척해야 하나 난감하였다. 그런데 태유 쪽에서 먼저 모른 척 고개를 돌려 버렸다. 그렇게 잘 아는 사이는 아니지만 어쩐지 섭섭하였다. 마태유는 정말 이상한 남자다. 친절한 듯하면서도 냉정하다. 어떻게 저리 딱 사람을 모른 체할 수 있는지.

그 뒤로 진이도 일부러 태유를 모른 척하였다. 그런데 파티라는 게 먹는 일밖에 없어서 시간이 정말 느리게 갔다. 배도 부르고 더이상 먹는 것도 힘들어질 때쯤 작은 소란이 일어났다. 시작은 어떻게 된 건지 모르지만 사람들이 목격한 장면은 마태후가 남자 한명을 때려눕히는 모습이었다. 이렇게 사람들 많은 곳에서 저리 티나게 말썽을 부리다니, 전혀 마태후답지 않은 행동이었다. 그런데 태후의 뒤에서 바들바들 떨고 있는 연우를 보니 상황 파악이 쉽게 되었다. 연우와 있으면 진이도 자주 겪게 되는 일이었다. 남자들은 연우를 결코 그냥 내버려 두지 않는다. 건드리면 톡 부러질 것처럼 생겨서 그런지 자꾸 톡 건드려 보고 싶나 보다. 틈만 나면 연우의 곁으로 몰려든다. 아마도 마태후에게 얻어맞아 쓰러진 지 남자가 잠시 연우에게 휘파람을 날렸나 보다. 그나저나 마태후가 의

외다. 마태후라면 좀 더 고난이도의 괴롭힘으로 연우를 건든 남자를 응징할 줄 알았는데, 이리 단순한 방법으로 처리하다니. 사람이란 한번 획 돌면 다 거기서 거기인가 보다.

소동을 일으킨 마태후는 그의 아버지에게 바로 퇴장 선고를 받았다. 그래서 진이와 춘희 역시 같이 파티장을 나왔다. 파티장으로 나오기 전 진이는 태후에게 얻어맞은 남자에게 사과하는 태유를 보고 놀라서 멈추어 섰다. 높기만 하던 그가 누군가의 앞에서 고개를 숙이고 있는 모습은 어울리지 않았다. 그는 정말 이상한 남자다. 끝없이 도도한 듯 보이지만 너무도 쉽게 고개를 숙이기도 한다.

간호사인 춘희가 마태후의 손을 치료해 준다고 나섰지만 연우가 자신이 직접 한다고 하였다. 진이는 멀찍이 떨어져서 태후의 손을 치료해 주는 연우를 바라보았다. 소란 일으킬 거 다 일으키고 두 사람 사이는 좋기만 하다. 저래서 사랑하는 사이라는 건가. 쌍으로 얄밉다. 진이의 옆을 누군가가 지나쳐 걸어갔다. 무언가 커다란 느낌에 옆을 보니 역시나 마태유였다. 마태유는 그대로 마태후와 연우에게로 걸어갔다. 태유와 이야기하던 태후는 화가 나는지 그대로 파티장 반대편으로 걸어갔고, 연우가 빠르게 그의 뒤를 따라 뛰어갔다. 그리고 춘희도 연우의 뒤를 따라갔다. 하지만 진이는 그 자리에 서서 파티장으로 돌아가기 위해 다시 걸어오는 태유를 빤히 쳐다보았다. 마태유는 끝까지 진이를 아는 척하지 않았다. 스치듯 지나쳐 지나가는 그의 외면에 진이는 마음이 섭섭했다.

"안녕하세요."

결국 진이가 먼저 소리 높여 인사를 하고 말았다. 하지만 태유는 힐긋 진이의 얼굴을 쳐다볼 뿐 다시 갈 길을 가버린다.

정말 냉정하다. 자기 동생을 위해서는 그 뻣뻣한 고개를 잘도 숙이더니, 정말 반가워서 한 내 인사는 이렇게 무시해 버리다니. 도대체 내가 뭘 잘못했다고 저러는 거야!

이제 막 알기 시작한 사이이다. 사고이기는 했지만 처음으로 승우에 대한 마음을 털어놓았던 사람이기도 하다. 만나면 반가운 사람들처럼 다정하게 인사하고 이야기 나누면 좋잖아.

그게 진이가 마태유에게 가지는 욕심이었다. 그런데 그는 그렇지 않은가 보다. 끝내 무심하게 걸음을 돌려 그 재미없는 파티장으로 들어가 버렸다. 씩씩한 진이의 인사는 결국 복도에 버려지고 말았다.

그녀 때문인가?

문득 한 여자와 사랑을 했을 마태유의 모습이 궁금해졌다. 비 오는 날 다정하게 그녀를 위해 우산을 들어주었을까? 시합을 할 때마다 그녀의 응원을 들으며 힘껏 뛰었던 걸까? 그녀와의 키스는 달콤했겠지? 하지만 지금의 모습으로는 도저히 상상이 되지 않았다. 물어도 대답해 주지 않겠지만 물어보고 싶었다.

당신의 사랑은 행복했었나요?

1994년 7월.

세상을 살다 보면 정말 어울리지 않는 부조화를 보게 될 때가 있다. 태유가 그해 여름에 경험한 부조화는 장수진과 감자였다.

"내가 수확한 거야. 먹어!"

음료수나 직접 만든 샌드위치를 주는 여자는 많았지만, 아직도 흙이 묻어 있는 감자를 주는 여자는 장수진이 처음이었다. 태유는 수진의 손 안에 있는 감자를 받지 않고 바라만 보았다. 하우스에서 바로 왔는지 수진의 손에도 흙이 묻어 있었다.

"우와! 이거 농학과에서 수확한 거지? 그런데 이렇게 맘대로 다른 사람한테 줘도 돼?"

체육관 근처였기에, 뜬금없이 뒤에서 육현이 등장하였다.

"제가 막 졸랐더니 교수님이 조금은 가져가도 된다고 했어요."

"그럼 본인이 먹어야지, 이 귀한 걸 남 주면 어떻게 해?"

"제가 원래 태유만 보면 막 주고 싶어요."

"오호, 어미의 마음인가?"

"아뇨, 농사꾼의 마음이죠."

자신을 사이에 두고 만담을 나누는 두 사람의 대화에 태유는 슬슬 짜증이 올라와서 그냥 발걸음을 돌렸다. 태유가 감자를 받지 않고 그냥 가버리자 수진이 놀라서 소리쳤다.

"감자!"

"그딴 거 안 먹어!"

멀어지는 태유의 커다란 등을 두 사람은 같은 마음으로 바라보았다.

"장다르크 학설에 추가해야겠네. 도도한 마태유는 감자를 안 먹는다."

장난처럼 말하는 육현과 달리 수진은 그 어느 때보다 풀이 죽은 채 태유의 등에서 눈을 떼지 못했다.

"감자, 맛있는데……."

같은 날 저녁, 태유네 집으로 태유를 찾는 한 통의 전화가 걸려 왔다.

[아! 너도 알지? 우리 어머니가 보육원 원장님이신 거.]

대뜸 자신의 가족을 소개하는 육현의 말에 태유는 눈살을 찌푸렸다.

"왜 전화한 겁니까?"

[요점은 우리 어머니가 보육원 원장님이라서 수진이가 응급실에 실려갔어. 이해가 돼?]

수진이 응급실에 실려 갔다는 말에 태유의 눈이 커졌다.

[수진이네 가족들은 다 외국에 있어서, 연락할 사람이 없더라. 생각나는 사람이 너밖에 없었어. 태유야, 도와줘!]

"뭘요?"

[그 감자가 이런 불상사를 가져올 줄은 정말 몰랐어. 안타까운 일이야.]

분명 육현은 국어 점수가 엉망이었을 것이다. 무슨 소리인지 도통 알아들을 수가 없었다.

"당장 똑바로 설명하지 않으면 그냥 끊습니다."

태유의 협박에 그제야 육현은 육하원칙에 맞게 상황을 설명하였다.

[그러니까 자세히 설명을 하자면 수진이가 그 감자로 아이들에게 감자전을 해주겠다고 해서 나랑 같이 보육원에 갔는데, 감자전을 굽다가 그대로 쓰러졌어. 그 길로 바로 병원에 데리고 가니, 의사가 과로라고 하더라고. 하루에 아르바이트를 두 개나 뛴대. 그러니까 당연히 몸이 못 버티지. 쯧쯧.]

　"그래서 장수진 지금 병원에 있어요?"

　[아! 그게…….]

　육현은 꼭 죄를 지은 사람처럼 말을 얼버무렸다.

　"그게 뭐요? 똑바로 말해요."

　[아르바이트 시간 다 됐다고 갔어.]

　하! 기가 막혀서 태유는 헛웃음을 짓고 말았다.

　"지금 나랑 장난해요? 과로라면서요."

　[그래, 과로도 맞고, 수진이가 아르바이트 간 것도 맞아. 난 붙잡고 싶었지만 붙잡을 수가 없었어.]

　"왜요?"

　[난 마태유가 아니니까.]

　도대체 어느 나라 말을 하는 거냐! 이 인간아!

　태유가 육현이 가르쳐 준 카페 안으로 들어섰을 때, 감미로운 여자의 노랫소리가 들려왔다. 그게 수진이라는 건 학교에서 수진의 노래를 몇 번 들어본 적이 있어서 알 수 있었다. 노래는 자신의 감정을 표현하는 제3의 언어라면서 수진은 시도 때도 없이 노래를 부르곤 하였다. 결국 그걸로 돈을 벌고 있다는 걸 태유는 오늘 처음 알았다.

"If I should stay, I would only be in your way, So I'll go, but I know, I'll think of you ev'ry step of the way. And I will always love you I will always love you, You, my darling you. Hmm. Bittersweet memories, that is all I'm taking with me, So, goodbye. Please, don't cry(내가 (당신 곁에) 남는다면, 난 방해만 될 겁니다. 그래서 난 가겠습니다. 하지만 난 걸음걸음마다 당신을 생각할 겁니다. 언제나 당신을 사랑하겠어요. 언제나. 내 사랑, 내게 남겨진 건 달콤한 기억뿐, 잘 가세요. 제발 울지 말아요)."

수진은 마이크 대에 거의 몸을 기댄 채 눈을 감고서 노래를 부르고 있었다. 온몸이 피로로 늘어지는 순간에도 저 입은 아직도 멀쩡하다는 사실이 놀랍기도 하고 어이없기도 했다.

"장수진."

자신을 부르는 태유의 목소리에 감겨 있던 수진의 눈이 천천히 떠졌다. 그리 정이 넘치지 않는 표정을 한 태유가 그녀의 앞에 서서 그녀를 바라보고 있었다. 수진은 마치 태유를 기다리고 있었던 것처럼 반가움의 미소를 얼굴 가득 지었다.

"그만 불러. 가자."

가자는 태유의 한마디에 마이크 대를 잡고 버티고 서 있던 수진의 몸이 스르르 쓰러져 내렸다. 태유는 팔을 뻗어 쓰러지는 수진을 안았다. 열병이라도 걸린 듯 뜨거운 수진의 몸을 느낀 태유는 작게 혀를 찬 뒤, 기절한 수진을 두 팔에 안고서 그대로 카페를 나가 버렸다.

"여기가 어디야?"

간신히 정신을 차린 수진이 웅장한 성을 보고 작은 목소리로 물었다. 태유는 초인종을 누르며 간단히 대답했다.

"우리 집."

수진은 혼자 자취한다고 했기에 아무도 돌봐줄 사람이 없는 그곳으로 갈 수가 없어 태유네 집으로 데리고 온 것이다. 어쩐지 과한 친절 같다는 생각이 들었지만, 태유도 인간인지라 아픈 사람한테까지 야박하게 할 수는 없었다.

"그런데 내 가방은?"

"몰라."

문이 큰 소리를 내며 열리자 태유는 수진을 안고 정원으로 들어섰다. 창가에 서 있던 가정부들이 여자를 안고 들어오는 태유를 놀란 눈으로 바라보고 있었다.

"그 가방 안에 감자 있는데."

"감자 소리 좀 그만 해!"

"마태유에게 농구공이 있다면 장수진에게는 감자가 있어."

태유는 못마땅한 눈으로 농구공과 감자를 비교하는 수진을 내려다보았다. 수진이 땀이 송골송골 맺힌 얼굴로 힘겹게 웃으며 말했다.

"감자 몸에 정말 좋거든. 싫어해도 한번 먹어봐. 생각보다 맛도 좋아."

그 말을 마지막으로 수진은 병든 닭처럼 그대로 고개를 떨어뜨렸다. 열 때문에 정신을 잃은 수진은 그대로 삼십 시간을 태유네 손님방에서 잠을 잤다. 집에 돌아온 아버지가 수진의 정체를 물었을 때 태유는 그냥 간단히 학교 친구라고 설명했다.

수진이 자는 동안 그녀가 일하는 카페에서 가방을 찾아온 태유는 안에 있는 감자 하나를 꺼냈다. 울퉁불퉁 정말 못생긴 감자다. 태유는 그 감자를 방 안에 설치댄 미니 농구골대 안으로 던졌다. 감자는 그대로 골 안으로 들어가서 다시 데굴데굴 굴러 태유의 앞까지 굴러왔다. 태유는 못생긴 감자를 잠시 노려보다가 다시 손에 잡았다. 하지만 이번에는 골대로 던지지 않고, 부엌으로 가져가 일하는 아줌마에게 감자죽을 끓여달라고 부탁했다. 영양가가 높다고 하니까 건강한 자신보다는 힘도 없어 쓰러진 장수진이 먹는 게 더 나을 거라는 게 태유의 생각이었다.

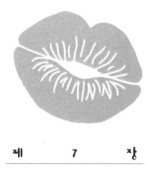

제 7 장

『내 여자 친구가 놀러온다고 하는데 여기서 묵어도 괜찮겠어?』

렉이 승우에게 부탁을 했다. 자신의 여자 친구를 이 아파트에서 묵게 해달라는 것이었다. 렉의 여자 친구라면 사진으로 보았었다. 빨간 머리에 주근깨가 인상적인 여자였다.

『네 여자 친구가 여기 묵는 동안 내가 다른 곳에서 잘게.』

승우가 허락하는 것뿐만 아니라 집까지 비워준다고 하자 렉이 놀라서 눈을 크게 떴다.

『진짜?』

『그래, 같이 있어봤자 어색하기만 할 테니까.』

승우의 배려에 기분이 좋아진 렉은 그 기쁨을 포옹으로 표현하려고 하였으나 승우가 완강히 거부하며 당부했다.

『대신 내 방에는 절대로 들어오지 마!』

다음날 렉은 아침부터 부산을 떨었다. 여자 친구가 몇 시간 후면 보스턴 공항에 도착하니까 배웅을 나가야 하기 때문이었다. 승우는 말없이 콧노래를 흥얼거리는 렉을 쳐다보았다. 영국 누렁이가 부럽다는 생각을 해본 적이 없었는데, 오늘은 왠지 그가 부러웠다. 누군가를 만나러 가는 그의 시간이 훔치고 싶을 정도로 샘이 났다. 승우는 관심을 끊기 위해 고개를 돌렸다.

『빅토리아가 너랑 인사하고 싶다고 했는데, 만나고 나갈 거지?』

렉이 경쾌하게 묻는 말에 승우는 짧게 대답했다.

『아니, 난 지금 나갈 거야.』

승우는 가방에 책과 필기도구, 그리고 노트북을 챙겼다. 아침에 일어날 때의 계획은 도서관에 가는 것이었는데, 어쩐지 오늘은 공부를 할 의욕이 생기지 않았다. 그저 기계적으로 매일 챙기는 것들을 가방에 담는 것이었다. 마지막으로 승우의 손이 핸드폰을 집었다. 지금 이 순간 진이와 연결될 수 있는 유일한 통로였다. 진이의 목소리가 듣고 싶었다. 아니, 그걸로는 부족했다. 만나고 싶었다. 승우는 고개를 들어 달력을 보았다. 이제 11월 중순이었다. 진이를 만나려면 한 달은 더 기다려야 했다. 짓궂은 신이 방해라도 하는지 시간이 너무 느리게 흘렀다.

승우가 가방 하나 달랑 메고 거리로 나온 시간, 한국은 밤이었다. 진이는 어머니와 같이 미니시리즈를 감상 중이었다. 일종의 숙제 같은 것이었다. 어머니는 여자들에게 너무도 인기가 좋은 자신의 막내딸을 걱정하여, 멋있는 남자가 나와 절절한 사랑을 하는 드라마 시청을 꼭 진이와 같이하였다.

드라마 화면에서 눈을 떼지 못하는 어머니와 달리 진이는 지루한 눈으로 드라마를 시청하였다. 서로 끌어안고 열렬히 키스신을 하는 두 남녀 주인공을 보는 진이의 감상은 이러했다.

저러고 얼마나 벌까? 참 돈 쉽게 번다.

"진이 너 정말 사귀는 남자 없어?"

은근슬쩍 어머니가 물어오셨다. 진이는 아직도 키스 중인 드라마를 보며 대충 대답했다.

"걱정 마! 사귀는 여자도 없으니까."

퍽! 어머니의 매서운 손이 가차없이 진이의 등짝을 후려쳤다.

"그게 다 큰 처녀가 할 소리야! 너 정말!"

저도 드라마 찍고 싶을 만큼 좋아하는 남자 있다고요! 라고 속 시원히 말할 수 있다면 좋겠지만, 그럴 수 없는 팔자기에 진이는 아프다는 표정을 지으며 등을 손으로 쓸었다.

"엄마는, 농담도 못하우."

띠리리리 띠리리리. 진이의 방에서 핸드폰 벨소리가 들려왔다. 어머니의 기나긴 잔소리가 시작될 타임이었기에 진이는 황급히 자리에서 일어나며 말했다.

"엄마! 전화! 나 전화 왔다."

자신을 못마땅하게 쳐다보는 어머니의 눈을 피해 진이는 빠르게 자신의 방으로 들어가서 핸드폰을 들어올렸다.

"여보세요?"

[나야.]

승우였다. 진이는 이 현실이 믿을 수 없어서 잠시 눈만 껌벅이고 있었다.

"승우 오라버니?"

[그래.]

진이는 빠르게 뛰는 심장을 억지로 움켜쥐고는 승우가 전화를 건 용건을 생각하였다. 진이처럼 그저 목소리나 듣고 싶어서 전화하지는 않았을 것이다.

"아! 혹시 연우 일 때문에?"

질문은 그렇게 하고 있지만 속마음은 '혹시 내가 보고 싶어서 전화했어요?' 라고 묻고 있었다. 하지만 승우는 신통력이 없었기에 그녀의 마음속 말까지는 들을 수 없었다.

[네가 나한테 전화할 때도 꼭 연우 일 때문에 했었니?]

"헉! 역시나 또 화나서 전화한 거죠?"

무미건조해진 승우의 목소리에 진이가 지레 겁을 먹고 소심하게 물었다.

[그거 쓸데없이 전화하지 말라는 소리지? 알았어. 끊어.]

"아! 아뇨! 잠깐! 스톱! 끊지 말아요! 승우야!"

절대로 두 번 기회를 주는 법이 없는 승우가 성미 급하게 전화를 끊으려고 하자 다급해진 진이는 승우의 이름을 소리 높여 외쳐 버렸다.

[승우야?]

이놈아! 처음 만났을 때 들었던 그 말만큼 어이가 없어서 승우는 웃고 말았다. 반면 전화기 반대편에서는 변명하기 바빴다.

"아뇨! 승우 오라버니! 전 분명 오라버니라고 했어요. 승우라니요. 오라버니 이름이 똥개 이름도 아니고 제가 어찌 막 부르겠습니까?"

솔직히 달수로 따지면 칠 개월 차이밖에 안 나는 사이인데, 진이는 스무 살 차이 나는 큰오빠 대하듯이 승우를 대했다. 아니, 어쩌면 그보다 더한지도 모른다. 임금님 대하듯이 대하는지도. 그건 승우를 무서워해서가 아니라 승우에게 절대로 강한 이미지로 남기 싫다는 여자의 마음이 컸기 때문이다.

[……뭐 하고 있어?]

"전화 받고 있는데요."

결코 백치 이미지는 아닌데 너무 긴장을 했다. 언제나 하는 전화통화인데 어느 쪽이 먼저 거느냐에 따라 기분의 차이가 이리도 크다.

[전화 받기 전에.]

"키스신 보고 있었는데."

[키스신?]

"아! 드라마요! 엄마랑 같이 드라마 보고 있었어요."

[너희 어머니는 아직도 그러시니?]

엄마와 같이 드라마를. 그건 고등학교 때부터 유명한 이야기였다. 그래서 당연히 승우도 알고 있었다. 고3 시절, 드라마 보느라고 꼭 하루에 한 시간씩 투자할 정도였으니. 또래 여학생들이 보낸 러브레터가 어머니로서는 너무도 충격이셨던 것이다.

"네, 아마 저한테 남자 친구 생길 때까지는 계속……."

[흠! 키스 잘하는 남자 친구 말이지?]

진이는 갑자기 더워져서 손으로 열심히 부채질을 하였다. 키스신 이야기는 왜 해가지고. 아까까지는 아무런 느낌도 없었던 키스신이 갑자기 너무도 뜨끈하게 다가오고 있었다. 물어보고 싶은 말은 그럼 오라버니는 키스 잘해요? 였으나, 성격이 여우가 못 되는지라 차마 묻지 못하고 엉뚱한 말만 꺼냈다.

"어디예요? 아직 집이죠?"

[아니, 집에서 쫓겨나서 길거리야.]

"네? 쫓겨나요? 그게 무슨 말이에요?"

[룸메이트가 여자 친구 온다고 쫓아냈어.]

"누렁이가 여자 친구도 있어요?"

승우가 자신의 룸메이트는 영국 누렁이라고 가르쳐 줘서 진이는 렉을 누렁이라고 불렀다. 그래도 렉은 진이를 오스칼이라고 부르며 호감을 가지고 있는데 진이가 자신을 누렁이라고 부르는 걸 안다면 꽤 마음 상해할 것이다.

[응, 있어. 빨간 머리 푸들.]

"하하하. 누렁이 짝이 푸들이에요? 안 어울리는데."

[나름대로 어울려.]

"그래요? 나름대로 자기 짝인가 보죠?"

[응, 그런가 보네.]

그리고 잠시 두 사람은 말이 없었다. 아마도 같은 생각을 하고 있는 것이리라.

내 짝이 네가 맞을까? 내 짝이 오라버니가 될 수 있을까요?

"길거리에서 뭐 해요?"

[전화 걸어.]

자신의 말을 그대로 따라 하는 승우의 백치 대답에 진이는 핀잔도 못 주고 웃고 말았다.

"그리고요?"

[그리고…….]

무슨 말을 하려는지 승우는 뜸을 들였다. 진이는 전화기 저편에서 승우가 할 말을 기대하며 숨을 멈추었다.

[그리고 나머지는 한국 가서 말해줄게.]

"네? 또요?"

도대체 한국에 와서 무슨 말을 하려고 하는 말마다 한국 와서 말한다는 건지. 어쩐지 점점 긴장감이 늘어나고 있었다. 짝사랑만 십 년째인 경력답게 진이는 승우가 자신에게 하려는 말이 무엇인지 짐작도 되지 않았다.

마태유에게 모질게 절교 인사를 들었지만, 태유와 연락이 끊긴 이후 진이의 생활에는 거의 변화가 없었다. 아침에 일어나면 학교 가고, 학교 가서 싸움한 녀석들 혼 좀 내주고, 그리고 퇴근하면 가끔 연우 만나서 놀려주고, 춘희 만나서 유익한 이야기 좀 듣고, 그런 일상의 반복이었다. 언제나와 같은 일상 속에 마태유의 소식은 지연우의 수다 속에 묻혀서 들려왔다. 그래서 굳이 일부러 소식을 알려고 노력하지 않아도 그의 소식을 들을 수 있었다. 하지만 깊게 마음에 담아두지는 않았다. 어차피 그쪽에서 먼저 연락하지 말라고 못 박아둔 사이니까. 진이는 먼저 등 돌리는 사람에게 손 내밀 정도로 상냥하지는 않았다. 그저 들으면 아, 그렇게 지내고 있구나 하며 고개만 끄덕이는 정도이다. 그런데 오늘 연우의 말을 들으니, 사람 신경 쓰이게 그는 그리 잘 지내는 것 같지가 않았다.

"뭐? 마태후가 집을 나왔어? 또 왜?"

"묻지 마! 들으면 웃을 거야."

그러면서 왜 먼저 말을 꺼내놓은 것인가.

"웃으라고 꺼낸 이야기 아냐? 어디 말해봐라. 오랜만에 실컷 웃어보자."

진이의 짓궂은 부추김에 연우는 고운 눈을 흘겼다.

"아버님이 태후 씨 형 맞선 약속을 억지로 잡아놨었대."

태후 씨 형이라는 말에 진이의 머릿속에는 키다리 아저씨처럼 긴 그의 뒷모습이 떠올랐다. 이상하게 마태유를 떠올리면 잘생긴 그의 앞모습보다 말이 없던 그의 뒷모습이 먼저 떠오른다.

"맞선?"

어쩐지 마태유와는 어울리지 않는 단어다. 카페에 여자와 나란히 앉아 취미가 뭡니까? 라고 물으며 형식적인 미소를 짓는 마태유의 모습은 쉽게 상상되지 않았다.

"그래, 내가 점쟁이한테 점 본 걸 넌지시 태후 씨 아버님한테 말했거든. 그런데 며칠 뒤에 태후 씨가 나한테 막 화를 내는 거야. 나 때문에 형이 억지로 선을 보게 되었다고. 아버님이 태유 씨 먼저 결혼하지 않으면 태후 씨도 결혼시키지 않는다고 했다나 봐.

그런데 그게 뭐가 나쁜 일이야! 나이 들면 결혼하는 게 당연하잖아. 연애를 안 할 거면 선봐서라도 결혼하는 거잖아."

참 답답한 상황이다. 선을 보자니 기다리는 그녀가 걸리고, 안 보자니 이제 결혼을 할지도 모르는 동생이 걸리는 것인가.

"그런데 맞선을 보게 된 건 마태후 형인데 왜 마태후가 집을 나가?"

"태후 씨가 그 맞선 자리에 아버님 이름으로 다른 재벌집 딸들을 열세 명이나 더 불렀대. 태후 씨 형은 맞선 자리에도 나오지도 않고, 나중에 그 자리에 나왔던 여자들 부모님의 항의전화가 집으로 빗발쳐서 화가 난 아버님이 손에 들고 있던 찻잔을 태후 씨한테 던졌대. 그래서 태후 씨는 그 길로 집 나왔다는 거야. 정말 너무하지 않아? 아무리 태후 씨 장난기가 심하기로서니, 어떻게 그런 걸 사람한테 던져."

마태후에게 찻잔을 던진 태후 아버지의 행동이 생각만 해도 화가 나는지 연우는 앵두 같은 입술을 앞으로 쭉 내밀고 씩씩댔고, 춘희는 마태후의 행동을 이해할 수 없어 눈만 동그랗게 뜨고 있었고, 진이는 피식피식 웃기 시작했다. 결국 그 자리에서 큰 소리로 웃은 사람은 황진이뿐이었다.

마태후가 한 행동이 맘에 들기는 정말 처음이었다. 역시 세상에 쓸모없는 인간이란 한 명도 없다. 그래도 동생이라고 형이 억지심청이 되어 팔려가는 건 싫었나 보다. 그래, 그러니까 형제겠지. 그가 동생을 위해 도도하게 치켜세우고 있던 머리를 숙였던 것처럼.

연우에게 태유의 소식을 들은 이후 진이는 꽤 오랫동안 마태유에 대해 생각하게 되었다. 다 마태후 때문이다. 그가 마태유의 이야기를 해주지만 않았어도 이렇게 신경이 쓰이지는 않았을 것이다. 누군가의 아픈 과거를 안다는 건 책임이 필요한가 보다. 무시할 수가 없다. 밥을 먹다 목에 걸려 버린 가시처럼 자꾸 찔러온다. 그건 그가 멋있는 이성이라서 신경이 쓰이는 것은 아니다. 마태유가 남자가 아니라 여자였더라도 신경이 쓰였을 것이다.

"1996년에 무슨 일이 있었는지 알아?"

1996년, 진이의 기억 속에 그 해에 처음으로 승우를 만났었다. 설레던 해, 진이에게는 그랬다. 처음으로 누군가 때문에 마음이 설렌다는 걸 알게 된 해였다.

"백화점 하나가 무너지고, 내가 죽다가 살아나고, 우리 형은 농구를 그만두고. 그리고 형의 애인이었던 여자가 나랑 같이 백화점에 갔다가 실종됐어."

그런데 태유의 1996년은 너무도 무거웠다. 그건 단지 백화점 하나가 무너져 내린 게 아니었다. 세상이 무너져 내려 버린 것이었다.

"난 죽어도 가기 싫다고 했는데 말이야, 그 여자가 형 생일선물을 사야 한다고 날 억지로 끌고 갔었어. 그날이 형 생일이었거든."

도대체 태유의 그녀는 어디로 사라진 걸까? 설마 마태유의 생일선물을 사러 십 년 동안이나 여행을 다니는 것도 아닐 테고.

"이렇게 오래 안 나타날 거면 차라리 그때 죽었던 게 나았을 텐데 말이야. 너무하지 않아? 십 년이나 기다리게 하다니. 차라리 그냥 죽었다고 말해주지. 그럼 포기라도 하잖아."

태후의 말은 이상했다. 그러니까 누군가 일부러 그녀를 숨겼다는 뜻 같았다. 도대체 누가? 진이는 태후의 말에 계속해서 고민 중이었다.

"죄송합니다."

몇 번인지도 모를 남자의 사과에 태유는 버거울 정도로 차가운 무답으로 돌려주었다. 오늘은 그의 사과를 받아줄 마음의 여유가 없었다. 할 수만 있다면 그의 멱살이라도 잡고 싸움이라도 걸고 싶은 심정이었다.

"내가 당신한테 무리한 요구를 한 건가요? 아니면 지구라는 땅덩이가 십 년이나 싸돌아다녀도 다 못 돌아다닐 정도로 넓은 건가요? 아니면 수진이……."

……더 이상 이 세상에 존재하지 않는 건가요? 라고 묻고 싶었으나 차마 그 말은 나오지 않았다. 태유는 피가 날 정도로 꽉 아랫입술을 깨물었다. 비릿한 피 맛이 입 안에 감돌았다.

"정말 제대로 찾고 있는 건가요?"

태유는 설움을 악물며 가능한 정중하게 물었다. 태유가 이 남자를 고용한 것이지만 지금 태유가 남자에게 사정하고 있는 것이다. 태유의 질문에 남자는 떨어뜨렸던 고개를 들어 태유를 똑바로 쳐다보며 말했다.

"네, 혼신을 다해 찾고 있습니다."

혼신을 다해 찾고 있다고 해도 찾아내지 못한다면 모두 다 헛고생이다.

"나가봐요."

남자는 나가기 전 다시 한 번 죄송하다는 말을 해서 태유의 마음을 더욱 헝클어놓았다.

혼자 남은 태유는 긴 의자에 깊게 몸을 기대고 눈을 감았다. 휘몰아치는 폭풍을 조용한 침묵으로 참아내었다. 태유는 거대한 새장 안에 갇힌 자신의 처지가 화가 나서 미칠 것 같았다. 그녀가 없는 이곳을 뛰쳐나가고 싶지만, 그럴 수가 없었다. 아버지라는 거대한 벽이 그의 앞을 막고 서서 그를 놔주지 않았다. 지금 태유가 할 수 있는 일이라고는 이렇게 태유의 발이 되어줄 사람을 사서 풀어놓는 것뿐이었다. 하지만 언제나 헛고생이다. 어쩌면 아까 그 남자도 아버지의 꼭두각시일지도 모른다. 태유의 앞에서는 열심히 찾고 있다고 말하면서 아버지의 명령을 받고 수진을 더욱 꼭꼭 숨겨놓는 것인지도. 주위에 믿을 수 있는 사람이 아무도 없었다. 동생 태후조차 믿을 수 없었다. 그는 수진 때문에 죽을 뻔했으니까. 어쩌면 아버지보다도 더 수진을 미워하고 있을지도 모르지.

태유의 발 아래로 서울의 야경이 화려하게 펼쳐져 있었다. 태유는 공허한 눈으로 도시의 밤 풍경을 바라보았다.

"난 졸업하면 아버지랑 같이 농장을 할 거야. 그래서 농장 일을 하고 남는 시간에 아버지는 글을 쓰고, 난 노래 부르며 살 거다. 너도 우리 농장에서 같이 살래? 내가 농구 코트 하나 뚝딱 만들어줄게. 대신 소젖은 네가 짜."

설마 내가 알지 못하는 곳에서 네 아버지랑 같이 농장 하며 잘 살고 있는 거니? 차라리 그런 거라면 좋겠는데, 만약 그런 거라면

나 말이지, 널 놓아줄 수 있을 것 같아.

태유는 집으로 가지 않고, 태후가 피신해 있는 아파트로 왔다. 이러면 안 된다는 걸 알지만 오늘은 아버지와 마주치고 싶지 않았다. 그저 오늘 밤만 그런 것이다. 내일 아침이면 괜찮아져 있을 것이라고 속으로 다짐하며 태후의 아파트로 온 것이다. 점점 속이 곪아가고 있는 사이는 태후와 아버지가 아니라 태유와 아버지였다. 그 사고 이후, 아버지와 태유의 사이는 위태로운 줄타기를 하며 십 년을 힘겹게 버텨왔다.

아파트 앞에 차를 세운 태유는 의자 등받이에 머리를 대고 짧게 휴식을 취했다. 새카만 밤이다. 태유는 무거운 어둠 위에 매캐한 담배 연기를 뱉어냈다. 태유가 멍하니 밤하늘을 바라보며 담배를 피우고 있을 때, 아파트 현관에서 태후가 지연우의 손을 잡고 뛰어나오고 있었다. 태유는 마치 도망치듯 달려가는 두 연인의 모습을 눈으로 쫓았다.

누가 쫓아오나?

물음표는 금방 풀렸다. 국자를 한 손에 든 황진이가 바로 아파트 현관에서 뛰어나왔던 것이다. 칼을 겨누듯 국자를 뻗으며 진이는 소리쳤다.

"야! 당장 거기 서!"

황진이는 도망가는 태후와 연우의 뒤를 쫓아 역시나 달려나갔다.

"지연우! 지금이라면 내가 모든 걸 용서한다. 당장 돌아오지 못해!"

태유는 몸을 앞으로 빼 저 멀리 질주 중인 황진이의 뒷모습을 바라보았다.

마태후의 머리냐, 황진이의 스피드냐였다. 이 순간 지연우의 미모는 아무짝에도 쓸모가 없었다.

쫓고 쫓기는 달리기 경주를 펼치는 세 사람을 지켜보며 태유는 차 안에서 고민을 했다.

그냥 가야 하나. 도대체 저 여자가 여기 왜 있는 거야?

태유는 단지 태후의 아파트에서 아무 생각도 안 하고 편하게 자고 싶었던 뿐이지 황진이를 만나고 싶다는 생각은 추호도 하지 않았다. 같이 술을 마신 밤 이후로 별로 마주치고 싶지 않은데 자꾸 마주치게 된다. 연우와 태후 때문이다. 하지만 그렇다고 해서 연우한테 황진이랑 놀지 말라고 할 수도 없는 노릇이었다. 그냥 태유 쪽에서 알아서 피하는 수밖에 없다.

그때 황진이가 씩씩거리며 다시 아파트로 걸어오고 있었다. 아무래도 태후와 연우를 잡는 데 실패한 것 같았다. 태유는 천천히 자동차 키로 손을 가져갔다. 철컥! 시동이 걸리는 순간 진이가 태유의 차와 태유를 발견하고 국자를 뻗었다. 어쩐지 그 폼이 너 딱 걸렸어라는 느낌이라서 태유는 그대로 차를 출발시켜 내빼고 싶었으나, 체면이라는 것 때문에 차마 그러지는 못하고 그에게 걸어오는 진이를 바라만 보고 있었다. 이제는 황진이라는 여자가 무서워지고 있었다.

"마태후가 혼자 나와 있다고 연우가 밥을 해주러 간다잖아요. 밥도 못하면서 말이에요. 그런데 결혼도 안 했는데 한 집에 어떻게 둘만 있게 합니까? 그래서 제가 쫓아왔죠. 제가 승우 오라버니가 인정해 준 지연우 공식 보디가드거든요. 그런데 밥도 못하는 연우를 생각해서 제가 파출부 노릇까지 하면서 밥을 해주는 사이 그 배은망덕한 커플이 내뺐다고요. 정말 너무하지 않아요? 남이 좋은 맘으로 정성을 쏟고 있는데 도망가다니."

태유는 진이의 손에 억지로 끌려와 지금 식탁 앞에 앉아 있었다. 식탁 위에는 진이가 차린 저녁상이 차려져 있었다. 태후와 연우 먹으라고 차린 음식들이 주인이 바뀌어 태유의 앞에 놓여진 것이다. 그런데 반찬은 없고 달랑 밥이랑 찌개뿐이다. 아마도 만들 수 있는 한계가 찌개였나 보다. 태유는 초라한 밥상을 말없이 바라보았다. 고뇌하던 시간들이 국자와 달랑 찌개뿐인 밥상과 황진이 때문에 어쩐지 무색하게 되어버렸다.

"그런데 여기 왜 오신 거예요? 동생 잡으러 왔어요?"

"내 동생이 범죄자야? 잡으러 다니게!"

그래도 형이라고 동생 욕하는 소리에 발끈한다. 참! 마씨 형제 볼수록 흐뭇하다. 부모님이 형제애는 제대로 가르쳤나 보다. 성격들은 이상하고 답답한데 서로를 위하는 마음은 기특하다.

"드세요."

"필요없어."

진이가 기분 좋게 태유에게 밥을 권했는데 마태유는 싸가지없이 거절하였다. 어쩐지 갈수록 진이를 막 대하는 것 같았지만 진이는 버럭 화를 내지 않았다.

"지금 반찬 투정하시는 거예요? 비록 찌개 하나뿐이지만 이 안에 모든 영양가가 다 들었다고요."

"혼자 먹어."

"혼자 무슨 재미로 먹어요."

"밥을 재미로 먹나?"

"이왕 먹는 거 혼자서 외롭게 먹는 거보다 옹기종기 모여서 재미있게 먹는 게 더 맛있잖아요."

"난 생각없어."

마태유는 토라진 아이처럼 고개까지 돌려 버렸다. 정말 아이였다면 저 꾹 다문 입에 수저를 억지로 쑤셔 넣었겠지만 태유는 성인이었기에 진이는 끝까지 말로 타일렀다.

"그럼 딱 한 입만 드세요."

본디 그렇게 모진 성격이 못 되는 태유는 끝까지 진이의 말을 무시하지 못했다. 아무래도 거절할 때마다 먹으라고 강요할 것 같아 태유는 수저를 들었다. 한 입만 먹고 말 생각이었다. 두 사람은 동시에 찌개를 떠서 먹었다. 그리고 동시에 수저를 내려놓았다. 먼저 입을 연 건 태유였다.

"다행이네. 요리 못한다고 선생 잘리지는 않잖아."

"네, 저도 그렇게 생각합니다."

진이가 만들었지만, 본인이 생각해도 참 맛없는 찌개다. 피슉! 결국 꺼내 든 게 찌개 대신 맥주 캔이었다. 밥은 자꾸 거절하더니 맥주는 내미니까 그냥 받았다.

진이는 맥주를 홀짝홀짝 마시며 태유의 눈치를 살폈다. 태유는 진이를 외면한 채 어두운 창밖만 보며 맥주를 마시고 있을 뿐이었다. 멋있긴 한데 참 불쌍해 보이는 모습이기도 했다. 그가 왜 집으로 가지 않고 이곳으로 왔는지 대충 짐작이 됐다. 괴로운 현실로부터 도망 온 것이다. 그리고 그곳에서 마주친 자신이 별로 달갑지 않은 것 같았다. 하지만 그렇다고 해서 안녕히 계십시오, 라고말하고 그냥 가버릴 수는 없었다.

"그런데 농구는 이제 정말 안 하세요?"

갑자기 농구 이야기를 꺼내는 진이의 뜬금없는 질문에 태유가고개를 돌려 진이를 보았다. 왜 그런 쓸데없는 질문을 하느냐는눈이었다.

"제가 경기장에서 몇 번 시합 구경하러도 갔었거든요. 정말 굉장했어요. 특히 발목 다치고도 끝까지 시합 뛰었을 때요. 전 당신이 인간이 아닌 줄 알았다니까요. 어떻게 그 아픈 발을 하고 최다득점을 낼 수 있었어요?"

진이는 정말 열혈 팬인 것처럼 흥분하며 태유의 화려했던 과거에 대해 물었다. 그런데 돌아온 대답은 참 간결하고 무심했다.

"난 더 이상 농구 선수가 아니야."

"참 대답 재미없게 하시네. 왜요? 이젠 나이 들어서 뛰면 몸이삐거덕거려요?"

무례하게 물어오는 진이의 대답에 태유의 눈초리가 불쾌하다는빛을 나타냈다. 적어도 무심보다는 나았다.

"아니면 더 이상 관객석에 그녀가 없어서요?"

"내 인생 신경 쓰지 전에 당신은 당신 인생이나 잘 챙겨!"

주제넘은 진이의 질문에 태유가 발끈해서 외쳤다. 하지만 네 하며 물러날 황진이가 아니었다.

"제 인생도 그리 꽃밭은 아니지만 적어도 당신보다는 나아요. 잊지 못하면 찾기라도 해야지 왜 가만히 앉아서 기다리기만 해요?"

"온 세상을 다 뒤졌어. 지도에 나와 있는 곳은 모두 찾아봤다고!"

격하게 소리치던 태유는 다시 조용해졌다. 부질없는 분노라고 느꼈나 보다. 자리를 박차고 현관으로 걸어갔다. 현관문의 문고리를 잡는 태유의 뒷모습에 대고 진이가 또 태유를 자극할 말을 하고 말았다.

"찾아도 없으면 죽은 거잖아요."

"안 죽었어! 그랬다면 아버지가 숨겼을 리가 없어!"

"네? 아버지요?"

갑자기 튀어나온 아버지라는 말에 진이는 놀란 눈을 하였다.

"설마 당신 아버지가 그녀를 숨겼다고요?"

태유는 아프게 진이를 쳐다보다 그대로 문을 박차고 나가 버렸다. 혼자 남은 진이는 충격받은 눈으로 찬바람 들어오는 텅 빈 현관문을 바라보았다.

그럼 멍청하게 기다리고만 있었던 게 아니라 십 년 동안 그의 아버지와 싸우고 있었던 건가? 아들들만 대단한 줄 알았는데, 이제 보니 그 아버지는 더했다. 뻔히 그녀를 기다리는 큰아들을 알면서도 십 년 동안이나 그녀를 내놓지 않다니, 지독한 아버지라고 해야 하나, 아니면 무거운 짐을 아들 대신 짊어지고 가는 아버지라고 해야 하는 건가?

쾅! 갑자기 밖에서 무언가 심하게 부딪치는 소리에 놀라 진이는 의자에서 일어나 밖으로 나왔다. 마태유의 검은 세단이 아파트 벽을 부수고 멈추어 있었다. 황진이가 정말 제대로 마태유를 화나게 했나 보다. 저 겁나는 차로 자신을 박지 않은 걸 감사하다고 해야 하나.

진이는 가볍게 성호를 그으며 핸드폰을 꺼내어 119를 눌렀다. 그리 많이 다쳤을 거 같지는 않지만 마태유를 병원으로 데리고 가려면 지원군이 필요할 것 같았기 때문이다.

"도대체 의사는 왜 안 오는 거야!"

병원 응급실이다. 진이는 억지로 태유를 데리고 응급실로 왔다. 그런데 실려온 직후 잠시 상태를 체크하더니 멀쩡한 마태유가 괜찮아 보였는지 기다리라고 하고서 감감무소식이다. 바쁜 의사를 기다리는 동안 태유와 진이는 조용하였다. 태유는 더 이상 화내고 싶지 않았기에 침묵하였고, 진이는 더 이상 태유를 화내게 하고 싶지 않았기에 침묵하였다. 얼마 지나지 않아 태유가 앉아 있던 침대에서 벌떡 일어났다. 덩달아 진이도 일어나며 물었다.

"왜 일어나요?"

"그냥 갈 거야."

"네? 안 돼요. 치료도 안 했잖아요."

"다치지도 않았어."

"교통사고잖아요. 분명 후유증이 있을 거라고요."

그래도 마태유가 그냥 가려고 하자, 다급해진 진이는 고개를 돌려 간호사들에게 외쳤다. 마치 중국집에서 늦게 나오는 주문을 닦달하듯이.

"여기 의사 왜 안 오는 거예요! 기다리다 날 새겠네! 이분이 누군 줄이나 알아요! 마태유 선수라고요! 아픈 발로 사십 득점이나 넣었던 마태유 선수!"

응급실 안에 있던 사람들의 어이없다는 시선과 재미있다는 시선이 한꺼번에 진이와 진이의 뒤에 서 있는 태유에게 쏠렸다. 결코 그런 시선을 바란 적이 없던 태유는 할 말을 잃고 진이를 쳐다보았다. 그런데 진이는 자신의 쪽팔린 짓이 전혀 아무렇지 않은지 웃으면서 말했다.

"이제 금방 올 거예요."

"지금 일부러 나 창피 주는 거지."

오늘따라 태유는 진이에게 쉽게 화를 내었다. 아마도 많이 힘들었었나 보다. 그러니까 자꾸 딴지를 거는 진이의 행동을 참지 못하고 그답지 않게 쉽게 화를 내는 것이리라. 오늘 진이가 태후의 아파트를 찾아가게 된 것은 지연우의 보디가드 일을 하기보다는 태유의 길 잃은 화를 받아내기 위해서였나 보다. 진이는 좌표를 잃고 갈 길을 찾지 못하는 태유의 투덜거림을 들으며 선생님다운 이해심을 보여주었다.

"아뇨, 당신의 위대함을 널리 알린 거죠."

겨우 의사의 치료를 받고 나서 병원을 나오자 태유가 먼저 작별 인사를 했다.

"제발 다시는 마주치지 말았으면 좋겠어."

처음 들었을 때는 꽤 충격이었는데 이것도 두 번 들으니까 그냥 작별 인사 같았다.

"아! 그래서 연우랑 마태후보고 헤어지라고 하실 거예요? 어휴! 연우는 일 년 내내 울고, 마태후는 크게 사건 터뜨려서 뉴스에 한 번 나오겠네."

연우와 마태후가 사귀는 한 태유와 진이는 싫어도 마주치게 되어 있다는 말이었다. 맞는 말이기는 하지만 말하는 투가 너무 심술맞아 태유가 얼굴을 찌푸렸다.

"원래 그런 식으로 말하나?"

"네! 얄미워 죽겠죠? 하하. 그게 저의 매력 포인트죠."

혼자 자화자찬하는 진이의 말에 태유는 피식 웃고 말았다. 하지만 그 웃음은 다시 허무한 표정 속으로 사라져 버린다. 그 모습이 또 안쓰럽다. 쉽게 평범한 일상 속으로 들어오지 못하고 혼자만의 고독 속으로 숨어버린다. 긴 기다림의 부작용은 꽤 지독한 것인가 보다.

"가끔 잘 지내고 있나 전화할게요."

전화를 걸겠다는 진이의 말에 태유는 냉정하게 하지 말라고 말도 못하고 진이의 얼굴만 쳐다보았다.

"왜?"

그저 왜 내 일에 신경 쓰냐고 묻는다. 아무래도 진이의 정성스런 괴롭힘이 먹혔나 보다.

"우리는 한민족이잖아요. 잘살고 있으면 받으시고, 잘 못 지내고 있으면 받지 말아요."

사랑은 아니다. 진이는 승우에게 느끼는 감정을 태유에게 느끼는 게 아니었다. 그렇다고 연우와 춘희 같은 친구도 아니었다. 그저 비를 피해 들어간 좁은 처마 밑에서 우연히 마주친 사이 같은 거다. 그래서 그의 비가 어쩐지 진이의 비처럼 느껴지고 있었다. 처마 밑에서 같이 비를 피할 동안 두 사람은 친구도 될 수 있고, 동지도 될 수 있었다. 진이는 조금밖에 젖지 않았는데, 그는 꽤 많이 젖어 있었다. 아무래도 그의 비는 꽤 오랫동안 내릴 것만 같았다.

[라면 맛있게 끓이는 방법 가르쳐 줘.]

늦은 오후쯤 승우가 전화해서 갑자기 라면 끓이는 방법을 가르쳐 달라고 했다. 라면은 진이가 가장 자주 먹는 음식이면서 진이가 유일하게 잘하는 음식이기도 했다.

"라면이요? 오라버니 라면 안 먹잖아요?"

[내 룸메이트가 한인타운에서 한국산 라면을 사 왔는데, 나보고 끓여달라잖아. 한국에서 나온 음식이니까 내가 잘 끓일 거라면서.]

"그냥 룸메이트보고 끓이라고 하지, 왜 오라버니가 끓여요?"

[어쩐지 나도 먹고 싶어서. 왜 그러지? 갑자기 입맛이 변했나?]

"향수병이네요."

[향수병? 내가?]

"네, 고향 음식을 보니 그리운 고국이 생각난 거예요. 그리고 그 허기진 마음을 라면으로 채우고 싶은 거죠. 좋은 현상이에요. 오라버니는 조금 그런 걸 느낄 필요가 있어요. 점점 어메리칸이 되는 것 같아서 마음에 걸렸다고요. 오늘은 한국을 그리워하는 마음을 가지며 라면 세 개 드세요."

[세 개를 어떻게 다 먹냐? 나 돼지 아니거든.]

"우리 오라버니들은 열 개도 먹어요."

열 개라는 소리에 전화기 저편에서 승우의 깊은 한숨 소리가 들려왔다.

[난 그냥 우아하게 소식하련다. 두 개 끓일 거야. 물 얼마나 넣지?]

"큰 컵으로 세 컵 정도요."

[세 컵.]

"그리고 물이 팔팔 끓을 동안 야채들을 썰어요. 라면에는 아무 야채나 넣어도 맛있으니까 냉장고 있는 야채 다 꺼내요."

[피망 있는데.]

"으! 그건 좀 그런데. 피망은 빼고요, 다른 건 없어요?"

[양상치.]

"파 같은 건 없어요?"

[없어.]

"음! 양상치 넣어본 적은 없지만, 아마 맛있을 거예요."

[진짜?]

"모든 건 도전이잖아요. 한번 넣어봐요."

전화기 저편에서 칼질하는 소리가 들렸다. 요리하는 승우를 본 적은 한 번도 없는데, 앞치마도 했으려나? 쿡! 어쩐지 상상만으로도 재미있었다.

"그런데 지금 그쪽은 새벽 세 시 아니에요? 이 시간에 먹으면 아침에 얼굴 부을 텐데."

[밤샐 거야. 그러니까 뭐든 먹어야지.]

"공부해요?"

[응, 다음 주부터 시험이니까.]

시험이라는 말이 이렇게 정답게 들리기는 처음이었다. 왜냐하면 이 시험이 끝나면 겨울방학이고, 그럼 승우는 한국에 올 테니까.

[물이 끓는데, 이제 면을 넣나?]

"네, 딱 두 쪽으로만 쪼개서 넣어요. 너무 많이 쪼개도 안 좋아요."

승우는 진이의 말대로 면을 쪼개서 냄비에 넣었다.

"그런데 오라버니 집에서 요리 자주 해요?"

[아니, 요리는 렉 담당이야.]

"오! 영국 누렁이가 요리도 해요?"

[응, 부모님이 식당을 하신다고 하더라고. 그래서 그런지 솜씨가 좋아.]

"우와! 렉 새로 보이네. 난 요리 잘하는 남자 존경스럽던데."

진이에게 렉이 영국 누렁이에서 존경하는 남자로 갑자기 상승하자, 승우는 갑자기 기분이 나빠졌다. 그래서 자신도 모르게 잘난 척을 해버렸다.

[나도 하면 잘해.]

"히히, 연우 하는 거 보면 안 그럴 것 같은데요. 연우가 얼마나 요리를 못하는지 아세요? 애가 요리 학원 다니면서 배워도 못해요. 오라버니와 연우가 아주 닮은 남매라는 걸 고려했을 때, 오라버니는 요리에 욕심내지 않으시는 게 좋아요. 결과가 아마 비참할 거예요."

자신의 실력을 믿어주지 않는 진이의 말에 승우가 더욱 발끈해서 말했다.

[그건 내가 만든 요리를 먹고 나서 결정해.]

"네? 정말 저한테 요리 만들어주실 거예요?"

[그래, 만들어준다. 뭐 먹고 싶은데?]

"제가 먹고 싶다는 거 아무거나 만들어주실 거예요?"

[그래.]

어쩐지 못 미더운 호기이기는 했지만 그래도 자신을 위해 요리를 해준다는 승우의 말에 기뻤다. 승우가 해주는 거라면 계란 프라이에 밥뿐이라도 맛있을 것 같았다. 아니, 그냥 맨밥뿐이라도 좋았다. 아니, 생쌀에 소금만 친 거라도 좋다.

"음, 저는 말이죠."

진이가 열심히 먹고 싶은 걸 생각할 때, 전화기 저편에서 소란스러운 남자의 목소리가 끼어들었다. 렉인 것 같았다. 쌀라쌀라, 둘이서 영어로 떠드는 소리가 전화기를 통해 들려왔다.

"오라버니, 무슨 일이에요?"

[라면의 면이 푹 퍼졌는데, 이거 어쩌지?]

"아! 맞다! 라면!"

너무 이야기에 열중하느라 면이 끓는 것도 잊어버린 것이다. 진이야 전화기를 통해 말만 하고 있었으니 잠시 깜박했다고 해도 바로 냄비 앞에서 면을 끓이던 사람이 면 퍼지는 것도 눈치 채지 못하다니 아무래도 승우는 요리에 대한 감이 없는 것 같았다.

"오라버니, 라면 드시고 공부 열심히 하세요."

한국을 사랑하는 마음으로 먹는다면 퍼진 라면도 조금은 먹을 만할 것이다.

마치 옆에서 이야기를 나누는 것처럼 길게 이어지는 승우와의 전화는 언제나 삶의 활력소였다. 비록 나중에 전화비 나오는 것을 보면 조금만 짧게 할 걸 후회를 하게 되지만 말이다. 그리고 의무처럼 전화를 걸게 된 남자가 한 명 더 생겨 버렸다. 마태유의 전화번호를 누르면서 진이는 꼭 선생님이 학생한테 숙제 검사하는 기분이었다. 그에게 주어진 과제는 '잘 지내기'였다. 과연 잘 지내고 있으려나?

"다친 건 괜찮아요?"

진이는 정말 태유에게 전화를 걸었다. 교통사고 후유증이 잘 낫고 있는지도 궁금했고 잘 지내고 있는지도 궁금했으니까. 잘 못 지내면 받지 말라고 했기 때문인지 마태유는 전화를 받았다. 진이의 질문에 썩 반갑지 않다는 그의 대답이 돌아왔다.

[이 정도 상처는 알아서 나아.]

"혼자서 벽 박고 사고 났다고 동생이 놀리지는 않던가요?"

짓궂은 진이의 질문에 전화기 저편 태유의 끙 소리가 들려왔다. 분명 놀림받은 것이다. 뻔하다. 마태후가 그걸 알고 그냥 넘어갔을 리가 없다.

"너무 동생한테 무시받으며 사시는 것 같아요. 형으로서의 위엄을 세우세요."

[평생 당하며 살아도 내가 당하며 사는 거니까, 상관하지 말아줘.]

"푸하하하. 안 당하고 산다고는 안 하네. 매일 당하며 살았구나."

장다르크 학설이라는 거 바꾸어야 한다. 모든 여자의 이상형이 아니라 동생에게 당하며 사는 불쌍한 형이 대표주자로.

"제가요. 확실하게 동생을 길들일 수 있는 방법을 가르쳐 드릴까요?"

[……]

"궁금하죠?"

[……뭔데?]

자신이 던진 미끼를 조심스럽게 잡는 마태유의 소심한 귀여움에 진이는 피식 웃었다.

"지연우의 트레이드 마크인 긴 생머리를 그냥 확 잘라서 당신의 무서움을 마태후에게 알리세요."

[……]

"어때요? 기발한 방법이죠?"

[당신 지연우 친구 아니었어?]

"네, 그러니까 제가 그러라고 했단 말은 절대 하지 마세요."

그리고 진이는 쓸데없는 자신의 일상에 대해서 태유가 묻지도 않았는데 주저리주저리 떠들었다. 승우와 전화할 때의 습관이었다. 문득 자신의 이야기를 듣고 있는 남자가 승우가 아니라는 걸 깨달았을 때 진이는 피식 웃어버리고 말았다.

"참 조용하시네요. 그러니까 제가 더 떠들잖아요."

[그래, 당신은 참 시끄럽네.]

그래도 끝까지 자신의 수다를 들어준 마태유의 성의가 고마워 진이는 마무리로 왜 철수가 하루 종일 화장실에 갇혀 있어야만 했는지에 대한 학교 일화를 들려주었다.

겨울이 다가오고 있었다. 그 차가운 계절, 태유의 시간은 여전히 무의미하게 흘러가고 있었다. 이 겨울에 눈이 내리지 않는다고 해도 태유로서는 아무런 상관이 없었다. 혼자 남겨진 태유에게 시간이란 그저 숫자일 뿐이었다. 하지만 진이는 달랐다. 그 어느 때보다 이 추운 계절을 기다렸다. 진이는 오늘도 달력에 X 표시를 했다. 그리고 남아 있는 숫자를 하나하나 세어보았다. 이제 승우가 한국에 온다는 날이 일주일 앞으로 다가왔다. 아마도 승우는 지금 기말시험을 보느라 정신이 없을 것이다. 승우는 괴로울 정도로 바쁠 테지만 진이는 저도 모르게 입가에 미소가 걸렸다.

이제 일주일이구나. 이제 육 일이야……. 이제 오 일이야……. 이제 사 일이야……. 이제 삼 일이야……. 이제 이틀이야.

괴로웠던 기다림이 하루하루 다가올수록 기쁨으로 변했다. 드디어 만날 수 있다는 감격에 진이는 하루 종일 바보처럼 웃기만 했다.

"선생님, 병원 가보세요. 입 찢어졌어요."

당돌한 제자의 지적에 진이는 때리면서도 웃었다.

"오늘따라 왜 자꾸 연우를 훔쳐봐?"

친구들과의 만남에서 자꾸 연우를 힐끔거리며 따라 하는 진이의 행동이 의아해 춘희가 물었다. 진이가 연우에게 들리지 않게 작게 귓속말로 했다.

"지연우 하면 여성스러움의 대명사 아니냐. 나도 이제 조금 여성스럽고 싶어서."

승우에게 이상형을 물었을 때 승우는 망설임없이 연우 닮은 여자가 좋다고 했다. 지연우야 모든 남자들이 원하는 이상형이었기에 딱히 시스터 콤플렉스라서 그렇다고 말할 수는 없었다. 황진이가 지연우를 닮는다는 건 다시 태어나지 않는 한 불가능한 일이지만, 그래도 여성스러운 행동은 조금 흉내라도 내볼까 열심히 훔쳐보는 것이었다.

황진이답지 않은 말이었지만 여자라면 조금은 연우를 닮아 여성스러워지는 것도 좋을 것 같아서 춘희는 그냥 웃고 말았다. 두 친구의 밀담을 듣지 못한 연우는 열심히 태후랑 있었던 일을 이야기하며 금방 나온 커피잔에 설탕을 넣기 시작했다. 진이도 연우를 따라서 살짝 새끼손가락을 세우고 티스푼을 잡고서 설탕을 넣었다. 우아하게 한 스푼, 어여쁘게 두 스푼. 하지만 연우가 세 스푼째를 들었을 때 참지 못하고 버럭 화를 내고 말았다.

"아! 그만 좀 넣어! 설탕물 만들 일 있어!"

진이의 고함에 깜짝 놀란 연우가 화를 냈다.

"내 커피에 내가 설탕 넣는데 왜 네가 화를 내!"

진이는 연우를 따라 하는 걸 포기하고 커피를 들어 한 모금 마셨다.

"달잖아!"

"설탕 넣었으니까 달지! 왜 그걸 나한테 화내는데!"

지연우 따라 하기에 부작용이 있다. 애가 단 걸 어찌나 좋아하는지. 아직도 가장 무서워하는 게 치과의사이다. 진이는 별로 그런 걸 닮고 싶지는 않았기에 달디단 커피잔을 연우의 앞으로 밀어 넣었다. 네가 계산하라는 말도 잊지 않고 덧붙이면서.

드디어 승우가 온다는 날이 되었다. 진이는 십 분에 한 번씩 시계와 핸드폰을 번갈아 보았다.

띠리리리 띠리리리.

밤이 다 되어서야 승우에게서 전화가 왔다. 전화를 기다리다 잠깐 잠이 든 진이는 핸드폰 벨소리에 놀라 벌떡 일어났다.

[지금 한국에 가는 비행기 탈 거야. 내일 보자.]

두드려라, 그럼 열릴 것이다. 그건 불변의 진리였다.

"춘희야!"

한밤중에 자신의 집에 쳐들어온 십년지기 친구를 춘희는 아무 불평 없이 반겨주었다.

"진이야, 이 밤에 웬일이야?"

뛰어왔는지 진이의 숨소리는 거칠었으며 얼굴에는 붉은 열꽃이 피어 있었다. 진이는 춘희의 두 손을 꼭 잡으며 물었다.

"넌 내 친구지?"

진이의 기세에 밀려 춘희는 엉겁결에 고개를 끄덕였다.

"그럼 내 신데렐라 요정 해줘."

"뭐?"

"요정 말이야. 신데렐라한테 유리구두 주고, 호박마차도 만들어주고, 드레스도 준 그 요정."

승우가 온다고 했다. 그런데 난감하게도 진이는 꾸밀 줄을 몰랐다. 어떤 옷이 예쁜지 고르는 눈도 없었다. 그래서 부랴부랴 해결사 춘희에게 달려온 것이다. 청바지 차림으로 그를 만날 수는 없었다. 사랑한다고 말해야 하는데 세상에서 가장 예쁜 모습으로 만나고 싶었다.

"아, 그러니까 화장도 해주고 옷도 골라달라는 거지?"

역시나 해결사 춘희는 깊이 물어보지 않고도 진이의 말을 알아들었다. 평소에 절대로 화장에 시간을 투자하지 않는 진이가 누구를 만나려고 그리 꾸미는지 물을 만도 한데, 춘희는 묻지 않았다. 요정 자격 100%였다.

두 사람은 그 길로 같이 백화점에 갔다. 승우가 오기 전에 신데렐라로 변하려면 시간이 없었다.

"헉! 그건 너무 짧잖아."

진이는 춘희가 골라낸 미니스커트를 보고 기겁을 하며 뒤로 물러났다. 평소에 치마를 입어본 적도 없는데 저런 짧은 걸 입으라고 하니 거부감이 너무도 크게 일었다.

진이의 거부감을 없애기 위해 춘희가 한 손에 미니스커트를 들고 진이가 미니스커트를 입어야 되는 이유를 설명하였다.

"진이야, 신데렐라가 파티장에서 왕자의 시선을 어떻게 한눈에 사로잡았는지 알아?"

난데없이 신데렐라 이야기를 꺼내는 춘희의 의도를 알지 못해 진이는 고개를 갸웃하며 대답했다.

"그야 예쁘니까."

"아냐, 그건 신데렐라가 미니스커트를 입고 있었기 때문이야."

신데렐라에 대한 새로운 해석을 춘희는 열을 올리며 설명했다. 진이를 위해서.

"다른 여자들은 바닥을 질질 끄는 긴 드레스를 입고 있었는데 유독 신데렐라 혼자만 예쁜 다리가 드러나는 이 미니스커트를 입고 있어서 왕자의 시선을 사로잡은 거야. 그래서 유리구두도 왕자의 눈에 들어온 거고."

해결사 춘희의 말이었기에 진이는 엉터리라고 말도 못하고 멍하니 듣고만 있었다.

"아, 저기 그러니까 네 말은 내가 이걸 입으면……."

"그래, 너도 왕자를 사로잡을 수 있어!"

승우를 사로잡을 수 있다는 소리에 그저 좋아서 진이는 부끄럽게 헤헤 웃으며 춘희의 손에서 미니스커트를 받아 들었다.

춘희는 탈의실로 가는 진이의 뒷모습을 보며 작게 한숨을 쉬었다. 아무리 생각해도 황진이와 지승우가 이루어질 확실한 방법은 속도 위반뿐이었다.

진이가 승우와 만나기로 한 약속 장소는 홍대에 있는 커피 전문

점이었다. 승우가 도착하는 시간이 진이가 학교에 있는 시간이었기 때문에 승우가 한국에 도착했을 때 진이가 마중할 수는 없었다.

"연우야, 너희 오빠 요즘에 미국에서 잘 지내니?"

[응, 잘 지내. 그런데 왜 갑자기 우리 오빠 안부는 물어?]

정말 승우가 가족들에게 귀국에 대해서 안 말했나 싶어 넌지시 연우에게 물어보기도 하였다. 그런데 연우는 승우가 한국에 오는 걸 모르고 있었다. 진짜 말하지 않은 것이다.

왜 말하지 말라고 한 걸까?

진이는 그 이유를 고민하며 약속 장소로 향했다. 춘희가 골라준 옷은 학교가 끝나고 버스를 타기 전에 갈아입었다. 학교에서 미니스커트를 입을 용기는 죽어도 없었기 때문이다.

버스에서 내려 승우를 만나기 위해 열심히 걸어가는데, 어쩐지 주위의 따가운 시선이 느껴졌다. 진이는 경계의 시선으로 뒤로 돌아보았다. 진이의 시선과 마주치자마자 쳐다보고 있던 남자들의 시선이 황급히 분산되었다.

무언가 꺼림칙한 기분에 진이는 경계의 시선을 늦추지 않으며 다시 걸어갔다. 진이의 입장에서는 꼭 보이지 않는 적과 싸우며 걸어가는 기분이었다.

딸랑!

진이가 카페 문을 열고 들어오자 어서 오세요, 라는 경쾌한 여종업원의 목소리가 울려 퍼졌다. 진이는 가게 안을 두리번거리며 승우를 찾았다.

정말 온 걸까?

만나기로 약속을 했지만 직접 눈으로 보기 전까지는 실감이 나지 않을 것 같았다. 승우를 찾는 시간 동안 떨림은 더욱 커졌다. 아직은 승우를 만난다는 실감이 들지 않았다. 그의 모습을 두 눈으로 확인해야 실감이 날 것 같았다.

다정하게 이야기하고 있는 커플을 지나, 혼자 음악을 들으며 커피를 마시고 있는 커리어우먼을 지나, 수다를 떠는 여자들을 지나, 카페 구석에 승우를 닮은 남자를 발견한 진이는 황급히 뒤로 돌아섰다. 고개를 숙이고 있어 분명하게 보지는 못했지만 승우 같았다. 진이는 쇼윈도에 비친 자신의 모습을 빠르게 체크하였다. 화장은 웬만큼 익숙해서 괜찮은데 미니스커트가 아직은 어색하여 손으로 살짝 당겨보았다.

다시 몸을 돌린 진이는 승우인 것 같은 남자가 앉아 있는 자리로 천천히 걸어갔다. 여전히 고개를 숙이고 있어 얼굴이 정확하게 보이지 않았지만 승우였다. 연우처럼 고운 머릿결도 그대로였고, 귀엽게 흘러내린 안경도 그대로였고, 아름다운 선을 그리며 솟아 있는 콧날도 그대로였고, 귀공자처럼 하얀 피부도 그대로였다. 그리고 승우의 눈은 감겨 있었다. 진이를 기다리는 시간, 턱을 괴고 책을 읽다가 앉은 채로 잠이 든 것이었다.

승우에게 가까이 다가갈수록 쿵쿵쾅쾅 심장이 미친 듯이 뛰어댔다. 마치 지금 이 순간 첫눈에 반한 것처럼 승우의 모습에서 눈이 떼어지지 않았다.

진이는 승우를 깨우지 않고 그 앞자리에 조심스럽게 앉았다. 승우는 진이가 온지도 모르고 세상모르게 자고 있었다. 진이는 멍하니 잠든 승우의 얼굴을 바라만 보았다.

진짜 승우였다.

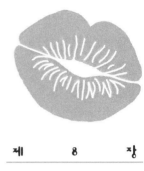

제 8 장

삑삑삑.

승우를 깨운 건 애절한 진이의 시선이 아니라 시끄러운 알람 소리였다. 절대로 안 떠질 것 같던 승우의 감긴 두 눈이 소리에 반응하여 번쩍 떠졌다. 갑자기 떠진 승우의 두 눈에 비친 자신의 모습에 놀라 진이의 두 눈도 더 크게 떠졌다.

삑삑삑거리는 알람 소리는 여전히 시끄럽게 울리고 있는데, 오랜만에 만난 승우와 진이의 눈맞춤은 쉽게 끝나지 않았다. 설마 눈 뜨자마자 진이를 보게 될 줄은 몰랐기에 승우는 더욱 놀라 버렸다. 반갑다는 말로는 턱없이 부족한 감동이 현실감을 정지시켜, 승우도 멍하니 앞에 있는 진이의 얼굴을 바라만 보았다. 승우가 말이 없어서 진이도 아무 말 없이 멍하니 승우를 바라만 보았다.

어느새 알람 소리가 사라져 있었다. 일 분이 지난 것이었다.

"왜 안 깨웠어?"

먼저 눈을 피한 건 승우였다. 주위가 조용해지자 자신의 멍한 행동이 쑥스러워진 것이다. 너무 오랜만에 진이를 만나다 보니 승우답지 않은 행동을 해버렸다. 승우가 눈을 피하자 진이도 그제야 시선을 물 잔으로 떨어뜨리며 변명하듯이 말했다.

"너무 곤히 자기에…… 좋은 꿈 꾸나 해서."

깨어나면 마음껏 보지 못할 것 같아서 승우가 자는 동안 실컷 보고 싶었다.

"그냥 잠깐 눈만 감고 있었던 거야."

마치 첫 미팅이라도 하는 사람들처럼 두 사람은 찻잔만 바라보며 어색하게 말했다. 너무 오랫동안 전화로만 이야기를 하다 보니 막상 얼굴을 보자 할 말이 떠오르지 않았다. 십 년 동안 서로를 알아오면서 이렇게 어색한 순간은 처음이었다. 만나면 할 말도 많았고 들어야 될 말도 많았는데 하나도 생각이 나지 않았다.

"시험 공부하느라 일주일 동안 잠을 별로 못 잤어."

"그렇게 오래 잠 안 자면 병 생겨요. 그럼 들어가서 자요."

만나자마자 그만 돌아가서 자라는 진이의 말에 승우는 어이없다는 듯이 그녀를 쳐다보았다. 이런 성격은 변했으면 좋겠다는데 정말 변하지도 않는다. 내가 누구 때문에 시험 끝나자마자 달려왔는데, 정말 그 말밖에 할 말이 없는 거냐? 생각해 보니 황진이 입에서 보통 여자들이 잘하는 달콤한 말들을 들은 적이 단 한 번도 없었다. 비록 전화는 황진이가 언제나 했지만 다정한 말을 건넸던 건 승우였었다. 성격이겠거니 생각하고 이해하고 있었지만 어쩐지 오늘은 억울하다. 열네 시간 동안 비행기 타고 만나러 온 성의를 생각해서 무언가 말을 해줘야 하는 거 아니냐?

"나한테 할 말 없니?"

진중하게 물어오는 승우의 질문에 진이는 잠시 눈을 내리깔고 테이블 위만 쳐다보았다.

할 말이야 있는데, 막상 승우를 보니 그 많던 용기들이 또 쏙 들어가 버렸다. 아무래도 진이는 사랑에서 실전이 약한가 보다. 상상에서는 벌써 고백도 다 하고 결혼해서 애까지 낳아봤는데, 실전에서는 좋아한다는 고백 한 번 하기가 힘들다.

"저기……."

저기, 그리고?

"그러니까……."

그러니까? 본론은? 본론은 언제 나오는데!

"할 말이……."

승우는 슬슬 기다림에 지쳐 갔다.

"왜 한국 오는 거 가족들한테 말하지 않았어요?"

결국 꺼낸 말이 승우가 가족보다 진이를 먼저 찾아온 이유였다. 이렇게 되면 진이보다 승우가 먼저 말해야 할 상황이었다.

진이의 질문에 승우는 바로 대답을 하지 못했다. 이미 다 식어버린 커피를 마시며 잠시 대답을 할 시간을 벌었다. 생긴 건 기생오라비 같다는 말을 많이 들었지만 성격까지 기생오라비 같지는 않았기에, 널 포기할 수 없어 왔다는 낯 뜨거운 말을 본인을 보면서 쉽게 할 수는 없었다. 승우도 진이와 마찬가지로 정작 중요한 말은 못하고 미적거리기만 하였다.

"오라버니, 꼭 만나서 해야 하는 이야기가 있다고 하셨잖아요."

전화로 이야기하라고 하니까 직접 만나서 해야 한다고 끝까지 하지 않았었다.

"그렇지. 있었지."

진이의 질문에 승우는 마치 어려운 시험문제를 받은 사람처럼 끙 소리를 내며 마치 진이의 눈치를 보듯이 힐긋거렸다.

바로 눈앞에서 웃고, 골똘히 생각하고, 찡그리는 승우의 모습이 그저 신기하게만 느껴져서 진이는 부끄러움이라는 몹쓸 감정과 싸우고 있는 승우의 고뇌를 알지 못했다. 그저 자꾸만 손을 뻗어 만져 보고 싶은 욕구가 일어, 탁자 밑에 있는 두 손을 꾹 움켜쥐어야만 했다.

"……그러니까 말이지."

라는 말이 승우의 입에서 다섯 번째로 나와도 진이는 참을성을 가지고 절대 화내지 않았다.

승우는 진이의 얼굴을 쳐다보았다. 승우가 진이를 만나러 결국 여기까지 온 이상 더 고민할 필요는 없다. 모든 걸 이겨낼 각오를 하고 온 것이니까. 그냥 말하면 된다.

"그런데 너 안 본 새 화장이 진해졌다."

하지만 결국 승우의 명석한 두뇌로도 쑥스러움을 해결할 수는 없었다. 얼굴 보면서 말하려고 하니 장난 아니게 화끈거렸다. 이럴 줄 알았으면 그냥 전화로 말할 걸 그랬나. 아니, 영국 누렁이를 붙잡고 예행연습이라도 하고 왔어야 했다. 젠장! 고백도 해본 적이 있어야 요령이 생기지.

난데없이 화장 이야기를 꺼내는 승우의 말에 진이는 놀라서 두 손으로 얼굴을 가렸다.

"저, 저도 이제 스물여섯 살이라고요. 이 정도는 기본이에요."

진이는 자신의 나이를 꺼내며 반박했다. 기껏 꾸미고 나왔더니, 예쁘다고도 안 하네. 칫!

"배고프다. 커피 말고 좀 제대로 된 걸로 먹자."

어젯밤부터 아무것도 먹은 것이 없는 승우는 한꺼번에 밀려오는 허기에 얼굴을 작게 찌푸렸다. 우선 배고픔이라도 채우면서 다른 이야기를 하다 보면 쑥스러움이 사라질 것 같아 승우는 밥을 먹자고 제안했다.

"뭐 먹을래?"

"아무거나."

"이 근처에 잘 가는 식당이 있었는데, 아직도 있나 모르겠다. 우선 가보자."

승우가 먼저 자리에서 일어나자, 진이도 따라서 벌떡 자리에서 일어났다. 그제야 진이의 신데렐라 미니스커트가 승우의 눈에 들어왔다. 승우는 생각도 못한 유혹에 놀라서 벗은 진이의 다리에서 그대로 시선이 멈추어 버렸다. 그게 실례라는 것도 잠시 망각하고서.

도대체 누가 쟤한테 저런 옷을 입힌 거야!

승우가 아는 황진이라면 절대로 자기 스스로 저런 옷을 입었을 리가 없었다. 너무 노골적인 승우의 시선에 진이가 손으로 치맛단을 조심스럽게 당겼다.

"헤헤, 좀 짧죠? 춘희가 예쁘다고 해서 샀는데······."

역시나 오춘희. 여우 꼬리를 감춘 나이팅게일 같으니라고.

"좀이 아니라 위험할 정도인 것 같은데."

"위험이요?"

춘희는 미니스커트가 신데렐라의 마법이라고 했는데, 승우는 위험 물질 취급을 하고 있었다. 누구의 말을 더 신용해야 할지 갈피가 잡히지 않았다.

승우는 위험한 미니스커트 때문에 정말 괴로운지 고개를 창밖으로 돌리고 길게 한숨을 쉬었다. 그리고 마음속으로 다짐하길.

속도위반은 절대로 안 돼!

승우가 진이를 데리고 간 식당은 평범한 백반집이었다.

"한국에 있을 때 이 식당에 자주 왔었어요?"

주문한 음식을 기다리며 진이가 물었다. 진이는 처음 와보는 식당이었기 때문이다. 승우는 물수건으로 가볍게 손을 닦으며 말했다.

"응, 값도 싸고 밑반찬도 많이 나오더라고."

"누구랑 왔었는데요?"

이미 지나간 과거지만 넌지시 조심스럽게 물어보았다.

"친구."

친구라니, 그렇게 말하면 남자인지 여자인지 내가 어떻게 알아!

"그리고 너."

"에? 저랑 언제요?"

진이는 이 식당에 왔던 기억이 전혀 없었다. 그리고 승우랑 왔었다면 자신이 기억을 못할 리가 없었다. 거짓말이라고 온 얼굴에 나타내는 진이를 보고 승우가 웃으며 말했다.

"지금."

그 말에 먹지도 않았는데 배가 불러왔다.

그래, 중요한 건 지금이지. 이미 지나간 옛날에 누구랑 왔든 뭔 상관이야.

진이는 냉수를 아주 맛있게 원샷하였다. 주문한 식사는 금방 나왔다. 그냥 백반집이었는데, 한정식 못지않게 푸짐하게 나오는 밑반찬들을 보며 진이는 환호를 하였다.

"와! 반찬 진짜 많다. 뭐가 제일 맛있어요?"

어디에 먼저 젓가락을 가져가야 할지 몰라 묻는 진이의 말에 승우가 가운데 있는 된장찌개를 가리켰다. 보글보글 끓고 있는 바지락 된장찌개가 참 맛있게도 보였다.

밥을 먹기 전 승우가 가볍게 성호를 긋고 기도를 하였다. 연우는 가족들이랑 식사하지 않을 때면 가끔 빠뜨리는데, 승우는 언제나 밥을 먹기 전에 기도를 올렸다. 승우가 기도를 마치고 눈을 떴을 때, 식탁 위에 무언가 조그만 변화가 생긴 것 같았다.

"내 밥이 많아진 거 같은데."

밥그릇에 딱 맞게 담아져 있던 밥이 지금은 조그만 산을 이루고 있었다. 이게 어떻게 된 일이냐고 고개를 들어 진이를 쳐다보자, 진이가 놀랍다는 듯이 말했다.

"하느님이 오라버니 배고프다고 쌀밥을 내려주셨나 봐요."

빨리 이실직고하라고 승우가 곱게 흘겨보자, 진이가 밥 한 수저를 크게 떠서 입에 가져가며 말했다.

"아멘!"

밥상과 그대를 내려주신 하느님께 진심으로 감사드립니다. 아멘!

두 사람은 정말 오랜만에 마주 앉아서 밥을 먹었다. 진이는 밥한 수저 먹고 승우 얼굴 한 번 쳐다보며 먹느라 거의 반찬을 먹지못했다. 정말 볼수록 배가 부른 님이다. 진이가 자꾸 승우만 쳐다보고 밥을 제대로 먹지 않자 승우가 엄하게 충고를 하였다.

"밥 먹는 건 컨닝하지 않아도 돼. 그냥 맛있게 먹어."

띠리리리 띠리리리. 밥을 거의 다 먹었을 때, 핸드폰 벨소리가크게 울렸다. 승우와 진이는 동시에 자신의 핸드폰을 확인하였다. 진이의 전화였다. 진이가 실례라고 말하고는 전화를 받았다.

"여보세요?"

[황진이 선생님이 맞습니까?]

"네, 맞는데. 누구시죠?"

[여기는 XX경찰서입니다. 선생님 반 아이들이 패싸움을 해서지금 저희 경찰서에 있습니다.]

진이는 입술을 질끈 깨물었다. 내가 왜 맞다고 했을까. 하필 사고를 쳐도 오늘 같은 날 대형 사고를 친 제자들이 너무나도 야속한 순간이었다.

"무슨 전화야?"

진이가 전화를 끊자 승우가 물었다.

"밥 다 먹으면 말씀드릴게요."

찬 바닥에서 몇 분 더 있다고 해서 골병들 나이는 아니었기에, 우선 이 밥은 다 먹고 갈 생각이었다. 진이는 웃으며 된장찌개를 다시 먹었다.

망할 놈들! 다 죽었어!

결국 사고 친 진이의 제자들 때문에 밥을 다 먹자마자 승우와 진이는 식당을 나와야 했다.

"그냥 저 혼자 갈게요."

경찰서까지 같이 가겠다는 승우에게 진이는 혼자 가겠다고 우겼다.

"같이 가. 택시!"

하지만 승우는 진이의 말을 듣지 않고 택시를 잡았다. 결국 진이는 승우와 같이 경찰서에 가게 되었다. 오랜만에 만난 날 가는 곳이 경찰서라니 불길했다.

"애들 때문에 경찰서 자주 가니?"

"그게, 가끔이요. 혈기왕성한 나이이다 보니까, 꼭 한 번은 싸움을 해야 피가 제대로 도나 봐요."

"흠, 선생님이라는 게 가르치기만 하면 되는 일이 아니구나."

진이가 교사 일을 시작한 건 승우가 유학을 떠난 후였기 때문에, 승우는 선생님으로서의 진이가 어떻게 생활하는지 거의 몰랐다. 진이가 승우의 미국 생활을 잘 모르는 것처럼 말이다.

경찰서에 도착하고 진이는 좀 멀찍이 떨어진 곳에서 승우를 멈추게 하였다.

"여기서 기다리세요. 금방 끝내고 나올게요."

"이왕 여기까지 왔는데, 같이 들어가."

"경찰서라고요. 오라버니는 안 들어오시는 게 나아요."

들어가면 아이들도 때리고 혼도 내야 하는데 승우 앞에서 그런 걸 할 수 있을 리가 없었다. 이런 걸 내숭이라고 해야 하나, 감추고 싶은 비밀이라고 해야 하나.

"난 안 되는데 넌 왜 들어가는데?"

"전 선생님이잖아요. 제가 안 가면 그 녀석들 저 추운 곳에서 밤 새야 해요."

진이는 승우에게 꼭 그 자리에서 기다리라고 신신당부하고 경찰서로 뛰어갔다. 경찰서 안으로 들어가기 전까지 계속해서 뒤로 돌아보며 승우에게 꼭 그 자리에 있으라고 손짓을 하였다.

미니스커트에 하이힐을 신고 아슬아슬하게 뛰어가는 진이의 뒷 모습을 가만히 바라보던 승우는 진이가 경찰서 안으로 사라지자 마자 경찰서 쪽으로 걸어가기 시작했다.

"세림고 학생들 담임입니다. 어떻게 된 일이죠?"

진이는 경찰서에 들어서자마자 경찰 한 명을 붙잡고 사건의 경 위를 물었다. 싸움이 붙은 쪽은 상고 아이들이었다. 길을 가다 어 깨가 살짝 부딪친 게 싸움의 발단이란다. 들어보니 양쪽 다 오십 보백보인 입장이었다. 열심히 경찰과 이 일의 마무리에 대해 말을 하는데, 구석에 죄인처럼 앉아 있던 세림고 녀석들이 진이가 등장 하자마자 그녀에게 다가와서는 발정난 수컷처럼 난리를 치기 시작했다.

"헉! 황 장군 미니스커트 입었어!"

"획! 죽여! 죽여! 선생님, 다리 끝장나게 미끈해요!"

"학교에도 그렇게 입고 다녀요! 그래야 저희가 즐겁게 공부를 하죠!"

"선생님! 이왕이면 망사 스타킹도 신어요! 그래야 퍼펙트하죠!"

자신들의 잘못에 대한 반성은 하지 않고, 집단 성희롱을 해대는 못난 백성들의 망언에 진이는 분노하며 손에 잡히는 대로 들어서 놈들의 머리를 사정없이 때리며 외쳤다.

"이것들! 입 닥치고 구석에 찌그러져 있어! 여기서 밤새고 싶어?"

너희들의 죄가 얼마나 큰지 아느냐! 감히 승우 오라버니와의 시간을 방해한 죄를 생각하면 내 손으로 아작을 내고 싶지만, 선생 자리 잘릴까 봐 내가 참는다.

"선생님! 때리실 거면 그 섹시한 다리로 때려주세요."

"니들이 변태야? 저리들 좀 가! 죄송합니다, 애들이 아직 철이 없어서."

엉겨 붙는 제자들에게 고함치고, 경찰에게 사과하기 바쁘던 진이는 경찰서 안으로 들어서는 승우를 보고 놀라서 자기도 모르게 뒤로 물러났다.

헉! 소리치고 때리는 모습 봤을까?

승우는 그대로 진이가 있는 곳까지 걸어와서 진이의 손을 잡고는 다시 경찰서 현관으로 걸어갔다. 잡힌 손에 놀라서 진이는 왜 이러느냐고 묻지도 못하고 승우의 손에 끌려갈 뿐이었다. 경찰서를 나서기 전, 승우는 뒤로 돌아 진이의 변태 제자들에게 한마디 했다.

"얼어 죽진 않겠네. 경찰서에서 반성 다 하고 집에 가라."

승우가 자신들을 경찰서에서 빼내줄 진이를 한순간에 낚아채서 사라져 버린 후에야, 상황 파악을 한 세림 학생들은 경찰서 문으로 달려갔다.

"선생님, 그냥 가시면 어떻게 해요! 저희들은요! 집에 보내줘요!"

어린 양들이여, 남의 것을 탐하지 마라!

환상이 아니었다. 손으로 전해져 오는 따스한 체온이 같이 있다는 사실을 각인시켜 주고 있었다. 혼자가 아니었다. 그 사실에 눈물이 날 만큼 가슴이 뛰어서 차마 말도 꺼내지 못하고 그의 손에 이끌려 무조건 따라갔다. 버림받은 못난 백성들이 조금 마음에 걸리기는 했지만, 그 녀석들을 위해 승우를 뿌리치고 뛰어가기에는 승우에 대한 마음이 너무 컸다.

젠장! 살아 있길 잘했어!

승우는 진이의 손을 잡은 채 발가벗은 가로수 길을 걸었다. 12월 중순이라 날씨가 꽤 쌀쌀했다. 금방이라도 눈이 쏟아질 것 같은 날씨였다.

진이는 슬쩍 옆에 있는 승우의 얼굴을 올려다보았다. 몰래 보려고 했는데 마침 고개를 돌리던 승우의 시선과 딱 마주쳐 버렸다.

두 사람은 동시에 고개를 돌려 버렸다.

어색함 100%! 두근거림 1000%! 도대체 무어란 말인가! 데이트 냐! 헉! 데이트인가?

"춥지?"

하얀 입김을 뿜어내며 승우가 물어왔을 때 진이는 강하게 고개 를 흔들었다.

"아뇨, 안 추워요."

세상의 털장갑이여! 모두 안녕이다.

"그래? 난 춥다. 한국이 미국보다 더 추운 것 같아."

춥다는 승우의 말에 진이가 화들짝 놀라며 큰 소리로 물었다.

"추우세요? 우리 그럼 몸 따뜻하게 해줄 수 있는 거 마시러 갈 까요?"

"그래, 술 마시자."

"네?"

따끈한 차를 생각했던 진이는 술이라는 소리에 놀라서 눈을 크 게 떴다.

진이가 정신을 차렸을 때 두 사람은 주황색 천지인 포장마차 좌 석에 마주 보고 앉아 있었다. 승우가 진이의 앞에 소주잔을 놓아 주며 시원하게 웃었다.

"역시 술은 포장마차야. 안 그래?"

"역시라고요? 그럼 포장마차 자주 오셨었어요?"

승우와 많은 이야기를 나누었었지만, 술에 대한 이야기를 나눈 적은 없었다. 그래서 진이는 승우가 포장마차를 자주 다녔다는 것이 상상이 안 되었다. 어쩐지 승우의 이미지와 안 맞는다고 할까. 술을 멀리하고 책과 차(茶)만 가까이 했을 것 같은 선입견이 있었다.

"응, 한국에서 대학 다닐 때 학교 친구들하고. 너도 학교 다니면서 동료 선생님들하고 같이 오지 않아?"

"네, 오긴 오죠. 하지만 오라버니랑 오게 될 줄은 몰랐어요."

"왜? 나랑은 오면 안 돼?"

"음! 그런 건 아니죠."

그저 하나 걸리는 게 있었다. 아무래도 그냥 이실직고하는 것이 나을 것 같았다.

"그런데 놀랄 것 같아 미리 말씀드리는데 저 주사가 좀 있거든요."

"어떤?"

"취하면 자요. 그러니까 버리고 가시면 안 돼요."

가장 얌전한 주사였지만 승우는 진이의 말을 듣고 쓰게 웃었다. 진이가 취해서 자니까 모텔에서 재우겠다는 태유의 말이 생각났기 때문이다. 하지만 오늘은 괜찮았다. 같이 술을 마시는 남자가 바로 승우 자신이니까. 진이가 술이 떡이 되어 취해도 자신 앞이라면 괜찮았다.

"그래, 절대 버리고 가지 않을 테니까 마음껏 마셔."

승우의 말을 듣고도 진이는 재차 다짐을 받았다. 절대 버리고 가면 안 된다고.

"아! 이 술도 오랜만이네. 미국에 있는 동안 그리웠던 것 네 가지 중에 하나였지."

승우는 소주잔의 뚜껑을 연 뒤 자신의 술잔보다 진이의 술잔에
먼저 술을 채워주며 진지하게 말했다.

"술을 마시는 동안에는 진실만 말해야 해."

"취중진담이요?"

"그래, 그래야 술맛이 더 깊어지거든."

이번엔 진이가 승우의 술잔에 술을 따라주며 물었다. 승우는 진
이가 따라준 술을 한 번에 들이켰다. 거침없이 술을 마시는 생소
한 승우의 모습을 진이는 놀란 눈으로 바라보았다. 이런 모습을
지금까지 몰랐다니, 어쩐지 좀 억울하다는 생각도 들었다. 그리고
멀어져 있는 동안 자신이 모르는 승우가 더 많이 늘어났을 것 같
아 마음이 무겁기도 하였다. 그런 진이의 마음을 알지 못하는 승
우는 술맛이 좋은지 진이를 보며 기분 좋게 웃었다.

"오라버니, 이제 보니 주당이었군요. 술 세요?"

"아니, 하지만 술 마시는 거 좋아해. 몰랐지?"

"네, 한 번도 술 마시는 모습 본 적이 없으니까."

"그야 내가 한국에 있을 때 너 어렸잖아. 어린애 데리고 가서 술
먹을 수는 없는 거니까."

"그렇게 말하니까 저랑 오라버니랑 무지 나이 차이나는 것 같
은데, 겨우 칠 개월이거든요."

"그래. 칠 개월 어린 동생, 마셔. 이제는 어린애 취급 안 할 테니
까."

진이는 힐끗 승우의 눈치를 한번 본 뒤 술잔을 들어올려 한 번

에 비웠다. 술이 목을 타고 들어가는 순간, 쓰디쓴 감각이 머리를 때렸다. 진이는 술의 쓰디쓴 맛을 희석시키기 위해 안주로 젓가락을 뻗었다. 막 곱창에 젓가락을 댔을 때, 승우의 젓가락이 와서 진이의 젓가락을 막았다. 승우는 진이의 젓가락을 제압한 뒤 진지한 표정으로 물었다.

"나 말고 다른 남자랑 둘이서만 술 마신 적 있니?"

갑작스런 승우의 질문에 진이는 놀란 눈으로 승우의 두 눈을 바라보았다. 진이가 놀란 건 그 질문의 내용보다도 승우 자신이 스스로를 남자라고 표현했기 때문이다.

남자인 승우로서 여자인 진이에게 묻는다는 뜻인가?

"취중진담. 진실만 말해."

"이, 있어요."

마태유와 같이 마셨었다. 마치 그 사실을 알고 물어보는 것 같은 느낌이었다.

"그래? 밤새 둘이 무슨 이야기 했는데?"

승우는 웃으면서 묻고 있었지만, 날카로워진 두 눈이 그가 지금 웃고 있는 게 아니라는 걸 말해주고 있었다.

"오라버니 이야기요."

"내 이야기?"

그런데 진이의 입에서 예상외의 이야기가 나와서 승우는 당황했다.

"나 흉봤니?"

"아! 그랬나?"

진이가 정말 기억이 안 난다는 듯이 애매하게 말하자, 승우가 단무지 하나를 들어올렸다.

"옐로우 카드!"

"옐로우 카드? 그런 게 있어요?"

승우는 들어올렸던 단무지를 아삭 씹어 먹으며 말했다.

"그래, 세 개 되면 술값 내야 해."

"으! 치사해! 국수 하나 추가해요!"

밤이 깊어지면서 한산하던 포장마차 안에는 손님들로 가득 찼다. 시끄러운 소음 속에서 두 사람은 열심히 이야기를 나누었다. 술잔을 나누는 손길보다 이야기를 나누는 시선이 더 바쁘게 오갔다.

"그런데 미국에서 그리웠던 네 가지가 뭐예요?"

"음, 첫 번째가 우리 가족."

진이도 그럴 줄 알았다는 듯 어묵을 하나 집어 먹으며 작게 고개를 끄덕였다.

"그리고 둘째가 이 포장마차."

라고 말하며 승우는 자신의 잔을 다시 한 번에 비웠다. 꽤 많은 술을 마셨는데, 승우는 아직도 멀쩡하였다. 진이는 이제 승우가 술잔만 비우면 자동적으로 술을 채웠다. 꼭 기생 황진이가 된 느낌이었다. 하지만 그게 사랑하는 님이니까 행복이 바로 이런 것이겠지. 흐흐.

"그리고 셋째가 대중목욕탕."

"에? 미국에 대중목욕탕 없어요?"

"한인이 운영하는 게 있긴 있는데, 보스턴에는 없거든. 대중목욕탕 한번 가자고 비행기를 탈 수는 없잖아."

"푸하하하! 그건 그렇다. 그럼 어떻게 해요?"

"그냥 욕조에 뜨거운 물 받아놓고 할 수밖에. 하지만 역시 대중목욕탕에 비교하면 답답하지. 그리고 오래 걸리니까 룸메이트가 계속해서 문을 두드려 대."

"왜 문을 두드려요? 화장실 때문에요?"

"아니, 등 밀어준다면서."

"하하하하하하하! 그래서 영국인 룸메이트가 등 밀어주는 거예요?"

"Never! 그 녀석한테 내 몸을 맡긴다는 것 자체가 소름이야."

상상만으로 힘든지, 승우는 얼굴을 찌푸렸다. 그 모습이 귀여워 진이는 작게 웃었다.

"쿡쿡! 그럼 마지막 네 번째는요?"

진이의 질문에 승우는 대답하지 않고 빤히 진이의 얼굴을 바라보았다. 너무도 직선적인 시선에 진이의 웃음이 서서히 잦아들었다. 진이는 애써 평정심을 찾으며 단무지 하나를 들어올렸다.

"대답 안 하면 단무지예요."

마치 슬로모션처럼 승우의 입술이 열렸다.

"……너."

자신이 간절히 원해서 혹시나 그렇게 잘못 들리는 게 아닌가 의심이 들었다.

"네가 그리웠어."

부디 이게 술이 깨면 모두 잊혀지는 진실이 아니길 바랄 뿐이었다.

오랜만의 만남은 늦은 밤이 되어서야 끝이 났다. 진이와 아쉬운 이별을 하고, 승우가 호텔로 돌아오자마자 미국에서 전화가 왔다. 렉이었다. 주인님 귀가 시간을 척척 아는 것을 보니 확실히 누렁이 태생이다.

—『한국에는 잘 도착했어?』

승우는 전화기를 어깨에 끼고서 옷을 벗으며 대답했다.

『그래.』

—『그녀는 만났어?』

『그래.』

—『우와! 그래서? 잘됐어? 지금 같이 있어?』

『아니, 나 혼자야.』

—『에? 왜? 잘 안 된 거야?』

『섹스를 안 했다고 남녀관계가 잘 안 된 건 아냐!』

—『무슨 소리야! 남녀관계의 클라이맥스는 섹스라고! 섹스가 없는 사랑은 없어! 젠장! 너 혹시 섹스 테크닉이 없어서 망설이는 거야! 그런 거라면 나한테 배우고 가지 그랬어!』

승우는 한숨을 쉬며 가지고 온 책을 펼쳐 들었다. 공부를 할 생각이었다.

『이상한 소리 하지 말고, 용건 다 말했으면 끊어.』

—『에? 잠깐! 승우! 나 아직 할 말 다 안 했어!』

『뭔데?』

승우는 가방에 넣어두었던 안경을 꺼내서 썼다. 은색 안경테가 이지적인 느낌의 승우와 잘 어울렸다. 동생 연우가 골라준 것이었다.

─『그녀 만나서 좋았어?』

분명 공부하다 심심해서 전화한 것이다. 그러니까 이런 시시콜콜한 것까지 물어보는 것이리라.

─『대답 잘해! 별로였다고 하면, 엘리가 당장 너 끌고 오겠대.』

언제나 성공을 부르짖는 인재들에 경쟁의 열기가 가득한 하버드. 그 치열한 전쟁터에서 걸려온 한 통의 전화에 대고 승우는 웃으며 말했다.

『좋았어.』

아름다운 밤이다.

회사에서 일하던 마태유는 난데없는 동생 태후의 전화를 받았다.

[형! 오늘 몇 시에 와?]

답지 않게 퇴근 시간을 묻는 태후의 질문에 태유는 무언가 이상한 낌새를 느낄 수 있었다.

"네가 왜 그걸 물어?"

[반드시 여덟 시까지 올 것! 그리고 절대로 저녁 먹지 말고 와! 군것질도 안 돼!]

"왜?"

[그건 와보면 알아. 꼭이야! 안 지키면 나 집 나갈 거야.]

뚝. 자기 할 말만 하고 태후는 그대로 전화를 끊어버렸다. 동생의 제멋대로인 전화 예절에 태유는 굵은 눈썹을 찌푸렸다.

이 녀석은 정말 형이 우스운 걸까?

태유가 집에 돌아왔을 때 기다리고 있는 건 연우가 직접 만든 저녁이었다.

"맛있게 드세요."

연우는 찌개냄비의 뚜껑을 열며 활짝 웃었다. 식탁에 앉아 있는 두 남자는 어색하게 시선을 교환했다.

'설마 이것 때문에 빨리 오라고 한 거야?'

'당연하지. 고통은 나누면 반이 된다잖아.'

'고통?'

'먹어보면 알아. 대신 맛없어도 맛없다고 절대로 말하지 마!'

"안 먹어요?"

두 남자가 뜸을 들이면서 자신이 만든 찌개를 먹지 않자, 연우가 불만스런 눈을 하고 물었다. 태후가 먼저 수저를 들어올렸다.

"아니, 먹어."

태유는 태후가 먹는 모습을 쳐다만 보았다. 태후는 한 수저를 떠서 먹은 다음 한참이나 뒤에 꿀꺽 삼키더니, 태유에게 말했다.

"형도 먹어봐! 너무 맛있다."

눈이 전혀 안 맛있다고 하고 있었다. 못되기는 했어도 가식적인 놈은 아니었는데, 어쩌다 저렇게 된 거지?

태유는 태후의 눈빛에 밀려 수저를 들어올려 연우의 찌개를 먹었다. 맛이…… 똑같았다. 친구라서 그런가. 진이의 찌개와 맛이 똑같았다. 그런 맛 내기도 쉽지 않을 텐데.

"어때요?"

연우가 잔뜩 기대감을 담은 시선으로 태유를 바라보았다. 태유는 가능한 연우가 상처받지 않게 말했다.

"맛이 신기하네."

"신기? 그게 무슨 뜻이에요?"

연우는 태후를 쳐다보며 해석을 바랐다. 태후는 그대로 수저를 내려놓으려는 태유의 다리를 발로 차며 말했다.

"아! 신기하다는 건 맛이 독창적이라는 소리야."

"독창? 그건 무슨 뜻인데요?"

말로는 도저히 맛을 알 수가 없어, 연우는 자신이 직접 수저를 들어 찌개를 먹고서는 맛을 깊게 음미하며 한마디 했다.

"음, 맛있네."

"진짜?"

"진짜?"

연우의 말에 놀라 두 남자는 동시에 물어보고 말았다.

식사를 마치고 태유는 바로 자신의 방에 들어와 버렸다. 어차피 태후와 연우는 둘만 있고 싶어할 테니까. 방문을 닫기 전 까르르 웃는 연우의 웃음소리가 들려왔다.

태유는 조용한 클래식 음악을 튼 뒤, 가지고 온 와인 잔을 들고 창가로 갔다. 어두운 밤 차가운 겨울바람 소리만이 간간이 들리고 있었다.

홀로 남은 공간, 혼자의 시간. 태유는 붉은 와인에 자신의 외로움을 가라앉혔다. 잠시 창가에 서 있던 태유는 책장으로 걸어가 동화책 한 권을 꺼냈다. 너무 많이 읽어서 이제는 눈을 감고도 읽을 수 있는 책이었다. '마이공주와 친구들'. 수진이 선물이라면서 태유에게 주었던, 수진의 아버지가 수진을 위해 지은 핸드메이드 동화책이었다.

"여기 나오는 마이공주가 바로 나야. 닮았지?"

"하지만 이 동화책에 나오는 마이공주는 귀머거리에 벙어리인데, 넌 지나치게 수다스럽잖아."

수진이 밉지 않게 태유를 흘겨보다가 다시 입을 열었다.

"미국에서 살 때 내가 그랬어. 미국 아이들은 검은 머리에 피부 색깔도 누런 날 싫어하더라고. 그래서 어릴 땐 항상 혼자 놀아야 했어. 그런 날 위해 아버지가 친구를 만들어주신 거야. 이 동화책에 나오는 동물들이 바로 내 어릴 적 친구들이었어."

동화책은 십 년이나 지나면서 세월의 흔적까지 고스란히 담고 있었다. 스윽, 태유는 손을 들어 누런 종이 속에 갇혀 버린 마이공주의 웃는 얼굴을 쓸어내렸다.

너는 여전히 웃고 있구나. 내가 없어도 행복한 거니?

1995년 3월.

시합 시작 일 분 전, 태유는 불쾌한 시선으로 관중석을 바라보고 있었다. 사실 그리 중요한 사실이 아닌데, 징크스라도 되는 것처럼 자꾸 신경을 긁어댔다.

없었다. 시합 때마다 나타나서 시끄럽게 응원을 하던 목소리 큰 그녀가 없었다.

"무슨 상관이야!"

태유는 수진이 관중석에 없는 것을 신경 쓰는 자신에게 짜증 섞인 혼잣말을 하며 관중석에서 시선을 거두었다. 시합에 나갈 준비를 철저히 하기에도 모자란 시간이었다. 쓸데없는 생각을 할 때가 아니었다.

"어라? 오늘은 장수진이 응원 안 왔네."

애써 잊은 사실을 다시 상기시켜 주는 육현을 태유는 매서운 눈으로 쏘아봤다. 결국 그날 경기가 끝날 때까지 장수진은 나타나지 않았다. 하지만 시합은 이겼다.

"혹시 가족들 있는 미국으로 돌아간 거 아냐?"

일주일째 수진의 모습이 학교에서 보이지 않자 학교식당에서 점심을 먹던 육현이 걱정스런 목소리로 태유에게 물었다. 그러나 돌아오는 태유의 대답은 쌀쌀하기만 했다.

"그걸 왜 나한테 물어요?"

장수진이 사라진 일주일 동안 만나는 사람마다 태유에게 수진의 행방에 대해 물었다. 장수진과 자신은 아무런 상관도 없는 사이인데도 말이다. 도대체 언제부터 장수진에 대한 일은 마태유에게, 라는 공식이 생긴 건지 태유는 짜증이 올라와서 폭발할 것 같았다.

"넌 매일 보이던 사람이 일주일이나 보이지 않는데, 걱정도 안 되냐?"

"자기 맘대로 나타났다 자기 맘대로 사라지는 겁니다. 나랑 상관없어요."

육현은 태유를 답답하다는 눈으로 바라보았다. 태유는 정말 자기랑 상관없음을 보여주기라도 하는지 열심히 밥만 먹었다. 반면 식성 좋은 육현은 밥맛이 없는지 식판을 앞에 놓고 창밖의 교정만 바라보고 있었다.

"아! 수진이 노래 듣고 싶다."

불편한 학교생활을 마치고 집에 돌아와도 마음이 편해지는 것은 아니었다. 왜냐하면 태유의 동생 마태후가 가출 중이었기 때문이다. 하지만 워낙 가출에 대해서는 베테랑이기 때문에 태유는 아예 관심을 끄고 있는데, 아버지는 역시나 포기하지 못하시고 열을 올리며 태후의 행방을 쫓고 있었다. 태유는 인사도 받지 않고 전화에 열중하는 아버지에게 간단히 귀가인사를 하고 바로 자신의 방으로 들어와서 침대 위에 누웠다. 무기력증이 온몸을 덮쳐 와 아무것도 하기 싫었다. 언제나와 같은 오늘인데, 요 며칠 동안 하루의 시간이 너무 느리게 흐리고 있었다. 재미없다. 잠이나 자야겠다.

눈을 감고 잠을 자려고 하는데, 누군가 조심스럽게 태유의 방문을 두드리더니 문을 열고 들왔다. 가정부 아줌마였다. 손에는 전화기를 들고 있었다.

"저기 태유 학생, 전화가 왔는데 말이지."

조심스런 아줌마의 태도로 태유는 그 전화가 그냥 평범한 전화가 아님을 알 수 있었다.

"태후예요?"

아줌마는 그렇다고 고개를 끄덕이고는 위험물질 넘기듯이 전화기를 태유에게 전하고 바로 방을 나갔다. 마태후는 꽤 용의주도한 인물이라서 가출 중에 집으로 전화하는 위험한 짓은 안 하는데 웬일인가 싶었다. 그러나 만약 저 전화를 받으면 자신도 태후의 가출에 공범이 되는 것이기 때문에 태유는 잠시 자신의 앞에 놓인 전화기를 바라만 보았다. 전화기 속에서 기다림에 지친 동생의 절규가 들려왔다.

[형! 제발 와서 이 여자 좀 데리고 가!]

여자? 태유는 바로 전화기를 들어올려 물었다.

"혹시 같이 있는 여자가 목소리 큰 여자냐?"

태후와의 전화를 끊고 태유는 서울역으로 달려갔다. 대합실에는 동생 태후와 수진이 나란히 앉아 있었다.

"이건 돌연변이 진드기야! 떨어뜨리면 또 나타나고! 또 떨어뜨리면 또 나타나고!"

치를 떠는 태후와 달리 수진은 여유로웠다.

"난 미성년자가 혼자 여행하는 게 걱정되어 보호자로서 동행한 것뿐이야. 혼자서 하는 여행보다는 둘이서 하는 여행이 더 좋지 않아?"

"절대 안 좋아! 다시는 내 앞에 나타나지 마, 이 개구리야!"

"야, 넌 이렇게 노래 잘하는 개구리 봤냐? 음음! 잘 들어봐~"

"노래하지 마! 내 앞에서 또 노래하면 죽어!"

그러니까 상황을 요약하자면, 태후가 가출을 하여 즐겁게 서울역으로 가는 길에 불행히도 장수진을 만났고, 수진이 무작정 태후의 뒤를 따라서 태후의 가출 여행에 동참했고, 일주일이 지나서 태유의 앞에 나란히 앉아 있게 된 것이다. 두 사람이 티격태격 싸우는 모습을 말없이 지켜보던 태유가 입을 열었다.

"그래서 일주일 동안 둘이서 같이 잔 거야?"

말싸움을 하던 태후와 수진은 태유의 질문에 잠시 입을 다물고 서로의 의견을 물었다.

"갑자기 왜 저런 질문이 튀어나오는 거냐, 마 동생?"

"자기가 자다 나왔나 보지, 개구리!"

그리고 태후는 화장실에 간다고 잠시 자리를 떠나고 그대로 나타나지 않았다. 수진이 서울역 대합실의 사람들을 바라보며 태유에게 말했다.

"네 동생 혼자 도망친 거 같은데."

"아!"

"안 잡아도 돼?"

"자기 갈 길은 아는 녀석이야."

"하긴 모르는 길이 없더라. 놀랐어."

수진은 주머니를 뒤적이더니, 귤 두 개를 꺼내서 태유에게 내밀었다.

"제주도 밭에서 직접 가지고 온 거다. 먹어."

바다 건너 제주도까지 갔었다는 말에 태유는 어이없다는 웃음을 지었다.

"제주도까지 갔었어?"

"응, 정말 아름다운 곳이더라. 다음에 같이 갈래?"

태유는 대답 대신 수진의 손에 들린 두 개의 귤 중 하나를 집어서 껍질을 깠다.

"설마 몰래 가지고 온 건 아니지?"

"음! 가져가도 되냐고 물어는 봤는데, 대답은 없었어."

서울역을 나오니 태유의 자전거가 세워져 있었다. 수진은 자전거에 올라타는 태유는 물끄러미 바라보다 태유가 자신을 쳐다보자 웃으며 손을 흔들었다.

"난 지하철 타고 갈게. 그럼 학교에서 보자."

"타."

손을 흔들던 수진의 두 눈이 태유의 말에 왕방울만해졌다.

"타라니? 어딜? 설마 아무도 안 태워준다는 네 자전거 뒷좌석은 아니지?"

"싫으면 말고."

태유가 그대로 가버리려고 하자 수진이 빠르게 태유의 자전거 뒷좌석을 두 손으로 붙잡으며 소리쳤다.

"진짜야? 나 진짜 여기 타도 돼?"

"사람들이 쳐다보잖아."

소란스런 수진의 퍼포먼스에 태유가 금세 싫은 내색을 비추자, 수진은 다람쥐처럼 태유의 자전거 뒷좌석에 탄 다음 그의 허리에 손을 감았다. 그리고 경쾌하게 외쳤다.

"출발!"

하지만 태유는 출발하지 않았다. 고개를 돌려 생글거리며 웃는 수진을 쳐다보며 딱 잘라 말했다.

"손 당장 풀어라."

한 발자국 다가서면 두 발자국 다가오던 여자가 장수진이었다. 한 발자국 물러서면 세 발자국 다가오던 여자가 바로 태유의 장다르크였다.

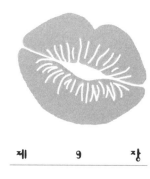

제   9   장

이제 얼마 없으면 기말고사였기 때문에, 체육 시간에는 시험공부를 위해 자습을 했다. 덕분에 진이는 모자란 잠을 수업 시간에 잘 수 있었다. 어제는 승우를 만난 설렘에 정말 한숨도 자지 못했다. 아이들이 공부를 하는 동안 진이는 창가 자리에 앉아서 벽에 몸을 기대고 잠을 잤다. 어제 밤늦게까지 술을 마신 데다 경찰서 일로 아침부터 학주한테 한 시간이나 야단을 맞아서 몸이 피곤했던 것이다.

"아! 눈이다!"

조용하던 교실은 한 아이의 외침으로 소란스러워졌다. 잠을 자던 진이도 시끄러운 아이들의 소리에 눈을 떴다. 공부를 하던 아이들은 창가에 몰려 눈이 내리는 밖을 쳐다보며 환호하고 있었다.

진이도 고개를 돌려 창밖을 보았다. 함박눈이었다. 올해 들어 처음 보는 눈이니까, 첫눈이었다.

"어머! 저기 저 남자!"

첫눈을 보며 환호하던 아이들의 관심은 이제 눈 속을 걸어오는 한 남자에게 집중되었다.

"세상에…… 누구 만나러 오는 거야? 너무 멋있게 생겼다."

"아, 나 저 사람 알아! 졸업앨범에 있던 그 남자야! 그때 우리가 뽑은 세림킹!"

"꺄악! 이쪽을 보고 있어! 안녕하세요!"

여학생들은 교정을 걸어오는 승우를 향해 열심히 손을 흔들었다. 눈발 속에 서 있는 하얀 승우는 정말 아름다웠다. 진이는 멍하니 그런 승우의 모습을 바라보았다. 설마 승우가 학교까지 찾아올 줄은 몰랐다.

'너.'

'……날 만나러 온 거예요?'

'네가 그리웠어.'

'정말 날 만나러 온 거예요?'

눈 속에 서 있는 승우가 전화를 거는 모습이 보였다.

띠리리리 띠리리리.

바로 진이의 핸드폰이 울렸다. 아이들의 시선이 일제히 진이에게 몰렸다. 모두 설마라는 눈이었다. 진이는 아이들이 쳐다보는 것도 모른 채 창밖의 승우를 쳐다보며 전화를 받았다.

"여보세요?"

[그만 쳐다보고 나오지.]

전화기 속의 승우가 웃으면서 말하고 있었고, 창밖의 승우가 웃고 있었다. 멀고도 먼 미국에 있던 그에게 전화를 하던 때는 상상도 못했던 일이다. 아시나요, 당신이 그곳에 서서 웃고 있는 것만으로도 내게는 얼마나 큰 감동인지?

"내가 보여요?"

진이는 손을 들어 유리창에 비친 승우의 모습을 조심스럽게 쓸었다.

[그래.]

"학교까지는 무슨 일로?"

[선물 가지고 왔어.]

"선물이요?"

[응.]

"무슨……?"

[첫눈.]

"까아아아아아악! 첫눈이 선물이래."

옆에서 몰래 엿듣고 있던 여학생들이 더 좋아서 자지러졌다.

"멋진 오빠! 우리도 좀 나눠줘요! 저희들도 사랑이 고파요!"

"멋있어요, 오빠!"

"공부하기 너무 싫어요! 구해주세요!"

자신을 향해 열심히 손을 흔들며 소리치는 진이의 여제자들을 보며 승우는 한마디를 더 했다.

[저 무서운 애들은 교실에 가둬두고 너 혼자 나와라.]

승우는 먼저 학교 교무실을 찾아갔다. 진이가 근무하는 학교이기 전에 자신의 모교다. 비록 목적은 그게 아니지만, 오랜만에 온 김에 은사님들에게 인사를 하는 것이 예의였다.

"아니, 이게 누구야? 지승우!"

자신을 반갑게 맞아주는 학생주임에게 승우는 웃으며 인사를 하였다.

"잘 지내셨어요? 오랜만이죠, 선생님?"

"그래, 이놈아! 졸업하고 처음이잖아! 하버드 다닌다는 소리 들었는데, 방학해서 온 거야?"

조용하게 가라앉아 있던 교무실의 분위기가 이방인의 출현으로 수선스러워졌다. 여선생님들은 옷매무새를 다듬기 바빴고, 남선생님들은 심드렁하게 누구냐고 서로 물었다.

"학생주임 선생님, 누구예요?"

평소라면 먼저 학생주임에게 말을 거는 일이 절대로 없을 젊은 국어 선생님인 오은영이 사근하게 웃으며 물어왔다. 수려한 외모에, 하버드라니, 절로 관심이 생겼던 것이다.

학생주임은 오은영에게만이 아니라 교무실에 있는 모든 선생님에게 승우를 소개시켰다.

"아, 인사들 해! 우리 학교 35회 졸업생, 지승우야. 학교 다닐 때는 학생회장도 했었고, 지금은 하버드 생물학과에 재학 중이야. 맞지?"

승우가 가볍게 고개를 끄덕였다. 학생주임은 흐뭇하게 웃으며 승우에 대한 마지막 소개를 했다.

"그리고 아나운서 지연우의 친오빠야."

"네? 그게 진짜예요?"

"어! 그러고 보니 닮은 것도 같네."

처음엔 심드렁하게 듣고만 있던 남자 선생님들이 지연우의 친오빠라는 말에 친근감을 표시하며 승우의 곁으로 몰려들었다. 승우는 조금 원망이 담긴 눈으로 학생주임을 바라보았다.

"왜 제 소개에 연우가 들어가는 거죠?"

"이놈아, 이젠 너보다 네 동생이 더 유명하잖아. 나도 팬이다. 사인 한 장만 받아다 줘."

승우가 몰려드는 선생님들과 사교적인 인사를 하고 있을 때, 교무실 뒷문이 급하게 열리면서 진이가 들어섰다.

"황 선생, 아직 수업 중이잖아. 그런데 왜 여기 있어?"

학주가 바로 진이를 혼내고 나왔다. 그제야 진이가 온 것을 안 승우는 고개를 들어 진이를 쳐다보았다. 뛰어와서인지 다른 이유에서인지 얼굴에 발그레한 홍조가 피어나 있었다. 진이는 승우와 학주를 번갈아 쳐다보며 멋쩍게 웃었다.

"눈이 와서……."

"눈이 뭐? 눈 오면 수업 안 해도 된다고 누가 정했냐?"

"아! 오랜만에 학교 구경 좀 하고 싶은데 괜찮을까요?"

승우가 끼어들어서 진이를 혼내던 학주의 말이 끊겼다. 오랜만에 찾아온 반가운 손님의 말은 최대한 정성껏 들어주는 게 예의였다.

"어, 학교? 그래."

"제가 안내해 드릴까요? 마침 수업도 없는데."

쭉 승우의 옆에 서 있었던 오은영이 웃으면서 물었다. 승우는 그녀의 제안에 가볍게 인사를 하는 걸로 거절하고 진이의 옆으로 걸어갔다. 그리고 당연하단 듯이 진이에게 손을 내밀며 다정하게 물었다.

"안내해 줄래?"

결혼해 줄래도 아닌데, 자리 구분도 못하는 심장이 또 제멋대로 뛰기 시작했다. 진이는 학생주임 선생님을 보며 작은 목소리로 물었다.

"안내해 줘도 될까요?"

"어? 아, 그래."

설마 지승우가 하고 많은 여선생님들 중 황 장군에게 부탁할 줄은 몰랐기에 놀란 학주는 황진이가 수업도 땡땡이치고 온 거라는 걸 잠시 잊고 말았다.

첫눈과 함께 갑자기 황진이에게 날아온 왕자님의 존재에 교무실에 있던 선생님들은 모두 놀라서 아무 말도 못하고 같이 나가는 두 사람을 쳐다만 보았다.

황 장군의 미스터리인가, 첫눈의 기적인가.

"아이들이 버리고 간다고 뭐라고 안 그래?"

교무실을 나오고 진이와 나란히 걸어가면서 승우가 아까 무서운 아이들의 안부를 물었다. 교실을 나오기 전 합창을 하듯이 외치던 아이들의 말을 생각하며 진이는 혼자 웃었다.

"아뇨, 좋은 말 들었어요."

"좋은 말? 뭔데?"

"비밀이에요."

승우에게 달려가는 진이에게 낭만을 갈구하는 외로운 십대들은 이렇게 외쳤었다.

"선생님! 파이팅!"

그래, 파이팅이다.

두 사람은 나란히 조용한 학교 복도를 걸었다. 수업 시간이었기에 복도는 조용했다. 마치 승우와 진이, 둘만 학교에 있는 것 같았다.

"그런데 신기하다."

복도를 걸어가면서 승우가 나직이 말했다.

"네? 뭐가요?"

"내가 공부하던 학교에서 네가 선생님을 하고 있다는 게 말이야. 굉장한 우연 아냐?"

우연은 무슨! 일부러 이 학교로 지원했습니다. 명문고라고 경쟁률이 얼마나 센지 대학 들어가는 것보다도 더 힘들었다구요!

하지만 너무 솔직한 여자는 매력없다고 춘희가 충고해 주었기에 진이는 이제야 알았다는 듯이 아! 그러네, 라는 감탄사까지 넣으며 내숭을 보였다.

"네, 굉장한 우연이에요."

새침한 진이의 대답에 승우는 피식 웃으며 다시 말했다.

"그래, 정말 굉장한 우연이야."

묘한 미소이다. 마치 모든 것을 다 알고 있다는 듯이. 진이가 말하지 않아도 말이다. 저 미소가 지승우의 매력이자 지승우의 무서움이었다. 도대체 얼마나 알고 있는 겁니까?

승우는 열심히 수업 중인 교실 앞에서 멈추어 서서는 창문으로 수업을 받고 있는 아이들의 모습을 바라보았다.

"변한 건 학생들뿐인 것 같네."

"그렇죠. 학교야 쉽게 변하는 곳이 아니니까."

"난 저 창가에서 세 번째 자리에 앉아서 수업을 받았었어."

"네? 여기가 오라버니가 수업 받았던 교실이에요?"

진이가 몰랐던 사실을 알았다는 듯이 놀란 표정을 지으며 교실의 반을 확인하였다. 1학년 7반이었다.

"아! 1학년, 나랑 만나기 전이네요."

승우를 만난 건 승우가 고등학교 2학년, 진이가 고등학교 1학년 때였다. 하지만 가까운 곳에 살고 있었으니 어쩌면 길 가다 한두 번은 마주쳤을지도 모른다. 분명 그랬을 것이다.

"그런데 왜 세 번째예요? 키 순서? 성적 순서? 제비뽑기?"

"아니, 오는 순서대로 자기가 원하는 자리에 앉는 거였는데, 난 항상 저 자리에 앉았었어. 저기 앉아서 보는 학교 풍경이 좋았었거든. 내가 간혹 늦으면 먼저 그 자리에 앉아 있던 아이가 양보해 주곤 했어."

"에? 그런 친구도 있었어요? 그걸 계기로 친한 친구가 됐겠네요."

"솔직히 친구는 아니었어. 일 년 내내 나눈 대화라고는 '이 자리에 앉을래?', '그래' 뿐이었거든. 그냥 클래스메이트 그 정도."

승우는 클래스메이트라고만 말했는데, 여자의 직감이 무언가 또 다른 게 있다고 말하고 있었다. 진이가 조심스럽게 물었다.

"……자리 양보해 준 거 남자였죠?"

"아니, 여자애였어. 이름이 이지연이었는데, 말수가 없는 애라서 친해지기가 쉬운 타입은 아니었지."

승우는 대수롭지 않게 말하지만 진이는 알 수 있었다. 그 여자애는 승우를 좋아했던 거란 걸. 비록 사랑이 이루어지지는 않았지만 헛된 노력은 아니라는 생각이 들었다. 승우가 그녀의 이름을 기억하고 있으니까. 분명 그녀의 얼굴도 기억하고 있을 것이다. 그 수많은 동창들 중에 기억 속에 선명하게 남아 있는 존재가 된다는 것은 소중한 것이었다. 그래서 진이는 잠시 그 지연이라는 여자가 어떻게 생겼을까 생각해 보았다. 분명한 건 지연우보다는 못생겼을 거라는 것이다. 훗, 그거면 됐어.

복도의 끝까지 걸어갔을 때 그곳에는 오랜 시간 그곳을 지키고 있었던 도서관이 있었다.

"오라버니가 학교 다닐 때 가장 많이 왔던 곳이죠?"

도서실 앞에서 멈춰 선 진이가 짓궂게 웃으며 물었다. 승우는 인정한다는 듯이 고개를 끄덕였다.

"안경잡이 공부벌레가 어딜 가겠어."

"그렇죠, 여기밖에 없죠."

스스로 인정했지만 그걸 또 진이가 인정하자 승우가 너무하다는 눈으로 진이를 쳐다보았다. 진이가 씨익 웃으며 들어가 보자고 말하며 도서관의 문을 열었다. 삐거덕거리는 소리를 내며 나무문이 시끄럽게 열렸다. 세월이 흐른 소리였다.

"아! 옛날엔 몰랐는데, 작구나."

어른이 된 승우의 눈에는 고등학교 도서실이 참 작게 느껴졌다. 이렇게 좁았었나? 라는 승우의 눈빛을 읽고, 진이가 말했다.

"당연하죠, 매일 하버드 도서관에서 공부하는데. 거기가 대형 백화점이라면 여긴 구멍가게잖아요. 사치를 알았던 사람이 빈곤을 더 크게 느끼는 법이죠."

"사치를 알았던 사람이 빈곤을 더 크게 느낀다라……."

자신이 한 말을 승우가 다시 되풀이하자 진이가 조금 미안한 표정을 지으며 물었다.

"제 말이 심했어요? 오라버니가 사치스럽다는 소리가 아니라요. 단지……."

"아니, 맞는 말이라서 공감 중이었어."

사랑을 받았던 사람이 그 사랑의 빈자리를 더 크게 느낀다. 일방적으로 승우가 화를 낸 뒤 오지 않던 진이의 전화, 그 시간의 공허함을 새삼 다시 느끼며 승우는 씁쓸한 미소를 지었다.

"황진이!"

"네?"

"그냥 불러봤어."

허무한 승우의 대답을 이해 못해 진이는 당황한 표정을 지었다.

농담한 건가? 내 이름이 농담이라고? 뭐였지? 똑똑한 사람만 이해하는 고난이도의 농담인가? 이거 웃어야 해? 웃긴 건가?

진이에게 물음표만을 남긴 채 승우는 서가 안으로 깊숙이 들어갔다. 잠시 후……

"황진이!"

"네?"

"또 그냥 불러봤어."

"네에?"

거기 있구나. 다행이다.

"어? 이상하네."

서가를 돌아다니며 구경하던 승우가 이상한 점을 발견하고 걸음을 멈추었다. 승우가 멈추어 선 서가에는 세림고 졸업앨범들이 년도 순으로 정갈하게 꽂혀 있었다.

"어째서 내가 졸업했던 해의 앨범만 없지?"

승우의 지적에 진이는 시선을 아무것도 없는 천장에 던지며 자신은 잘 모른다는 듯이 말했다.

"누가 대여해 갔나 보죠."

"졸업앨범도 대여해 줘?"

안 해준다. 그리고 해준다고 해도 누가 앨범 같은 걸 대여하겠는가.

사실 그 앨범은 진이가 잠깐 보려고 집으로 가지고 갔는데, 그후로 쭉 진이의 방에 꽂혀 있는 중이다. 절대 훔쳐 간 게 아니다. 다 보면 다시 제자리에 가져다 놓으려고 했었다. 그저 아직 덜 봤기에 아직도 진이의 방에 있는 것이다.

따르릉! 쉬는 시간을 알리는 종소리가 울리면서 조용하던 학교는 순식간에 시끄러워졌다. 서가 사이에 서 있던 승우가 종소리에 놀라며 고개를 돌렸다.

"여기도 애들이 올까?"

아이들이 자신을 발견할까 봐 불안한지 승우는 조심스런 목소리로 진이에게 물었다.

"아마도요. 아까 그 무서운 애들이 우릴 찾고 있을길요. 이제는 자유 시간이니까요."

진이의 말이 정말 무섭다는 듯이 승우는 불안한 표정을 지으며 물어왔다.

"아이들에게 자유로운 곳은 교무실뿐인가?"

꼭 안전한 곳은 교무실뿐인가, 라는 말로 들려와 진이는 웃음이 나오려고 했다.

"아뇨. 교무실도 쉬는 시간이면 아이들로 넘쳐 나요."

"그래? 그럼 차라리 학교 밖으로 나가자."

거의 도망을 치자는 말을 하는 승우를 진이는 놀랍다는 눈으로 바라보았다.

"오라버니, 진짜 아이들 싫어하나 봐요?"

경찰서에서도 그렇고, 학교에서도 자꾸 아이들에게서 멀어지려고만 하고 있었다. 자신도 학생이었던 때가 있었던 사람이 왜 이럴까 진이는 이해가 되지 않았다.

"응, 싫어."

"왜요?"

승우는 대답 대신 빤히 진이의 얼굴을 바라보았다. 그 노골적인 시선에 진이는 어쩐지 점점 숨 쉬기가 괴로워졌다. 결국 진이가 먼저 시선을 피하며 고개를 숙여 버렸다.

"저기, 오라버니, 그만……."

나갈까요? 라고 물으려고 했는데, 승우의 기다란 손가락이 올라와 진이의 턱을 들어올려 다시 눈을 맞추게 하였다. 또다시 시작된 눈맞춤에 진이의 얼굴이 빨갛게 달아올랐다.

"네 얼굴 빨갛다."

재미있다는 듯이 말하는 승우의 말에 진이의 얼굴이 더 빨갛게 변해 버렸다. 얼굴이 화상을 입은 것처럼 불타오르고 있었다. 승우의 차가운 손이 뜨거운 진이의 얼굴을 감싸 안았다. 점점 더 가까이 다가오는 승우의 얼굴을 진이는 멍하니 바라볼 수밖에 없었다. 승우의 향기가 온몸을 마비시켜 손가락 하나 맘대로 움직일 수가 없었다.

파르르, 진이의 눈이 자기도 모르는 새 반쯤 감겼을 때, 쾅! 그들이 등장하였다.

"선생님! 여기 있어요?"

무서운 아이들 맞았다. 결정적인 순간, 진이와 승우를 완벽하게 찾아내었다.

"뭐 하고 있었어요, 선생님?"

등을 맞대고 정말 어색하게 책을 뒤적이고 있는 진이와 승우를 보고, 몰려온 여학생들이 능글맞게 웃으며 물었다. 진이는 멋쩍게 웃을 뿐이고, 등 뒤에서 승우의 낮은 짜증 소리가 들려왔다.

"이래서 애들이 싫어."

딩동—

춘희네 집 초인종을 누군가가 다급하게 눌렀다. 마침 집에 있던 춘희는 방문객이 누구인지 이미 다 짐작하고서 자려고 누우려던 몸을 일으켜 세우고 현관으로 걸어갔다.

"나를 도와줘, 요정 친구!"

문이 열리자마자 진이는 춘희의 손을 부여잡고 또 간절히 부탁하였다.

"이번엔 뭔데?"

"레스토랑! 호텔 레스토랑에서 저녁 먹으려면 무슨 옷을 입어야 하지?"

승우는 학교를 떠나기 전에 진이의 손에 쪽지 한 장을 쥐어주었다. 저녁 약속 장소를 적은 종이였다. 그것도 근사한 호텔 레스토랑. 역시나 지연우의 오빠가 맞았다. 격식 차리는 데 너무 익숙했다. 문제는 황진이가 그런 것에 전혀 익숙하지 않다는 것이었다.

"아! 그런 건 연우 전문인데."

"연우는 안 돼!"

도둑이 제 발 저리다고, 혹시라도 연우가 자기 오빠 만나러 가는 걸 알까 봐 진이는 더럭 겁부터 났다. 신데렐라의 열두 시 마법처럼 승우네 가족들이 아는 순간, 이 행복한 시간들이 끝나 버릴 것만 같았다. 이 겨울만이라도 승우를 다른 사람과 나누고 싶지 않았다. 시간이 흐르면 이 겨울이 끝날 테지만, 어쨌든 승우가 선물한 이 눈이 내리는 동안에는 승우를 온전히 혼자서 차지하고 싶었다.

"하! 그럼 인터넷을 찾아보자."

"인터넷?"

"그래, 요즘에 모르는 건 인터넷이잖아."

그래서 춘희와 진이가 한 시간 동안이나 인터넷을 돌아다니며 힌트를 얻어 고른 옷은 심플한 검은색 정장이었다. 미니스커트보다는 덜 유혹적이지만, 진이의 S라인을 완벽하게 살려주는 타이트한 느낌은 그녀를 충분히 여성적이고 매력적이게 보이게 만들어주었다.

"진이 넌 옷 입는 것에 따라 느낌이 참 달라!"

정장을 입은 진이의 모습을 바라보면서 춘희가 감탄을 하며 말했다. 모델을 해도 손색이 없을 정도로 옷의 맵시가 살고 있었다. 어째서 지금까지 저 멋진 몸매를 헐렁한 청바지 속에 가리고 살았는지! 이건 돈을 주고 옷을 사는 게 아니라, 저 옷의 디자이너가 진이에게 돈을 주며 입어달라고 해야 옳았다.

"그래? 그런데 좀 큰 치수로 살 걸 그랬다. 치마가 너무 꽉 조여서 걷기가 힘들어."

"설마 십 년을 기다린 것보다야 힘들겠어."

"응? 뭐?"

"아냐, 아무 소리 안 했어. 괜찮아. 충분히 걸을 수 있어."

춘희는 가능한 지승우가 황진이에게 매달리는 모습을 보고 싶었다. 진이야 좋아하는 마음 때문에 지승우가 늦게 다가온 것 따위는 상관없겠지만, 진이의 친구 춘희는 아니었다. 고등학교 삼년, 대학교 사 년, 그리고 선생님 삼 년, 장장 십 년이다. 그러니까 승우가 딱 그만큼만 매달렸으면 했다. 그 고고한 자존심 따위 버리고서 말이다.

"후우!"

승우와 만나기로 한 호텔 앞에 선 진이는 딱 붙는 정장 스커트 때문에 숨 쉬기가 힘들어서 한 번에 길게 숨을 내쉬었다. 짧은 치마도 힘들었는데, 달라붙는 치마도 정말 힘들었다. 그리고 이번에는 미니스커트 때보다 더 높은 굽 12㎝ 하이힐까지 신었다. 때문에 걸을 때마다 넘어질까 봐 조심을 해야 했다. 이건 걷는 게 아니라 거의 곡예 수준이었다.

진이는 조심스럽게, 그리고 열심히 걸어서 레스토랑이 있는 곳으로 걸어갔다.

"하아! 그냥 페밀리 레스토랑도 괜찮은데. 승우 오라버니는 이런 곳에 자주 오는 건가?"

점점 레스토랑의 우아한 실내가 보일수록 진이는 작게 걱정스런 투정을 뱉어냈다. 솔직히 고등학교 선생님이 와서 한 끼 저녁을 할 곳은 아니었다.

띠리리리. 핸드백 속에 넣어두었던 핸드폰이 울렸다. 진이는 황급히 백을 열어서 핸드폰을 꺼내어 받으려고 했지만 하이힐을 신고 걷는 것과 핸드폰으로 전화 받는 걸 동시에 하는 건 무리였나 보다. 발이 휘청하고 꺾이면서 몸이 균형을 잃고 앞으로 넘어질 것처럼 쏠렸다. 간신히 벽을 짚으며 전화를 받은 진이의 첫 마디는 '헉' 이 되어버렸다. 전화기 속에서 승우가 놀라며 물었다.

[헉? 왜 그래? 넘어질 뻔이라도 했어?]

족집게네. 하지만 바보처럼 넘어질 뻔했다고 솔직하게 대답할
수는 없었다.

"아뇨. 갑자기 고양이 한 마리가 앞을 지나가서 놀랐어요."

[고양이? 지금 어디야?]

"나 지금 약속 장소에 왔는데."

[그래? 어쩐지 그럴 것 같아서 전화했어. 먼저 들어가서 기다
려. 나도 금방 갈게.]

약속 시간은 아직 삼십 분이나 남았지만, 벌써 왔다는 진이의
말에 승우는 바로 온다고 하였다.

"네. 기다릴게요."

진이가 기분 좋게 전화를 끊는데, 어쩐지 시선이 느껴졌다. 고
개를 드니 놀란 눈으로 자신을 보고 있는 마태유가 보였다. 그도
오늘 이곳에서 식사 약속이 있었나 보다. 진이는 태유를 바라보며
반갑게 아는 척을 했다. 전화는 몇 번 진이 쪽에서 했었는데, 이렇
게 얼굴 마주하는 만남으로는 꽤 오랜만에 만나는 것이었다. 그러
니까 병원 앞에서 제대로 목도 못 움직이는 그와 헤어지고 처음이
었다. 확실히 이제는 건강해 보였다. 적어도 겉모습은 말이다.

"우연이네요. 여기서 약속 있으세요?"

"아!"

태유는 건성으로 대답하며 진이의 모습을 위아래로 훑어보았
다. 오늘 진이의 모습은 평소와 너무 달랐기 때문이다. 그래서 진
이를 우연히 이곳에서 만났다는 사실보다 그녀의 차림에 더 놀라
고 말았다. 짙은 화장, 몸에 꼭 맞는 스커트, 하이힐. 누군가를 위

해 한껏 꾸민 진이를 보는 건 처음이라 태유는 그녀의 모습이 너무 낯설게 느껴졌다.

"당신은 선봐?"

태유의 질문에 진이는 기겁을 하며 손사래를 쳤다.

"아니에요! 제가 선을 왜 봐요!"

"그럼?"

태유의 질문에 진이는 부끄럽게 웃었다. 그런 모습도 처음이었기에 태유의 눈은 점점 의아함으로 가득했다. 지금 저 볼에 붉게 물든 게 홍조라는 거야? 라는 눈이었다.

"사실은 여기서……."

진이가 막 대답을 하려는데,

"황진이!"

진이의 이름을 부르는 승우의 목소리에 태유와 진이는 동시에 고개를 돌렸다. 엘리베이터 쪽에서 승우가 걸어오고 있었다. 이곳은 승우가 묵고 있던 호텔이었다. 그래서 진이가 왔다는 소리에 바로 내려온 것이었다. 그런데 엘리베이터에서 내리자마자 승우의 눈에 들어온 건 다른 남자와 다정하게 이야기를 하고 있는 진이였다. 승우는 차가운 시선으로 진이와 태유를 쏘아보며 걸어왔다. 진이의 앞에 서 있는 남자가 누구인지는 소개해 주지 않아도 알 수 있었다. 그는 기분 나쁠 정도로 누군가와 닮아 있었다.

승우가 태유를 알아본 것처럼 태유도 승우를 알아보았다. 지연우를 닮아서 아름다운 남자였다. 하지만 그 성격만큼은 만만하지 않다는 걸 자신을 쏘아보는 눈빛에서 느낄 수 있었다. 태유는 승우를 보고서야 왜 진이가 그렇게 꾸몄는지 알 수 있었다. 그리고 왜 그렇게 수줍게 웃었는지도.

"아! 오라버니, 오셨어요?"

두 남자의 사이에 어정쩡하게 선 진이가 웃으면서 우선 승우에게 인사를 했다. 하지만 승우는 진이의 인사를 받지 않고 태유만 쳐다보고 있을 뿐이었다.

"아직 만나신 적 없으시죠? 마태후의 형님이세요. 우연히 만났어요."

당연히 처음 뵙겠습니다, 라는 말이 승우의 입에서 나와야 되는데 승우의 입에선 아무런 말도 나오지 않았다.

"연우의 오라버니세요. 처음 보시죠?"

태유가 먼저 인사를 해서 분위기를 풀어주었으면 하고 바랐는데, 예의 바른 마태유가 오늘따라 먼저 인사하는 예의를 보여주지 않았다.

"하하, 그만 들어가서 식사하죠. 배고프다."

더 이상 안 되겠다 싶어 진이는 무조건 레스토랑 쪽으로 걸어갔다.

"헉!"

하지만 너무 서두르다 보니 오늘 들어 두 번째로 다리가 꺾였다. 휘청하는 몸을 가누지 못해 그대로 바닥을 향해 넘어지는데 강한 손이 다가와 진이의 허리를 끌어안았다. 그 손 때문에 다행히 넘어지지는 않았지만 너무 꽉 끌어안는 힘에 놀라서 고개를 드니, 승우가 진이를 껴안고 있었다.

"괜찮아?"

너무 가까이 있는 승우의 얼굴에 놀라 진이는 그대로 숨을 멈추었다. 아뇨, 숨을 못 쉬겠어요. 팔딱팔딱 뛰는 심장을 진정시키는 사이 진이의 눈에 그가 들어왔다. 마태유. 그는 무표정하게 진이와 승우를 바라보더니 혼자 레스토랑 안으로 들어가 버렸다. 결국 승우와 태유는 인사를 나누지 않았다. 거기다……

"다른 데 가서 먹자."

"네? 왜요?"

놀라서 묻는 진이의 말에 승우는 어쩐지 화가 난 눈으로 진이를 내려다보다 진이의 대답도 듣지 않고 혼자 엘리베이터 쪽으로 걸어갔다. 진이는 혼자서 가버리는 승우와 태유가 들어간 레스토랑을 번갈아 쳐다보았다. 무언가 실타래가 엉키듯 엉켜 버린 것 같은데 그게 무엇인지 도통 알 수가 없었다.

같은 시간, 태후와 연우는 이제는 일상이 되어버린 데이트를 하고 있었다. 그런데 달콤한 데이트 시간에 마태후가 연인인 연우에게 던지는 질문이 심상치가 않다.

"혹시 말이야, 당신 오빠 약점 같은 거 없어?"

기분 좋은 저녁 식사 시간 하필 물어도 자신의 사랑하는 오빠의 약점을 묻는 태후를 연우는 불만스러운 눈으로 바라보았다.

"왜 그런 걸 물어요?"

"나는 완벽해라는 얼굴을 하고 있으니까. 세상에 완벽한 인간이란 없어! 심각한 착각에 빠져 있는 것 같아서 하루 빨리 깨어나게 해주고 싶은 마음이 들어서."

"우리 오빠는 약점 따위 없어요."

"진짜?"

태후는 그럴 리 없다면서 강한 의심을 품으며 물어왔지만, 연우의 태도는 완강하였다.

"네, 없어요. 뭐든 완벽해지려고 언제나 노력하고 있다고요. 자신에 대한 나태를 절대로 용납하지 않아요, 우리 오빠는."

"결국 완벽하려고 죽도록 노력하고 있다는 게 약점이라는 거네."

"네?"

태후는 의미심장한 미소를 지으며 말했다.

"모든 것이 완벽해야 만족하는 인간일수록 자신에 대한, 그리고 자신의 것에 대한 소유욕이 강해서 절대로 균열을 참아낼 수 없지. 결국 작은 틈이 생기기 시작하면 손쓸 틈도 없이 무너져 내린다고."

"무너진다고요? 우리 오빠가요?"

태후의 무시무시한 말에 연우는 겁을 먹었지만, 태후는 기대감에 가득 찬 눈으로 말했다.

"아, 망가진 지승우! 보고 싶네. 헉!"

연우의 핸드백에 뒤통수를 얻어맞은 태후는 머리를 부여잡고 고통스런 표정을 지었다.

제　　10　　장

두 사람은 호텔을 나와 근처 패밀리 레스토랑으로 왔다. 결국 진이의 바람대로 된 것인데 마음이 편치가 않았다. 태유와 헤어진 뒤 승우는 평소의 모습으로 돌아와 있었지만 어쩐지 꼭 그런 것 같지도 않았다. 식사를 주문하고 기다리는 시간, 승우가 별말이 없어서 진이 역시 말을 아끼고 있었다. 자꾸 손에 들린 핸드폰만 만지작거리는데, 승우가 물어왔다.

"아직도 만나고 다녔니?"

"네?"

"호텔에서 그 남자."

그의 이름을 알고 있으면서 마치 상관없는 타인처럼 '그 남자'라고 표현하는 승우의 말이 걸렸다. 또다시 이상한 분위기가 되지 않게 진이는 밝은 목소리로 말했다.

"아! 마태후의 형이요? 그냥 가끔 안부전화나 하는 사이예요."

안타까운 그의 상황도 말해주려다가 아무래도 남의 아픔을 함부로 말하면 안 될 것 같아 나머지는 침묵하였다. 그래서 승우를 설득하기에는 부족했다. 깊은 사이가 아니라고 하더라도 어떤 관계가 연결되어 있다는 사실 자체가 승우는 지독히도 기분이 나빴다.

"네가, 아니면 그쪽이?"

상냥하지 않은 승우의 목소리를 느꼈지만, 진이는 승우에게 거짓말을 하고 싶지 않았기에 솔직하게 대답했다.

"제가요."

하지만 때론 솔직함이 더 상대방을 기분 나쁘게 할 때도 있는 것이었다. 진이는 승우를 생각해서 솔직하게 대답한 건데 승우는 진이의 대답보다도 거리낌없는 진이의 태도에 더 화가 나고 말았다.

"아! 나한테 전화한 것처럼."

"그거랑은 달라요."

"뭐가 다른데?"

어느새 자신을 쏘아보고 있는 승우의 눈을 쳐다보면서 진이는 지금까지 알지 못했던 낯선 타인을 바라보는 느낌이 들었다. 진이는 언제나 자기 일에 철저하고, 타인에게 예의 바르고 다정한 승우만 알고 있지, 이렇게 별일 아닌 일에 예민하게 구는 승우는 처음이었다. 아니, 한 번 있었다. 술에 취해 마태유의 차를 타고 갔다는 진이의 말에 지나치게 격하게 말했던 때. 승우가 화를 내는 것에 놀라 그저 자신이 잘못했다고만 생각하고 있었는데, 오늘 승우의 태도를 보니 너무 예민했다. 처음 보는 마태유에게 그렇게 데면데면할 필요는 없었는데, 정말 승우답지 않은 행동이었다. 진이는 승우를 승우답지 않게 만든 게 자신인지 마태유인지 갈피를 잡을 수가 없었다. 혼란 속에 진이는 작게 말했다.

"지금 오라버니 정말 이상해요."

"그래, 유치해서 나도 못 봐주겠다."

스스로가 스스로를 욕하는 승우 역시 처음이었다. 속이 타는지 승우는 물 잔을 들어 한 번에 비워냈다. 더 이상 승우가 아무 말도 하지 않자, 진이의 마음도 점점 무거워졌다. 식사가 나온 뒤에도 두 사람은 먹기만 할 뿐 별말을 하지 않았다.

툭!

결국 스테이크의 반이나 남기고 진이는 나이프와 포크를 내려놓았다. 그제야 승우는 고개를 들어 진이를 쳐다보았다.

"왜 그만 먹어?"

"배불러요."

"네가 밥 남기는 거 처음 본다."

"……."

"진아."

"……."

"왜 나 안 봐?"

"화났잖아요."

진이가 억울하다는 눈으로 고개를 들어 승우를 바라보았다. 자신이 왜 화를 내는지 이해하지 못하는 진이의 눈을 바라보며 승우 역시 답답했다.

진이의 마음을 믿고 있었다. 하지만 그러면서도 화가 나는 마음이 억제가 안 되었다. 미안해로 끝날 수 있는 문제라면 사과를 하겠는데, 이건 그런 문제가 아니었다. 그래서 사과도 할 수 없었다. 또다시 호텔에서 다정하게 웃고 있던 진이와 태유가 생각나면서 뜨거운 무언가가 올라왔다. 승우는 웨이터를 불러 물을 부탁했다.

식사를 대충 마치고 거리로 나온 두 사람은 조금 떨어져서 걸었다. 승우가 앞서 걷고, 그 뒤를 진이가 따라갔다. 내리던 눈은 그쳐 있었지만, 쌓인 눈이 아직 녹지 않아 서걱서걱 눈 밟는 소리가 시끄럽게 울렸다. 진이는 앞서 걷는 승우에게 말을 걸려다가 꾹 입을 다물고 있는 승우의 등이 야속해 그냥 입을 다물었다.

우뚝, 승우가 먼저 멈추어 섰다. 승우가 더 이상 걷지 않자, 진이도 멈추어 선 채 승우의 등을 바라보았다. 승우는 뒤돌아서서 두 발자국 정도 떨어진 거리에 있는 진이의 얼굴을 빤히 바라보았다. 승우의 생각을 읽을 수 없자 진이가 물었다.

"왜 그래요?"

"너와 나의 거리를 재고 있어."

거리라는 말에 진이는 자신과 승우 사이에 놓여진 길바닥을 내려다보았다. 꽤 멀어 보였다. 우리 사이가 이렇게 멀다고요? 두 사람 사이에 놓인 먼 거리 때문에 진이의 마음이 무거워질 때 승우가 먼저 진이에게로 한 발자국 가까이 다가섰다. 하지만 아직 서로의 체온은 너무 멀리 떨어져 있었다. 승우는 한 발자국 더 가까이 다가섰다. 진이가 내쉬는 숨이 승우의 얼굴에 닿을 정도의 거리였다.

"십 년 동안 달려온 게 이 정도 거리인 것 같다. 가깝긴 하지만 너와 나 사이에 아직 아무것도 닿은 게 없어."

승우는 안타까운 눈으로 진이의 시선을 붙잡았다.

"이제 손만 내밀면 될 것 같은데, 그럴 용기도 생겼는데. 우린 왜 싸우고 있는 거니?"

승우의 말이 꼭 자신을 질책하는 것 같아 진이는 고개를 떨어뜨렸다.

"내가 잘못했다고 말하고 싶으신 거예요?"

"아니, 그런 게 아냐. 단지……."

"단지 뭐요?"

승우가 중간에 말을 끊자, 진이가 참지 못하고 고개를 들며 물었다.

"단지 네가 그 남자를 만나는 게 싫어."

진이에게 승우는 사랑하는 남자였고, 태유는 그저 안부가 궁금한 남자일 뿐이었다. 어째서 똑똑한 승우가 그 차이를 알아주지 않는 것인지, 진이는 이 순간 승우가 조금 야속하였다.

승우와 어색하게 헤어지고 너무도 기분이 좋지 않았던 진이는 성급하게도 그 화풀이를 마태후에게 풀어버리고 말았다.

"다 당신 때문이잖아요."

마태후가 전화를 받자마자 대뜸 모든 잘못을 마태후의 몫으로 돌려 버렸다. 전화기 반대편의 마태후는 어이없다는 목소리로 되물었다.

[뭐?]

"당신이 미국에서 얼마나 괴롭혔으면 승우 오라버니가 당신 형까지 미워해요!"

그래, 모든 건 이 남자 때문이다. 동생이 미워 보이니까 그 형한테까지 퉁명스러워지는 것이다. 진이는 스스로 지나치게 억지스런 흑백논리를 만들어내면서 답답하고 복잡한 마음을 단순화시켰다.

"제발 착한 일도 많이 하면서 살아요! 그래야 승우 오라버니도 당신을 좋아하죠. 연우랑 결혼 안 할 거예요? 할 거잖아. 그러니까 하루에 좋은 일 하나씩 하면서 덕을 쌓으라고요!"

마태후가 착해지면 지승우가 자연히 마태유를 좋아하게 될 것이다. 정말 말도 안 되는 논리였다. 하지만 진이는 마태후에게 화풀이를 한 뒤 조금은 개운한 마음을 가질 수 있었다.

그런데 나비효과라는 말을 아는가? 중국에서 나비가 날갯짓을 하면 그 영향으로 미국에서는 태풍이 인다고 했다. 그럼 마태후에게 화풀이를 한 나비효과는 과연 어떻게 나타날까?

승우가 묵고 있는 호텔방이다. 이미 밤이 깊었지만 승우는 자지 않고 있었다. 책을 펼쳐 놓은 채 벌써 세 시간째 같은 페이지만 보고 있었다. 반복적으로 글을 읽고 있지만 머릿속에 들어오는 글자는 단 한 자도 없었다. 연애 이틀 만에 머리가 하얗게 변한 느낌이었다.

"그 남자 좋은 사람이에요. 그리고 상처도 있어요. 그런데 어떻게 모른 척해요?"

승우가 듣고 싶었던 대답은 '예' 라는 말이었다. 하지만 진이는 끝까지 '예' 라고 말하지 않았다. 그게 왠지 마태유에게 관심이 있다는 뜻 같아 불안하고 조바심이 났다. 마태유가 흠잡을 데라고는 없는 완벽한 남자라서 더 그랬다. 승우는 마태유의 상처보다 마태유의 겉 포장지가 더 신경 쓰였던 것이다. 대기업 사장님에 국회의원 아버지, 마태유의 흠이라면 제멋대로인 동생뿐이었다. 젠장! 마태후가 고맙게 느껴지기는 처음이군!

승우는 보고 있던 책을 던져 버리고 냉장고 문을 열었다. 너무 생각을 많이 해서 더 이상 생각 따위 하고 싶지 않았다. 취해서 잠들 때까지 마실 생각이었다. 정말 지승우답지 않은 생각과 행동들이었지만, 지금은 그것 말고 생각나는 해결 방법이 없었다. 결국 그날 밤 승우는 생각이 지워질 때까지 술을 마셨다.

띠리리리 띠리리리.

몇 시쯤 되었을까. 취해서 잠든 지 얼마 안 된 것 같은데, 시끄러운 전화벨 소리가 승우의 단잠을 깨웠다. 겨우 잠들었던 승우는 짜증스런 기운을 띠며 힘겹게 눈을 떠 핸드폰으로 손을 뻗었다.

"Hello?"

전화를 받으며 시계를 보니 아침 일곱 시였다. 전화를 걸기에는 너무 이른 시간이었다.

[헬로우라니요! 여기는 한국이니까 여보세요, 잖아요.]

우렁찬 진이의 목소리에 놀라 반쯤 감겨 있던 승우의 눈이 번쩍 떠졌다.

"뭐야, 이렇게 이른 시간에?"

반가웠지만, 어색하게 헤어진 어제가 생각나 퉁명스럽게 말이 나왔다.

[선물 가지고 왔어요.]

"선물?"

[네, 아침! 일어나요! 웨이크 업!]

점점 커지는 진이의 목소리에 아직 취기가 가시지 않은 골이 울려, 승우는 손으로 두 귀를 막았다. 그래도 진이의 커다란 목소리가 머리로 파고들었다.

[밥 먹어요!]

전화가 오고 몇 분 뒤 승우가 묵고 있는 호텔 방문을 누군가 두드렸다. 대충 세수를 하고 있던 승우는 수건으로 얼굴을 닦으며 문으로 걸어갔다.

달칵! 문이 열리자, 커다란 도시락을 들고 있는 진이가 웃고 있었다. 학교에 가는 길에 들른 것이기 때문인지 간편한 복장을 하고 있었다. 정장을 입고 진하게 화장을 했던 어제 모습보다 다섯 살은 어려 보이는 모습이었다. 여자들이란 옷차림에 따라 느낌이 참 다르다는 걸, 승우는 진이를 보며 분명히 느낄 수 있었다.

"아침밥 먹…… 어라! 이 냄새는."

활짝 웃던 진이는 익숙한 술 냄새를 맡고 본능적으로 눈살을 찌푸렸다. 자신의 몸에서 나는 술 냄새 때문에 그런 걸 알고, 승우는 한 발짝 뒤로 물러났다. 하지만 진이의 예리한 후각을 벗어날 수는 없었다. 진이는 뒷걸음질 치는 승우에게 가까이 다가서며 경찰견처럼 냄새를 맡았다.

"술 마셨어요?"

"아니."

뻔히 술 냄새가 나는데, 승우는 순간 자기도 모르게 거짓말을 하고 말았다. 말하고 보니 그게 얼마나 바보짓인가를 깨닫고, 민망함에 목에 걸치고 있던 수건으로 얼굴을 가렸다.

"오라버니, 어른이 술을 마시는 건 죄가 아니에요. 괜찮아요. 안 잡아가요."

"나도 알아!"

놀리는 듯한 진이의 말에 승우가 항변했다. 승우는 투덜거리며 변명했다.

"아직 시차 적응이 안 돼서 마신 것뿐이야."

"아! 시차 적응이요."

진이는 그렇구나, 라고 수긍하며 호텔방 탁자에 도시락을 풀었다. 어머니가 아침 일찍 만드신 것을 조금씩 싸온 것이었다. 진이 어머니의 음식 솜씨는 굉장히 좋으셨다. 아무래도 몇십 년 동안 대가족의 식사를 책임지시다 보니 저절로 손맛이 느신 것일 게다.

"같이 먹으려고 아침도 안 먹고 나왔어요. 같이 먹어요."

진이가 승우에게 젓가락과 수저를 내밀며 말했다. 승우는 진이의 얼굴과 진이가 싸온 도시락을 번갈아 보다가 가까이 다가와 진이의 앞자리에 앉았다. 가볍게 기도를 마친 승우가 가장 먼저 손을 댄 건 보온병에 싸온 콩나물국이었다.

"시원해요?"

진이의 질문에 승우가 작게 고개를 끄덕였다.

"절로 시차 적응이 되는 거 같죠?"

이번에 살짝 고개를 들어 진이를 쏘아봐 주었다. 째려보는 모습도 사랑스러운 남자를 향해 진이가 웃으면서 말했다.

"우리 같이 아침 먹는 거 처음이다. 그쵸?"

그 말에 째려보던 승우가 사르르 미소 지었다. 아무래도 잠이 덜 깬 것 같았다. 말보다 얼굴 표정이 먼저 나오고 있었다. 지승우가 아무리 똑똑하다고 해도 평생 이 아침을 이겨낼 수는 없을 것 같았다. 만약 지금 그에게 수학 시험지를 내민다면 분명 삼십 점도 못 넘길 거다. 머리카락 하나가 삐쭉 튀어나온 건 밥 다 먹고 놀려야지, 라고 생각하며 진이는 수저를 들어올렸다.

"맛있게 드세요."

"너도 맛있게 먹어."

사이좋게 아침 식사 인사를 나눈 두 사람은 잠시 서로를 쳐다보았다. 그렇게 마주 보고 있는 동안 어제의 어긋남이 서서히 제자리를 찾아가는 것 같았다. 이건 열렬히 사랑하는 사이라서가 아니라 오랫동안 서로의 마음을 나누며 알아왔던 사이이기에 가능한 것이었다. 비록 연인 사이는 아니었다고 해도 십 년의 만남이 모두 헛일은 아니었던 것이다.

진이는 출근을 해야 하기 때문에 아침을 다 먹은 뒤 호텔을 나가야 했다.

"아침 잘 먹었어."

호텔방을 나서는 진이에게 승우가 말했다. 밥을 먹었더니, 쓰리던 속이 많이 괜찮아져 있었다. 진이가 문밖에 선 채 마지막으로 물었다.

"이제 기분 괜찮아요?"

싸운 게 아니지만 마치 한바탕 싸운 것처럼 기분이 찝찝했었다. 승우가 밤새 술을 마신 것처럼 진이도 밤새 잠을 자지 못했다. 그래서 아침이 오자마자 부랴부랴 도시락을 싸들고 무작정 나왔다. 승우를 만나서 화해를 해야 오늘 하루를 시작할 수 있을 것 같았기 때문이다.

"그래, 콩나물국 때문에 술 다 깼어."

"그거 말고요, 어제 화난 거요."

승우는 잠시 골똘히 생각하더니 말했다.

"아마도."

"표정이 화났다고 하고 있는데요."

"그러니까 아마도, 라고 했잖아."

"그럼 언제면 괜찮아, 라고 할 건데요?"

분위기를 가볍게 하기 위해 진이는 손을 올려 아직도 삐져 나와 있던 승우의 머리카락을 쓸어내리며 물었다.

"삐진 머리 가라앉으면요?"

갑작스럽게 자신의 머리를 쓸어내리는 진이의 손길에 놀라 승우가 눈을 동그랗게 떴다. 이럴 때보면 연우랑 놀란 표정이 똑같았다. 머리카락을 쓸던 진이의 손이 승우의 얼굴로 내려왔다. 남자의 하얀 피부를 부드럽게 쓰다듬으며 진이는 말했다.

"화 다 풀리면 전화해요."

그 손길에 취해 승우는 자기도 모르게 '그래'라고 말할 뻔하였다. 아무래도 당분간 술을 마시지 말아야 할 것 같았다. 정상적인 두뇌회전이 도저히 불가능했다.

일층 로비로 내려가는 엘리베이터 안에서 진이는 멍하니 자신의 오른손을 내려다보았다.

십 년이었다. 항상 바라만 보던 그를 한 번만 만지고 싶은 손에 용기를 주기까지 십 년이나 걸렸다. 너 참 느리구나. 정말 느리다……. 그래도 행복했다.

두 사람의 사이에 흘렀던 이상기류가 진이의 아침 방문으로 거의 풀리면서 다시 따스한 겨울로 돌아왔는데, 승우의 핸드폰으로 걸려온 한 통의 전화가 심상치 않은 파란을 예고하고 있었다. 일명 마태후 나비효과였다.

[잘 지냈습니까, 형님?]

"제가 형님이라고 부르지 말라고 했죠! 당신은 지금 단지 연우랑 사귀는 남자일 뿐입니다. 아직은 저랑 아무 사이도 아닙니다"

너무 반가운 척하는 태후의 목소리에 승우는 자기도 모르게 뻣뻣하게 말해 버렸다.

[Whatever! 지금 미국 날씨 어때요?]

갑자기 미국 날씨를 묻는 태후의 말에 승우는 순간 당황해 버렸다.

"그걸 당신이 알아서 뭐 해요?"

[아니, 뉴스에서 폭설이 내린다고 해서 걱정되어서 전화했습니다. 괜찮습니까?]

"괘, 괜찮아요."

[그래요? 눈 안 옵니까?]

승우는 햇볕 쨍쨍한 바깥 날씨를 보며 눈살을 찌푸렸다. 왜냐하면 여기는 미국이 아니라 한국이었으니까.

[눈 안 오냐구요.]

"그만 끊죠. 저 지금 바쁘거든요."

[흠, 그럼 다음에 또 연락하겠습니다, 형님.]

승우는 마지막까지 형님이라고 하는 태후의 말에 발끈했으나 태후는 이미 전화를 끊어버린 뒤였다. 승우는 핸드폰을 말없이 쏘아보았다.

불길했다. 마태후가 안부전화를 했다는 사실 자체가 너무도 불길했다.

『여보세요? 렉? 혹시 미국에 폭설 내렸어?』

승우는 불길한 마음을 참지 못하고 바로 렉에게 확인전화를 했다.

—『폭설? 아니, 햇볕만 쨍쨍했는데.』

승우는 머리를 감싸 안았다. 그 뻔한 거짓말에 괜찮다고 했으니, 딱 걸려든 것이다.

젠장! 연애 삼 일 만에 폭설이다.

"황 선생님, 어제 그 남자 분이랑 어떤 사이세요?"

아침부터 국어선생님이 난데없이 커피를 산다고 하더니 어제 학교에 찾아왔던 승우에 대해서 물었다.

어떤 사이냐고?

친구의 오빠라고만 하기에는 지금 너무 가까워져 있었다. 그렇다고 애인 사이라고 할 수도 없었다. 진이는 한참이나 승우와 자신의 사이를 결정짓지 못하고 고민을 했다.

"그렇게 친한 사이가 아니신가 봐요? 선뜻 대답을 못하는 걸 보니."

"아니, 친해!"

자신과 승우를 멀찍이 떨어뜨려 놓는 국어선생의 말에 진이는 발끈해서 대답했다. 진이는 승우에게 관심을 보이는 오은영의 탐욕에 맞서서 당당하게 미소를 지으며 칼을 뺐다.

"무지 친해."

"아! 잘됐다. 그럼 저 좀 소개시켜 주시겠어요?"

얻어 마신 커피가 다시 역류하는 느낌이었다. 지금 엇따 대고 누굴 소개시켜 달래! 도대체 이건 신세대의 당당함인가, 눈치가 없는 건가.

"오 선생!"

진이는 선배라는 입장에서 근엄하게 국어선생을 불렀다. 진이의 위엄을 느끼지 못하는지 오은영은 여전히 생글거리며 대답했다.

"네?"

"꿈도 꾸지 마!"

오은영은 그제야 심상치 않은 진이의 표정을 읽고 뒤로 물러났다. 지승우라는 남자가 탐이 나기는 했지만 황 장군을 적으로 만들면서까지 다가가고 싶은 용기는 없었다. 황진이가 비록 살랑살랑 다가가는 교태는 없다고 해도 교태를 부리며 다가오는 다른 여자들한테 자기 남자를 지킬 힘은 넘쳐 날 정도로 있었다.

점심시간이 지날 때쯤 진이의 배가 살살 아프기 시작했다. 생리를 시작한 첫날엔 항상 그랬다. 진이는 아픈 배를 부여잡고 양호실로 갔다.

"게보린 좀 주세요."

"황 선생은 날짜도 정확해. 매달 꼭 이 날짜에 양호실에 찾아와서 게보린 찾더라."

양호선생님이 신기하다고 말하며 약을 꺼내 진이에게 주었다. 보통 이틀이나 삼 일 정도 차이가 나는데 진이는 아주 정확하였다. 고등학교 때부터 그랬다.

"날짜는 안 정확해도 좋으니까 좀 안 아팠으면 좋겠어요."

진이는 게보린을 한 번에 삼키며 괴롭다는 듯이 말했다. 학생이면 조퇴라도 할 텐데, 선생님이라서 그럴 수가 없었다. 책임감이라는 게 아픔보다 더 컸기 때문이다.

"참! 근데 어제 그 남자는 누구야? 소문이 자자하던데."

오늘은 만나는 사람마다 승우에 대해 묻고 있었다. 진이는 어색하게 웃으며 침대에 누웠다.

"그냥 제 친구 오빠예요."

결혼 이십 년 차의 아줌마 선생님에게까지 경계심을 느끼며 말할 수는 없었다. 그냥 호기심에서 물어보는 것일 뿐이라서 대충 대답했다.

"아닌 것 같던데. 수업하다가 뛰쳐나갔다며? 누가 친구 오빠를 버선발로 뛰어나가서 반겨."

"버선발 아니었는데요."

"어쨌든! 빨리 이실직고해! 안 그러면 이제 게보린 안 줄 거야."

"아무리 양호선생님이라도 생리통 약으로 협박을 하다니, 너무 하시잖아요."

"뭐야? 답지 않게 왜 이렇게 빼! 말하기 부끄러워서 그래? 그럼 여기 적어!"

양호선생님은 종이와 볼펜을 진이에게 내밀었다. 진이가 그래도 꾸물거리자, 양호선생님은 엄한 눈빛을 하며 진이에게 볼펜을 잡으라고 압력을 넣었다. 진이는 괴로운 표정을 지으며 볼펜을 쥐었다. 그리고 천천히 세 글자를 적었다. 진이가 적은 글을 보며 양호선생님은 더욱 아리송한 표정을 지었다.

〈게보린.〉

승우가 선물이라며 던져 주었던 게보린을 받고, 진이는 자신의 심장을 내주었었다. 그때 승우가 주었던 약은 아직도 진이의 책상 속에 고이 보관되어 있었다. 이미 약의 유통기한은 지나 버렸지만, 사랑의 유통기한은 아직도 끝이 나지 않았다. 달팽이 사랑은 오늘도 느릿느릿 멈추지 않고 열심히 달리고 있는 중이다.

진이가 아픔을 참으며 겨우 잠이 들려고 할 때쯤 한 통의 전화가 진이의 잠을 방해했다.

[놀자.]

한동안 먼저 전화하는 일이 없었던 연우가 갑자기 전화를 해서 놀자고 했다. 하필 생리통으로 죽어가는 오늘 말이다.

"너도 알잖아. 나 오늘은 마법의 부작용으로 아프거든."

[약 먹으면 괜찮잖아. 내가 약 사줄게.]

"연애하기도 바쁜 애가 나랑 놀 시간이 있었니?"

[당분간 안 만날 거야.]

"뭐? 왜?"

토닥거리기는 많이 했지만 안 만날 정도로 싸운 일은 없었기에 진이가 놀라며 물었다.

[그럴 일이 있었어. 흥! 절대로 내가 먼저 전화 안 해!]

"어쩐지 너나 그 남자나 오십보백보일 것 같은데, 아주 헤어질 거 아니면 고집 피우지 말지 그래?"

[난 잘못한 것 없어! 태후 씨가 우리 오빠를 저주했단 말이야.]

"뭐? 누굴 저주해?"

양호실 침대에 누워 있던 진이는 벌떡 일어났다.

"그 인간이 승우 오라버니에 대해 뭐라고 말했는데?"

너무 격한 진이의 말투에 연우는 자신이 말을 잘못 꺼냈다는 것을 알았다. 아무리 태후에게 화가 났어도 태후가 진이에게 얻어맞는 건 싫었다.

[아니, 아무 말도 안 했는데.]

"방금 네가 네 입으로 그랬잖아. 그 마귀발 같은 자식이 승우 오라버니 저주했다고!"

[마귀발 같은 자식이라니! 말이 심하잖아.]

"그 인간 별명이 마귀발이라고 그런 건 너거든!"

[네가 말하니까 욕 같아! 다시는 그렇게 부르지 마!]

"지연우, 나 지금 아파서 인내심이 그리 많이 없거든? 그 남자가 뭐라고 했냐고!"

[몰라! 끊어!]

"야! 맞고 대답할래, 그냥 할래!"

[뚜뚜뚜뚜뚜뚜뚜.]

하지만 이미 전화는 끊겨 있었다. 진이의 고함 소리를 들은 양호선생님이 놀라서 커튼을 걷었다.

"난폭한 환자는 추방이야!"

한 번 화가 나면 쉽게 가라앉지 않는 진이는 양호선생님한테까지 으르렁거렸다.

"저 건드리면 물어요."

양호선생님은 진이의 기세에 눌려 조용히 열어젖혔던 커튼을 닫았다. 진이는 한참이나 혼자서 으르렁거리다가 잠이 들었다. 역시 오스칼이나 황 장군이라는 별명이 괜히 붙는 게 아니었다.

진이의 핸드폰으로 승우의 전화가 걸리어 온 건 퇴근을 하고 조금 지나서였다.

[어디야?]

"집에 가는 지하철 안이에요."

[흠! 너희 집에 가려면 5번 출구로 나와야 했던가?]

"네, 오라버니는 어디예요?"

[5번 출구로 가는 길.]

"아! 우리 집 근처예요?"

[응, 가는 길에 선물도 샀어.]

"선물? 또 눈이요?"

[눈을 어떻게 돈 주고 사냐?]

"그럼 뭔데요?"

[너 배 안 아프게 하는 약.]

"그런 건 일일이 기억하지 않아도 좋아요."

오래 알고 지낸 사이는 너무 시시콜콜한 것까지 다 안다는 게 문제였다. 첫 만남이 문제였다. 젠장! 19일에만 만났어도 좋았는데.

"이제 한 정거장만 가면 돼요. 지금은 어디예요?"

[음, 글쎄.]

"네?"

[이런! 뭐가 이렇게 많이 바뀌었지. 분명 이쪽 길이라고 생각했는데.]

"아! 설마 길 잃어버린 거예요?"

[아냐!]

"그냥 근처 경찰서에 들어가 있어요. 제가 찾아갈게요."

[안 잃어버렸어!]

"오라버니나 연우는 잘못을 지적하면 무조건 아니라고 해요. 혹시 지나친 교육의 부작용?"

[넌 왜 그런 말 지적할 때 놀리는 것처럼 말하는 건데? 그건 못된 성격이지?

"아뇨, 재밌잖아요."

[하나도 안 재미있어!]

"그래서 지금은 어디인데요?"

[…….]

"네? 어디예요?"

[성당 앞.]

"성당이요? 도대체 어디 있는 거예요? 시차 적응 너무 못하신다."

결국 승우는 택시를 타고 지하철 앞까지 왔다. 승우가 택시에서 내렸을 때, 진이는 이미 도착해서 승우를 기다리고 있었다.

"택시 타고 몇 분이나 걸렸어요?"

승우는 말없이 손가락 두 개를 들어올렸다. 그걸 보고 진이는 놀라며 말했다.

"이십 분이나요? 너무 멀리 갔었다."

"이 분이야."

또 자신을 놀리는 진이를 밉지 않게 쏘아보며 승우는 손가락을 거두었다. 진이의 집에 오는 길에 맞나 분식—떡볶이 맛이 죽여준다는 진이의 말을 듣고 같이 가서 먹은 적이 있어서 특별히 기억하고 있던 가게였다―이라는 곳이 있었는데, 그게 큰 건물로 이전을 한 걸 모르고 그 가게만 보고 내렸다가 낭패를 본 것이었다.

거리가 너무 바뀌었다고 투덜거리며 승우는 먼저 앞서 걸었다. 집까지 바래다줄 생각인 것 같았다. 헤맨 걸 생각하면 진이가 승우를 호텔까지 바래다주겠다고 말하고 싶었지만, 그럼 또 승우가 못됐다고 혼낼 게 뻔하므로 그냥 승우의 뒤를 따라 걸었다. 두 사람 뒤를 하얀 눈꽃송이들이 쫓아왔다.

"오라버니는 다른 사람한테 저랑 무슨 사이라고 말해요?"

진이의 질문에 승우는 선뜻 대답하지 못하고 진이를 쳐다보았다. 얼마 전까지는 동생 친구라고 입 아프게 말했었지만, 그런 게 아니니까 한국까지 온 것이었다.

"오라버니가 어제 학교를 다녀간 뒤 사람들이 자꾸 승우 오라버니랑 무슨 사이냐고 묻더라고요. 그런데 묻는 사람들마다 하는 말이 달라지는 거 있죠. 어떤 사람한테는 친구 오빠라고 그러고, 어떤 사람한테는 친한 사이라고 그러고, 애들한테는 공부나 하라고 소리치고."

스윽! 승우는 손을 내밀었다. 내민 손의 의미를 몰라 진이가 쳐다만 보자, 승우가 멋쩍게 웃으며 말했다.

"잡을래?"

그 말이 그냥 손 잡고 걸어가자는 의미가 아님을 진이는 알 수 있었다. 승우가 어제 말했기 때문이다. 이제 손만 내밀면 된다고. 그러니까 이 손이 승우와 진이의 사이에 놓인 마지막 선이었다. 이 손을 잡으면 더 이상 친구의 오빠와 동생의 친구가 아니게 되는 것이었다. 두 사람 사이에 놓여 있던 선이 사라지는 것이었다.

승우가 내민 손을 보며 가슴 떨리게 웃던 진이는 또 살살 아파 오는 배 때문에 얼굴이 굳어졌다. 다이너마이트가 터진 것처럼 생리통이 도진 것이었다. 하필 아파도 이때 아프냐.

시시각각으로 변하던 진이의 얼굴에서 표정이 한순간 사라지자, 승우는 진이의 몸에 변화를 알아채 버렸다.

"많이 아파?"

처음 만났을 때 생리통 때문에 엄마한테 매달리던 진이의 모습이 너무 인상적이었나 보다. 절대로 잊어주질 않는다. 18일 날에 마주치기만 하면 하는 인사가 언제나 많이 아프냐는 말이었다. 그래서 일부러 18일 날에 피해 다니기도 했는데, 오늘은 딱 걸려 버렸다. 오늘만은 그냥 안 보고 싶어도 시간이 아까워서 그럴 수도 없다.

"손 내밀어봐."

게보린을 주려는 거라는 걸 알기에 진이는 민망함이 섞인 시선으로 승우를 바라보았다.

"안 줘도 돼요. 괜찮아요."

전혀 안 괜찮았다. 누군가 바늘로 배를 꾹꾹 찌르는 것 같았지만, 또 기념으로 간직할 게보린을 받고 싶지는 않았다. 그건 한 번이면 족했다. 두 번이면 별로 자랑하고 싶지 않아진다.

"그래도 내밀어봐."

두 번 거절하기도 그래서 진이는 스윽 오른손을 내밀었다. 그리고 승우는 진이에게 한 발짝 더 가까이 다가섰다.

"사실 굉장히 아프지?"

길 잃어버린 걸 놀린 게 마음 상한 걸까? 아프냐고 물어보며 웃고 있다. 진이는 승우의 미소가 얄미워 입을 일자로 다문 채 무뚝뚝하게 대답했다.

"네, 무지 무지 아파……."

달콤한 감촉이 찰나처럼 스쳐 갔다. 그게 입맞춤임을 안 건 따뜻한 숨결과 함께 승우의 목소리가 다시 들렸을 때였다.

"아직도 아파?"

진이는 바로 눈앞에 있는 승우의 깊은 눈빛에 빠져들며 중얼거리듯 말했다.

"네."

승우의 달콤한 입술이 다시 다가와 진이의 입술을 부드럽게 쓸었다. 처음보다는 길게, 그리고 더욱 깊게. 너무 농염하지 않아서 좋았다. 너무 능숙하지 않아서 더 좋았다.

"하아."

터지는 승우의 호흡에 놀란 신경이 까악 비명을 질러대기 시작했다. 승우의 젖은 입술이 더욱 깊게 진이의 입술을 베어 물었다. 두 사람은 길거리라는 것도 잊고 서로의 입술에만 몰두했다. 아직 끝나지 않은 키스 위로 눈송이가 떨어져 내렸다. 차갑고도 뜨거웠다. 부드럽고도 아찔했다. 몽롱하고 배가 아팠다. 아! 그래도 게보린보다는 키스가 좋다.

맞잡은 두 손 위로도 하얀 눈송이가 떨어져 내렸다.

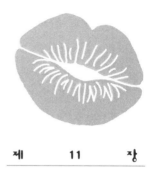

제   11   장

[내가 잘못했어.]

먼저 전화를 해서 너무도 순순히 자신의 잘못을 시인하는 태후의 말에 연우는 놀라 버렸다.

"누구세요?"

너무도 믿을 수 없는 상황이라서 태후가 전화했다는 것을 믿을 수가 없었던 것이다.

[너무하잖아. 며칠 목소리 못 들었다고 서방님 목소리도 잊어버렸어?]

자기 입으로 서방님이라고 하고 있다. 연우가 말하면 듣기 거북해 거북이라도 될 것 같다고 얼굴을 있는 대로 찌푸렸으면서 말이다. 연우는 너무 기분이 좋아, 태후가 무슨 잘못을 했는지도 잊어버리고 말았다.

"아니, 그냥 농담한 거야. 나도 때려서 미안해요."

[괜찮아. 네가 때려봐야 날 죽이기야 하겠어.]

어쩐지 조금 앙금이 남아 있는 말 같았지만, 앞에 보여준 말과 행동이 너무 기특해 그냥 넘어갔다.

"우리 며칠 동안 얼굴도 못 봤는데. 바빠요?"

탁자에 손가락으로 예쁜 원을 그리면서 연우가 물었다. 만나고 싶어 죽겠다는 내색을 너무 하지 않기 위해 은근히 물었다. 태후 의 말이 바로 들려왔다.

[바빠도 만나야지. 오늘 볼까?]

"응."

연우는 힘차게 고개까지 끄덕이며 대답했다.

[아참! 당신 친구 황진이도 같이 보자.]

"진이? 왜?"

[전에 내가 말했잖아, 소개팅 시켜주고 싶다고.]

"소개팅? 진심이었어요? 진이는 그런 거 안 해."

[이런! 그래서 황진이는 죽을 때까지 혼자 늙어 죽어도 상관없 다는 거야?]

"그런 말이 아냐! 나도 진이가 좋은 사람 만났으면 바란다고."

[그래, 그러니까 불러!]

정말 난데없는 뚜쟁이 노릇이다. 전혀 마태후와 어울리지 않는 일인데, 그는 너무 적극적이었다. 수상하게 말이다. 사랑으로도 극복할 수 없는 게 바로 마태후의 시커먼 속이었다. 아직은 백만의 꿍꿍이로 가득 찬 마태후의 속을 연우는 제대로 파악할 수가 없었다.

마태후는 연우와의 통화를 끝내자마자 형 태유에게 전화를 걸었다.

"네가 웬일로 전화를 해?"

저번에 태후가 전화했을 때에는 저녁에 아주 신기한 맛의 찌개를 먹어야 했었다. 이번에도 그리 좋은 일은 아닐 것 같았기에 태유의 목소리에 절로 경계의 소리가 들어갔다.

[왜, 사고 쳤을까 봐 겁나?]

"사고 쳤냐?"

태유는 태후의 농담을 진담으로 받아들이고 심각한 표정을 지었다.

[걱정 마! 사고 쳐도 내 손안에서 해결하니까.]

죽어도 사고 안 친다는 소리는 안 하지. 태유는 한숨을 작게 내쉰 뒤 눈으로 서류를 읽으며 물었다.

"별로 안 고마운 소리다. 뭐야?"

[같이 저녁 먹자.]

태유는 0.1초도 생각할 것 없이 바로 말했다.

"됐어."

[걱정 마! 이번엔 연우가 만드는 거 아냐. 밖에서 사 먹을 거야.]

"그럼 둘이서 먹어."

[황진이도 불렀는데.]

우뚝, 빠르게 서류를 넘기던 태유의 손길이 멈추었다. 지금 자신이 사랑하는 그 남자와 행복해하고 있을 씩씩한 여자의 얼굴이 너무도 선명하게 눈앞에 그려졌다.

"어째서 너희 두 사람이 만나는데 나랑 그 여자가 끼는 거야?"

태후의 의도가 무엇인지 짐작이 되었기에 태유의 목소리에 저절로 경계의 날이 섰다. 따지는 듯한 태유의 질문에도 전화기 반대편의 마태후는 느긋함을 잃지 않았다.

[밥을 먹어야 제대로 살잖아.]

"내가 묻는 건 그게 아니잖아!"

[형, 혹시 황진이한테 관심있었어? 왜 그리 과민반응이야?]

"마태후!"

[소리치지 마. 전혀 형답지 않으니까. 잘못 지적한 거 아니야. 남자가 여자한테 관심 가는 건 당연한 거야. 누가 열렬히 사랑하랬어? 그냥 만나서 밥이나 먹자고. 그게 그렇게 큰일도 아니잖아.]

"됐어. 난 안 가."

[어떻게 내가 생각하는 대답을 한 치도 벗어나지를 않냐? 참 개성없네. 그럼 어디 내가 모르는 곳에 숨어 있어. 안 그러면 내가 찾아내서 억지로 끌고 나갈 거니까.]

"도대체 너 뭐 하자는 거야!"

[밥 먹자는 거라고! 내가 몇 번이나 말해! 밥! 밥 먹자고!]

"그냥 내버려 둬. 나 이대로 살게 상관하지 말라고. 내가 너한테 언제 수진이 찾아내라고 닦달한 적 있어! 그런데 왜 널 못살게 구는 거야!"

[나도 그러고 싶은데 형이 내 형이잖아. 형은 내가 그 숨 막히는 돌무덤 속에서 죽었어도 혼자 잘 먹고 잘살았겠어?]

태유는 더 이상 아무 말도 할 수 없었다. 그 사고 이야기만 나오면 태유는 세상에서 가장 무거운 짐을 진 죄인이 된다. 태유는 사고 이후 아무 상관도 없는 태후가 자기 대신 다친 거라는 죄책감에 사로잡힌 채 살아왔었다. 사실은 그 누구의 잘못도 아닌데 태유는 그런 죄책감을 지울 수가 없었다.

"태후야, 그 여자 사랑하는 남자 있어."

화를 내던 태유는 이제 거의 애원하는 투로 태후의 막무가내 소개팅을 저지했다.

[나도 알아. 형이랑 똑같네. 그래서 둘이 잘 통했나 보지.]

"난 다른 여자 좋아할 수 없어."

세상의 모든 여자를 두 부류로 분류한다면 장수진이다 아니다, 였다. 그리고 황진이가 아무리 씩씩하게 다가와도 그녀가 장수진이 될 수는 없었다. 그러니까 그녀는 안 되었다. 태유에게 황진이는 여자가 될 수 없었다.

[누가 좋아하래.]

……그럼 뭐야.

[밥 먹자고.]

정말 지독한 밥 타령이다.

진이가 승우와 잘되고 있든 말든, 태유가 번뇌 중이던 말든, 마태후 주선의 소개팅은 마태후 맘대로 척척 진행되어 갔다.

연우에게 전화를 받은 진이는 그저 가벼운 식사 자리라고 생각하고 초대를 받아들였다.

　[연우가 같이 저녁을 먹자고 해서 가봐야 할 거 같아요.]

　"연우가? 아, 그래."

　만나자고 전화를 했던 승우는 진이의 말을 듣고 잠시 생각에 빠졌다. 같이 만날까라는 생각도 들기는 했지만, 연우가 과연 자신의 행보를 방학 끝날 때까지 비밀로 지켜낼 수 있을까 하는 의구심이 심하게 들어 바로 생각을 접었다. 어머니와 하루에 한 시간은 대화를 나누는 연우다. 미안하기는 하지만, 아직은 아니었다. 그래, 아직 키스도 한 번밖에 못해봤는데 벌써부터 태풍에 휩싸일 수는 없었다.

　[오라버니도 같이 가실래요?]

　"아니, 난 미국 가기 전에 보면 돼. 그냥 그때까지 참을래."

　[아! 미국 가기 전에요…….]

　한 달 정도 되는 겨울방학이 끝나면 승우가 미국에 돌아가야 되는 건 당연한 사실이었는데, 며칠 동안 행복과 혼란 속에서 허우적대느라 까맣게 잊고 있었다. 그래도 아직까지는 같이 보낸 시간보다 같이 보낼 시간이 더 많기 때문에 진이는 애써 그 사실을 다시 잊어버리려고 노력하였다.

　"그럼 저녁 먹고 헤어지면 전화해."

　[네.]

　승우는 친구들끼리의 가벼운 만남이라고 생각했기에 더 이상 묻지 않고 전화를 끊었다. 아주 잠깐이라도 이게 마태후가 만들어낸 자리라고는 생각하지 못하고 있었다. 아직은 마귀발의 마수에

심하게 시달리지 않았다는 증거이다.

약속 장소인 패밀리 레스토랑에 가장 먼저 도착한 건 연우였다. 연우는 자리에 앉자마자 태후에게 전화를 했다.

"어디에요? 난 이미 왔는데."

[아! 난 좀 늦을 것 같아.]

"네? 얼마나요?"

[그렇게 안 늦어. 중간에 누구 좀 잠깐 만나고 가야 해서.]

"누구요? 다음에 만나면 안 돼요?"

[음, 만남에 타이밍이란 아주 중요한 거거든. 그런 의미에서 바로 지금 만나야 해.]

"어째 말투가 이상해. 혹시 무슨 일 꾸미는 거 아니에요?"

[꽃 사갈게. 장미? 백합?]

"장미!"

연우는 칭찬과 꽃에 치명적으로 약했다. 역시 꽃으로 태어나지 못해 인간으로 태어난 여자답다.

그 시간, 진이는 시계를 보며 약속 장소로 뛰어가고 있었다. 오늘 내로 승우도 만나려면 늦으면 안 되었다. 100m 앞에 약속 장소인 패밀리 레스토랑 하우스가 보일 때쯤, 교복을 입은 한 때의 남학생들이 우르르 진이의 옆을 지나 뛰어갔다.

"썩을! 다 죽었어!"

"야! 애들한테 연락했지?"

"한 놈도 빠지지 말고 다 불러! 오늘 사생결단을 내버린다."

진이의 학교 학생들이 아니었다. 처음 보는 교복에 처음 보는 아이들이었기에 그 아이들이 착한 녀석들인지 나쁜 녀석들인지는 도통 알 길이 없었다. 비록 말이 거칠기는 했지만, 그 나이대 남자 아이들이야 대부분 다 그러니까 이해할 수 있었다. 단지 아주 마음에 걸리는 한 단어가 진이의 걸음을 멈추게 하였다.

사생결단이라니. 무슨 대단한 거사를 치르기에 그런 대단한 결심을 한단 말인가?

진이는 뛰어가는 아이들의 뒷모습과 하우스를 번갈아 쳐다보다 결심을 내리고는 뛰었다. 사생결단을 내러 가는 아이들의 뒤를 따라서.

진이를 만날 수 없는 시간 승우는 호텔방에서 공부 중이었다. 원래의 계획대로라면 미국에서 열심히 공부를 하고 있어야 했던 시간이다. 그래서 승우는 진이를 만나지 않는 시간에는 책에서 손을 놓지 않고 있었다. 그게 지승우가 지키고 있는 책임감이었다.

똑똑. 승우가 묵고 있는 호텔 방문을 누군가 두드렸다. 올 사람이 없었기에 책을 읽고 있던 승우는 놀라서 고개를 들었다.

똑똑. 역시나 잘못 들은 게 아니었다. 분명 누군가 방문을 두드리고 있었다. 혹시나 진이가 약속이 취소되어 온 게 아닌가 해서 승우는 방문으로 걸어갔다.

"누구세요?"

"룸서비스입니다."

룸서비스? 시킨 적도 없는데.

"방을 잘못 찾아왔습니다. 전 안 시켰습니다."

"알아서 찾아가는 룸서비스입니다."

그제야 승우는 밖에서 들리는 목소리가 귀에 익다는 것을 알 수 있었다.

달칵!

승우가 방문을 열었을 때, 역시나 마태후가 장미꽃을 들고 서 있었다. 아름다운 장미꽃조차 꼴 보기 싫어져 버렸다. 이리도 쉽게 자신을 찾아낸 마태후의 영특함이 정말 싫었다. 태후는 자신이 이곳에 있는 것이 지극히 정상적이라는 여유로운 태도를 보이며 승우에게 물었다.

"시간이 금인 사람이 여기서 뭐 하고 있는 겁니까?"

태후의 질문에 승우는 차갑게 대답했다.

"시간을 다이아몬드로 바꾸고 있습니다. 대답이 됐나요?"

지금은 공부보다 진이가 더 중요하다는 대답이라는 걸 태후는 알아들었다. 지루하기만 보였던 범생이가 나름대로 파격적인 결정을 내렸다는 게 놀랍기도 했다.

"내가 왜 여기 왔다고 생각해요?"

"쓸데없는 질문이나 하러 왔겠죠. 그만 돌아가 주시죠. 당신이 말했듯이 저는 시간을 낭비하는 걸 가장 싫어하거든요."

적대적인 승우의 태도에 태후는 재미있다는 표정을 지었다.

"날 싫어하는군요."

"피차일반 아닌가요?"

"아니, 난 당신이 좋아요. 연우를 많이 닮았거든요."

좋아한다는 말은 좋은 말이지만 그게 마태후의 입에서 나왔다는 사실이 승우는 기분이 나빴다. 아무리 그래도 승우는 마태후가 좋아지지 않았다.

"그래서 당신을 상처 주고 싶지 않아요."

저 속을 알 수 없는 꿍꿍이가 끝나지 않는 이상은 말이다.

"무슨 뜻이에요?"

태후는 장미꽃다발에서 장미 한 송이를 뽑아서 승우에게 내밀며 말했다.

"목소리만 큰 당신의 다이아몬드가 화석을 사람으로 만드는 재주가 있더군요. 그래서 나한테 필요한데 이 장미꽃이랑 바꿀래요?"

승우는 주먹을 움켜쥐었다. 사람을 때리고 싶은 욕구가 든 건 태어나서 처음이었다. 하지만 신사적인 지승우는 절대로 남을 때릴 수 있는 타입이 아니었다.

"당신하고 더 이상 대화하고 싶지 않아요. 돌아가세요."

승우는 그대로 호텔 방문을 닫아버리려고 하였다. 닫히는 문틈 사이로 태후의 목소리가 들려왔다.

"우리 형 멋있죠?"

승우는 화가 난 얼굴을 하고 뒤로 돌았다.

"카리스마 넘치지 않아요?"

대답을 하지 않는 건 너무 화가 나서였다. 마태후의 속셈이 너무 뻔히 보여 분노가 솟았다.

"일찍이 그런 형의 카리스마에 반한 한 여자가 학설도 하나 만들어서 많은 여자들한테 인정을 받았었죠. 그 학설에 의하면 우리 형은 원하는 여자는 누구든지 가질 수 있다고 하더군요. 형이 원하기만 하면 말이죠. 우습기는 하지만 꽤 근거있는 학설 아닌가요?"

더 이상 참을 수가 없어 승우가 차디찬 목소리로 경고했다.

"내가 우습게 보입니까?"

"별로."

"그럼 나에 대한 진이의 마음이 가벼워 보여요?"

"전혀."

"학설이라고요? 그럼 저도 하나 만들어 드릴까요?"

"……."

지승우는 마태후에게 기죽을 수 없었다. 장다르크 학설에도 기죽을 수 없었다. 그리고 모든 게 완벽하다는 마태유에게도 기죽을 수 없었다. 왜냐하면……

"지승우는 황진이를 사랑합니다."

사랑이다. 승우는 진이를 사랑했다. 솔직하게 자신의 마음을 털어놓은 승우는 이제야 겨우 오랫동안 참아왔던 마음속 깊은 응어리가 사라지는 걸 느낄 수 있었다. 바보처럼 참고만 있는 게 아니었다. 더 이상 사랑인데 사랑이 아니라고 부정하는 바보짓은 하지 않을 것이었다. 그리고 세상에 승우의 사랑을 부정하는 사람이 있다면 싸울 것이다. 이제부터는 이 사랑을 지킬 시간이었다.

솔직한 승우의 고백에 태후는 대꾸할 말이 없어져 버렸다.

어쩐지 장다르크 학설보다 더 멋있게 들렸다. 짧아서 좋았고, 의미 전달이 정확해서 좋은 학설이었다. 형이라면 죽었다 깨도 저런 소리는 못할 것이다. 젠장! 지금 형의 단점 따위를 생각해서 어쩌겠다는 거야!

마태후가 다녀간 뒤, 승우는 극도로 불안해져 버렸다. 승우는 핸드폰을 들어 진이에게 전화를 하였다. 띠리리리 띠리리리, 그런데 더 불안하게 진이는 전화를 받지 않았다. 그래서 승우는 무작정 거리로 뛰쳐나왔다. 진이를 만나야 이 불안감이 사라질 것 같았다. 아까 진이는 명동에 있는 하우스라는 패밀리 레스토랑에 간다고 했다. 그래서 승우는 택시를 타고 명동으로 향했다. 오 분이면 도착하는 거리였다. 그 짧은 시간, 너무도 많은 과거의 조각들이 승우를 스치고 지나갔다.

[안녕하세요, 오라버니! 황진이입니다. 미국 생활은 잘하고 계시죠? 혹시 향수병 때문에 울고 계시는 게 아닌가 걱정되어서 전화했습니다.]

처음 미국으로 걸려왔던 진이의 전화가 생각났다. 생각도 못했던 전화, 미국으로 유학을 떠나면서 더 이상 진이와의 애매한 인연은 없을 줄 알았다. 그대로 그 애는 자신의 삶을 살다 다른 좋은 남자를 만나겠지. 그렇게 생각했었다. 그런데 전화가 걸려온 것이었다. 유학 생활 한 달째 되는 날이었다. 이 전화를 걸기 위해 수없이 핸드폰을 들었다 났다 했을 진이의 망설임이 느껴졌었다. 그래서 더 반가웠었다. 그래서 더 마음이 커져 버렸다.

[오라버니, 저 선생님 됐어요! 오라버니는 아직도 학생인데, 전 이제 선생님이네요. 부럽죠?]

"자랑하는 거냐?"

[하하하하. 제가 사회 선배라는 거죠. 힘들면 전화하세요. 선배의 입장에서 위로해 드릴게요.]

"그래? 그럼 위로해 줘."

[네?]

"친구 동생이 전화해서 염장을 지르네요. 선배님, 배가 너무 아픕니다. 위로 좀 해주세요."

[음! 솔직하게 축하한다고 말하세요. 그럼 싹 다 나을 테니까.]

"축하해."

너의 일이 내 일처럼 기뻤었다. 그땐 몰랐어, 그게 얼마나 깊은 의미인지.

[아이들이 악마예요! 나만 보면 괴롭혀요, 오라버니! 내가 그렇게 못되게 생겼어요?]

[오라버니! 밥은 잘 먹고 다니시는 거죠? 거기서 더 마르면 정말 볼품없어요. 근육도 없는데, 살이라도 조금 있어야죠.]

[오라버니, 제가 월급에서 가장 많이 쓰는 돈이 뭔지 아세요? 바로 이 해외전화 요금이에요. 그러니까 우리 용건만 간단히 하죠. 전화는 제가 걸었다고요? 그러니까 하는 말이에요. 돈은 제가 내는 거라고요.]

[오라버니! 미국에는 수신자도 전화비 낸다면서요? 왜 안 가르쳐 줬어요. 내가 전화비 낸다고 생색낼 때마다 나 비웃었죠? 그렇죠? 헉! 그런데 내가 전화 너무 많이 해서 오라버니도 전화 요금 정말 많이 나왔겠네요? 어쩌죠! 저야 직장인이지만 오라버니는 아직 학생이잖아요.]

[오라버니, 왜 계속 미국에만 계세요? 한국 안 와요? 설마 이젠 완전히 어메리칸이 되어버린 거예요? 오라버니, 안 돼요! 거기는 오노의 나라라고요.]

점점 잦아지는 전화, 스스럼없이 너의 모든 일상을 말하는 너, 스스럼없이 나에 대해 걱정하고, 나를 말하는 너. 그렇게 끝없이 네가 날 두드렸어. 앞만 보고 걸어가는 나의 등을 지치지도 않고 두드려 댔어. 한 번도 전화하지 않는 내가 야속했니? 내가 미웠지? 혹시 기다림 때문에 너의 사랑이 지쳐서 줄어버렸니?

팟!

막 뛰어나가려던 진이는 강하게 자신의 팔을 끌어당기는 힘에 의해 자신의 의지대로 움직일 수가 없었다. 바로 앞에서 고삐리들의 싸움이 한창인데 자신의 앞길을 막는 손길에 진이는 화를 내며 소리쳤다.

"당신 누군데 날……."

붙잡아! 라고 소리쳐야 했지만, 태유의 얼굴을 본 순간 신원 확인이 너무 확실히 됐기에 진이는 바로 입을 다물었다.

"어라? 당신이 어떻게 여기 있어요?"

놀라서 묻는 진이의 질문에 태유는 한숨을 쉬며 말했다.

"내가 왜 여기 있느냐보다 당신이 무슨 짓을 하려고 했는지가 더 중요한 거 같은데."

"맞아! 나 지금 쟤들 싸움 막아야 해요. 이 손 놔요!"

진이가 자신의 팔을 잡은 태유의 손을 때내려고 하자, 태유는 더 강하게 진이의 팔목을 잡아채며 평소답지 않게 화가 난 목소리로 말했다.

"열 명도 넘는 녀석들이 피 터지게 싸우고 있어! 그런데 저길 들어가겠다고? 제정신이야?"

"당연히 제정신입니다. 전 선생님이라고요! 가서 싸움도 말리고 혼도 내줘야죠."

"선생님이기 이전에 당신은 그냥 여자일 뿐이야! 아무리 기술이 있다고 해도, 열 명이나 되는 남자애들은 못 당해!"

겁을 주기 위해 잔뜩 힘을 주며 말했는데, 진이는 오히려 우습다는 듯이 코웃음을 쳤다.

"절 아직 잘 모르시네요."

"뭐?"

"손 끝 하나 안 다치고 마무리 짓고 올게요."

도대체 어디서 이런 자신감이 나오는 건지 태유는 기가 막히기도 하고, 놀랍기도 했다.

"그만 놔주세요. 늦으면 늦을수록 애들이 더 많이 다쳐요."

진이가 자신의 팔을 붙잡고 있는 태유의 손에 자신의 손을 올려놓으며 부탁했다. 하지만 태유의 머리는 절대로 놓아주면 안 된다고 말하고 있었다. 분명 다칠 거라고.

"절 믿어주세요."

믿어달라니, 도대체 무얼 믿어달란 말인가. 손에 잡힌 팔목이 이렇게 가늘기만 한데.

하지만 믿어달라는 말의 효력은 엄청난 것이었다. 강하게 진이의 팔목을 잡고 있던 태유의 손에 힘이 빠져나갔다. 진이는 태유의 손에서 벗어나자마자 싸우고 있는 아이들에게가 아니라 공사 중인 건물 안으로 뛰어들어 갔다. 당연히 아이들에게 달려가 싸움을 말릴 줄 알았던 진이가 건물 안으로 모습을 감춰 버리자 태유는 이해할 수 없다는 눈으로 진이가 사라져 버린 건물을 쳐다보았다. 진이가 다시 뛰쳐나온 건 금방이었다. 그녀의 손에는 새빨간 그것이 들려 있었다. 아마도 저걸 가지러 간 것이었나 보다.

쏴아아아아!

어둠이 한순간에 세상을 덮치듯이 일순간 그들을 덮친 하얀 가루 폭탄에 싸움을 하던 십대 무리들은 기겁을 하며 버둥대기 시작했다.

"끄악! 이게 뭐야!"

"푸에! 퉤퉤! 눈 아파!"

"그만!"

당장은 싸움보다 이 지독한 하얀 가루에서 벗어나는 게 급했다. 남학생들은 코로 들어오는 숨 막히는 가루를 막기 위해 손과 옷으로 얼굴을 가리고, 광명을 찾아 열심히 앞으로 나아갔다. 겨우 신선한 공기를 들이마시게 되었을 때, 그들이 마주한 것은 새빨간 소화기를 들고 있는 묘령의 여인이었다. 여자는 반갑게 웃으며 분말 가루를 뒤집어쓴 그들을 향해 말했다.

"반갑다. 난 너희들을 모르는데, 너희들은 날 아니?"

당연히 몰랐다. 그렇기에 황진이의 무서움도 몰랐고, 황진이의 발차기가 얼마나 예술인지도 몰랐다. 그래서 새되게 소리치기 시작했다.

"니미럴! 당신 눈 삐었어! 불도 안 났는데 왜 소화기를 뿌려!"

"퉤! 퉤! 이거 죽는 거 아냐! 우리 죽으면 당신이 책임질 거야!"

황진이는 소리치는 아이들의 욕지거리를 무시하고 소화기를 내려놓은 다음 이번엔 공사장에서 사용하였던 고무 호스를 들어올렸다. 거기서는 줄줄 물이 흐르고 있었다. 황진이는 호스의 앞부분을 손으로 꾹 누르며 분말 가루를 뒤집어써서 밀가루 부대처럼 되어버린 아이들에게 말했다.

"미안하다, 너희들의 패션을 망쳐 놔서. 내가 깨끗하게 해줄게!"

화를 내며 다가오던 아이들은 이제 쏟아지는 물줄기에 반사적으로 손을 들어 얼굴을 막았다.

"푸압! 뭐야! 당장 그거 치워!"

성질 급한 놈 하나가 황소처럼 진이에게 달려왔다가, 바로 진이의 팔에 목이 잡혀 옴짝달싹도 못하게 되었다. 진이에게 달려드는 남자애를 보고 놀라서 뛰어나가려던 태유는 빠르게 몸을 피하며 남자애의 목을 휘어잡는 진이의 몸놀림을 보고 놀라서 그대로 멈추었다. 꽤…… 고수의 바람 냄새가 나고 있었다. 유단자?

"이놈아! 싸움질보다는 물장난이 더 재미있지 않냐?"

진이는 옆구리에 잡은 남자애의 얼굴에 집중적으로 물을 쏘아대며 말했다. 한순간에 남자애를 제압하는 진이의 솜씨에 놀라 다가오던 남자애들이 모두 주춤하였다. 한창 싸움 중이었다면 별로 집중이 안 되었을 테지만, 소화기로 아이들의 싸움을 우선 제압한 상태였기에 아이들의 시선을 자신에게 집중시킬 수 있었던 것이다. 진이는 흠뻑 젖은 남자애를 옆으로 내동댕이친 다음 앞에 서 있는 남자애들을 보고 다시 웃으며 말했다.

"다음은 누구야?"

경계심의 시선을 풀지 않으며 한 녀석이 물어왔다.

"다, 당신 정체가 뭐야?"

진이가 씨익 웃으며 멋들어지게 자신의 소개를 하려는 순간, 애앵 하는 경찰차의 사이렌 소리가 멀리서 들려오기 시작했다. 누군가 패싸움 난 걸 보고 경찰에 전화를 한 것 같았다.

경찰차 소리를 들은 학생들은 당황하여 서로 바쁘게 눈치를 살폈다. 가장 먼저 도망치기 시작한 건…… 황진이였다.

"도망쳐요!"

태유는 자신을 향해 뛰어오며 다급하게 외치는 황진이를 그저 의아하게 쳐다만 볼 뿐이었다.

도망? 도망은 죄를 지은 사람만이 하는 것이었다. 그럼 황진이와 마태유가 도망을 쳐야 하는 죄목은 무엇인가?

진이는 태유를 지나쳐 정말 도망갔다. 말 그대로 꽁지 빠지게 말이다. 뛰어가는 진이의 뒷모습을 그냥 쳐다보고 서 있던 태유는 작게 한숨을 내쉰 다음 진이의 뒤를 따라 뛰었다.

"헉헉헉, 우와! 잘 뛰시네요. 역시나 마태유 선수!"

진이는 한참을 뛰고도 호흡 하나 흐트러지지 않은 마태유를 보고 감탄하며 말했다. 태유는 조금 흐트러진 호흡을 머리를 쓸어 올리는 동작으로 바로 잡으며 물었다.

"왜 우리가 도망쳐야 했던 거지?"

"경찰이 왔잖아요."

"싸움을 한 건 그 아이들이었잖아. 도망치는 선생은 들어본 적이 없어."

"음! 부끄러운 모습을 보여서 죄송한데요, 전 복잡해지는 거 싫거든요. 그 애들은 저희 학교 학생들도 아니에요. 그러니까 분명 저한테 꼬치꼬치 물을 거예요. 왜 끼어들었냐? 선생님이라고 하면 놀라며 묻겠죠. 어느 학교냐? 그럼 우리 학교에 연락이 갈 거고, 그럼 학주가 알 거고, 그럼 오지랖 넓게 남의 동네에서 놀았다고 야단맞을 거예요. 전 경찰은 안 무서운데, 우리 학주는 무서워요. 어찌나 말을 길게 하는지 한 번 시작하면 설교가 한 시간을 넘어요. 제 잘못이 아닌데도, 꼭 제가 사고 친 것처럼 말하면서 절 혼내실 거예요. 그럼 힘들어져요. 아주 힘들죠. 그래도 점심은 먹여줘야 하잖아요. 그런데 꼭 점심시간에 훈계를 하세요. 배고프면 더 힘들거든요. 짜증까지 올라오죠. 그래서 한 번 짧게 하라고 가볍게 부탁을 하면요, 설교가 더 늘어요. 어디서 건방지게 자신의 말을 끊어먹냐고. 아! 밥 다 먹은 애들은 뒤에서 배부른 배 두드리며 구경하고, 배는 점점 고파오고. 힘들어요."

"정말 힘들군."

들어주는 태유도 힘들었다. 도통 무슨 소리인지 알아들을 수가 없었다.

"아! 배고프다고 하니까 배고프네. 저녁도 못 먹었는데, 저녁 드셨어요?"

당연히 태유도 못 먹었기에 고개를 저었다. 진이가 웃으면서 편의점을 가리켰다.

"라면 사드릴까요?"

굳이 사주겠다고 한 이유는 하나였다. 마태유가 살아오면서 라면은 전혀 안 먹어보았을 것 같아 보였기 때문이다. 라면을 사랑하는 한 사람으로서 라면의 참맛을 모르는 사람한테 그 심오한 맛을 전도하고 싶었다.

역시나 라면이라는 말에 마태유는 뭐? 라는 얼굴을 하였다.

"나보고 얻어먹으라고?"

아! 라면이 아니라 사준다는 말이 충격이었나 보다.

"억울하시면 맥주 사세요."

배보다 배꼽이 더 크지만, 돈 많은 사람이니까 신경 쓰지 않기로 했다.

태유와 같이 편의점 안으로 들어서자, 편의점 안에 있던 사람들의 시선이 모두 몰리는 게 느껴졌다. 당연하다. 마태유는 편의점과 전혀 어울려 보이지 않으니까. 명품 옷에 명품 분위기. 타고날 때부터 꼭 왕족이었던 사람 같다. 진이는 왕을 모시는 시녀가 되어 그를 컵라면 가판대 앞으로 이끌었다.

"뭐 드시겠어요?"

수십 가지의 컵라면을 보며 태유는 골똘히 생각했다. 내가 이걸 어떻게 먹어, 라고 생각하는 것일 수도 있고, 정말 모두 맛이 다른 걸까 의심하는 것일 수도 있다. 진이가 먼저 손을 뻗어 컵라면 하나를 골랐다. 가장 고가의 컵라면인 생생우동이었다. 그걸 태유에게 보여주며 말했다.

"컵라면은 딴 거 없어요. 비싼 게 무조건 맛있어요."

"그래?"

태유도 진이가 고른 라면에 손을 뻗어 하나 집었다. 그리고 두 사람은 냉장고로 가서 김치 한 팩과 맥주 두 캔을 집은 뒤 계산대로 가 계산을 했다.

"그런데 이 근처에는 웬일이세요?"

라면이 익기를 기다리는 삼 분 동안 진이가 물었다. 태유는 잠시 생각을 정리하는 것 같더니, 입을 열었다.

"그냥."

"그냥이요?"

단순 명료하면서 허파에 바람 빠지는 소리가 들리는 답변이었다.

"아, 그냥이요."

진이는 그 말이 재미있는지 혼자서 여러 번 반복을 했다. 그냥이란 말이죠. 그렇구나, 그냥이요. 그건 라면이 익을 삼 분 동안 계속되어, 태유를 곤혹스럽게 하였다. 황진이라는 여자는 참 심술 궂다. 그런데 신기한 건 전혀 밉지가 않다는 것이다. 병원 앞에서 그녀 스스로 인정했듯이 정말 그게 그녀의 매력인 것 같다. 신기한 성격이었다. 그래서 태후가 황진이를 고집했던 걸까?

사실 태후의 반협박성 전화 때문에 마음이 개운치가 않아 이곳까지 왔다고 해도, 다시 만난 황진이는 반가웠다. 만남에 만남이 쌓인 인연의 흔적 때문인지 점점 그녀의 씩씩함이 익숙해지고 있었다. 그런데 그게 좋은 일인지, 나쁜 일인지 태유는 판단이 서지 않았다.

"음, 왠지 평화롭지 않아요?"

진이가 창밖을 바라보며 한 말이었다. 태유도 그녀의 시선을 따라 창밖으로 눈을 돌렸다. 언제 내리기 시작했는지 조용히 내리는 함박눈, 잔걸음으로 거리를 거니는 사람들, 한가로운 편의점, 잔잔히 들려오는 이름 모를 발라드, 김이 모락모락 피어나는 컵라면과 맥주 한 캔, 그리고 옆에서 그의 대답을 기다리는 그녀.

"그래, 평화롭네."

……그녀의 옆에서 그녀의 생명력을 아주 조금 훔쳐 와 오랫동안 잃어버리고 있었던 일상 속의 편안함을 느껴본다. 잠시 동안.

"아!"

여유롭게 창밖의 풍경을 감상하던 진이의 눈이 커졌다. 그건 태유도 마찬가지였다.

승우였다. 평화로운 거리 풍경 속에서 혼자만이 바람을 일으키고 있었다. 좌표를 잃은 바람이었다. 어디론가 뛰어가며 열심히 누군갈 찾고 있었다. 단정하던 머리가 자신이 만든 바람에 헝클어져 있었다. 언제나 고요하던 얼굴이 무슨 일인지 세상의 모든 혼란을 떠안고 있는 것처럼 보였다. 승우의 혼란은 진이의 혼란이었다. 진이의 얼굴에 깃들여 있던 평화는 더 이상 없었다. 태유는 아직도 멈추지 않고 뛰어가는 승우의 뒷모습을 보며 말했다.

"당신을 찾고 있군."

진이는 라면과 태유의 얼굴과 멀어지고 있는 승우의 뒷모습을 혼란스런 눈으로 빠르게 번갈아 보았다.

쫓아가 봐.

그녀의 혼란을 없애주기 위해 그렇게 말할 수도 있었다. 하지만 태유는 조용히 진이의 선택을 기다렸다. 정리되지 않는 생각 때문에 빠르게 돌아가던 진이의 눈동자가 태유의 눈에서 멈추었다. 결정을 내린 것 같았다.

"죄송해요."

무엇이 죄송하다는 걸까? 혼자 라면을 먹게 해서? 내가 아니라 그를 선택해서? 하지만 그건 이미 정해진 사실이었다. 그라는 존재는 그녀의 마음이었으니까. 자신의 마음을 배신할 수는 없는 것이다.

태유는 창밖에 내리는 눈처럼 웃으며 말했다.

"괜찮아."

진이가 승우를 쫓아서 편의점을 나가고, 혼자 남은 태유는 모락모락 김이 올라오는 라면을 내려다보았다.

……맛있을까?

태후가 틀렸다. 황진이라고 언제나 태유에게 위로가 되는 건 아니었다. 오늘 진이는 태유에게 해서는 안 될 일을 하고 말았다. 혼자 남겨진다는 것은 한 번으로도 많은 경험이었다. 태유는 멀어지는 진이의 뒷모습을 보며 끝없이 가라앉아 갔다. 진이는 돌아오지 않을 것이다. 수진이 돌아오지 않은 것처럼. 점점 작아지는 진이의 뒷모습이 어쩐지 수진의 뒷모습처럼 보였다. 진이인지 수진인지 모를 그녀가 태유를 버리고 점점 멀어져 갔다. 태유는 나약하

게 가라앉는 자신을 느낄 수 있었다. 한계였다. 이제는 혼자라는
게 너무도 버거웠다.

편의점 가판대, 두 개의 라면과 두 개의 맥주 캔이 놓여 있다.
손도 안 대서 퉁퉁 불고 있는 라면이 안쓰러워 보인다. 여전히 잔
잔한 발라드가 흘러나오고 있었다. 하지만 이제는 지루한 리듬으
로 들릴 뿐이었다.

태유를 혼자 두고 편의점을 나온 진이는 승우의 이름을 크게 외
치며 달려나갔다.

"승우 오라버니!"

하지만 승우는 진이의 목소리를 못 들었는지, 계속해서 앞으로
만 달려나갔다. 승우가 진이의 목소리를 듣기에 거리가 너무 멀리
떨어져 있었고, 거리에서 울리는 음악 소리는 귀가 따가울 정도로
시끄러웠다. 편의점 안에서 감상했던 정적인 평화로움은 거리에
없었다. 그저 멈추지 않고 끝없이 움직이는 소란스러움의 연속이
었다. 그 속에서 진이는 승우를 잡기 위해 달렸다.

"승우 오라버니!"

더 크게, 더 힘껏, 더 간절히 불렀다. 그 한 번의 부름으로 호흡
을 다 써서, 숨이 가빠왔다. 헉헉거리며 차 오르는 숨을 정리하였
다. 아! 멈추면 안 되는데, 또 달려야 하는데, 또 불러야 하는데.

"황진이!"

자신의 이름을 부르는 부름에 진이는 숙였던 고개를 번쩍 들었
다. 멀어지던 승우가 자신을 향해 달려오고 있었다. 점점 더 커지

는 승우의 모습이 눈 안에 꽉 차게 들어왔다. 그 흐트러진 모습에 어쩐지 눈물이 차 올랐다. 이 추운 날 코트도 안 입고 나왔다. 목도리라도 하고 나오지 그마저도 하지 않았다.

"헉! 헉! 헉!"

달리고 달리던 발이 멈추었을 때, 그건 진이의 앞이었다. 승우는 자신을 바라보는 진이를 보며 가쁜 숨을 진정시켰다. 말을 해야 하는데, 숨이 모자라 쉽게 말이 안 나왔다. 지금 당장 해야 하는 말이 있는데, 너무 숨이 차 미칠 것 같았다.

진이는 우선 자신이 하고 있던 목도리를 풀어, 승우의 목에 감아주었다. 승우가 입고 있는 하얀 니트 티에 비해 너무 화려한 색이었지만 추워 보이는 것보다는 나았다.

"미안해."

거친 숨을 밀치고 나온 승우의 말은 이해불능이었다. 진이의 기억에 승우가 자신에게 미안해할 일은 없었다. 그는 언제나 친절했으며, 언제나 옳았으며, 언제나 자신이 책임 못 질 일은 하지 않았다. 그런 그가 미안하다고 하고 있었다.

"전화, 내가 먼저 걸지 않은 거 미안해."

전화? 아, 항상 내가 먼저 걸기는 했었다. 하지만 그거야 목소리를 듣고 싶으니까 건 건데.

"네가 나 좋아하는 거 알면서 모른 척한 것도 미안해."

에? 그걸 알고 있었어? 독심술해요?

"유학 떠나던 날, 잘살라고 작별인사 한 것도 미안해."

그런 말을 했었어요? 그때는 울지 않으려고 용쓰느라 정신이 없어서…….

"너무 오래 기다리게 한 것도 미안해."

승우는 진이의 어깨에 얼굴을 묻고 계속해서 미안하다는 말만 반복하였다. 더 이상 기억도 못하는 과거의 이야기까지 꺼내며 미안하다고 했다.

"그만요!"

진이의 외침에 고장 난 라디오처럼 흘러나오던 미안하다는 승우의 말이 멈추었다. 진이는 춥게 입은 승우의 몸을 껴안으며 외쳤다.

"승우 오라버니가 저한테 가장 미안해할 일이 뭔지 알아요?"

승우는 진이의 따뜻한 품 안에 파묻힌 채 젖어드는 목소리로 물었다.

"뭔데?"

"이 추운 날씨에 코트도 안 입고 나온 거요. 겨울 감기가 얼마나 독한지 알아요? 봐요! 몸이 덜덜 떨고 있잖아요. 애도 아니고, 그런 건 자기가 알아서 딱딱 챙겨 입고 나와야 하잖아요."

진이는 차갑게 식은 승우의 등을 손으로 박박 문질렀다. 마찰열이라도 나게 하려는 것이었다. 장작이라도 패와서 불을 피우고 싶은 심정이었다. 승우는 자신보다 10㎝나 작지만, 자신보다 열 배는 강한 여자의 품에 안겨 마지막 후회를 뱉어냈다.

"미안."

네 사랑만 받고, 내 사랑은 숨기기만 해서 미안해.

여자의 품에 안겨 있는 남자의 모습은 지나가는 사람들의 눈길을 끌기에 충분했다. 아마도 그들 모두 여자와 남자가 애틋한 연인 사이라고 생각할 것이었다. 세상의 가운데에서 승우와 진이는 사랑 속에 서 있었다. 아픈 사랑이 될지 행복한 사랑이 될지는 모두 두 사람의 몫이었다.

"이제 오는 거냐?"

태유가 집에 왔을 때, 아버지 마산이 먼저 와 거실에 앉아 있었다. 마산은 복권 한 장을 들고, 복권 방송을 보고 있었다. 일주일 중 유일한 그의 취미 시간이었다. 마산은 이 시간을 방해하는 걸 가장 싫어했다. 태유는 물끄러미 복권 방송에 열중하는 아버지를 바라보다 조용히 그를 불렀다.

"아버지."

역시나 대답이 없었다. 그래도 물었다.

"수진이 어디 있어요?"

아버지는 세상에서 가장 거대한 산이었다. 십 년 동안이나 괴로워하는 아들을 보면서도 침묵을 지키고 있는 잔인한 산이었다. 아버지뿐이었다. 그렇게 감쪽같이 수진을 숨길 수 있는 사람은 태유가 아는 한 아버지 마산밖에 없었다.

"또 그 소리냐? 언제쯤 정신 차릴래!"

똑같은 대답이 돌아온다. 아무리 물어도 돌아오는 대답은 태유를 나무라는 소리뿐이다. 어째서 잊지 못하냐고, 어째서 버리지 못하냐고. 하지만 결코 수진이 어디 있는지 모른다는 소리는 하지 않으신다.

"아버지, 말씀해 주시지 않으면 전 떠날 겁니다."

쾅! 떠난다는 태유의 말에 화가 난 아버지는 거친 소리가 날 정도로 탁자를 내려치셨다. 돌아오는 시선은 태유를 나무라고 있었다.

"떠나? 고작 여자 하나 때문에 다 버린다고? 이 집의 장남이라는 녀석이 겨우 그 정도 그릇밖에 안 된단 말이냐!"

"네, 전 겨우 그 정도 그릇인 인간입니다. 아버지, 숨을 쉴 수가 없어요. 제발 저 숨 좀 쉬게 해주세요."

애원하고 협박하고 사정하고 화를 내었다. 아버지의 입이 열릴 때까지 태유는 끝까지 갈 생각이었다. 비록 그게 아버지에 대한 배신이 된다 하더라도, 더 이상 물러날 곳이 없었다. 더 이상 참아낼 인내도 남아있지 않았다.

하지만 돌아온 건 아버지의 대답이 아니라 재떨이였다. 재떨이는 태유를 아슬아슬하게 지나쳐 뒤에 있는 대형어항을 산산조각 내었다.

와장창! 유리가 부서지는 소리가 날카롭게 세상을 찢어놓았다. 어항에서 쏟아져 나온 물이 태유의 발을 적셨다. 태유는 멍하니 자신의 발을 차갑게 적시는 물을 바라보다 고개를 들어 아버지를 보았다. 그 거대한 산을 향해 다시 한 번 더 자신의 괴로움을 호소했다.

"수진이를 잊을 수가 없어요. 그건 불가능해요. 그게 마태유입니다."

차라리 쉽게 잊고 쉽게 시작할 수 있는 가벼운 심장을 가지고 살 수 있다면 좋겠지만, 태유의 심장은 한 여자를 담은 후 더 이상 아무것도 담지 못하게 만들어져 있었다. 장다르크 학설에 추가해야 한다. 마태유는 모든 여자가 원하는 이상형이지만, 그를 가질 수 있는 여자는 오직 한 명뿐이라고······.

제 12 장

승우가 묵고 있는 호텔방이다. 방에 오자마자 승우는 진이의 명령에 의해 담요를 덮고 소파에 가만히 앉아 있어야만 했다. 진이는 철제 쓰레기통을 끌고 와 승우가 앉아 있는 소파 앞에 놓았다. 진이의 의도를 알지 못한 승우가 의아해하며 물었다.

"쓰레기통은 왜?"

진이는 비장한 표정으로 주머니에서 라이터를 꺼내고, 쓰레기통에 있는 휴지 하나를 집어 들었다.

"불이 필요해요."

"방화는 잡혀가."

"그냥 쓰레기통 안에서만 피울 거예요. 후끈후끈해야 봄이 세대로 풀린다고요."

진이는 난방이 된 방의 따뜻한 온도에 만족하지 못하였다. 무언가 몸을 후끈후끈 지질 수 있는 화기가 필요했던 것이다. 벽난로가 있으면 딱이지만 그게 없기 때문에, 그 대신으로 안전한 철제 쓰레기통에 불을 피우려는 것이었다. 그을린 쓰레기통이 청소부들의 눈에 띄면 뭐라고 하겠지만, 우선은 승우의 몸을 따뜻하게 하는 게 급했다.

뜨거운 물에 목욕하면 될 텐데, 라는 말이 목구멍까지 올라왔으나 진이의 표정이 너무 비장해 승우는 그냥 입을 꾹 다물고 진이의 행동을 지켜보고만 있었다.

화르륵! 결국 쓰레기통에 불이 피어올랐다. 한순간에 뜨거운 열기가 승우를 덮쳐 왔다. 진이는 승우가 보던 원서 책들을 뒤지며 승우에게 물었다.

"안 보는 책 없어요?"

승우가 자신의 책을 뒤적이는 진이를 불안한 눈으로 바라보며 물었다.

"책은 왜?"

"장작으로 쓰게요."

"참아줘라. 그거 다 전공 서적이거든."

"오라버니는 잡지도 안 봐요!"

승우가 잡지 안 보는 게 승우의 잘못도 아닌데, 진이는 버럭 화를 낸다. 책이 많으면 뭐 하냐고, 하나도 쓸모가 없잖아. 투덜거리는 진이의 말을 들으며 승우는 할 말이 없었다. 진이는 포기하지 않고 책들을 뒤적이다 적당한 장작을 찾아내고는 들고 왔다. 승우는 자신이 쓰는 연필들을 모조리 들고 웃고 있는 진이를 바라보며 어이없는 미소를 지었다.

"제가 연필 세트로 사줄게요. 그러니까 아까워하지 말아요. 그런데 오라버니는 아직도 연필을 쓰네요. 볼펜 싫어요?"

타닥! 진이가 쓰레기통에 나무연필들을 던져 넣을 때마다 연필에 불이 붙는 소리가 들렸다. 생각보다 강렬한 화기가 승우를 덮쳐왔다. 따뜻한 정도가 아니라 후끈했다.

진이는 불이 사그라질 때마다 나무 연필을 쓰레기통에 던져 넣었다. 자신을 위해 불을 지켜주는 진이를 승우는 애틋한 시선으로 바라보았다.

진이는 언제나 승우에게 무언가를 주려고만 노력하였다. 승우에게 무언가를 얻으려고 노력하지는 않았다. 그러니까 삼 년 동안이나 멀리 떨어져 얼굴도 제대로 보지 못하는 승우에게 계속해서 전화를 할 수 있었던 것이다. 정말 바보 같고, 순수하고, 황진이다운 사랑이다.

조금이라도 이기심을 가져봐, 이 바보야! 이건 너만 손해라고.

승우의 꾸지람을 느끼지 못했는지, 진이는 또다시 승우의 걱정만 하였다.

"아! 연필은 지울 수 있으니까 쓰는 거죠? 틀린 흔적을 완벽하게 지울 수 있으니까. 확실히 완벽주의인 오라버니다운 습관이네요. 그런 사람이 왜 외투를 잊어버리고 밖을 쏘다녀요? 의사 될 사람이 감기의 무서움을 경시하는 거예요? 감기는 모든 병의 근원이라고요."

"사랑해."

타닥타닥, 종이와 연필이 타 들어가는 소리 사이로 물기 어린 승우의 목소리가 환청처럼 들려왔다. 연필을 쓰레기통에 던져 넣던 진이는 놀라서 고개를 들었다. 사랑해라니, 그런 감성적인 말이 승우의 입에서 나왔다는 게 믿기지가 않았다.

"누구를요?"

사랑해라는 고백에 꺼낸 말이 누구를, 이라니. 진이는 말해놓고 후회했다. 하지만 승우는 화내지 않았다. 승우는 일렁이는 불씨 사이로 보이는 사랑스러운 둔녀를 자신의 눈 안에 한가득 채워 넣으며 솔직하게 고백했다.

"너를."

……사랑해 왔어.

승우의 고백을 들은 진이는 멍하니 그의 얼굴을 바라만 보았다. 처음 몇 초간은 현실이 아니라 꼭 영화를 감상하고 있는 기분이었다. 아름다운 남자가 나와서 아름다운 여배우에게 사랑을 고백하는 그런 낭만적인 영화, 하지만 이건 영화가 아니라 현실이었다. 그리고 여자주인공은 아리따운 청순녀가 아니라 바로 황진이였다. 지금 사랑 고백을 들은 것이다. 한다면 진이가 먼저 할 줄 알았는데, 승우가 먼저 진이에게 해주었다. 누군가를 사랑한다는 감정도 벅찰 만큼 감동이지만 사랑받고 있다는 감동은 더 큰 것이었다. 승우가 진이에게 안겨준 사랑이 파도가 되어 밀려와 그녀를 망망대해로 끌어갔다. 승우에게 뭐라고 대답을 해줘야 하는데 목이 메여 말이 안 나왔다. 왜 이렇게 기쁜 순간 눈물이 나올 것 같은지 이해가 안 되었다.

"난, 난, 난, 난."

바보처럼 같은 말만 반복하기를 계속하고 있는데도, 승우는 놀리지도 않았다. 그 어느 때보다 아름다운 자태로 진이의 여심을 홀리고 있었다. 승우를 알아온 시간 동안 진이가 쉽게 용기를 낼 수 없었던 이유이기도 했다. 승우는 여자인 진이보다도 아름다웠다. 그런 그의 아름다움을 사랑하면서도 그것이 부담이 되기도 했었다.

"네 옆에 가고 싶어도 움직일 수가 없다."

"네? 왜요?"

움직일 수 없다는 승우의 말에 화들짝 놀란 진이의 목구멍이 드디어 트였다. 그녀는 언제나 그랬다. 수줍게 머뭇거리다가도 자신이 힘든 상황에 놓이면 세상에서 가장 강력한 아군이 되어서 달려와 주었다.

진이가 한걸음에 승우의 옆으로 와서는 걱정스럽게 승우의 몸을 살피며 물었다.

"설마 저도 모르는 새 다리 다친 거예요? 왜 못 움직여요?"

걱정스러운 진이의 목소리와 달리 돌아오는 승우의 목소리에는 장난기가 배어 있었다.

"네가 움직이지 말라고 했잖아."

승우의 말을 곧이곧대로 받아들일 수 없었던 진이는 잠시 멍한 시선으로 승우를 바라보다 천천히 입을 열었다.

"그거 농담이죠?"

승우는 웃기만 했다.

"그러니까 저 사랑한다는 것도 농담이죠."

더 이상 웃을 수 없었다. '난' 송만 계속해 대는 진이의 긴장을 풀어주기 위해 조금 농담을 했다고, 자신이 있는 용기 없는 용기 다 끌어내서 한 고백까지 농담으로 받아들이다니, 넌 그렇게 나한테 자신이 없는 거니?

"그 말이 농담 같아?"

승우는 진지한 눈으로 진이를 바라보며 물었다. 하지만 진이는 대답하지 못하고 아랫입술만 깨물 뿐이었다. 진이의 머뭇거림이 자신의 잘못인 것만 같아 승우는 가슴이 아팠다. 아니, 확실히 승우의 잘못이었다. 이렇게 다가서는 것 좀 더 일찍 다가설 걸, 그 오랜 기다림이 진이의 용기를 다 갉아먹어 버린 것 같았다. 승우는 진이에게 다시 씩씩한 용기를 돌려주고 싶었다.

팟! 한순간에 뻗어온 승우의 손이 진이의 팔을 잡아끌었다. 강한 남자의 힘에 진이는 무너지듯이 그대로 승우의 품에 안겨 버렸다. 승우는 자신의 품 안에 온전히 들어온 진이의 얼굴을 두 손으로 감싸고 입을 맞추었다. 그녀의 탐스러운 입술에 그의 입술을 지그시 눌렀다. 조심스럽게 시작된 입맞춤은 서서히 욕망이 섞인 키스로 변해갔다. 뜨거운 손, 뜨거운 호흡, 뜨거운 입술, 그녀의 모든 걸 삼킬 것처럼 강하게 밀어붙이는 승우의 키스에 저도 모르게 진이의 입술 사이로 신음이 새어나오며 틈이 생겼다. 승우는 본능에 따라 그 틈 사이로 자신의 혀를 밀어 넣었다. 처음으로 자신의 몸에 들어온 타인의 감각에 진이는 크게 움찔하였다. 아찔한 전율이 발가락 끝까지 전해졌다. 수줍어 도망가는 진이의 혀를 승우의 혀가 붙잡아서 쓰다듬고 보듬었다. 여자의 안으로 들어온 남자의 혀는 그녀의 입 안에 마음껏 자신의 영역을 표시하였다. 키스는 키스로 이어지고, 다시 또 키스로 이어져 쉽게 끝나지 않았다.

얼굴을 감싸 안았던 승우의 손이 어느새 진이를 강하게 끌어안아 자신에게 밀착시키고 있었다. 말캉한 그녀의 가슴이 승우의 몸에 닿자 그의 남성이 참지 못하고 꿈틀대기 시작했다. 타인과의 신체적 접촉은 언제나 불쾌하게만 느껴졌었는데, 한껏 베어 문 진이의 입술은 달콤하고 신비롭기만 하다. 자꾸만 그의 몸 깊숙이 숨어 있던 남자의 본능을 끌어냈다. 그의 손아래에서 역동적으로 살아 숨 쉬는 진이의 몸이 너무도 탐이 났다. 이대로 그냥 가져 버리고 싶었다. 입술과 입술이 서로를 탐하는 소리만이 잠시간 방안을 가득 채웠다. 진이는 숨 쉬는 것도 잊어버리고 그의 혀와 엉켜들어 갔다. 첫키스와는 비교도 되지 않는 격렬하고 색정적인 키스였다. 다른 누구에게도 빼앗기고 싶지 않은 숨 막히는 소유의 키스였다.

"내가 아무나하고 키스하는 남자 같니?"

키스의 여운으로 거친 숨을 몰아쉬며 승우가 물었다. 진이는 혼탁해진 시선으로 승우를 바라보다 손을 들어 방금 키스를 했던 그의 입술을 손가락으로 쓸었다. 축축하고 부드럽고 아름다운 이 입술로 분명 자신을 사랑한다고 했다.

승우가 자신의 입술을 만지는 진이의 손을 잡으며 괴로운 표정을 지었다.

"그러지 마."

뭘 그러지 마요?

진이는 아무것도 모르겠다는 순진한 눈으로 승우를 쳐다보았다. 승우는 다시 진이의 입술로 내려가며 나직이 속삭였다.

"미치겠어."

너를 안고 싶어서 미치겠다. 하지만 지금은 아니었다. 아무도 모르는 곳에서 다른 이들의 눈을 피한 채 도둑처럼 진이를 안을 수는 없었다.

승우는 벙어리 달만이 허락한 깊은 키스로 남자의 욕망을 가두었다.

타닥타닥, 쓰레기통 속의 불은 이제 마지막 불씨를 태우며 사라지고 있었다. 불은 사라져 버렸지만 승우는 다른 온기로 자신의 몸을 데우고 있었다. 뒤에서 진이를 끌어안은 채 진이의 등에 자신의 가슴을 밀착시켰다. 부끄러워 꼼지락거리는 진이의 미세한 움직임을 느낀 승우는 허리에 감은 두 손에 더욱 힘을 주며 진이의 어깨에 얼굴을 묻었다. 그리웠던 비누 냄새가 후각을 간질였다.

"그런데 나 궁금한 게 있는데."

진이가 조심스럽게 입을 열었다.

"응? 뭔데?"

"내가 오라버니 좋아하는 거 언제부터 알았어요?"

관심은 관심을 알아보는 것인가 보다. 승우가 진이의 존재가 신경 쓰이기 시작하면서 자신에 대한 진이의 관심들이 보이기 시작했다. 그리고 가장 결정적인 계기는 승우가 대학교 1학년 때였다.

"네가 떡볶이 사줬을 때."

"네?"

"내가 대학교 1학년 때, 그러니까 네가 고등학교 3학년 때. 학교 근처에서 우연히 마주쳤는데, 내가 배고프다고 하니까 끝내주게 맛있는 곳 알고 있다면서 날 너희 집 근처 분식집으로 데리고 갔잖아."

"아, 그랬다. 그런데 그게 뭐요? 설마 떡볶이 맛이 너무 좋아서 알았다고요?"

"설마 그랬겠어. 다 먹고 헤어질 때, 네가 버스 정류장까지 따라 와서 내가 탈 버스 올 때까지 같이 기다려 줬잖아."

그런 적이 있었다. 그대로 헤어지기가 아쉬워 승우가 탈 버스가 올 때까지 기다린 것도 모자라 승우가 떠난 뒤에도 한참이나 정류장을 떠나지 못했었다. 같은 공간에서 이야기를 나누고 웃음을 나누었던 그 기억을 좀 더 오래 느끼고 싶어 타지도 않을 버스 정류장에서 몇 십 분이나 있었다. 그리고 기적이 일어났다. 분명히 집으로 가는 버스를 탔었던 승우가 다시 진이의 앞에 나타난 것이었다.

"버스를 잘못 탔더라고."

그렇게 말했었다. 그래서 그런가 보다 했었다. 그래서 더 좋았었다. 또 같이 버스를 기다릴 수 있으니까. 그 순간은 그저 같이 있는 것만으로도 너무 좋았었다. 그렇게 바보처럼 마냥 좋았었다.

"버스를 타고 떠나는데, 네가 한참이나 그 자리에 서서 내가 탄 버스를 바라보고 있더라고. 그래서 나도 버스 안에서 계속 널 바라봤었어. 이제는 돌아서서 가겠지. 이제는 돌아서서 가겠지. 몇 번을 말해도 넌 그 자리에 그냥 서 있더라. 그래서 버스에서 내렸어. 혹시라도 다시 그 버스 정류장에 갔을 때 네가 아직도 거기 있으면 날 좋아하는 거라고. 버스로 이 분 걸려 왔던 거리를 삼십 분이나 걸려서 다시 돌아가는데, 내가 뭐 하는 짓인가 싶더라. 고3인 네가 아까운 시간을 거기서 버리고 있을 리가 없다고 확신하면서도 결국 끝까지 갔지."

승우는 스물여섯 살의 진이의 얼굴에서 열아홉 살의 진이의 얼굴을 찾아내고는 미소 지었다.

"그런데 네가 있더라. 내가 떠나고 삼십 분이나 지났는데 아직도 그 자리에 서 있더라고. 그래서 알았어, 네가 날 좋아하는 걸. 그리고 내가 널 좋아하는 걸."

진이는 새롭게 안 과거의 추억에 놀라며 말했다.

"난 정말 오라버니가 버스 잘못 탄 건 줄 알았어요."

"그래, 그냥 내 말을 믿는 걸 보고 네가 정말 눈치없다는 것도 알았어."

그 순간부터 황진이와 지승우의 비밀스런 줄다리기가 시작된 것이었다. 다가갈까 싶다가도 안 된다며 뒤로 물러나고, 다가온다 싶다가도 눈치 채기도 전에 물러갔다. 비록 연애는 아니었지만, 마주하는 순간순간 서로가 두근거렸다. 멀어져 있는 그 시간 동안 서로가 그리웠다. 꿈속에 찾아온 그대를 만난 날은 웃으면서 아침

을 맞기도 하였다. 결국 서로가 서로를 참 오랜 시간 동안 짝사랑
한 것이다.

"내가 눈치가 없어요? 나 애들이 담배나 만화책 숨겨놓은 거 귀
신처럼 찾아내는데요."

진이는 자신의 무한한 이해심을 승우에게 인정받기 위해, 선생
님으로서 자신의 업적을 쭉 열거하였다. 그런 진이를 사랑스럽다
는 눈으로 바라보던 승우는 쪽 소리가 나게 진이의 뺨에 키스하였
다.

"그럼 지금 키스의 의미는 뭐야?"

진이는 승우의 온기가 아직 남아 있는 뺨을 손으로 쓸며 열심히
눈치를 굴렸다.

"입술로 오기 전 준비 운동?"

체육교사다운 대답에 승우는 진이의 이마에 자신의 이마를 맞
대고 큰 소리로 웃어버렸다. 시원한 승우의 웃음소리에 진이는 또
다시 가슴이 쿵쿵 뛰었다. 이젠 진이가 먼저 키스하고 싶었다. 웃
고 있는 저 아름다운 입술에 먼저 다가가서 사이다 같은 웃음을
마시고 싶었다.

"진이야."

은은한 부름에 진이는 눈으로 물었다. 왜요?

"오빠라고 불러봐."

오빠? 오빠!

"애인 생기면 오빠라고 부른다며."

그걸 아직도 기억하고 있었단 말인가. 고등학교 시절 왜 자길

오라버니라고 부르냐는 승우의 질문에 오빠는 애인 생기면 그 사람한테만 쓸 거라고 한 적이 있었다. 그저 오빠라는 말하기가 껄끄러워 둘러댄 말일 뿐이었다. 막내딸인 진이는 집에서 나이 차이가 많이 나는 오빠들한테 오라버니라고 부르던 습관이 붙어 오빠보다 오라버니가 편했다.

"빨리."

승우는 진이를 꺼안고서 재촉하였다. 그런데 진이는 쉽게 입이 떨어지지 않았다. 어쩐지 오빠라고 부르는 것이 키스하는 것보다 더 쑥스러웠다. 이건 그러니까 '자기야'라고 불러보라는 것과 같은 것이었다.

"오······."

후끈후끈, 귓불까지 빨개지는 것이 느껴졌다. 승우는 기대감에 차서 바라보고 있었지만 그 시선조차 지금은 부담이었다. 이놈의 곰 같은 성격은 사랑을 해도 곰이다.

"······빠 소리는 연우가 매일 하니까 지겹지 않아요, 오라버니?"

구렁이 담 넘어가듯 넘어가는 진이의 말에 승우는 못마땅한 얼굴을 하며 말했다.

"아니, 하나도 안 지겨워."

"오빠보다는 오라버니가 더 높임말이에요."

"자꾸 사족 넣을래? 그냥 오빠라고만 하라고."

"오라버니! 전화!"

띠리리리 띠리리리. 승우의 핸드폰 벨소리였다. 승우는 끝까지 오빠라고 하지 않는 진이를 못마땅한 듯 쳐다보다 침대에 놔두고

갔던 핸드폰을 가지러 가기 위해 진이를 안고 있던 손을 풀고 소
파에서 일어섰다. 진이는 휴 하고 긴 한숨을 내쉬었다. 설마 이런
난관에 부딪치게 될 줄이야. 도저히 그냥은 입에서 나오지 않았
다. 어떡하냐고! 입에 꿀이라도 발라야 해?

"아, 어머니."

전화를 받는 승우의 입에서 어머니라는 말이 나왔을 때, 진이는
긴장으로 얼어버리고 말았다.

[공부하는 거 힘들지 않니?]

승우에게 걸려온 어머니의 안부전화였다. 승우는 자기도 모르
게 소파에 앉아 있는 진이를 쳐다보았다. 등을 돌리고 있었지만
어깨가 경직된 걸로 보아 진이가 긴장하고 있다는 걸 알 수 있었
다.

[내년에 4학년이니까, 정말 바쁘겠구나. 그래도 너무 무리는 하
지 마. 몸 상하면 그게 더 큰일이잖니. 알았지?]

"아, 네."

승우는 어머니와 전화통화를 하면서 진이가 앉아 있는 소파로
걸어왔다. 진이는 승우가 전화통화를 끝맺지 않은 채 자신의 앞에
오자 놀란 듯 눈을 크게 뜨며 몸을 바짝 웅크렸다. 승우가 겁이 나
는 게 아니라, 승우의 통화 상대에게 겁이 나는 것이었다.

진이는 불안한 눈으로 승우의 눈을 바라보았다. 일찍이 연우에
대한 어머니의 유별난 사랑을 옆에서 너무 생생하게 봐서, 승우에
대해서도 어쩔실지 짐작할 수 있었다. 만약 자신이 승우와 만나고
있는 걸 아신다면 분명 반대하실 분이셨다. 진이는 전화기 반대편

의 어머니가 자신의 존재를 알까 봐 숨소리를 죽였다.

[휴! 유학 생활이 벌써 삼 년째인데, 아직도 남은 시간이 더 많구나. 지치거나 그런 건 아니지? 쉽지 않은 길인 거 알지만, 난 우리 아들 믿는다.]

승우는 어머니의 말씀을 들으며, 손을 들어 진이의 얼굴을 부드럽게 쓸어주었다.

겁먹지 마. 내 어머니야. 나쁜 분은 아니셔.

"어머니."

[그래. 왜? 무슨 할 말 있니?]

승우는 굳어있는 진이의 눈을 바라보며 결심한 듯 입을 열었다.

"저 사귀는 여자 있어요. 올해가 가기 전에 소개시켜 드릴게요."

[뭐라고?!]

승우의 고백에 어머니는 놀라고 진이는 그대로 기절해 버렸다. 결국 주사위는 던져졌다.

늦은 밤, 집으로 돌아온 태후는 산산이 부서진 어항을 보고 걸음을 멈추었다. 가정부들은 거실을 적시고 있는 어항의 물을 닦고, 죽은 생선과 어항의 깨진 유리 조각을 치우느라 정신이 없었다. 태후는 그 자리에 서서 잠시 깨진 어항을 바라보다 걸음을 옮겨 아버지의 서재로 갔다.

노크를 해도 방 안에서는 아무런 대답도 들려오지 않았다. 토요일 밤이다. 이 시간이면 아버지는 항상 집 안에 계셨다. 일주일에 딱 한 번 복권 방송을 보는 시간이었기 때문이다. 마산이 유일하게 즐기는 소소한 취미였다. 태후는 서재의 문을 열었다. 역시나 아버지는 서재 안에 계셨다. 자신의 당첨복권 컬렉션 앞에 서서 시가를 피우고 계셨다.

"아버지, 형 들어왔어요?"

태후의 질문에도 마산은 아무런 대답이 없었다. 태후는 답답한 아버지의 뒷모습을 바라보다 자신이 직접 형을 찾기로 결심하고 발걸음을 돌렸다.

"난 최선을 다했다."

아버지의 말이었다. 평소의 강압적인 목소리와 비교하면 나약하게까지 들리는 목소리에 태후는 놀라서 고개를 돌렸다. 마산은 여전히 자신이 노력으로 일구어낸 행운의 기록들만 쳐다보고 있었다.

"난 언제나 최선을 다했어."

태후도 알고 있다, 그의 아버지는 절대로 포기라는 단어를 용납하지 않는다는 걸. 그리고 아버지가 말하는 최선이 무엇을 말하는지도 알고 있었다.

1996년 5월 15일, 그건 그저 사고였을 뿐이었다. 수진은 태유의 생일선물을 사기 위해 동생 태후를 억지로 끌고 백화점에 갔을 뿐이었다. 그런데 믿을 수 없게도 한순간에 모든 게 허무하게 무너지고 말았다. 태후의 인생도, 수진의 인생도, 그리고 태유의 인생까지도.

아버지가 수진을 어떻게 했는지 모르지만, 아버지의 말대로 어쩌면 최선의 방법이었는지도 모른다. 둘째아들을 죽음의 문턱까지 밀어 넣고, 완벽하던 첫째아들의 미래에 어둠을 드리운 여자였다. 아버지가 그냥 지켜보고만 있을 수 없었다는 걸 태후는 암묵적으로 인정했다.

"그럼 이제 최선을 다해 주무세요."

태후는 아버지에게 마지막 인사를 하고 이층 태유의 방으로 갔다. 하지만 태유가 들어왔다 나간 흔적은 없었다. 태후는 태유의 책상으로 걸어와 책꽂이에 꽂힌 책들을 쭉 훑어보았다. 모든 책들이 정갈하게 꽂혀 있었다. 하지만 완벽하지는 않았다. 마이공주와 친구들, 그 동화책만이 없었다.

마태유는 가출을 한 것이다.

태후는 그 길로 바로 집을 나와 어딘가로 향했다. 어쩐지 형이 있는 곳을 짐작할 수 있었다. 평생 모범생 인생만 살아왔던 형이라 태후와 달리 일탈이라는 것에는 영 소질이 없다. 그래서 아버지가 그의 여자를 숨겨 버렸지만 끝내 아버지의 곁을 떠나지 못했던 것이다.

"아, 여기 없었으면 했는데 있네."

태후는 자신의 낡은 아지트를 차지하고 앉아서 와인을 마시고 있는 태유를 보고 재미없는 표정을 지었다.

"집을 나갔으면 좀 화끈하게 나가지, 겨우 여기냐? 눈 감고도 찾겠네."

태유는 유일한 식량인 와인을 마시며 별 대꾸도 하지 않았다. 태후가 자신을 찾아낼 줄 뻔히 알았다는 건지, 관심도 없다는 건지. 무반응이었다.

태후는 부엌에 남아 있던 종이컵을 가지고 와 태유의 와인을 훔쳐서 따랐다. 종이컵 안의 와인이 초라하게 보였지만 그 맛까지 초라해지지는 않았다.

"무슨 소식이라도 들었어?"

"아니."

"그럼 왜 갑자기 이러는 거야?"

태유는 검은 하늘 위에 위태롭게 걸려 있는 달을 쳐다보았다. 달도 혼자였다. 지금의 태유처럼.

"라면을 먹으려고 하는데."

라면? 태후는 자신이 잘못 들었다고 생각했다. 왜냐하면 라면과 마태유는 절대 안 어울리는 조화였으니까.

"기다리면 모든 게 괜찮아질 줄 알았어. 수진도, 아버지도, 모두. 그런데 그게 아니네."

"그래서 아버지랑 싸우겠다고? 형은 아버지랑 못 싸워. 어머니를 너무 닮았거든. 싸우기도 전에 그 상대를 이해해 버리는데 어떻게 싸움이 되겠어."

마태유가 십 년 동안 아버지의 옆을 끝까지 지킬 수 있었던 것도 태유의 그런 성격 때문이었다. 수진을 숨겨 버린 아버지의 처사에 분노하면서도 그런 아버지의 마음을 이해했다. 그래서 싸움보다는 기다림을 선택한 것이었다. 하지만 아버지는 태유가 생각했던 것보다 더 지독한 분이셨다. 아직도 태유가 수진 없이 살아갈 수 있다고 믿고 계신다. 아니, 그건 믿음이 아니라 강요라는 말이 더 어울렸다. 무조건 혼자서 살아가라고 하신다. 허울뿐인 완벽함을 흉내내며…….

"난 싸움을 하자는 게 아냐."

"쯧, 집까지 나오고서 아직도 그런 헐렁한 마음으로 아버지를 대하겠다고. 어차피 갈 길이 하나뿐이라면 더 독하게 나가! 장수진 안 내놓으면 그냥 확 죽어버리겠다고 협박이라도 해! 아니, 말뿐인 협박으로는 택도 없으니까, 탈 없을 정도로 자해해서 피도 좀 보여줘. 내가 작전 짜줘? 이참에 아버지 그냥 확 돌아가시게 해버릴까?"

태후는 태유의 편을 들어주는 것처럼 말하며 태유의 행동에 화를 내었다. 형의 마음을 이해는 하였다. 하지만 고집스런 그의 일편단심이 화가 나기도 하였던 것이다. 장수진이 멀쩡하였다면 아버지가 숨기지도 않았을 것이다. 장수진을 찾는 일이 어쩌면 지금보다 형 태유를 더 아프게 하는 일이 될지도 모르는데, 끝내 찾아내고야 말겠다는 태유의 행동이 답답하고 화가 났다. 그리고 지금 형을 이렇게 몰아간 게 황진이와의 만남을 고집했던 자신의 행동 때문이라는 것이 더 화가 났다. 세상에 형의 매력을 거부할 수 있는 여자는 없을 거라고 생각했었다. 그게 실수를 하게 된 가장 결정적인 이유였다. 장수진과 관련된 일에서 절대로 마태후의 뜻대로 된 적이 없었다. 그 여자는 옆에 있을 때나 옆에 없을 때나 정말 골치 아픈 존재였다.

마태후는 종이컵 안의 와인을 소주 마시듯이 벌컥벌컥 마셨고, 마태유는 하늘 위에 외로운 달에게 위로의 미소를 보냈다.

"태후야, 나 이제 행복해지고 싶다."

십 년 동안 멈추어 있던 시계가 삐거덕거리며 힘겹게 움직이기 시작했다. 태유는 두려워하지 않고 이번엔 끝까지 아버지에 맞서서 수진을 찾으려 하고 있었다. 기다림이란 끝없는 제자리걸음일 뿐이었으니까. 비록 모든 게 드러났을 때, 크나큰 충격과 슬픔만이 존재한다고 해도 받아들일 생각이었다. 그래야 시작이라는 의미의 미래를 맞이할 수 있을 테니까.

태유도, 진이도, 승우도, 행복한 미래를 만들기 위해 어려운 걸음을 내디디기 시작했다. 승우가 폭탄선언을 한 바로 다음날 연우는 진이와 춘희, 그리고 태후까지 불러서 그 사실을 공표하였다.

"빅뉴스야! 우리 오빠 사귀는 여자 있대. 크리스마스에 집에 데리고 온다고 했다."

연우로서는 일생일대의 중요한 대사건이었기 때문에 가능한 많은 사람들한테 알려주고 싶었던 것이다. 하지만 놀랄 거라는 세 사람의 반응은 웬일인지 조용하였다.

"어머! 다들 안 놀래? 우리 오빠 애인 있다니까!"

지승우가 애인이 있다는 건 확실히 놀라운 사실이다. 하지만 세 사람은 놀랄 수도, 제대로 축하할 수도 없었다. 진이는 바로 자신의 이야기였기 때문이었고, 태후는 가출한 형이 마음에 걸려서였고, 춘희는 집에 소개한다는 말에 진이의 앞날이 걱정되어서였다.

"뭐야? 남의 오빠 이야기라서 관심이 없는 거야? 너무하잖아. 나한테는 하나밖에 없는 소중한 오빠란 말이야."

세 사람의 시큰둥한 반응을 연우는 무관심으로 받아들이고 성을 내며 밖으로 나가 버렸다. 춘희가 나가 버린 연우를 따라 일어나며 말했다.

"내가 가서 데리고 올게."

춘희까지 연우를 따라서 나가자 진이와 태후 둘만 남았다. 진이는 승우네 집에 찾아갈 생각에 마음이 복잡하여 주위에 관심이 없어 보였다. 그런 진이를 바라보다 태후가 입을 열었다.

"우리 형 가출했어."

"네?"

격렬한 반응이 돌아왔다. 진이는 믿을 수 없다는 눈으로 태후를 바라보며 질문을 쏟아냈다.

"농담이죠? 당신 형이 왜 가출을 해요? 당신 형은 당신이 아니잖아요. 무슨 일 있었어요? 혹시 아버지랑 싸운 거예요?"

잘난 형을 외면하고 다른 남자한테 날아갔으면서 꼬치꼬치 묻는 진이의 질문에, 태후는 화가 나기 시작했다.

"그렇게 걱정되면서 혼자 남겨두고 가버렸나?"

태후의 비난이 자신에게 돌아오자, 진이는 이해할 수 없다는 얼굴을 하였다.

"무슨 소리예요?"

"다시는 우리 형 일에 관심 두지 말라는 뜻이야."

태후가 황진이에게 바란 건 치유이지 상처가 아니었다. 자신의 형에게 또 하나의 생채기를 남긴 황진이가 태후는 도저히 용서되지 않았다.

소개를 한다고? 흥! 둘 다 소금이나 맞고 쫓겨나라!

마태유의 가출은 집을 나갔다는 의미로만 끝나는 문제가 아니었다. 화를 내지 않는 사람이 한 번 작심하고 화를 내면 무서운 법이듯이 마태유는 집을 나간 것으로만 끝내지 않았다.

"휴직계를 제출했다고 합니다."

마태유의 휴직 소식에 마산은 입을 꾹 다물 뿐이었다. 집을 나간 것도 모자라 이제는 회사마저 나가 버리려고 하고 있었다. 수진을 내놓으라고 소리 지르며 매달린 적은 있지만 이렇게 강경하게 나오기는 처음이었다. 가족의 소중함을 아는 태유였다. 그런데 지금 마태유는 아버지와 관련된 모든 걸 끊어버리고 있었다. 마지막 도박이었다. 이제 정말 잃어버린 수진을 찾는 마지막의 마지막 여행이었다. 이 여행이 끝나면 더 이상의 기다림은 없을 것이었다. 차라리 고통 속에 몸부림친다고 해도, 시간의 생명을 죽이는 기다림보다는 나을 것이다. 그게 태유의 지금 심정이었다.

"어떻게 할까요, 의원님?"

윤 보좌관은 조심스럽게 마산의 의중을 물었다. 하지만 마산은 쉽게 결정을 내리지 못했다. 서재 안의 공기가 무겁게 내려앉아 숨 쉬기도 괴롭게 되었을 때야 마산은 입을 열었다.

"태후를 불러와."

지독히도 말도 안 듣는 그의 둘째아들, 첫째아들과 완만하게 타협을 볼 수 있게 해줄 마지막 남은 고리였다. 태후는 아버지의 부름을 받고 바로 집으로 돌아왔다.

"너도 나가거라."

자신을 집에서 쫓아내는 아버지의 말에 태후는 깜짝 놀랐다. 어떻게든 집에 붙잡아두려고만 했지 자신의 손으로 쫓아낸 적은 단 한 번도 없었기 때문이다.

"왜 쫓겨나는지 이유는 알아야겠는데요."

"네 형한테 가."

하지만 태후가 태유에게 가면 아버지 마산은 혼자가 된다.

"집에 가!"

그리고 마태유는 아버지 집에서 쫓겨나 자신이 살았던 아파트로 온 마태후를 다시 아버지에게 돌려보내려고 하였다. 태후는 태유의 말을 무시한 채 거실에 짐 가방을 던져 놓으며 말했다.

"내가 똥개야! 이리 가라면 가고, 저리 가라면 가게!"

태유는 태후의 짐 가방을 들어서 문밖으로 던져 버리며 말했다.

"그래, 너 똥개 맞아! 가!"

미친개처럼 확 물어버리고 싶었지만 참았다. 아버지와 태유의 위태로운 줄다리기가 시작되었지만 태후는 그 누구의 편도 완벽하게 들 수 없는 입장이었다. 형인 태유를 생각한다면 빨리 수진이 나타나 결판을 내버리는 게 속 편할 것 같지만 아버지가 끝까지 숨기시는 것을 보면 어쩐지 모르는 게 더 나은 상황일지도 모른다는 불안감이 커지고 있었다. 분명한 건 아버지도, 태후도 같은 마음이라는 것이다.

마태유가 제발 옛날의 찬란한 빛을 다시 되찾기를.

"이 옷이 괜찮다. 이거 입어봐."

승우가 진이에게 직접 고른 정장을 건네주었지만, 진이는 받지 않고 불안한 얼굴로 그냥 서 있을 뿐이었다.

"저기, 오라버니. 아무리 생각해도 이거 너무 빠르지 않아요?"

진이가 옷을 받지 않는 게 맘에 안 들어서라고 생각한 승우는 또다시 옷을 고르며 물었다.

"빠르다니, 뭐가?"

"그러니까 그게, 오라버니랑 제대로 연애도 못했는데 집으로 가는 건, 아무래도 오버이지 않나 싶어서…… 결혼할 것도 아닌데……."

진이는 되도록 언어를 순화하여 승우가 기분 나빠하지 않도록 말하려고 노력하였다. 하지만 승우의 한마디에 바로 말문이 막혀버렸다.

"나 너랑 결혼할 거야."

농담치고는 참 파격적이라고 생각했다. 그런데 진지한 승우의 얼굴이 아무리 봐도 농담하는 것 같지가 않았다.

"저기, 지금 그 말 버스 잘못 탔다는 말과 같은 의미?"

거짓말 아니냐는 말을 돌리고 돌려서 했다. 이 며칠 사이 승우는 마치 승우가 아닌 것처럼 저돌적으로 밀고 들어왔다. 전화도 제대로 안 해주던 사람이 키스에 사랑한단 말에 결혼까지. 진이는 청룡열차를 탄 것처럼 정신이 없었다.

진이의 질문에 승우의 눈이 치켜올라 갔다가 다시 내려오며 다정하게 웃었다.

"아! 반지 사고 정식으로 말했어야 했는데, 너무 무성의했다. 미안."

하지만 승우의 입장에서는 지극히 당연한 말과 행동들이었다. 선을 넘기가 어려웠지, 선을 부숴 버리고 넘어온 지금 그에게 망설일 이유는 아무것도 없었다.

"오라버니 어머니가 반대하실 거예요."

그건 너무도 뻔한 사실이었다. 진이는 아무리 생각해도 승우네 집에 간다는 게 야단맞으러 가는 일밖에 안 된다고 느껴졌다. 연우가 자신들과 조금만 늦게까지 놀아도 전화해 야단을 치시던 어머니였다. 그런 말도 들은 적이 있었다. 착한 연우를 말괄량이로 길들이는 나쁜 친구라고 말이다. 교양이 넘치시는 분이라고는 느꼈지만 상냥한 분이라고 느낀 적은 단 한 번도 없었다. 아마도 이번엔 분명 공부 열심히 하고 있는 자기 아들의 정신을 흐려놓았다고 야단부터 치실 것이다.

고개를 떨어뜨리는 진이의 얼굴을 손으로 들어 눈을 맞추었다. 잔뜩 풀이 죽은 눈빛이었다. 자신감없는 진이의 눈빛이 안쓰러워 승우는 옷가게 안이라는 것도 잊고 다가가서 진이를 품에 안아주었다.

"난 네가 아니면 평생 혼자 살 거 같아. 날 외롭게 혼자 죽게 할 거야?"

승우의 가슴에 얼굴을 묻은 진이는 점점 모든 사념을 잊어버리고서 승우의 목소리에만 마음을 열어갔다.

나도 그래요. 오라버니와 오래오래 같이 있고 싶어요.

"혹시 어디 놀러가고 싶은 곳 있어?"

기분 좋은 생각만 할 수 있게 승우가 밝은 목소리로 물었다. 승우의 가슴에 얼굴을 묻고 있던 진이가 어떤 계시를 받았는지 번쩍 얼굴을 들며 말했다.

"있어요."

진이의 박력에 밀려 어디냐고 물어보기가 겁이 났다. 그래서 승우는 무작정 끌려왔다.

진이의 손에 끌려 길거리 스티커샵 안으로 들어선 승우는 놀랍다는 눈으로 안을 둘러보았다. 아직 한국에서 학교를 다닐 때, 연우의 손에 끌려 억지로 몇 번 와본 적이 있었다.

"아! 이런 게 아직도 유행이야?"

"이제는 유행이 아니라 문화로 자리 잡았죠. 애인 생기면 꼭 스티커 사진 찍어서 핸드폰 뒤에 붙여놓잖아요."

"부러웠구나?"

"뭐, 별로."

"아니, 부러웠던 것 같은데."

"사실 제 주위에 그런 사진 붙이고 다니는 건 아직 주민등록증도 안 나온 십대들이었어요. 그러니까 전 그 녀석들을 부러워해서는 안 돼요. 왜냐하면 전 선생님이니까요."

"선생님하고 그게 무슨 관계지?"

"부러우면 화나고, 화나면 괴롭히고 싶어지니까요. 전 나쁜 선생님이 되고 싶지 않아요."

진이의 농담 같은 말에 승우가 웃으면서 말했다.

"설마 지금 찍은 사진 핸드폰 뒤에 붙여서 애들한테 자랑할 거야?"

진이는 무언가 들킨 듯이 뜨끔한 표정을 짓더니 물었다.

"왜요? 그러면 안 돼요?"

"아니, 그럴 거라면 확실한 사진이 좋을 것 같아서."

승우의 입술이 나비처럼 날아오더니 진이의 입술 위에 사뿐히 내려앉았다. 찰칵, 찰칵. 사진이 찍히는 소리가 아득하게 들려왔다. 승우의 뜨거운 호흡을 삼키며 문득 궁금해졌다.

저 사진을 볼 때마다 이 달콤한 키스의 느낌이 살아날까?

승우와 진이는 스티커 사진을 보며 기계 밖으로 나왔다.

"오라버니, 반 드릴까요?"

"당연히 주는 거 아니었어?"

"어! 형?"

미지의 삼자에 목소리가 두 사람의 사이를 파고들었다. 진이와 승우는 놀라서 동시에 고개를 들었다. 막 스티커샵을 들어서는 교복 무리 중에서 큰 키의 소년이 눈에 들어온 순간, 두 사람은 동시에 생각했다.

들켰다!

승우의 남동생 신우의 시선이 놀란 눈으로 승우의 옆에 있는 황진이에게 멈추었다.

"어쩐지 형 옆에 있는 여자가 황 선생님처럼 보이네. 아니, 형은 지금 미국에 있어야 하니까, 황 선생님 옆에 있는 사람이 우리 형처럼 보인다는 게 맞는 말인가."

팔랑, 놀란 마음에 진이의 손에 힘이 풀리면서 스티커 사진이 바닥으로 떨어져 내렸다. 신우의 시선이 땅에 떨어진 스티커 사진으로 향하자 진이는 본능적으로 발을 들어 스티커 사진을 밟았다. 자신의 발에 무참하게 밟혀진 사진을 보니 눈물이 날 것 같았다. 달콤한 키스의 추억이 발 냄새 나는 키스의 추억으로 바뀌어 버렸다.

그런데 신우가 갑자기 지갑에서 삼천 원을 꺼내서는 진이의 손에 올려주며 승우에게 말했다.

"형, 선생님 발 아래 있는 사진 나한테 팔고 그냥 똑같이 새로 찍어."

열일곱 살 동생한테 삼천 원의 축하를 받으며 진이와 승우는 어색하게 웃을 뿐이었다.

같은 시간, 승우의 어머니 김 여사는 마트에서 장을 보고 있었다. 큰아들이 여자를 데리고 온다고 했기에 우선 준비를 하는 것인데, 영 마음에 들지 않았다. 한창 공부하기에 바쁜 이때 여자라니. 하지만 하버드에서 같이 공부하는 학생이라면 가능할 것도 같았다. 뭐, 그런 거라면 같이 공부하면서 서로 의지도 될 수 있으니까 더 좋겠지, 라고 좋은 쪽으로 생각하려고 노력하며 승우와 승우의 애인을 위해 싱싱한 과일을 골랐다. 하지만 불안한 마음은 쉽게 가시지 않았다. 설마 금발머리 여자는 아니겠지. 전화해서 자세히 물어보려고 해도 승우는 직접 만나보라는 말만 할 뿐이었다. 아무래도 그게 걸렸다. 무언가 계속 석연치가 않았다. 그래도 승우니까, 지금까지 자신의 긍지가 되어온 아들이었기에 어머니는 우선 믿기로 하였다.

"어! 혹시 지승우 어머니 아니십니까?"

갑자기 들려온 걸걸한 남자의 목소리에 어머니는 놀라서 고개를 들었다. 앞에 어린 남자 아이의 손을 다정하게 잡고서 사람 좋게 웃고 있는 사람의 얼굴이 보였다. 낯익은 얼굴이었기에 누군지 단박에 알 수 있었다. 승우의 담임을 맡았을 때, 한 달에 한 번은 꼭 찾아갔던 사람이니까. 김 여사는 자기 자식들의 선생님을 본인들보다 더 자세히 기억하고 있었다.

"어머! 강병구 선생님 맞으시죠?"

혹시나 하고 다가왔던 남자는 김 여사가 자신의 이름까지 정확하게 맞추자 놀란 표정을 지었다.

"이런! 제 이름까지 기억하시네요."

"당연하죠. 저희 아들을 가르쳐 주신 은사님이신데. 잘 지내셨어요? 그런데 여기는 웬일로?"

"하하! 크리스마스이브잖습니까? 제 손자가 선물을 사달라고 졸라서 왔다가 이 녀석한테 끌려 마트 안을 벌써 두 시간째 돌고 있습니다."

"세상에! 다정도 하셔라. 학생들이 알면 놀라겠어요."

"저도 할아버지라고 이 손자 녀석한테는 못 당하겠네요."

"아직도 세림고에 근무하시죠?"

"네, 얼마 전에 승우가 학교에 찾아와서 학교가 한번 들썩했었습니다. 하하! 그 녀석 멋있게 컸던데요."

"네?"

이야기를 경청하던 김 여사는 남자의 말에 놀라서 저도 모르게 웃음을 거두었다. 하지만 세림고 학생주임은 자신의 말만 하느라 김 여사의 변화를 눈치 채지 못하고 계속 말했다.

"하하! 그런데 승우가 언제부터 황진이 선생님이랑 사귄 겁니까? 전 전혀 몰랐습니다."

던져진 주사위는 데굴데굴 아직도 굴러가고 있었다.

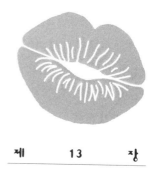

제　　　13　　　장

공식적으로 마음껏 놀아도 되는 크리스마스 날이지만, 마씨 형제는 둘 다 낡은 아파트에 있었다. 늦은 오전이었지만, 데이트가 없는 태후는 아직도 자는 중이었고, 태유는 창가 근처에 앉아 창밖을 바라보고 있었다. 금방 뭐라도 쏟아져 내릴 것 같은 찌뿌드드한 날씨였다.

"뭐 하는 거야?"

몇 주째 텃밭 근처에 서서 하늘만 쳐다보고 있는 수진을 그냥 지나치기만 하다, 하는 꼴이 너무 눈에 거슬려 물어본 적이 있었다. 수진은 태유를 쳐다보지도 않은 채 하늘만 쳐다보며 말했었다.

"비가 내리길 기다려."

수진의 말에 태유도 고개를 들어 하늘을 쳐다보았었다. 구름 한 점 없는 맑은 여름 하늘이었다. 비 올 확률 0%였다. 그런데도 땡볕 아래에서 비가 오길 기다린다는 수진이 답답하고 화까지 났었다.

"비 같은 거 안 와!"

비난하는 태유의 말에 수진은 웃으면서 말했었다.

"그래도 간절하면 오지 않을까?"

그 순간 처음으로 수진의 눈이 하는 말을 읽을 수 있었다. 간절히 기다리니까 네가 먼저 말을 걸어온 것처럼 말이야.

"아, 비가 와야 꽃씨가 싹을 피울 텐데."

라고 말하며 수진은 다시 맑은 하늘로 시선을 돌렸다. 움직일 생각을 안 하는 수진을 태유는 한참이나 바라보다가, 손에 들고 있던 물병의 물을 꽃씨를 심었다는 흙 위에 뿌려주었었다. 마른 땅을 적시는 한줄기의 촉촉함. 그게 바로 수진이 간절히 바란 단비였다.

"뭐 해?"

잘 만큼 자고서 이제야 겨우 일어난 태후가 방에서 나오다, 창밖만 바라보고 있는 태유의 모습이 못마땅해 물었다. 태유는 회색 하늘에서 시선을 떼지 않으며 중얼거리듯 대답했다.

"비가 내리길 기다려."

크리스마스에 내리는 비는 축복일까, 슬픔일까?

크리스마스, 전 세계적으로는 예수 탄생의 날이라고 알려져 있지만, 오늘 진이에게는 그저 승우의 집에 찾아가는 살 떨리게 긴장되는 날일 뿐이었다. 진이는 승우가 사준 옷을 입고 거울 앞에 서 있었다. 바란 건 지적이고 부티 나는 모습이었는데, 어쩐지 가슴과 다리만 더 부각시켜 주는 옷이었다. 하긴 옷태로 인해 자신이 똑똑하고 부티나 보인다고 해도, 이미 승우 어머니는 자신에 대해 너무 많은 것을 알고 있으니 별 소용도 없는 일이었다.

"하아!"

진이는 긴장을 이기지 못하고 한숨을 뱉어냈다. 시계를 보니, 승우와 만나기로 한 시간이 아직 한 시간 정도 남아 있었다. 너무 일찍 챙긴 것이었다. 진이는 옷이 구겨지지 않게 조심스럽게 침대에 누운 다음 상념에 빠졌다. 이대로 눈을 감았다 뜨면 오늘이 지나가 있었으면 하는 마음도 있었다. 긴장된 만큼 불안하고, 불안한 만큼 겁이 났다.

배가 부르면 혹시나 이 불안감이 달아날까 싶어 진이는 벌떡 일어나 부엌으로 갔다. 냉장고를 여니 기다란 오이가 보였다. 누군가 마사지라도 하려고 사다 놓은 것 같았다. 진이는 오이를 꺼내서 반으로 뚝 자른 다음 한입 깨물어 먹었다. 시원하게 아삭거리는 오이의 상큼함이 꽤 기분 좋았다.

딩동, 초인종이 울렸다. 크리스마스라 모두 놀러나가고 아무도 없었기 때문에 진이는 오이를 먹으면서 인터폰 쪽으로 걸어갔다. 달칵, 인터폰을 들고 누구세요? 라고 말하려는데, 인터폰 화면 속에 보이는 승우 어머니의 모습에 너무 놀라 먹던 오이를 씹지도 않고 그대로 삼키고 말았다.

"컥!"

숨이 막혔다.

'일마레' 라는 카페이다. 승우가 진이를 기다리며 카페의 한 자리를 차지하고 앉아 있었다. 카페에 걸려 있는 벽시계를 보던 승우는 작게 눈썹을 찌푸렸다.

늦다.

중요한 날인데, 약속 시간이 되어도 진이가 나타나지 않고 있었다. 승우는 핸드폰을 꺼내 진이에게 전화를 걸었다.

[저희 고객의 전화가 꺼져 있사오니…….]

전화가 꺼져 있었다. 승우는 자신이 번호를 잘못 누른 거라고 생각하고 액정에 찍힌 전화번호를 확인했으나, 맞다. 진이의 핸드폰 번호였다.

승우는 불안한 마음에 카페 밖으로 시선을 돌렸다. 뚝, 뚝. 기다리는 진이는 오지 않고 반갑지 않은 비만 내리기 시작했다. 크리스마스에 내리는 차가운 비는 불청객이었다. 혹시라도 진이가 오는 길에 젖지 않을까 걱정이 되어, 승우의 얼굴이 절로 찌푸려졌다.

연결되지 않는 핸드폰, 차가운 비, 오지 않는 진이…….

오늘은 정말 중요한 날인데, 어쩐지 시작부터 모든 게 꺼림칙했다.

축복 가득한 크리스마스에 추적추적 내리는 비가 마치 모든 불안을 가지고 온 듯이 스멀스멀 내리고 있다. 태유는 아직도 창가에서 비를 쳐다보고 있었다. 오늘 유일하게 비를 반기는 사람은 그뿐인 것 같았다.

"형!"

비 내리는 신비로운 재주까지 지닌 태유를 동생 태후가 불렀지만, 대답이 없었다.

"오늘 황진이가 연우네 집에 선전포고 하러 간다고 했다."

진이의 이야기가 나와도 태유는 잠잠했다. 마치 모든 것을 초유한 듯 고요하였다.

"그래서 내가 소금 맞고 쫓겨나라고 빌었거든."

동생의 발칙한 저주에도 태유는 타박을 하지 않았다.

"그런데 아예 오지 않았대."

천천히 태유의 고개가 움직였다. 마치 지금에야 깨어난 사람처럼 태유는 멍한 시선으로 태후를 바라보았다.

"무슨 뜻이야?"

연우에게 전화가 왔다. 오늘 오기로 한 오빠와 새언니 후보가 오지 않았다고. 눈치 하면 세계선수권 금메달감인 마태후는 그 한마디에 바로 모든 상황을 파악하였다.

"그 여자가 형이 내리게 한 비에 미끄러져 길바닥 어딘가에 쓰러져 있을 거라는 소리지."

황진이와 지승우 사이에 문제가 생겼다.

"이름은 황진이. 이십대 중반의 여자입니다. 그런 환자 없나요?"

승우는 병원마다 전화를 해서 진이를 찾고 있었다. 끝까지 진이는 나타나지도 않고 연락도 되지 않았다. 분명 사고가 난 것이라고밖에 생각되지 않았다. 하지만 벌써 응급실이 있는 서울 지역 병원은 모조리 전화를 했지만, 진이를 찾을 순 없었다. 승우의 불안은 점점 커져만 갔다. 이젠 사고에서 나쁜 일에라도 말려든 게 아닌가 미친 듯이 걱정되기 시작했다.

어떡하지! 널 어디 가서 찾으면 되는 거야!

승우는 이제 경찰서마다 전화하기 위해 핸드폰을 들었다. 막 전화를 하려는데, 띠리리리 띠리리, 핸드폰이 울렸다. 승우는 생각할 것도 없이 전화를 받고 외쳤다.

"진이니?"

[네, 저예요.]

정말 진이였다. 승우는 안도감에 앉아 있던 의자에 깊게 누워버렸다. 몇 시간 동안 바짝 곤두섰던 긴장이 한 번에 풀리는 느낌이었다. 그리고 다음 순간 화가 치솟았다.

"너 도대체 지금 어디야! 나랑 만나기로 한 거 잊었어?"

[오라버니, 저 아니면 평생 혼자 살 거라고 했죠?]

"황진이! 내 질문에 먼저 대답해! 너 지금 어디야?"

[그 마음 십 년 뒤에도 변하지 않는 거죠?]

"어디냐니까?"

[우리 십 년 뒤에 봐요. 그때 다시 시작해요.]

소리치던 승우는 진이의 마지막 말에 머릿속이 새하얗게 변해버렸다. 진이가 한 말을 믿을 수가 없었다. 진이가 자신을 밀어내고 있다는 사실을 받아들일 수가 없었다.

"네가 지금 날 버리는 거야?"

[버리는 게 아니에요. 단지 지금은 아니라는 말이에요.]

"그러니까 지금 날 버리겠다는 거잖아!"

[그런 게 아니라잖아요. 왜 자꾸 그런 식으로 말해요!]

진이도 화가 나는지 승우 못지않게 목소리가 격해졌다.

[미국 가서 하던 공부나 마저 하라고요! 아직 학생이면서 무슨 결혼이냔 말이에요. 공부 다 끝내고 닥터 이름표 달고 다시 와요! 그전엔 만나지도 않을 테니까.]

뚝! 진이 쪽에서 일방적으로 전화를 끊어버렸다. 승우는 진이가 한 말의 충격에서 못 벗어나 한동안 멍하니 돌처럼 굳어 있었다.

십 년, 진이가 승우를 짝사랑해 왔던 과거의 시간이었다. 그리고 승우가 사람들에게 인정받는 전문의가 되기 위해 앞으로 미국에서 지내야 할 미래의 시간이기도 했다.

전화를 끊은 진이는 입술을 깨물었다. 하지만 솟구치는 눈물은 기어코 뺨으로 흘러내렸다. 무릎 사이에 얼굴을 묻고 엉엉 울어버렸다. 내리는 비를 온몸으로 맞으며 같이 울었다. 승우의 어머니는 단 한 번도 소리치지 않았다. 그렇다고 단 한 번도 웃어주지 않았다. 그저 싸늘한 표정을 지으며 진이의 잘못을 지적할 뿐이었다.

"네가 말하는 사랑이라는 게 내 아들의 미래를 망치는 거니?"

아니라고 부정했다, 승우가 누구보다 행복하기를 바란다고.

"죽기 살기로 하지 않으면 낙오자밖에 안 되는 하버드 메디컬스쿨이야. 그런데 지금 내 아들이 뭐 하고 있니? 너한테 메여 연애놀음이나 하고 있잖아. 삼 년을 노력해 왔어. 그리고 앞으로 십 년이나 남았어. 일 년이 아니라 십 년이야! 다른 곳에 한눈팔 시간이 아니라고. 선생이라는 애가 그런 상식도 모르니? 승우가 왔어도 돌아가라고 돌려보냈어야지. 네가 승우의 미래를 생각했다면 그랬어야지. 내 말이 틀려?"

틀린 게 없었다. 그래서 그저 입술만 깨물었다.

"십 년이야. 그렇게 대단한 사랑이라면 십 년 뒤에도 똑같겠지. 그러니까 너희 두 사람의 사랑을 나한테 이해시키고 싶다면 그때 해. 그때는 내가 두 귀 열고 경청해 줄 테니까."

십 년, 승우 어머니가 강조하는 그 시간을 들으며 진이는 자신의 과거를 회상했다. 승우를 좋아했던 그 긴 세월의 추억을 하나하나 떠올렸다.

"흐흐흑!"

떠나는 승우를 붙잡을 수 없다는 사실이 너무 쓰라렸다. 가지 않는다고 하면 자신의 손으로 등 떠밀어 보내야 한다는 사실이 너무 야속했다. 사랑하니까 십 년을 기다려야 한다는 사실이 너무 버거웠다.

"왜 울어?"

쓰다듬는 음성이 들려왔다. 서럽게 울던 진이는 고개를 들어 올려다봤다. 검은색 우산을 들고 있는 마태유가 진이를 내려다보고 있었다. 진이는 황급히 흘러내린 눈물을 닦아내며 변명했다. 아는 사람에게 우는 모습을 들킬 수는 없었다.

"저 우는 거 아니에요. 이거 빗물이에요."

비가 내려서 다행이었다. 핑계거리가 생겼으니까.

"나도 당신 만나러 온 거 아냐. 우연이야."

태후가 가르쳐 줬다. 그 녀석은 아는 게 너무 많아서 탈이다. 진이가 울고 있을 거라고도 했다. 씩씩한 그녀가 운다는 걸 믿을 수 없어 이유를 물으니, 크리스마스에 내리는 비에 너무 화가 나서란다.

진이가 울고 있다는 말에 태유는 그냥 가만히 앉아 있을 수가 없었다. 그녀가 대답도 제대로 해주지 않는 자신에게 자꾸 안부전화를 건 것처럼 태유도 그랬다. 그래서 우산을 들고 나왔다. 눈물을 그치게 할 수는 없어도 적어도 비는 막아주어야 할 것 같아서…….

"어디 가는 길이세요?"

"라면 먹으러."

태유의 대답에 진이는 놀라움을 감추지 못했다. 자신을 위해 하는 말인지, 진짜로 그런 건지 알 수가 없었다. 태유는 다정하게 웃으며 물었다.

"비 맞는 게 취미가 아니라면, 같이 갈래?"

내 자신도 제대로 건사하지 못하면서 남을 위로하려 하다니, 정말 웃기는 일이다. 하지만 태유는 지금 전에 진이가 그랬던 것처럼 그녀를 위로해 주고 싶었다.

그 시간, 승우는 진이네 집 앞에 있었다.

진이를 만나야 했다. 그래서 직접 이야기를 들어야 했다. 그런데 불이 꺼진 진이의 방은 어둡기만 했다. 승우는 생채기가 난 시선으로 검은 창문을 바라보았다. 진이가 집으로 오지 않는 게 꼭 자신을 피하는 것 같아 마음이 답답하였다. 이럴 때 담배라도 피우면 좋겠는데, 승우는 남들 다 피우는 담배 한번 피워본 적이 없었다.

[미국 가서 하던 공부나 마저 하라고요! 아직 학생이면서 무슨 결혼이냔 말이에요. 공부 다 끝내고 닥터 이름표 달고 다시 와요! 그전엔 만나지도 않을 테니까.]

뒤늦게야 진이가 혼자서 어머니를 만났을 거라는 생각이 들었다. 마치 죄인처럼 어머니 앞에 앉아 있었을 진이를 생각하니 마음에 날카로운 칼이 스치는 것처럼 쓰라렸다. 차라리 나한테 달려와서 억울하고 서럽다며 화를 내지, 왜 숨어버린 거야. 도대체 어디 있는 거야! 진이네 집 앞에서 승우가 진이를 기다린 시간은 지금까지 살아오면서 가장 느린 시간이었다. 기다림에 미치겠다는 말이 무엇인지 몸이 먼저 알아버렸다.

비가 내리는 크리스마스 밤 편의점 안, 잔잔한 크리스마스 캐럴이 흘러나오고 있었다. 즐거운 크리스마스 날 일하는 게 억울했는지 편의점 아르바이트생은 절대 경쾌한 캐럴을 틀지 않았다.

"왜 가출한 거예요?"

진이의 질문에 태유는 피식 웃으며 아직도 김이 올라오고 있는 라면을 내려다보았다.

"사는 게 너무 재미없어서."

"아, 그걸 이제 느끼신 거예요? 그럼 이제부터는 재미있게 사실 거죠?"

진이는 태유의 움직임을 긍정적으로 받아들였다. 사실 달라진 건 아무것도 없는데도.

"왜 인사 안 간 거야?"

태유의 질문에 진이는 움찔하였다. 승우에 대해 말하고 있다는 걸 알았기 때문이다.

"어떻게 아셨어요? 아, 마태후!"

진이는 대답은 안 하고 라면만 젓가락으로 찔러댔다. 하지만 태유는 대답을 강요하지 않았다.

"보내려고요."

한참이나 지나서 나온 대답에는 눈물이 꽉 들어차 있었다. 보낸다고 한다. 그게 보내기 싫은데 보낸다는 말 같았다.

"같이 가면 되잖아."

"기다린다고 했어요. 내 사랑을 안 믿어주시니까, 그깟 십 년 기다린다고 했어요."

"또 십 년인가?"

그게 절대 짧은 시간이 아니란 걸 태유는 그 시간만큼 기다려 보아서 알았다. 그리고 진이도 알 것이다. 그 시간만큼 그 남자를 좋아했으니까.

"그러니까 태유 오라버니가 증인이에요. 내가 십 년 기다리면 어머니가 분명 승우 오라버니 저한테 준다고 했어요. 나중에 어머니가 딴소리하시면 태유 오라버니가 제 힘이 되어주셔야 해요."

자신을 오라버니라고 부르는 진이의 말에 태유는 웃음이 나왔

다. 오빠라는 말을 들은 적은 있는데 오라버니는 처음이었다. 우
산도 빌려주고 라면도 사주는 게 고마워서 그리 불러주나 보다.
정겹고 다정한 부름이다. 마치 옆에 서 있는 이 여자처럼.

"그래서 가라고 말했어?"

비장한 표정으로 까짓 십 년이라고 말하던 진이는 태유의 말에
다시 시무룩해졌다.

"네, 전화로요."

"그럼 아직 안 갔겠네."

"그럴까요?"

"그래, 기다리고 있을 거야. 이 비를 다 맞으며."

태유의 말에 놀라서 진이는 창밖의 비를 바라보았다. 차가운 비
가 밤새 내리고 있었다. 승우가 이 비를 맞으며 자신을 기다리고
있다고?

"대신 가서 말해주실래요?"

"뭐? 내가? 그럼 그 남자 상처받을걸."

"하지만 정말 승우 오라버니가 저 기다리고 있다면 못 보낼 것
같아요."

언제나 승우만 보면 이성적인 머리가 사라지고 팔딱팔딱 뛰는
가슴만 존재하게 되었다. 분명 보내지도 못하고 끌어안고 말 것이
다. 승우가 간다고 할 때까지 아무 말도 못할 것이다.

"내가 가면 그 남자 화낼 거야."

"그 미움이 십 년 정도 갈까요?"

"음! 미움이 너무 커서 다른 여자한테 날아가 버릴지도 모르지."

"안 그래요."

"어떻게 확신하지?"

"나 아니면 평생 외롭게 산다고 했어요."

"그 말을 믿어?"

"네."

아마도 지승우는 지금 괴로워하고 있을 것이다. 하지만 태유가 생각하기에 그는 불행한 게 아니었다. 십 년이 지난 뒤에도 그를 사랑하고 있을 여자의 모든 것을 가질 그는 절대로 불행한 게 아니었다.

태유가 진이네 집 앞에 찾아갔을 때 지승우는 그의 예상대로 진이의 집 앞에 있었다. 몇 시간이나 그곳에서 기다렸는지 그의 몸은 크리스마스 비에 젖어 추워 보였다.

"또 보는군요."

승우는 진이 대신 나타난 태유를 화가 난 눈으로 바라보았다. 어째서 당신이 나타난 거야! 라는 눈이라는 걸 태유는 알았다.

"그녀가 보내서 왔습니다."

진이가 보냈다는 말에 승우는 절대로 믿을 수 없다는 눈을 하였다.

"미국으로 가서 당신의 인생을 완성하라고 하더군요."

태유는 진이가 아니었기에 말을 하는 데 망설임이 없었다. 승우가 상처받는 것과 상관없이, 이 말을 전해달라고 하면서 그녀가 또 울었다는 것과 상관없이 전해달라고 한 그 말만을 전했다.

"진이는 지금 어디 있죠?"

승우의 질문에 태유는 자신의 모습이 겹쳐져 보였다. 수진이 어디에 있냐고 아버지에게 소리쳐 묻던 자신이 승우에게서 보였다. 하지만 그렇다고 지금 태유의 입장이 아버지와 같을 수는 없었다. 아버지는 수진을 증오했지만, 태유는 진이를 지켜주고 싶었으니까.

"아직은 당신의 인생 밖에 있어요."

이 두 사람이 헤어지는 건 누구의 잘못도 아니었다. 태유가 수진을 잃어버린 게 누구의 잘못도 아닌 것처럼. 그런데 왜 우리들은 아파하는 것일까? 세상의 모든 신(神)이 죽어버린 것일까?

댕 댕 댕. 크리스마스가 끝이 났다는 열두 시 종이 어딘가에서 울려 퍼져 왔다. 혼자 편의점에 남아 있던 진이는 젖은 어둠 속에 있는 누군가를 향해 작게 크리스마스 인사를 했다.

"메리 크리스마스……."

아직 해도 뜨지 않은 이른 아침이었다. 밤새 내리던 비는 이제야 막 그쳐서, 세상은 아직도 차가운 겨울비에 흠뻑 젖어 있었다.

사람들이 잠에 취해 있을 시간, 지씨 가의 거실에서는 살벌한 공기의 흐름이 감돌고 있었다.

승우는 어머니가 열어준 문을 열고 들어오자마자 차가운 거실 바닥에 무릎을 꿇고 앉았다. 마치 벌을 서는 자세로 자신을 바라보는 아들을 어머니는 못마땅한 눈으로 바라보았다.

"뭐 하는 거냐?"

아들이 왜 자신을 원망하는 눈으로 바라보는지 알았지만, 어머니는 모르는 척 어서 일어나라고 말할 뿐이었다. 하지만 승우는 고집스럽게 일어나지 않았다.

"결혼 허락해 주세요."

"무슨 결혼? 결혼이 너 혼자 하는 거니? 지승우! 장난 그만 하고 당장 일어서!"

어머니의 고함 소리에 자고 있던 신우와 아버지까지 놀라서 일어났다. 부엌에서 간단하게 아침을 먹고 있던 연우가 가장 먼저 거실로 달려나왔다가 무릎을 꿇고 앉아 있는 오빠를 보고 놀라서 뛰어왔다.

"오빠!"

"다가오지 마!"

승우의 고함 소리에 연우는 그대로 얼어버린 채 멈추어 섰다. 오빠인 승우가 자신에게 저런 무서운 목소리로 고함을 지른 건 처음이었다. 연우를 놀라게 했다는 것도 무시한 채 승우는 어머니만 바라보며 말했다.

"제가 분명 같이 집에 온다고 했습니다. 그럼 기다려 주셨어야죠. 어머니가 어떤 행동을 한 건지 아세요? 절 상처 입히셨어요. 어머니 손으로 자기 아들 가슴에 평생 지워지지 않을 생채기를 내셨다고요."

"그만 해라. 날 자꾸 실망시키지 마!"

어머니와 승우 사이에 오가는 심상치 않은 대화를 들으며 연우의 얼굴에도 검은 먹구름이 드리워졌다. 아마도 어제 데려오기로 했던 여자 때문인 것 같았다. 도대체 누구였기에 어머니가 반대하시는 거지?

연우의 궁금증은 바로 풀렸다. 승우가 선전포고를 하듯이 말했기 때문이다.

"전 황진이가 아니면 평생 혼자 살 겁니다."

황진이? 연우는 터져 나오는 비명 소리를 간신히 틀어막았다. 신우와 아버지 지 교수도 방에서 나오다가 승우의 목소리를 듣고는 놀라서 멈추었다. 하지만 어머니는 전혀 동요도 없으셨다. 차가운 시선으로 아들을 내려다보던 어머니는 전화기로 걸어가서 어딘가로 전화를 했다. 모두가 설마하는 눈으로 전화를 하는 어머니를 바라보았다.

"여보세요? 진이지? 나 승우 엄마야. 이렇게 이른 아침에 미안하구나. 그런데 꼭 물어볼 말이 있어서 말이야."

진이라는 이름에 승우는 놀라서 벌떡 일어났다. 하지만 어머니의 질문이 더 빨랐다.

"내 아들이 지금 당장 너랑 결혼하고 싶다고 하는데, 할 거니?"

승우가 어머니의 손에서 전화기를 뺏어 들었을 때, 전화기 속에서 진이의 목소리가 들려왔다.

[아뇨, 안 해요.]

금방 잠에서 깬 목소리가 아니었다. 밤새 자지 않고 무얼 했는지 많이 잠긴 목소리였다. 마치 죄인처럼 기운없는 그 목소리를 듣자마자 가슴속 깊은 곳에서 왈칵 무언가가 치고 올라와 승우의 목구멍을 막았다.

어머니는 승우의 손에 있는 전화기를 뺏어 들어서 다시 진이에게 말했다.

"그럼 부탁 하나만 하자. 내 아들이 정신 좀 차리게 말 좀 해 줘."

어머니가 수화기를 승우 쪽으로 돌렸다. 하지만 승우는 전화기만 쳐다볼 뿐 받지 않았다. 그래도 전화기 속에서 진이의 목소리가 흘러나왔다.

[오라버니, 미국에 돌아가요.]

진이의 말보다도 진이의 목소리 때문에 목 안이 쓰라렸다. 운 거니? 내가 없는 곳에서, 내가 들을 수 없는 곳에서 너 혼자 운 거야?

"엄마, 정말 나빠!"

아침의 파란은 연우가 어머니를 향해 고함을 치고 울면서 자기 방으로 뛰어올라 가면서 막이 내렸다. 더 이상 그 어떤 말도 오가지 않았다.

그날 오후 늦게 진이의 핸드폰으로 연우의 전화가 걸려왔다.

[잠깐 보자.]

평소와 다르게 너무도 가라앉은 목소리였다. 결국 연우도 다 알아버렸다는 걸 그녀의 목소리만을 듣고도 진이는 알 수 있었다. 진이는 연우에게 뭐라고 할 말이 없었다. 그저 알았다고만 하였다.

진이는 저녁 늦게 연우가 말한 약속 장소로 갔다. 그런데 그 약속 장소라는 게 하필 승우가 한국에 왔을 때 만나자고 한 장소였다. 진이는 바로 들어가지 않고, 카페 밖에서 가게 안을 살펴보았다. 혹시나 연우가 아닌 다른 사람이 있을까 해서……

카페 안에는 연우도 없었고, 진이가 아는 사람은 아무도 없었다. 들어갈까 말까 고심을 하는데, 갑자기 누군가 진이의 손을 잡아채서 끌었다.

고운 손, 고운 머릿결, 고운 얼굴, 고운 님. 승우였다.

"승우 오라버니!"

그런데 진이가 불러도 승우는 대답도 하지 않은 채 진이의 손을 잡고 거칠게 앞으로 걸어갈 뿐이었다.

"승우 오라버니, 지금 어디 가는 거예요? 잠깐 멈춰요!"

진이는 승우의 손에 끌려가면서 계속해서 승우의 이름을 불렀다. 하지만 승우는 걸음을 멈추지 않은 채 진이의 손을 더욱 꽉 잡으며 말했다.

"나랑 같이 미국 가자."

"안 돼요!"

승우의 말에 놀라 진이가 발작적으로 외쳤다. 하지만 승우의 기는 꺾이지 않았다.

"뭐가 안 돼! 비자하고 여권만 있으면 누구나 갈 수 있는 곳이야."

"그래도 안 돼요!"

만약 이대로 진이가 승우와 같이 미국에 간다면 승우의 어머니는 진이뿐만 아니라 자신의 아들까지 미워하실 것이다. 그렇게 단단하던 가족애가 이대로 영영 사이가 틀어질지도 모른다. 그러는 건 싫었다. 승우가 자신의 가족들을 얼마나 사랑하고 아끼는 지

뻔히 아는데, 자신 때문에 그 가정에 불화를 가져오는 건 싫었다.

"까짓 십 년 기다린다고요!"

"까짓 십 년? 그때 되면 네 나이가 몇인 줄 알아? 서른여섯 살이야. 아이도 못 낳아!"

"낳을 수 있어요! 건강은 자신있다고요. 승우 오라버니 꼭 닮은 애로 낳을 테니까 걱정 말아요!"

그제야 성이 났던 승우의 발걸음이 멈추었다. 하지만 진이를 외면한 채 그냥 서 있을 뿐이었다. 진이가 남아 있던 손으로 승우의 팔을 살며시 붙잡으며 달래듯이 말했다.

"오라버니, 어머니가 나쁜 마음으로 그러시는 게 아니잖아요. 저도 그래서 알았다고 한 거예요. 어머니 말이 옳아요. 공부는 지금밖에 못하지만 결혼이야 언제든지 할 수 있잖아요. 그러니까 오라버니 돌아가서 유학 생활 마무리 지으세요."

사랑의 힘은 위대하다고 했던가. 솔직히 아직도 승우 어머니의 말이 가슴에 박혀 아파서 죽을 것 같은데, 승우를 보내야 한다는 생각에 저절로 얼굴에 미소가 그려졌다. 난 괜찮아요. 자기도 모르게 그런 표정을 짓고 있었다.

"울었니?"

미소 짓던 진이의 눈이 승우의 한마디에 파르르 떨렸다. 승우는 고개를 돌려 진이의 얼굴을 바라보며 다시 물었다.

"내가 없는 곳에서 울었지?"

진이는 본능적으로 고개를 가로저었다. 하지만 흔들리는 눈동자가 모든 진실을 말하고 있었다.

"네가 옆에 없으면 알 방법이 없잖아. 네가 아파하는지, 슬퍼하는지, 외로워하는지, 그렇게 멀리 떨어져 있으면 내가 어떻게 알아?"

승우는 진이를 품에 끌어안으며 말했다.

"같이 가자."

진이는 승우의 품에 안긴 채 눈을 감았다. 지금 이 순간만은 이 따스한 품만 생각하고 싶었다. 자신을 원하는 이 마음만 생각하기로 했다. 모든 걸 다 잊고 그저 승우만 생각했다.

머리를 길러야지. 그리고 화장품도 사야겠다. 신데렐라 언니들도 탐을 낼 치마도 많이 살 거예요. 당신이 내 모습에 설레게 곱게, 곱게 가꾸고 싶어요.

방문 앞에서 시작된 키스는 침대까지 이어졌다. 잃어버린 짝을 찾은 두 입술은 서로를 갈구하며 떨어질 줄 몰랐다. 마치 영화처럼, 마치 마법처럼, 마치 운명인 것처럼. 승우는 진이를 원했다. 그리고 진이는 승우를 원했다.

승우의 따스한 손이 진이의 옷 안으로 파고들어 와 차가운 겨울 냉기에 얼어붙었던 피부를 부드럽게 쓸자, 진이의 몸이 파르르 떨렸다. 승우가 옷을 벗길 수 있게 진이는 팔을 들어올렸다. 두꺼운 겨울 티가 벗겨져 바닥에 떨어지면서, 겨우내 햇빛을 보지 못했던 진이의 속살이 드러났다. 군살 하나 없는 매끈한 그녀의 몸은 바라보는 것만으로도 숨이 막혔다. 속옷만 걸친 자신의 벗은 몸을 바라보는 승우의 눈길이 쑥스러워 진이가 손을 들어 승우의 두 눈을 가려 버렸다.

승우의 손이 바로 올라와 자신의 눈을 가리고 있는 진이의 손을 낚아채서 뜨겁게 입을 맞추고는 진이의 쇄골 위에도 깊게 키스하였다. 잠들어 있던 감각을 깨우는 키스는 계속해서 이어졌다. 승우의 입술이 지나가는 곳마다 열꽃이 붉게 피어올랐다.

"하아."

강하게 빨아들이는 승우의 호흡에 놀라 진이는 저도 모르게 노골적인 신음 소리를 내뱉다가, 자신의 신음 소리에 자신이 놀라 버렸다.

승우의 손이 브래지어 안에 감추어진 맨가슴을 찾아서 들어갔다. 한 손에 잡히는 부드러움이 모든 것을 녹일 수도 있을 만큼 치명적이었다. 승우는 저도 모르게 지저스라고 중얼거렸다. 어째서 너무도 황홀한 이 순간 욕이 나오는지 그 자신조차도 알 수가 없었다. 그의 손은 그 말캉한 부드러움이 마치 제 것인 양 마음껏 탐하였다. 애간장을 태우는 애무의 손길에 분홍빛 유두가 꼿꼿하게 고개를 들었다. 승우는 성이 난 젖꼭지를 입 안에 가득 물고, 봄바람이 꽃을 희롱하듯 희롱하였다. 난생처음 느껴보는 색정적인 감각에 진이의 몸속에서는 폭풍이 일었다. 허리가 활처럼 휘면서 젖무덤이 유혹적인 선을 그리며 흔들렸다. 참을 수 없어서 무엇이라도 붙잡아야 했던 두 손이 승우의 부드러운 머리카락 속으로 파고들었다. 너무도 솔직한 진이의 반응이 승우의 욕정을 더욱 불태웠다.

가슴에서 고개를 든 승우의 두 눈에는 평생 지승우를 지배해 온 이성과 논리가 더 이상 없었다. 오직 욕망만이 가득했다. 승우는 자신이 입고 있던 상의를 벗으면서 자신의 아래 있는 진이에게서 한시도 눈을 떼지 않았다. 서서히 드러나는 승우의 나신을 보며 진이의 온몸이 부끄러움에 붉게 변해갔다. 생각했던 것 그 이상으로 아름다운 몸이었다. 만지면 흠집이라도 생길 것 같아 감히 만지지도 못할 것 같았다. 승우가 남아 있는 옷까지 벗었을 때 진이는 눈을 꼭 감아버렸다. 아직은 남자의 모든 것을 받아들이기에는 부끄러움이 너무 컸던 것이다.

"겁나니?"

호텔방에 들어오고 처음으로 승우가 한 말이었다. 진이는 눈을 감은 채 아니라고 고개를 가로저었다. 순결을 잃는다는 게 여자에게 어떤 의미인지 잘 알지만, 그게 승우라면 순결을 잃는 게 아니라 사랑이 완성되는 것이었다. 그러니까 이 떨림은 두려움이 아니라, 설렘이었다.

"나는 겁이 나."

무엇이든 자신감 넘치는 승우가 겁이 난다는 말에 놀라 진이는 감았던 눈을 떴다. 승우의 붉은 입술이 다시 진이의 몸 위로 내려와 그녀를 보듬었다.

"너를 잃을까 겁이 나."

애타는 승우의 손이 진이의 바지를 벗기고, 마지막 남은 속옷까지 벗겨 버렸다. 탐스러운 그녀의 음부가 드러나자 승우는 숨을 멈추었다. 온몸의 에너지가 중심으로 몰리면서 그의 남성이 딱딱하게 일어섰다. 눈을 감고 있는 진이는 승우의 노골적인 시선이 느껴져 이 추운 겨울 실오라기 하나 걸치지 않은 나신이 되었는데도, 뜨거움에 온몸이 타 들어가는 것 같았다. 목마름에 갈증이 나고, 배 깊숙한 곳이 찌릿찌릿하였다. 승우의 손이 언제나 탐이 났던 진이의 다리를 타고 점점 위로 올라와 굳게 닫혀 있던 그녀의 성역 안으로 조심스럽게 파고들었다. 좁은 성역은 축축하게 젖은 채 그의 손가락을 감싸 안았다. 승우의 손가락이 그녀의 안 깊숙이 들어가자 그의 입술 아래에서 그녀가 전기에 감전된 듯 파르르 떨었다. 승우는 손가락이 충분히 젖을 때까지 그녀의 좁은 문 안을 두드렸다. 그의 자극에 그녀의 여성은 촉촉이 젖어들어 갔다.

"하아!"

허벅지 사이에서 시작된 타는 듯한 뜨거움은 척추를 타고 올라와 그대로 여자의 원초적인 신음으로 이어졌다. 하지만 그건 미미한 시작에 불과했다. 태초부터 둘이었던 그들이 하나가 되기 위해, 촉촉이 젖은 그녀의 좁은 성역 안으로 커다란 그가 들어오는 순간 진이는 산산이 부서지지 않기 위해서 두 손을 들어 승우의 벗은 몸을 꽉 끌어안아야만 했다. 좁디좁은 그녀의 성역은 그를 쉽게 받아주지 않았지만, 승우는 인내심을 가지고 천천히 들어갔다. 그러나 연인들이 정을 나누는 침실에는 신이 존재하지 않나 보다. 고통에 일그러지는 진이의 얼굴이 눈에 들어왔지만, 도저히 멈출 수가 없었다. 승우에 의해 진이의 처녀막이 뚫리면서 뜨거운 피가 흘러나왔다. 이건 피가 아니라 증표였다. 그녀가 그의 것이라는, 그리고 그가 그녀의 것이라는 영원한 증표. 진이는 끝까지 고통을 참아내며 온전히 승우를 자신의 안에 담았다. 그녀 안에 가득한 그가 느껴지자, 감격인지 아픔인지 모를 눈물이 흘러나왔다. 승우가 흘러나오는 진이의 눈물을 마시며 속삭였다.

"울지 마, 진이야."

"사랑한다고 말해줘요."

"사랑해."

"누구를요?"

"너를 사랑해."

그녀를 갖기 위한 그의 움직임이 시작되자 승우의 목을 끌어안은 진이의 손에 더욱더 힘이 가해졌다. 음악 대신 거친 호흡에 맞추어서, 두 사람은 열락(熱樂)의 춤을 추었다. 절정에 다다를수록 춤은 더욱더 빨라지고 격정적으로 변했다. 환락 속에서, 고통 속에서, 사랑 속에서 기도를 했다. 이게 부디 끝이 아니라 시작이길……

"으허어엉."

연우는 엉엉 소리를 내며 울었지만 태후는 신경 쓰지 않은 채 영화에만 집중했다. 이 정도 소리로 울 때는 달래봐야 절대로 안 그친다는 걸 그간 몸으로 터득한 터였다. 그저 간간이 티슈를 뽑아서 건네줄 뿐이었다.

"우리 엄마 너무해요. 당신 같은 남자도 좋다고 하면서 어째서 진이는 안 된다고 하시냔 말이에요."

가만히 있다 날아온 돌이 뒤통수를 후려쳤다. 태후는 어이없는 눈으로 연우를 보았다.

"나 같은 남자?"

"흐어어어엉! 진이도 나빠! 어떻게 지금까지 그런 사실을 나한테 숨길 수 있어! 내가 자기한테 어떤 친구인데!"

"나 같은 남자?"

"어어엉! 우리 오빠도 너무해! 하고많은 여자 중에 왜 내 친구냔 말이야!"

"나 같은 남자?"

"흐흑! 나 목 말라."

태후는 잔뜩 골이 난 표정으로 눈물 범벅인 연우의 조막만한 얼굴을 바라보았다. 아직 나 같은 인간이 어떤 인간인지에 대한 답변을 못 들었다. 이거 완전 무시다.

"물!"

하지만 태후는 따지기보다 먼저 물을 사다가 바쳤다. 점점 늘어만 가는 마당쇠 바이러스는 무서울 정도였다.

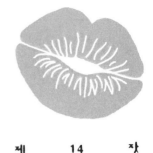

제 14 장

두 달이 흘렀다. 겨울방학이 끝나서 새 학기가 시작되었으며, 방학이 끝나서 온 아이들은 진이의 길어진 머리와 곱게 화장을 한 얼굴과 달라진 옷차림을 보고 너무 놀라 모두 한 마디씩 했다. 변화는 변화를 낳는다. 남학생들이 더 이상 진이를 '황 장군'이라고 부르지 않는다는 것이다. 긴 머리 휘날리며 펄럭이는 치마 입은 황진이는 황 장군이 될 수 없다고 한다. 자격 미달이라나 뭐라나.

연우는 자신의 오빠가 데리고 오려 한 여자가 황진이라는 걸 알고, 지금 진이에게 절교 선언을 한 상태였다. 이제까지 그런 중요한 사실을 자신한테 숨긴 건 용서할 수 없는 배신 행위라고 했다. 흥, 전화만 걸면 연우가 하는 98%가 그 말이다. 흥, 나도 흥이다.

마태유는 아직도 가출 중이었다. 그의 아버지는 아직까지도 침묵하고 계셨다. 아버지가 입을 열기 전까지는 집에 들어가지 않는다고 했다. 마태후는 형이 있는 아지트와 아버지가 있는 본가를 오가며 살고 있지만, 그리 도움을 주지는 못하고 있었다. 아무래도 마태후의 영특한 머리는 나쁜 일을 할 때만 기발하게 돌아가는 것인가 보다.

변화가 있다면, 마태유가 농구부 감독을 맡았다는 것이다. '희망의 언덕'이라는 보육원 아이들로 이루어진 농구팀이었다. 마태유가 회사도 쉬면서 노는 걸 알고, 같은 농구부 소속이었던 육현이라는 선배가 자신이 맡고 있던 자리를 억지로 떠맡겼다고 했다. 황진이는 아직도 가끔 마태유와 안부전화를 나누는데, 그때 들은 이야기였다.

"안 맡으면 아이들하고 같이 죽을 때까지 쫓아다닌다고 해서, 어쩔 수 없이 맡은 거야."

말은 그렇게 해도 그라면 분명 아이들에게 훌륭한 감독이 될 거라는 걸 알았다. 좋은 변화였기에 진이는 열렬히 지지해 주었다. 이번 주말에 경기가 있다고 해서, 구경 가기로 하였다. 태유도 두 달 만에 보는 것이다. 요즘 진이의 시계는 참 느리게 가고 있었다. 그래서 그런지 꽤 오랜만이라는 생각은 안 들었다.

농구 경기가 있는 주말이다. 진이는 스무 명은 먹을 수 있는 분량의 샌드위치와 음료수를 사서 경기가 열리는 공터로 갔다.

"아니, 이게 누구입니까! 황진이 양!"

민망하게 자신의 이름을 친근하게 부르며 가장 먼저 아는 척을 한 사람은 마태유의 선배라는 육현이었다. 아직 육현의 성격을 잘 모르는 진이는 너무도 반가운 얼굴로 감히 자신의 이름을 부르며 달려오는 남자를 보고 놀라서 걸음을 멈추었다.

"황진이라고 부르지 말아주십시오! 황 선생님이라고 불러주세요."

진이는 성을 내며 항의했다. 사람들이 풀 네임으로 부르면 꼭 놀림받는 기분이었다. 승우만 빼고 말이다.

"어라? 왜 그렇게 과민반응입니까? 부끄러워하는 거예요? 이름이 너무 좋아서 자꾸 입에 붙는데 어쩝니까, 황진이 양."

"태유 오라버니, 이 남자 때려도 돼요?"

육현의 말대꾸에 화가 난 진이는 아이들과 같이 있는 태유에게 외쳤다. 그런데 그 말이 또 육현의 장난기에 딱 걸려 버렸다.

"태유 오라버니? 어이! 태유 오라버니! 너 언제 이런 어여쁜 여동생을 두셨어!"

육현의 가벼움은 나이가 들어도 전혀 줄어들지가 않았다. 씩씩대는 진이의 모습이 불안하여 태유는 근엄한 목소리로 육현에게 경고를 했다.

"육 선배, 조용히 찌그러져 있어요."

태유의 말이 기분 나쁘지도 않은지 육현은 실실 웃으면서 진이에게 작게 말했다.

"프린스 마는 욕을 해도 도도하지 않아? 안 그래?"

진이는 피식 웃어버리고 말았다. 참 오묘한 사람이다. 분명 나쁜 사람은 아닌데, 어찌 이리도 한 대 때려주고 싶은지. 분명 태유도 같은 심정일 거라고 확신했다.

시합이 시작되기 전, 태유는 자신의 선수들에게 마지막 코치를 하였다. 동네 꼬마들의 농구 시합이지만 태유는 그 어느 때보다 진지하였다. 진이는 육현과 나란히 앉은 채 그 모습을 지켜보았다. 손에 농구공을 들고 서 있는 태유의 모습은 아무리 봐도 기분이 좋았다. 다행이었다, 이렇게 다시 농구공을 손에 든 마태유를 보게 되어서.

"태유랑 무슨 사이에요?"

태유가 농구 지도를 하는 모습을 뿌듯한 시선으로 바라보고 있는 진이에게 육현이 물었다. 평범하게 할 수 있는 질문인데, 진이는 선뜻 그 답을 찾을 수가 없었다.

"쉽게 대답하지 못하면 깊은 사이라는 건데."

자기 맘대로 대답까지 정하는 육현의 말에 진이는 또다시 피식 웃어버렸다.

"태유 오라버니는 나랑 닮았어요."

"내가 보기에는 전혀 안 닮았는데."

육현은 그저 외모만을 따지며 말했다.

"얼굴이 아니라, 마음이요. 그래서 전 태유 오라버니의 슬픔도, 외로움도, 아픔도 같이 느낄 수 있는 것 같아요."

"아! 그러니까 소울메이트?"

"네? 그건 너무 거창하잖아요. 승우 오라버니 들으면 화내겠다."

"승우 오라버니?"

이 여자는 무슨 오라버니가 이리도 많은고?

"제 애인이요."

라고 말하며 진이는 쑥스러움 때문에 크게 웃었다. 누군가에게 승우를 애인이라고 말한 건 처음이었다. 아주 낯설고, 설레고 간지러웠다.

"애인?"

육현의 눈이 절로 아이들을 지도하고 있는 태유에게 향했다. 생긴 건 하렘으로 국가 하나는 차릴 수 있게 생긴 녀석이 어찌 여자복은 지지리도 없누!

"그럼 만약에 말이야."

육현은 미련을 버리지 못하고, 하지 말아야 할 말을 시도해 보려고 하였다. 만약에, 라고만 말하고 너무 뜸을 들이는 육현을 진이가 빤히 바라보았다.

"만약에 그 승우라는 남자를 만나지 않고 태유를 만났더라면 어떻게 됐을 것 같아?"

육현의 말뜻을 한 번에 이해하기는 무리였다. 그래서 진이는 한참이나 눈을 감았다 떴다를 반복했다. 승우 오라버니를 만나지 않는다고? 그러니까 내 인생에서 승우 오라버니가 아예 존재하지 않는다는 거야? 그럼 연우라는 친구도 없다는 건데. 연우가 없으니까, 마태후도 몰랐을 거고, 그러니까 태후의 형인 그를 만날 일도 없었다는 건데. 그게 가능해?

"이 인간 말 신경 쓰지 마! 98%는 자기 멋대로 하는 소리니까."

육현 옆에서 심난한 얼굴을 하고 있는 진이에게 다가온 태유가 육현을 밀어내고 진이와 육현 사이에 앉으면서 말했다.

"무슨 소리야! 난 널 위해서 말한 거야!"

"입 놀리고 싶으면, 아이들 시합하는 거나 응원해요!"

"이 자식들! 이기고 안 오면 다들 엎드려뻗쳐다!"

"누가 협박하라고 했습니까! 제대로 응원해요!"

응원이라는 말에 진이는 벌떡 일어나서 앞으로 달려가 소리쳤다.

"얘들아! 빅토리다! 달릴 수 있을 때까지 달려!"

신나게 응원하기 시작하는 진이의 모습을 뒤에서 지켜보던 육현이 새로운 사실을 알았다는 듯이 태유에게 말했다.

"오우! 황진이 양 몸매가 예술이네."

퍽! 태유는 오랜만에 만난 선배의 뒤통수를 후려치고 말았다.

우리 제발 나잇값 좀 하고 삽시다.

좋은 감독 때문인지 태유가 이끄는 꼬마 용사들은 승리하고 돌아와서 진이가 사 온 이십 인분의 샌드위치를 하나도 남기지 않고 다 먹어치웠다.

기분 좋게 경기가 마무리되고 모두가 집으로 돌아갈 시간, 태유는 자전거 하나를 끌고 왔다.

"에! 설마 자전거 타고 왔어요?"

항상 부터 나는 차만 타고 다니던 그가 자전거를 타고 왔다는 게 믿을 수 없어 진이는 태유의 자전거를 이리저리 훔쳐보았다.

"학교 다닐 때 타던 거야. 가까운 거리기에 그냥 타고 왔어."

태유는 자전거에 올라타고서 진이를 쳐다보았다. 그 시선의 의미를 알지 못해 진이가 멀뚱히 쳐다만 보고 있자, 태유가 웃으며 말했다.

"뒤에 타라고. 버스 정류장까지 태워다 줄게."

마태유의 자전거 뒷좌석, 그건 정말 깊은 의미였다. 장수진이 그 자리에 타기까지 삼 년이라는 시간이 걸렸었다. 수진뿐이었었다. 같은 바람을 공유했던 사람은 그녀뿐이었다. 그런데 이제는 다른 여자를 뒤에 태우려고 하고 있다. 수진을 잊었다는 뜻은 아니었다. 진이가 태유의 자전거 뒷좌석이 탄다고 해서 지승우를 잊는다는 뜻이 아니듯이. 태유는 더 이상 진이가 수진이 아니기 때문에 멀리하고 싶지 않았다. 같이 있는 이 시간이 그저 편안한 관계, 그 정도라고 한다면 그녀의 남자도 용서해 주겠지. 수진도 이해해 줄 거라 생각한다.

아직은 쌀쌀한 겨울의 끝자락, 두 사람을 태운 자전거가 바람을 가르며 달려나갔다. 누군가의 자전거 뒤에 타기는 처음이라 생소하고 신기한 경험이었다. 앞에 앉아서 운전을 하는 태유의 등이 세상을 모두 담을 수 있을 정도로 넓었다.

"아직 아버지는 아무 말씀 없으세요?"

"아!"

"동생은 아직도 자꾸 괴롭혀요?"

"아!"

"잘 지내죠?"

혹시나 보여주는 잔잔한 미소들이 거짓이 아닐까 걱정되어 물어보았다. 그런데 더 걱정되게 넓은 등이 쉽게 대답을 하지 못했다.

"내리막길이야."

"네?"

조용히 달리던 자전거가 내리막길에서 가속도가 붙어 무서운 속도로 내달리기 시작했다. 뒷좌석에 탄 진이는 속도에 놀라서 태유의 허리를 껴안았다.

처음으로 느껴보는 태유의 온기가 겨울바람을 물리치며 따스하게 전해져 왔다. 진이는 고개를 들어 태유의 얼굴을 올려다보았다. 만난 지는 꽤 되었는데, 이 순간 처음으로 자세히 태유의 얼굴을 보는 듯한 느낌이었다. 비록 반쪽뿐인 옆얼굴이지만, 기품이 흘렀다. 강인해 보였다. 아름다웠다. 더 이상 훔쳐보면 안 될 것 같아 고개를 숙이는데 자전거 거울에 적혀진 글씨가 눈에 들어왔다.

〈프린스 마는 너무 도도해.〉

픽! 웃음이 나왔다. 내용도 내용이지만 너무 악필이라서. 아까 만났던 육현이라는 선배가 장난으로 쓴 걸까?

"자전거 거울에 낙서되어 있어요. 지워줄까요?"

"아니, 됐어! 그냥 둬."

아니다. 수진이라는 여자가 쓴 것인가 보다. 순간 감정이 고스란히 드러난 태유의 표정을 보고 말았다. 그럼 저 낙서는 십 년도 넘는 시간 동안이나 저 자리를 지키고 있었던 건가? 뭘로 썼기에 지워지지도 않았다니.

경쾌한 내용이 더 이상 웃기지가 않았다. 도대체 어디 있기에 이 남자를 이렇게 오래 혼자 두는 거예요? 설마 영원히 돌아올 수 없는 곳에 있는 건 아니죠? 그렇죠?

"그만 가보세요."

버스 정류장에 도착하고 진이는 태유에게 먼저 가라고 하였다. 하지만 태유는 자전거에서 내려 진이의 옆에 섰다. 차가운 겨울바람이 태유의 커다란 몸에 가려 더 이상 불지 않았다.

"버스 기다려 줄게."

오랜만에 만나서 그런지, 아니면 연인을 멀리 보내고 독수공방하고 있는 진이가 불쌍해서 그런지 오늘 태유는 참 친절했다.

"제가 소원 하나 들어드릴까요?"

"소원?"

"네, 자전거 태워주신 답례로 들어드릴게요."

오랜만에 즐거운 나들이를 하게 해준 태유에게도 기쁨을 주고 싶었다. 그래서 허세를 부리며 어떤 소원이든 다 들어줄 수 있다고 가슴을 탕탕 쳤다.

"자! 어서 말해보세요! 뭐든 다 돼요."

몇 년 동안 너무 재미없게 살았던지라 소원 같은 걸 생각해 본 적이 없는 태유였다. 하지만 진이의 기백에 밀려 억지로 원하는 게 있었던가 생각해 보았다.

"백만 번 키스하고 싶어."

그런데 자신의 소원이 아니라 수진의 소원이 생각나 버렸다. 그런 소원을 말한 적이 있었다. 장난처럼, 진심처럼 백만 번 키스하고 싶다고. 그런 수진에게 태유는 말했었다, 남자 백만 명 소개해준다고.

수진과 몇 번의 키스를 했었지? 백 번도 안 되었다. 다가오는 수진을 밀어내던 시간이 너무 길어, 정작 서로 사랑을 한 시간은 그리 길지가 않았다. 후회한다 그래도 바뀔 게 없는데 어쩔 수 없이 또다시 후회가 밀려왔다.

"그냥 지금 가장 원하는 걸 말해요, 그게 바로 소원이죠."

진이의 목소리에 태유는 현실로 돌아왔다. 이제는 제법 머리가 긴 진이의 얼굴이 눈에 다시 들어왔다. 수진을 닮았다고 생각했던 여자, 그러나 수진과는 다른 여자. 누군가를 진심으로 사랑하고 있는 여자. 그래서 더 아름다운 여자.

"황진이의 사랑이 키스 백만 번 할 때까지 이어지길."

태유의 소원에 놀란 진이의 얼굴에 붉은 꽃이 피어올랐다. 그런데 수줍어한다고 생각했던 진이의 얼굴에 서서히 힘이 들어갔다. 그 이유를 알지 못해 태유가 의아해하고 있을 때 진이가 외쳤다.

"그건 태유 오라버니 자신을 위한 소원이 아니잖아요."

야단을 맞아버렸다, 소원 하나 제대로 빌지 못한다고.

버스 정류장에서 좀 떨어진 곳에 벤츠 한 대가 서 있었다. 고급스러운 차의 외관이 그 안에 있는 사람 또한 범상치 않은 사람임을 말해주고 있었다. 마산의 차였다. 태유가 오랜만에 농구공을 손에 들었다는 태후의 이야기를 듣고 몰래 발걸음을 한 것이었다.

그런데 예상치 못한 그림이 그곳에 있었다.

마산은 한참이나 나란히 서 있는 태유와 진이를 바라보고 있었다. 진이가 어떤 집안에, 무엇을 하는 여자인가를 떠나서 그녀와 나란히 서서 웃고 있는 아들의 얼굴이 눈에 시리게 박혀왔다. 너무도 오랜만에 보는 웃음에 산 같은 마산의 마음에도 바람이 불었다.

"출발해."

마산의 명령에 은색 벤츠는 소리도 없이 앞으로 달려나갔다.

따스한 아침 해가 창을 통해 들어와 자고 있는 승우의 얼굴에 비추었다. 똑똑, 일어나 승우! 라고 외치는 소리가 밖에서 들렸다. 영국 누렁이는 아침 기상 시간이 정확했다. 시끄러운 아침의 소음을 참지 못하고 승우는 힘겹게 눈을 떴다. 저기압이라서 아침에 일어나는 일은 언제나 힘든 일이었다. 눈을 뜨자 가장 먼저 보이는 건, 책상에 붙여놓은 쪽지 한 장이었다.

〈사랑해요.〉

진이를 안은 날, 아침에 눈을 떴을 때 그의 곁에 진이는 없고 단지 저 쪽지 한 장이 남아 있었다. 그저 네 음절의 말이지만, 진이가 어떤 생각으로 이 말만을 남겼는지 승우는 알 수 있었다. 결국 승우에게 안기는 그 순간에도 진이는 그를 혼자 돌려보낼 생각이었나 보다. 그 사실이 화가 나기보다는 아팠다. 마치 그렇게 길들여진 것처럼 끝까지 자신보다 승우를 먼저 생각하는 진이의 행동이 너무 아팠다.

네가 날 위해 선택한 게 날 보내는 거라면, 난 널 위해 무얼 해야 하는 거니?

그날 하루 종일 승우는 진이와 사랑을 나누었던 그 침대 위에서 두 사람의 미래를 생각했다. 그리고 다음날 아침 혼자서 미국으로 가는 비행기를 탔다.

미국으로 돌아온 뒤, 달라진 건 거의 없었다. 학교 수업을 듣고, 매일 모이던 스터디그룹과 같이 토론을 하고, 메디컬스쿨 입학을 위한 준비를 하느라 정신없는 시간을 보냈다.

단 하나 달라진 게 있다면 아침의 전화였다. 승우는 아침에 일어나면 가장 먼저 꼭 한 통의 전화를 걸었다.

[이제 일어난 거예요? 어제보다 늦잠 잤네.]

먼저 말을 걸어오는 진이의 경쾌한 목소리를 들으며 승우는 졸린 눈을 비볐다.

"응, 어제 리포트 쓰느라고 조금 늦게 잤어."

[아! 매일 공부만 하네.]

"그러라고 나 미국으로 쫓아냈잖아."

[에이! 맛있는 하버드 밥 먹으면서 왜 그렇게 말해요. 하버드 식당 밥이 그렇게 맛있다면서요?]

"말 돌리는 데는 선수지. 오늘 뭐 했어?"

미국에서 하루가 시작되는 시간은 한국에서 하루의 일과가 거의 끝나고 집으로 돌아가는 시간이었다. 승우는 자신의 하루가 어떨지보다 진이의 하루가 어땠는지가 더 궁금했다.

[애들이랑 달리기 경주했어요. 어떤 겁 없는 놈이 또 도전을 했거든요.]

"쿡! 전에 수영 시합했던 그 녀석이야?"

[맞아요, 수한이.]

"그래서 뭘 걸고 싸운 거야?"

어떤 거든 아이스크림의 수준을 안 넘을 거라고 생각하며 가볍게 물었다.

[키스.]

키스라는 말에 커피를 따르던 승우의 손이 뚝 멈추었다. 황진이가 쉽게 자신의 입술을 내어줄 여자도 아니지만, 감히 그딴 요구를 한 어린놈한테 짜증이 확 일었다.

"별로 재미있는 내기로 들리지는 않네."

꽤 내공이 쌓였는지 이제 남자 이야기에 불쾌한 속내를 표현하지 않게 되었다. 믿음이든지, 아니면 열여덟 살 꼬맹이라 우습게 알든지 둘 중 하나였다.

[중요한 건 제가 또 이겼다는 거죠. 그래서 그 건방진 녀석의 엉덩이를 걷어차 줬어요. 하하.]

"그건 좀 재미있군."

[음, 그리고 귀 뚫었어요. 몸에 구멍 내기 싫어서 미루고 있었는데, 오늘 드디어 뚫었어요. 하하! 별로 안 아프던데요. 하긴 지연우도 뚫고 다니는데, 저라고 못할 게 뭐가 있겠어요.]

"그래서 귀걸이 꼈어?"

[네, 나비 모양으로 된 귀걸이에 보라색 보석 박힌 건데요, 굉장히 화려해요. 춘희가 골라줬어요. 제 전속 코디네이터잖아요. 아! 모자르다고 하니까 돈도 보태줬어요. 진짜 좋은 친구예요.]

"연우는 같이 안 갔어?"

[아! 그게 연우는 아직도 저랑 말 안 해요. 뭔 말만 하려고 하면 흥! 이런다니까요. 애가 정말 은근히 독해요. 오라버니는 연우랑 통화한 적 있으세요?]

전화를 마친 승우는 진이가 보낸 사진을 프린터로 출력해서 보드 위에 붙였다. 진이가 메시지로 사진을 보내올 때마다 이렇게 출력을 해서 보드 위에 붙여두었다. 한 번은 사진 중 한 장이 없어져서 이틀 내내 그 사진을 찾아서 집 안을 뒤졌었다. 결국 렉이 자백을 하며 사진을 내놓았을 때, 승우는 남의 것을 함부로 탐한 영국 누렁이를 일주일 동안 집 밖으로 추방하였었다.

승우는 화려한 나비 목걸이를 하고 해사하게 웃고 있는 진이의 사진을 한참이나 들여다보았다. 마치 마법에 걸린 것처럼 진이는 하루가 다르게 예뻐지고 있었다. 승우는 그리움이 담긴 손길로 진이의 사진을 쓰다듬었다.

너무 아름다워지지는 마. 내가 불안하잖아.

학교를 나와 집으로 돌아가는 길, 승우는 볼일이 있다고 하면서 렉을 먼저 보내려고 하였다. 렉은 알았다고 순순히 말하고는 먼저 돌아서 집이 있는 방향으로 걸어갔다. 렉은 그렇게 열 발자국 정도 걷다가 뒤로 돌아 조심스럽게 승우의 뒤를 밟기 시작했다.

승우가 들어가는 가게를 보며 렉은 자신이 탐정으로서의 감을 타고난 게 아닌가, 감탄이 들었다. 무언가 수상하다고 생각했는데 역시나 맞았다. 승우가 들어간 가게는 쥬얼리샵이었다. 코리안 프린스가 정말 연애를 하긴 하는 것이었나 보다.

승우는 열심히 귀걸이를 고르느라 렉이 가게 안으로 들어와 자신의 옆에 선 것도 몰랐다. 쉽게 고를 수 없는지 선뜻 하나를 골라 내지 못하고 한참이나 진열장 안을 들여다보고만 있었다. 걸프렌드에게 줄 선물을 고르느라 고심을 하는 지승우의 모습은 어쩐지 귀엽게까지 느껴졌다. 이건 정말 세기말적인 현상임이 분명했다.

『닥터 윌리엄의 도움이 필요하다고 하면 기꺼이 도와줄 용의가 있는데.』

렉의 목소리를 들은 승우가 흠칫 놀라며 고개를 돌렸다. 렉을 발견한 승우의 눈에는 낭패와 짜증과 반가움의 여러 감정이 섞여 있었다.

『귀걸이 사본 적 있어?』

결국 도움의 손길을 내밀었다. 생각보다 고르는 게 너무 어려웠던 것이다. 순순히 도움을 요청하는 승우의 말에 렉은 웃으면서 귀걸이들이 가지런히 놓여진 진열장 안을 들여다보았다. 렉이 귀걸이 하나를 골라낸 건 금방이었다.

『아! 이거 너한테 어울리겠다.』

『내가 할 거 아냐!』

"연우야! 너 정말 언제까지 이럴 거야! 나랑 평생 말 안 할 거야?"

참다 참다 결국 폭발한 어머니가 성을 내며 외쳤다. 하지만 연우는 대꾸도 없이 그대로 집을 나섰다. 어머니가 해준 아침은 쳐다보지도 않았다. 어머니가 쫓아 나와서 방송국까지 태워준다고 붙잡았지만, 끝까지 뿌리치고 연우는 택시를 타고 가버렸다. 연우는 승우가 집에 다녀간 뒤부터 어머니와의 대화를 단절하고 있었다. 그러니까 이건 지연우만의 데모였다. 자신의 절친한 친구와 사랑하는 오빠를 위한. 그리고 그 파장은 상당한 것이었다. 연우의 냉대는 어머니에게 삶의 기쁨이 송두리째 사라진 것과 같은 무게였다.

김 여사가 허무하게 집으로 다시 들어섰을 때, 막내 신우가 부엌에서 우유를 마시고 있었다. 하지만 어머니는 그대로 안방으로 들어가 버리셨다. 신우는 힘없이 사라지는 어머니의 뒷모습을 보며 미간을 찌푸렸다. 그러나 위로해 주고 싶은 마음은 없었다. 신우 역시 진이에 대한 어머니의 처사가 너무 화가 났기 때문이다. 가족들의 관심을 그리 받지 못했던 지씨 가의 미운 오리새끼 지신우를 가장 많이 챙겨주었던 것은 황진이였다. 진이가 가족이 된다면 지신우로서는 못된 누나와 잔소리꾼 어머니에 대항할 막강한 아군을 얻는 것이었다. 그러니까 마지막의 마지막까지 파이팅 황진이였다.

결국 승우를 미국으로 보내는 데는 성공했지만, 그 때문에 김 여사는 세 자식 모두에게 비난을 받아야만 했다. 어쩐지 황진이보다 더 불쌍한 처지에 놓인 것 같다.

그날 하루 종일 김 여사는 전화기 앞에서 헤매었다. 전화를 걸려고 손을 뻗었다가도 금세 포기하고 다시 손을 거두었다. 결국 다른 방법을 선택하기로 한 김 여사는 소파에서 일어나 이층을 향해 외쳤다.

"지신우! 내려와 봐!"

조금 후 이층에서 회답이 왔다.

"그냥 거기서 말씀하세요."

"당장 내려오지 못해! 어머니가 부르는데 그게 무슨 예의없는 행동이야!"

신우가 툴툴 거리며 내려왔을 때, 어머니는 애써 품위를 지키며 입을 열었다.

"너 황진이 좀 만나고 와라."

어머니의 입에서 진이의 이름이 나오자 신우는 대놓고 이죽거릴 수밖에 없었다. 분명 좋은 마음으로 집에 초대하려고 하는 것이 아님을 알기 때문이다.

"왜요? 형은 죽어도 안 되니까, 제가 가서 몸으로 막으라고요?"

어린 아들의 지적에 어머니는 발끈해서 소리칠 수밖에 없었다.

"지신우! 꼭 엄마를 나쁜 사람으로 만들어야 속이 시원해?"

"왜 억울해하세요? 어머니가 황 선생님한테 못되게 군 건 사실이잖아요."

"난 내 아들을 위해 할 일을 한 것뿐이야."

"네, 그 명목으로 황 선생님하고 형한테 상처를 줬어요. 인정할 건 인정하세요. 어차피 지금 모두 어머니가 바라는 대로 됐잖아요."

점점 커지는 어머니의 목소리에 비해 신우의 목소리는 언제나 처럼 차분했다.

"정말 너까지 왜 그래! 누구라도 한 명 이 엄마 편 들어주면 안 되는 거니?"

"아무도 어머니 편 안 들어주니까, 황 선생님한테 가서 누나 화 난 것 좀 풀어달라고 부탁하라고요? 전 못해요. 너무 치사하잖아 요."

어머니는 매섭게 아들을 노려보다가 그대로 쾅 문을 닫으며 방 으로 들어가 버리셨다. 혼자 남은 신우는 길게 한숨을 내쉬며 중 얼거렸다.

"인생이란 게 얻는 것이 있으면 잃는 게 있는 거지."

열여덟 살에 인생을 논하다니, 엄한 놈이다.

제 15 장

"황진이 씨?"

집으로 가는 길목에서 자신의 이름을 부르는 소리에 진이는 멈추어 섰다. 목소리가 들린 쪽으로 고개를 돌리니 노신사가 은색 벤츠 앞에 서서 진이를 바라보고 있었다. 설마라는 생각을 하고 있을 때, 노신사가 진이에게로 걸어와서 정확히 그녀의 앞에서 멈추어 섰다. 문득 이상한 나라의 엘리스에 나오는 양복 입은 토끼가 생각났다. 그만큼 노신사의 존재가 이질적으로 느껴졌다.

"잠깐 시간 좀 내주시겠습니까?"

젊은 남자가 이렇게 말했으면 헌팅이라고 생각하게지만, 노신사는 꽤 나이가 있어 보여 그 의도가 무엇인지 알 수 없었다. 진이는 의심스런 눈으로 노신사를 경계하며 물었다.

"누구시죠?"

"마산 의원님이 황진이 씨를 잠깐 만나보고 싶어하십니다."

마산, 그 이름만으로도 거대한 산이 연상되었다. 하긴 그 대단한 두 아들을 다스리고 살아왔으니 분명 동네 뒷동산은 아닐 것이다.

진이가 노신사와 함께 벤츠를 타고 도착한 곳은 집이라는 말보다는 성이라는 말이 더 어울리는 저택이었다. 진이네 집보다도 더 넓은 정원에 백 평은 될 것 같은 웅장한 삼층 저택이었다. 무엇보다 눈길을 끈 건 삼층에 있는 유리 화원이었다. 높은 곳에 있어서 그런지 신비롭게 느껴졌다. 문득 사람들보다 더 높은 곳에 사는 건방진 화초들이라는 생각이 들었다. 그 집을 보고야 진이는 마씨 형제들이 정말 있는 집 자식들이라는 실감이 들었다. 그런데 그 낡은 아파트에서 어찌 견디면서 사는지, 새삼 신기하게 생각되었다.

노신사의 안내에 따라 진이는 서재 같은 곳으로 안내되었다. 그곳에서 범상치 않은 중년 신사가 시가를 피우며 창가에 서 있었다. 그가 마산이라는 걸, 진이는 분위기를 통해서 알 수 있었다.

"의원님, 모시고 왔습니다."

노신사는 그 말만을 전하고 바로 서재를 나갔다. 마산과 둘만 남게 되자 진이의 긴장감은 더욱더 커졌다. 도대체 날 왜 보자고 한 거지? 아무리 생각해도 마산이 자신을 부른 이유를 알 수가 없었다.

"내 아들하고 꽤 친하더군."

마산의 말에 진이는 조심스럽게 물어볼 수밖에 없었다.

"첫째아들이요, 아니면 둘째아들이요?"

둘째아들이라고 하면 당장 아니라고 말할 생각이었다.

"태유."

누군가를 부르는 부름이 그렇게 애잔할 수 있다는 걸 진이는 처음 알았다. 마산의 입에서 흘러나온 마태유의 이름은 어쩐지 너무 안타까웠다.

마산이 고개를 돌려 진이를 똑바로 쳐다보았다. 그 묵직한 시선에 진이는 저도 모르게 긴장이 되었다. 상대방을 압도하는 시선이었다. 역시나 정치인다운 카리스마였다. 무언가 잔뜩 압박을 주는 분위기와 달리 마산의 입에서 나온 말은 꽤 평범하였다. 그래서 더 이상했다.

"나의 말을 내 아들에게 좀 전해주었으면 하네."

말 전하는 거야 전화 한 통을 해도 되고, 주위에 깔린 직원들 시키면 될 걸 굳이 생판 안면도 없는 자신을 부른 이유가 무엇인지 진이는 알 수가 없었다.

"장수진이라는 여자에 대해."

장수진이라는 이름에 진이의 눈빛에서 작은 파동이 일어났다. 설마 마산의 입에서 그 이름을 듣게 될 줄은 몰랐다. 진이는 이 순간에야 태유의 여자에 이름을 알 수 있었다. 진이는 떨리는 목소리로 물었다.

"어째서……?"

어째서 십 년 동안이나 꼭꼭 숨기고 있던 비밀을 지금에야, 그리고 자신에게 말하려 하는지 진이는 이해할 수가 없었지만, 마산으로서는 이제야 말을 전할 상대를 찾은 것뿐이었다.

십 년 동안 봉해졌던 비밀의 상자를 여는 열쇠는 단 하나뿐이었다. 그건 마태유의 미소였다. 그러니까 그 미소의 끝에 서 있는 황진이는 무조건 마산의 말을 마태유에게 전해야 했다. 그녀에게 거부권은 없었다.

딩동!

일요일 아침, 잠을 자고 있던 태유는 초인종 소리를 듣고 잠에서 깨어났다. 태후라도 있다면 나가보라고 떠맡길 텐데, 어딜 갔는지 태후는 며칠 동안 코빼기도 안 보이고 있었다. 초인종 소리가 쉽게 끊이지 않자 결국 침대에서 몸을 일으켜 바로 현관문으로 걸어갔다.

"누구세요?"

"황진이에요."

잠이 덜 깬 눈으로 방문자의 신분을 묻던 태유는 문밖에서 들려오는 진이의 목소리에 놀라서 눈을 번쩍 떴다. 현관문 바로 옆에 있는 거울을 통해 산만하기 그지없는 머리와 얼굴을 확인한 순간 마음이 급해졌다.

"아! 십 분, 아니, 오 분만 기다려 줄래?"

"아뇨. 지금 안 열어주시면 문 부숴 버릴 건데요."

장난스런 진이의 대답에도 태유는 웃을 수가 없었다. 왜 미리 연락도 없이 이렇게 아침 일찍 찾아왔는지 살짝 진이의 기습 방문이 원망스럽기도 했다. 결국 태유는 현관문만 열고 진이가 자신의 모습을 보기 전에 바로 욕실로 달려가 버렸다.

집 안으로 들어오던 진이는 쾅하고 닫히는 욕실 문소리를 듣고 피식 웃어버렸다. 역시 마태유도 인간이라 언제나 준비된 모습으로 있을 수는 없는 것이었다. 진이는 그 사실이 정감있어서 더 좋았는데, 마태유는 그렇지 않았나 보다.

샤워를 말끔히 하고 욕실에서 나오면서 작게 투덜거렸다.

"찾아올 거면 전화로 미리 이야기를 했어야지."

"음! 오늘 콘셉트가 서프라이즈라서 그럴 수가 없었어요."

"서프라이즈?"

태유의 젖은 머리에서 물이 뚝뚝 떨어져 얼굴을 타고 내려왔다. 그저 아직 마르지 않은 물기일 뿐인데, 마치 피가 흐르는 것처럼 보여 진이는 태유 모르게 입술을 깨물었다 바로 웃으면서 말했다.

"저랑 데이트할래요?"

진이의 말에 태유는 놀란 듯 눈을 크게 떴다.

"정말 서프라이즈군."

데이트라니, 그게 어떻게 하면 되는 거였지?

준비를 마치고 나온 마태유의 모습은 완벽했다. 시원해 보이는 네이비블루 컬러 스트라이프 셔츠에 색이 멋있게 든 청바지를 입고, 그 위에 깔끔하게 짧은 화이트 점퍼를 입어 마무리했다. 그리고 아직도 촉촉이 젖어 있는 머리와 벌어진 셔츠 사이로 보이는 강인한 쇄골이 뇌쇄적인 분위기를 풍기고 있었다. 너무도 멋있는 모습에 그냥 즐겁게 데이트만 하고 싶었다. 하지만 오늘 말하지 못하면 평생 말하지 못할 것 같았다. 당신은 모르겠죠, 오늘 이 집

초인종을 누르기 위해 제가 얼마나 많은 망설임을 물리쳐야 했는지.

"혹시 가고 싶은 곳 있으세요?"

진이의 질문에 태유는 잠시 골똘히 생각하다가 입을 열었다.

"글쎄."

"음, 굉장한 대답이네요. 결국 어디든 좋다는 소리죠? 그럼 우리 배부터 채울까요?"

태유를 집에서 데리고 나온 것은 진이였지만, 밥을 먹으러 간 식당은 태유가 아는 곳이었다. 조용하고 깨끗한 느낌의 초밥집이었다.

"초밥 좋아하세요?"

"응, 생선 들어간 음식을 좋아해."

"아! 단백질 섭취를 많이 해서 그렇게 키가 크신 거예요?"

"그런가?"

"에이! 대답이 너무 겸손하잖아요. 자랑해도 돼요. 그냥 타고났다고 해도 흉 안 봐요."

손사래까지 치며 진이가 하는 말에 태유는 웃으며 대답했다.

"응, 타고났어."

"결국 처음부터 그렇게 말하고 싶었던 거죠?"

"응."

"왜 자꾸 응이라고만 해요! 좀 다른 말도 해보세요."

짓궂게 말을 걸고 늘어지는 진이의 말장난에 태유는 웃으면서 '그래'라고 짧게 대답했다. 진이의 짓궂은 말장난에 끝까지 웃는 사람은 흔치 않은데, 아마도 마태유는 십 년 동안이나 누군가를 기다리다 보니 마 보살이 되었나 보다.

정갈하게 요리된 모듬 초밥이 나왔다. 다양한 종류의 초밥을 보며 진이는 즐거운 비명을 질렀다. 너무 좋아하는 진이의 얼굴을 보며 태유가 물었다.

"초밥 좋아해?"

"네, 전 먹는 건 다 좋아요."

"굉장한 대답이네. 많이 먹어."

자신의 말을 따라 하는 태유를 진이는 곱게 흘겨보며 참치초밥을 입에 넣었다.

"세상을 행복하게 사는 거 생각해 보면 별거 아니에요. 우선 배고픈 배가 가득 차면 포만감에 행복하잖아요. 사람들이 너무 큰 행복만 쫓느라 작은 행복들을 놓치고 사는 거 같아요. 아니에요?"

진이가 초밥을 우물우물 씹으며 말했다. 복스럽게 먹는 진이의 모습을 지켜보며 태유는 조용히 웃었다. 확실히 밥 먹는 그녀의 모습은 행복해 보였다. 태유도 젓가락을 들어 연어알초밥 하나를 입에 넣었다. 행복이 입 안에서 톡톡 터졌다.

음식을 배불리 먹고 식당을 나온 두 사람은 다음 목적지 때문에 잠시 거리에서 지체하여야 했다.

"이번엔 태유 오라버니가 가고 싶은 곳으로 가요. 그 다음에 제가 가고 싶은 곳으로 갈 거예요."

"그냥 당신이 가고 싶은 곳으로 가."

"그렇게 빨리 저랑 헤어지고 싶으신 거예요?"

"뭐?"

"제가 가고 싶은 곳은 마지막이 어울리는 곳이에요. 그러니까 지금은 태유 오라버니가 가고 싶은 곳으로 가요."

더 이상 진이의 고집을 꺾을 수 없다고 생각한 태유는 잠시 가고 싶은 곳을 생각했다. 한참이나 생각을 하는 태유를 진이는 참을성있게 기다렸다. 2월의 태양은 제법 따스해서 포근하게 느껴질 정도였다. 오늘은 정말 데이트하기 최상의 날씨였다.

"스케이트."

태유의 말이었다. 스케이트. 진이는 만족한 듯 웃으며 태유의 제안을 받아들였다.

"좋은 선택이네요."

역시 당신은 사업가보다는 운동선수가 어울려요.

스케이트장에 도착해 스케이트로 갈아 신은 후 얼음판에 발을 들여놓자마자 진이는 요란한 소리를 내며 넘어졌다. 하필 넘어져도 앞으로 꼬꾸라져 얼굴이 그대로 차가운 얼음 바닥과 키스하였다.

으윽! 차가운 걸 보니, 네가 정녕 얼음이 맞구나.

키익! 바로 앞에서 멈추어서는 스케이트를 보고 진이는 힘겹게 고개를 들었다. 마태유가 놀란 눈으로 내려다보고 있었다.

"설마, 못 타?"

진이는 넘어진 민망함을 무마하기 위해 배시시 웃으며 말했다.

"아마도 그런 것 같네요."

운동이면 뭐든 쉽게 익혔기에 금방 배우겠지 하는 마음에 쫓아온 것이었다. 태유는 넘어진 진이를 향해 손을 뻗었다. 진이가 태유의 손을 잡자 강인한 힘에 의해 한 번에 일어설 수 있었다. 하지만 역시나 불안정한 스케이트 날이 휘청거리면서 앞으로 다시 넘어져 내렸고, 이번엔 차가운 얼음 바닥이 아니라, 따스한 태유의 품으로 쓰러졌다. 두근, 태유의 심장 뛰는 소리가 가까이서 들려왔다. 두근, 그 강렬한 생명력이 전해져 오자 어쩐지 너무 슬퍼져 버렸다. 진이는 애써 웃으며 고개를 들어 태유의 얼굴을 보았다.

"헤헤, 넘어지니까 정말 아프네요."

아프다는 진이의 말에 태유가 걱정스러운 눈으로 물었다.

"그럼 다른 데로 갈까?"

"아뇨, 이대로 포기할 순 없죠. 가르쳐 주세요. 배울게요."

진이는 태유에게 스케이트를 배운 지 삼십 분 만에 완벽하게 혼자 설 수 있게 되었다. 그리고 한 시간이 지났을 때, 혼자서 기술을 터득해 나갔다. 진이가 완전히 스케이트를 배운 순간부터 태유는 제자리에서 조금씩만 움직이면서 진이가 타는 모습을 바라보았다.

진이는 스케이트를 타고 태유의 주위를 빙빙 돌면서 태유에게 물었다.

"연우가 그러는데, 마태후는 돈을 쓰레기통에 보관해 둔다면서요?"

"아! 그 녀석은 은행보다 자신의 쓰레기통을 더 믿으니까."

"믿었던 쓰레기통에 배반당하면 꽤 쓰리겠죠?"

농담 같은 말을 흘려듣던 태유는 순간 놀란 눈으로 진이를 바라보았다.

"설마?"

진이는 손가락으로 쌍권총을 날리며 경쾌하게 외쳤다.

"맞아요! 그 설마예요. 우리 쓰레기통 털러 가요."

아! 혹시 황진이가 말했던 데이트 코스의 마지막은 감옥인가?

"이건 무모한 짓이야."

태유는 으리으리한 자신의 집으로 걸어가는 진이를 따라가며 계속해서 만류하였다. 하지만 진이는 걸음을 멈추지 않았다. 오히려 물러나는 태유를 부추겼다.

"걱정 마세요. 범행은 모두 제가 저지를 테니 태유 오라버니는 구경만 하세요."

"차라리 내가 쓰레기통 하나 좋은 걸로 사줄까?"

"아뇨. 제가 원하는 건 오직 마태후의 쓰레기통이에요."

"태후한테 한 번 찍히면 평생 괴로워."

"훗! 전 악당을 두려워하지 않아요."

솔직히 지금 입장에서는 남의 물건 건드리러 가는 진이가 악당이었다. 하지만 태유는 굳이 그것까지는 지적하지 않았다. 아무래도 진이가 끝까지 일을 감행할 것 같았기에 태유는 그냥 지켜보기로 했다. 어차피 장난 같으니까.

"이상하군."

집 안으로 들어온 태유는 집에 사람 그림자가 아무도 없는 것을 알고 알 수 없는 괴리감을 느꼈다. 태어날 때부터 살았던 집인데 항상 이 집 안에 있던 사람들이 보이지 않자, 꼭 낯선 집에 온 것 같은 느낌이 들었다.

"다들 어디 간 거지?"

"휴가라도 받았나 보죠. 마태후 방이 어디예요?"

태유가 가르쳐 준 덕분에 진이는 쉽게 태후의 방으로 들어갈 수 있었다. 방이 비어 있는 걸로 봐서 태후도 부재중인 것 같았다. 진이는 의미심장한 미소를 지으며 침대 옆에 놓인 쓰레기통으로 걸어갔다. 진이가 쓰레기통을 열었을 때, 역시나 연우의 말대로 그곳에는 만 원짜리 지폐가 한가득 들어 있었다. 하여튼 마태후라는 남자는 상식을 벗어나는 인간이다. 진이는 만 원짜리 한 장을 꺼내고, 그 안에 쪽지를 적어서 넣어두었다. 쪽지의 내용은 이러했다.

〈내가 과연 얼마나 털어갔을까요? ─괴도 황.〉

아무리 철두철미한 마태후라도 이 돈들을 다 새고 있을 것 같지는 않았다. 왜냐하면 그는 태어날 때부터 부잣집 아들이었으니까. 아마도 몇 날 며칠은 머리를 싸매고 분해할 것이었다. 그거면 족하였다.

"왜 만 원만 꺼내?"

태유의 질문에 진이는 자랑스럽게 만 원을 들어 올리며 말했다.

"예전에 마태후가 우리 학교에 왔을 때 돈 없다고 해서 제 돈으로 대신 차비했거든요. 그 차비를 받아가는 거예요."

진이는 쓰레기통 범죄를 끝내고 태유의 옆으로 걸어와서는 말했다.

"그럼 태유 오라버니 방은 어디예요?"

"왜? 난 쓰레기통에 돈 안 넣어두는데."

"걱정 마세요. 아무것도 안 가져가요. 그냥 구경만 할 거예요."

태유는 진이를 데리고 이층 자신의 방으로 갔다. 주인이 오랫동안 방을 비우고 있었으나 방 안은 언제나처럼 깔끔했다. 진이는 깨끗하고 넓은 태유의 방 안을 둘러보았다. 한쪽 벽면을 가득 채우고 있는 트로피들이 가장 먼저 눈에 들어왔고, 그 밖에는 평범했다. 킹사이즈의 침대, 고급스런 홈시어터, 책이 꽉 들어차 있는 책장. 사방을 둘러보던 진이의 눈이 마지막에는 천장에 고정되었다. 태유의 시선도 진이의 눈을 따라 천장으로 향했다. 하지만 그곳에는 전등 말고 아무것도 없었다. 진이가 왜 그곳을 보는지 태유는 알 수 없었다.

"그런데 계단은 이층에서 끝인데, 밖에서는 삼층까지 있더라고요. 왜 그런 거죠?"

진이의 질문이었다.

"아! 삼층은 다락이야. 집 안에서는 들어갈 수 없고, 밖에서 이동식 사다리를 놓고 올라가야 해. 원래 없었는데, 태후가 말썽을 피우기 시작하면서 아버지가 일부러 만들어놓으신 곳이야."

"한마디로 감옥이네요."

"그렇다고 할 수 있네. 태후한테는 말이지, 태후가 잘못하면 항상 그곳에 가둬두시고는 허락이 떨어지기 전에는 절대로 못 나오게 했거든. 한 번은 태후가 억지로 나오려다가 떨어져서 다리가 부러진 뒤로는 더 이상 거기 가두는 일은 없어졌지만."

"아! 그럼 원래 유리로 된 감옥이 아니었나요?"

"응, 어머니가 화원을 갖고 싶다고 하셔서 아버지가 화원으로 개조한 다음 여러 가지 화초들을 심어놓으셨어."

"그런데 왜 계단이 없어요?"

"계단을 만들려고 할 때 어머니가 돌아가셨거든. 그래서 화원만 덩그러니 남은 거야."

화원의 주인이 될 어머니가 안 계셨기에 더 이상 그곳에 계단을 만들 의미가 사라져 버렸다. 그리고 그 후 남아 있는 가족 중 아무도 삼층의 화원에 간 적이 없었다. 왜냐하면 그곳에는 계단이 없기 때문이다. 직접 사다리를 타고 그곳까지 올라갈 열정을 가진 사람은 이 집에 아무도 없었다.

그런데 몇 년 뒤 아버지는 그 화원을 가꿀 정원사를 채용하였다. 사다리를 타고 삼층에 올라가는 정원사를 수도 없이 봤었다. 모든 걸 의미없이 보기만 해서 그게 잘못되었다는 걸 태유는 십년이 지난 이제야 깨달았다.

정원사는 고용하셨으면서 왜 계단은 만들지 않으신 거지?

태유의 얼굴이 점점 굳어갔다. 설마라는 느낌이 숨통을 쥐어왔다. 막막하기만 하던 안개 속을 헤치며 등대의 불빛처럼 진이의 목소리가 또 들려왔다.

"혹시 잠을 잘 때 궁금한 적 없어요? 당신의 머리 위에는 무엇이 있을까 하고."

흔들리는 태유의 눈을 보며 진이도 같이 흔들렸다.

제발 버텨줘요. 당신은 강한 사람이잖아요.

태후는 연우와 데이트 중이었다. 그런데 오늘 마태후는 조금 이상했다. 그답지 않게 너무 상냥했던 것이다.

"그리고 또 뭐 사고 싶은데?"

"또요?"

이미 태후가 사준 선물을 한아름 안고 있던 연우는 놀라며 물었다. 처음엔 옷을 사준다고 해서 핑크빛의 화사한 원피스를 샀다. 그 다음엔 세트로 구두를 사준다고 해서 라인이 멋진 하이힐도 샀다. 그리고는 허전한 목에 걸 목걸이를 사야 된다고 해서 목걸이도 샀다. 그리고 가방이며, 시계, 머리핀, 더 이상은 사고 싶은 게 생각도 나지 않았다. 그런데 태후는 어서 말하라며 재촉까지 한다.

"이제 됐어요. 이거면 충분해요. 다음에 사줘요."

"무슨 소리야! 겨우 이까짓 거 산 걸로 만족이라고? 세상에 돈 주고 살 수 있는 물건이 얼마나 많은데."

태후의 선물에 기분이 좋던 연우는 이제 슬슬 의심이 들기 시작했다. 주위에서 주워들은 말에 의하면, 남자가 갑자기 잘해줄 때는 십중팔구 다른 여자랑 바람을 피웠을 때라고 했다. 하지만 연우는 증거도 없는 일로 태후를 의심하고 싶지 않았다. 대신 그의 사랑을 확인하고 싶었다. 돈은 결코 사랑을 확인하는 잣대가 될 수 없었기에 선물로는 안 되었다.

"그럼 선물 대신 여기서 나 안아줘요."

사람들이 붐비는 백화점 안이다. 다른 때 같으면 너 미쳤냐는 눈으로 쳐다볼 태후가 연우의 말이 끝나기도 전에 그녀의 작은 몸을 끌어안았다. 연우는 태후가 사준 선물들과 함께 그의 품안에 묻혔다.

  "그리고 또?"

  그리고 또 태후는 연우가 원하는 걸 물어왔다. 오늘 이 남자 정말 환장하게 멋있다. 연우는 몽롱한 행복감에 취해 저도 모르게 말했다.

  "사랑한다고 말해줘요."

  사랑한다는 말에 인색한 태후에게 사랑을 부탁했다. 뜨거운 숨결과 함께 깊게 잠긴 태후의 목소리가 연우의 귓가에 들려왔다.

  "죽을 때까지 내 곁에 있어줘야 해."

  사랑해라는 말보다 더 치명적이다. 지금 이거 프러포즈 맞지?

  태후의 말에 연우가 혼란과 기쁨 속에서 허우적대고 있을 때 태후는 연우의 어깨에 얼굴을 묻고 차 오르는 격정을 삭이고 있었다. 태후는 오늘 아침에 아버지에게서 수진에 대해 들었다.

  형! 그 여자 찾아서 이제는 행복해?

  같은 시간, 마산은 허름한 술집에 앉아 한 남자와 술을 마시고 있었다. 같은 연배로 보이는 두 남자는 말없이 서로의 술잔에 술을 따라주며 주거니 받거니 했다. 마산과 술을 마시고 있는 남자는 태유도 아는 사람이고, 태후도 아는 사람이었다. 아무도 가지 않던 삼층 유리 화원을 십 년 동안 혼자 관리해 왔던 정원사 장 씨였다. 아마도 그가 힘들게 사다리를 타고 올라가 그 높은 곳에서 지켜왔던 건 아무도 봐주지 않는 화초만은 아니었던 듯하다.

온 사방이 유리로 된 화원 안은 동화나라에 나오는 성 같았다. 유리방 안에는 완벽하게 공기 정화가 되어 있는지 밖보다 더욱 쾌적한 느낌이 들었다. 한 번이라도 이 높은 곳에서 밤하늘의 별들과 같이 살고 있는 화초들을 구경할 여유가 있었다면 금방 알 수 있었을 것인데, 죽어 있던 태유의 시간은 그런 여유조차 가지지 못했던 것이다. 진이가 말하기 전까지 자신의 집에 이런 곳이 있다는 것도 잊고 살았었다.

처음으로 사다리를 타고 유리방에 들어선 태유는 천천히 안으로 걸어 들어갔다.

화초들에 둘러싸인 유리성에서 그녀는 동화 속 잠자는 마리 공주였다. 그녀를 깨워줄 왕자님을 기다리며 아주 긴 잠을 자고 있는 공주님, 백만 번의 키스를 하면 잠에서 깨어나는 장다르크. 칼조차 집어들 수 없는 굳은 손으로 멈추어 선 시계 바늘을 안간힘을 쓰며 부여잡고서 그가 자신을 찾아낼 때까지 이 유리성에서 기다리고 있었나 보다.

그녀는 잠을 자는 듯 고요하였다. 십 년이나 지났는데, 아니, 이제는 십일 년인데, 어떻게 이리 변하지 않았는지. 여전히 너무 고와 웃음까지 나왔다. 하지만 웃음은 바로 오열로 변했다.

네가 여기 있었구나. 바로 내 위에 있었는데, 내가 바보처럼 찾지도 못했네. 날 얼마나 원망했니. 날 얼마나 욕했을까.

넌, 넌 항상 내 곁에 있었구나.

진이는 혼자서 태유가 들어간 유리방의 문 앞을 지키고 있었다. 닫혀진 문 사이로 울고 있는 그의 목소리가 들려왔지만, 애써 못 들은 척했다. 진이가 지금 해야 할 일은 문지기였다. 아무도 그가 우는 모습을 보지 못하게, 그가 우는 소리를 듣지 못하게 이 문을 지켜야 했다. 저 멀리 해가 지고 있었다. 핏빛 노을이다. 그 잔혹한 아름다움을 진이는 말없이 쳐다보았다. 아마도 오늘 이 곳에서 본 노을을 아주 오랫동안 기억하게 될 것 같았다.

띠리리리 띠리리리. 핸드폰이 울렸다.

[내가 좀 일찍 전화했지?]

평소보다 두 시간이나 이른 시간에 걸려온 승우의 전화였다. 아침잠이 많은 승우를 생각한다면 정말 놀라운 일이었지만 진이는 놀랄 기운이 없었다.

[이상한 꿈을 꿔서 잠이 깨버렸어. 혹시 말이야, 오늘 무슨 일 있었니?]

"……."

[황진이! 내 말 듣고 있어?]

"오라버니."

[목소리가 왜 그래? 너 설마 울어?]

"난요, 행복해요."

[왜 우는 거야?]

"이렇게 듣고 싶을 때 오라버니 목소리 들을 수 있어서 행복해요."

[진이야! 무슨 일이냐니까?]

"십 년만 지나면 평생 같이 있을 수 있어서 행복해요."

[황진이! 자꾸 딴소리할래!]

"오라버니가 건강해서 행복해요."

[당장 말 안 하면 나 지금 한국 간다!]

"으허엉! 오라버니 키스 백만 번 할 때까지 꼭 제 옆에 있어줘야 해요! 꼭이에요."

시간이 슬픔에 잠긴 사이 검은 어둠이 붉은 태양을 삼켜 버렸다. 밤하늘의 별들이 제 둥지를 틀고 앉아서 소리없는 담소를 나누고 있다. 영롱한 빛은 별들의 미소다. 너희들은 웃고 있구나. 하지만 빛을 잃어버린 사랑에 남자는 웃을 수 없어서 울고 있다. 그 소리가 너무도 서럽게 들려 영겁의 세월 그 자리를 외로이 지켜온 달이 묻는다. 그래도 찬란한 추억이 있어 마지막 순간에는 행복했었다고 말할 수 있지 않느냐고. 하지만 지금을 사는 인간은 지금의 아픔에 심장이 찢기고, 마음이 부서져 내린다.

내 눈물을 기억하지 마라. 나 역시 너와의 행복한 기억만 추억할 테니까, 제발, 제발 내 눈물만은 기억하지 마라.

미국 보스턴 케임브리지에 거주 중인 엘리트들의 아침은 꽤 부산했다.

『뭐 하는 거야?』

렉은 아침 일찍부터 부산을 떠는 승우를 보며 하품을 했다. 승우는 서랍이란 서랍은 다 뒤지고 있었다. 마지막 남은 서랍 안을 휘저어서 내용물을 확인하며 렉에게 물었다.

『내 여권이 안 보여! 너 혹시 봤어?』

『뭐? 그걸 왜 찾아? 학교 갈 때 비행기 안 타도 되거든! 신발만 있으면 돼!』

『한국 갈 거야!』

승우의 말에 렉은 과장되게 한숨을 쉬며 말했다.

『내가 이럴 줄 알았어! 아침마다 전화하고 벽에 덕지덕지 사진 붙일 때부터 알아봤어!』

렉의 말에 낌새를 알아 챈 승우의 머리가 무섭게 돌아가서 렉을 쏘아보았다.

『네가 숨겼지?』

『음! 엄밀히 말하면 나 혼자만의 작품은 아냐. 우린 모두 너의 심리적 상태를 걱정해서…….』

『당장 내놓지 못해! 이 영국 누렁이!』

『누렁이? 그게 무슨 소리야? 욕이지? 그렇지?』

성이 난 승우가 던진 쿠션을 받아내며 렉도 같이 화를 내었다. 이해심이라는 신사는 아직도 취침 중인 아침이었던 것이다.

『진이가 울고 있다고! 당장 내 여권 내놔!』

행복합니다. 어디에 있던 내 눈물이 마르기 전에 달려와 줄 당신이 이 세상에 존재한다는 사실에 눈물 나게 행복합니다.

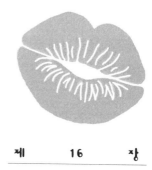

제 　 16 　 장

또다시 시간은 흘러 삼 개월이 지났다. 그동안 일어난 가장 획기적인 사건은 태후와 연우의 약혼식이었다. 5월 15일에 두 사람은 약혼식을 하기로 했다. 아픔만 가득한 그날에 행복의 기억을 심는다. 부디 그 씨앗이 무럭무럭 커 행복만 가득한 하루로 다시 돌아오길 바라본다.

하지만 약혼식을 올리려면 반드시 해결해야 할 문제가 있었다. 발칙하게도 연우는 어머니에게 약혼식에 초대하지 않겠다는 엄포를 놓은 것이다. 어머니는 그것 때문에 거의 기절하기 직전까지 휘청하셨다. 결국 유학 가 있는 승우에게 도움을 청할 수밖에 없었다.

"연우야!"

승우가 타이르는 목소리로 연우의 이름을 불렀다. 하지만 연우가 입을 꾹 다문 채 열지 않자 이번엔 조금 힘을 담아서 연우의 이름을 불렀다.

"지연우!"

"왜 나만 가지고 그래! 엄마가 먼저 잘못했잖아. 엄마가 나빴어. 나 엄마한테 실망했단 말이야! 그래서 엄마가 약혼식에 오는 거 싫어!"

"연우 네가 어떻게 나한테 이러니! 내가 누굴 위해 살았는데."

김 여사는 더 이상 참을 수 없으셨는지 손수건을 꺼내 눈가를 닦으셨다. 한계였던 것이다. 곱게 키운 딸이 자신을 약혼식에도 초대하지 않을 줄이야. 이건 생각도 못한 충격이었다.

"나도 알아! 엄마가 나한테 어떻게 했는지! 그래서 엄마한테는 나만 소중하고 오빠만 소중해? 내 친구는 상처받든 말든 상관없다는 거야? 엄마가 진이를 상처 준 순간 나한테도 똑같이 상처를 준 거야! 그리고 오빠……."

승우를 대변하려던 연우는 승우의 얼굴이 보이는 순간 방아쇠를 어머니에게서 승우로 바꿨다.

"오빠도 나빠! 어떻게 나한테 감쪽같이 속일 수 있어! 오빠보다 내가 더 진이를 많이 안단 말이야! 내 제일 친한 친구라고! 나한테 제일 먼저 말했어야지! 오빠도 내 약혼식에 오지 마!"

지연우는 아군인 동시에 적군이었다. 그리고 지씨 가에서 가장 높은 자리에 앉아 있는 사람이기도 했다. 아무도 지연우의 힐책을 막을 수 없었다. 어머니는 계속해서 우시고, 지승우는 머리 숙여 사과했다.

"미안. 내가 어떻게 하면 네 화가 풀리겠니?"

좋은 기분으로 진이를 만나려면 우선 연우의 기분부터 풀어주어야 했다. 그러니까 지승우는 동생 연우의 기분을 풀어주기 위해 최선을 다할 생각이었다.

진이는 중앙병원 1004호실로 가고 있었다. 장수진의 병실이었다. 더 이상 찾아가기 힘든 그 높은 곳에 있을 이유가 없었기에 엘리베이터가 있는 곳으로 옮겨진 것이다.

수진은 사고 당시의 충격으로 쭉 식물인간 상태였다고 한다. 그리고 십 년 동안이나 수진과 화초들을 돌보았던 정원사는 수진의 아버지였다. 매일같이 삼층에 사다리를 대고 올라가던 그 털보 남자가 수진의 아버지였다는 걸 안 순간 태유는 웃을 수밖에 없었다. 태유가 그렇게 찾아도 찾을 수 없었던 수진의 유일한 가족조차 태유네 집에 같이 살면서 수진을 보살펴 온 것이다. 마산의 부정(父情)은 정말이지 한마디로 정의할 수 없는 것이었다. 옳은 듯하면서도 너무하다는 생각이 들기도 하고, 대단한 듯하면서도 지독하다는 생각이 들기도 한다.

태유는 십 년 동안이나 이어진 아버지의 처사에 대해서 아무런 말도 하지 않았다. 그저 조용히 다시 집으로 돌아갔다. 하지만 그가 가장 많은 시간을 보내는 곳은 수진이 있는 1004호 병실이었다. 십일 년 만에 만난 연인은 계속해서 잠만 잤지만, 그래도 태유는 수진의 옆에서 평온해 보였다. 처음 수진을 찾은 날 이후 태유는 더 이상 눈물을 보이지 않았다. 그녀가 깨어날 가망성이 없다는 이야기를 들었을 때도 그는 초연했다. 흘러 버린 시간 속에서 아픔이 마모된 것인지, 아니면 참고 또 참고 있는 것인지 그건 태유 자신만이 알 일이었다.

병실에 들어섰을 때 진이의 눈에 태유의 팔에 채워진 시계가 보였다. 수진의 손에 꼭 쥐어져 있었던 물건이라고 했다. 십일 년이나 지나서 전해진 수진의 마지막 선물이었다. 너무 오랜 시간이 지나 시계는 더 이상 가지 않고 멈춰 있는데, 태유는 그걸 손목에 차고 있었다. 멈추어진 시계, 그게 부디 슬픔만으로 가득 차지 않았으면 바란다.

"무슨 생각 하세요?"

진이의 질문에 수진과 같이 멈추어 있던 태유의 시간이 움직였다. 태유는 조금 고개를 움직여 자신의 옆에 서 있는 진이의 얼굴을 바라보았다. 태유의 얼굴에 스치는 미소를 읽고 진이도 같이 웃었다.

"제주도."

"아, 제주도. 저도 한 번 가봤어요."

"옛날에 수진이가 태후를 따라서 같이 간 적이 있었는데."

"당신이 아니라, 마태후라고요? 당신 동생은 여기저기 다 끼는군요."

"그래, 태후랑 같이 제주도에 갔었는데 굉장히 좋았었나 봐. 그래서 다음에 농장을 한다면 그곳에서 하고 싶다고 했어."

"농장이요?"

"수진이는 농학과였어. 감자 심고, 옥수수 심고, 꽃도 심고. 아버지랑 같이 농장을 하며 살고 싶다고 했었어. 그래서 한가로운 시간에는 아버지는 글을 쓰고 자신은 노래를 부르며 살 거라고."

"아, 역시. 그래서 물 좋고 공기 좋고 땅도 좋은 제주도에서 살고 싶다고 했구나."

"아니, 그런 이유는 아니었어."

"네? 그럼 무슨?"

"한 번 가봤다며, 도시와 다른 점 느낀 거 없어?"

"그러니까 물 좋고, 공기 좋고, 차도 없고, 빌딩도 없고. 사람들도 굉장히 한가로워 보이고. 가는 곳마다 바다가 보이고."

"그래서 제주도에는 시간이 느리게 흐른대."

"시간이…… 느려요?"

"그래, 하루의 시간이 아주 길고 평화롭다고 하더라고."

진이는 앉아 있는 태유를 내려다보았다. 어쩐지 그가 이런 말을 하는 게 어떤 이유가 있을 것 같았다. 하지만 태유는 더 이상 아무 말도 하지 않고 수진의 얼굴만 바라보았다.

"약혼식 시간 다 되어가는데 안 가실 거예요?"

오늘 진이가 여기까지 온 건 태유를 약혼식장까지 데리고 가기 위해서였다. 하지만 태유는 일어날 생각을 하지 않았다.

"일어나세요. 수진 씨 몫까지 축하해 줘야죠."

말썽꾸러기 마태후가 오늘 한 여자와 약혼을 한다. 시간은 멈추지 않고 흐르고 있는 것이다.

진이와 태유가 약혼식장까지 도착했을 때 가장 먼저 만난 사람은 건물 앞에서 진이를 기다리고 있던 승우였다. 태유가 작게 진이에게 말했다.

"가봐."

진이가 올려다보자 태유가 작게 미소를 짓고는 먼저 약혼식장 안으로 걸어 들어갔다. 잠시 스쳐 지나가는 사이 태유와 승우는 서로 가볍게 목례를 했다. 태유가 먼저 들어가고 승우가 천천히 진이에게 걸어왔다.

"오랜만이지?"

정말 오랜만이었다. 호텔에서의 밤 이후 처음이었다.

"내가 보내준 옷 입었네."

진이는 승우가 보내준 하얀 원피스를 입었다. 그리고 승우가 보내준 귀걸이도 했다. 승우는 손에 들고 있던 분홍 장미 코사지를 진이의 왼쪽 가슴에 달아주었다. 그리고 넋이 나갈 정도로 아름다운 미소를 지으며 말한다.

"마지막은 내가 직접 달아주고 싶었어."

사랑을 하면 여자만 사랑스러워지는 줄 알았지, 남자까지 사랑스럽게 변할지는 몰랐다. 요즘 지승우는 진이에게 자꾸 무언가를 주려고만 한다. 진이는 그저 받아주기만 하면 된단다. 그래서 진이는 기쁘게 웃으며 오늘도 그의 사랑을 받았다.

"쿡! 이러니까 꼭 우리 약혼식 같잖아요."

"그럴까? 우리도 오늘 약혼할까?"

진심 같은 농담에 진이는 좋다고 말도 못하고 얼굴을 붉히며 승우를 올려다보았다.

"어머니랑 연우는 화해시키셨어요?"

"그래. 어머니는 울고, 연우는 화내고 장난 아니었어."

"에? 어머니가 우셨다고요?"

항상 도도하고 교양이 넘치는 김 여사가 울었다는 게 진이는 믿을 수가 없었다.

"그래, 이걸로 우리 집에서 가장 위대한 사람은 지연우라는 게 판명되었어. 그러니까 너도 어머니보다는 연우한테 잘 보여줘."

진이의 특기는 연우 골려주기였다. 그런데 무조건 잘 보이라니. 진이에게는 꽤나 곤란한 요구사항이었다.

"그럼 이건 궁금해서 물어보는 건데요. 연우랑 내가 싸우면 누구 편 들어줄 거예요?"

승우가 황급히 진이의 손을 잡으며 앞으로 끌었다.

"그만 들어가자."

"아! 연우 편 들어줄 거구나."

"우리 어머니한테 인사하자."

"그럼 어머니랑 내가 싸우면 누구 편 들어줄 건데요?"

"왜 자꾸 그런 질문만 하는 거야?"

"재밌잖아요."

아무리 지승우라도 진이의 심술궂은 질문들에는 도저히 대답을 할 수가 없었다.

진이가 승우의 손에 이끌려 약혼식장 안으로 들어서서 가장 처음 인사를 나눈 사람은 승우의 어머니인 김 여사였다. 김 여사는 손을 잡고 자신의 앞에 선 승우와 진이를 아무 말 없이 바라보았

다. 그래도 예전보다 누그러진 시선에 다행이라고 생각하며 진이
는 인사를 했다.

"안녕하세요."

"그래, 오랜만이구나."

진이의 자리는 승우와 김 여사 사이였다. 아무래도 연우가 일부
러 이렇게 만들어놓은 거 같았다. 진이가 작게 승우에게 속삭였
다.

"자리 바꿀래요?"

"안 돼. 이런 때 좀 친해져 봐."

"뭐라고 말하며 친해지라고요!"

"음! 어머니는 자기 자식 칭찬 듣는 걸 가장 좋아해."

"아, 역시."

"뭐가 역시야? 좋은 뜻이야."

"저도 좋은 뜻이었어요."

"전혀 안 좋은 뜻으로 들렸어. 그런 말투 절대 어머니한테 쓰지
마."

승우와의 귓속말을 끝낸 진이는 몸을 바로 하고 어려운 어머니
와의 대화를 시도했다.

"약혼식 하기에 정말 좋은 날씨죠."

어라, 그런데 날씨 이야기를 하니 할 말이 없어졌다.

그날 연우는 그 어느 때보다 아름다웠다. 그리고 마태후도 꽤
기품이 흘러 보였다. 새로운 짝으로 맺어지는 두 사람을 위해 박
수를 치며 진이는 반대편에 앉은 태유를 바라보았다. 잠시 태유와

진이의 시선이 마주쳤다. 진이는 웃음에 축복을 담아 태유에게 보냈다.

당신도 꼭 행복해지기를…….

제 17 장

"**어**디 가는 거예요?"

약혼식이 끝나고 승우는 갈 곳이 있다고 하며 진이의 손을 잡고 어딘가를 바삐 갔다. 하지만 어디로 가는 지는 쉽게 가르쳐 주지 않았다.

"금방 알게 될 거야."

돌아보며 보여주는 미소가 어쩐지 맘에 걸렸다.

"설마 인천공항은 아니죠?"

어쩐지 이대로 미국으로 끌려갈지도 모른다는 예감이 들었다. 지금의 지승우라면 불가능한 일도 아니었다. 전화에 대고 울었더니, 당장 한국에 온다고 난리를 피웠던 남자였다. 그래서 가슴이 아프지만 단호히 일침을 놔야 했었다. 오지 마요.

"아! 이런!"

승우의 손에 끌려 도착한 곳을 보며, 진이는 망연자실하였다. 오늘 아침 밥을 먹고 나왔던 곳이었다. 그리고 어제 아침에도 밥을 먹고 나온 곳이었다. 이십칠 년 동안 밥을 먹고 있는 곳이었다. 그러니까 그곳은 황씨 일가가 옹기종기 모여 사는 기와집이었던 것이다.

"여기를 이렇게 갑자기 찾아오면 어떻게 해요?"

당황하는 진이의 질문에 승우는 자신의 의견을 밝혔다.

"누가 그러는데, 이런 곳을 방문할 때는 기습방문이 좋대. 그래야 준비를 하지 않으셔서 어려운 질문이 안 나온다고 하더라고."

"누가 그러는데요?"

"마태후."

"오라버니가 언제부터 그 인간 말을 경청했는데?"

너무 흥분해서 반말이 나오고 있었다.

"사람이 언제나 실없는 소리만 하는 건 아니니까. 그 말은 왠지 공감이 가더라고. 지금 부모님 다 계시지?"

승우가 초인종을 누르려고 하자 진이는 온몸을 날려 그의 앞을 막았다.

"안 돼요!"

"왜?"

"우, 우선 제가 먼저 들어갈게요. 오라버니는 밖에서 기다리세요."

분명 어머니나 아버지 모두 펑퍼짐한 차림으로 계실 게 뻔했다.

적어도 그런 모습은 수습해야 한다는 긴박함이 진이의 머리를 지배했다. 그리고 자신의 방도 치워야 했다. 분명 어질러진 걸 아무도 치우지 않았을 것이다. 으! 일 분 안에 할 게 너무나 많았다.

진이는 승우를 대문 밖에 세워두고 빠르게 집 안으로 뛰어들어오며 외쳤다.

"비상!"

갑자기 긴급 상황임을 알리는 진이의 외침에 집 안에 있던 모든 사람들이 쏟아져 나왔다. 텔레비전 보던 아버지와 어머니, 부엌에서 요리하던 큰올케, 목욕하던 조카들, 방에서 자던 작은 오빠. 그들을 향해 진이는 외쳤다.

"당장 옷 갈아입고 청소……."

"안녕하십니까?"

"악!"

바로 뒤에서 들려온 승우의 목소리에 진이는 놀라서 비명을 지르고 말았다. 그리고 식구들은 갑자기 진이와 같이 나타난 아름다운 남자를 보고 놀란 눈을 하였다. 승우를 먼저 아는 척한 건 어머니였다.

"어머! 연우 오빠지? 오늘 연우 약혼식이라서 한국에 왔구나. 그런데 여기는 웬일이야?"

"인사차 들렀습니다."

승우의 말을 듣고 어머니의 말을 가로채 큰올케가 냉큼 말했다.

"세상에! 예의도 바르시네. 동생 친구네 집까지 인사를 다니세요?"

"아뇨, 진이네 집이라서 인사를 온 겁니다."

진이네 식구들은 잠시 그 '진이네 집'이라는 말이 어떤 뜻인지 서로 눈치를 살피며 파악해야 했다. 가장 먼저 해답을 찾아낸 건 목욕하다 뛰어나온 네 살배기 조카 윤이었다.

"아찌, 우리 고모랑 사겨?"

다 벗은 채 손가락을 들어 자신을 가리키며 당돌하게 묻는 꼬마의 질문에 승우는 웃으며 명쾌히 대답했다.

"그래."

네 살 아이와 스물여덟 살 청년의 대화가 오간 뒤, 거실 안에는 대파란이 일어났다.

"뭐여? 둘이 사귄다고? 미국에서 유학한다면서! 그런데 주구장창 한국에 있던 우리 애랑 어떻게 사귄다는 거여?"

"황진이! 네가 직접 말해봐! 저 말이 사실이야? 그래? 그런데 왜 지금까지 아무 말도 안 했어?"

"아가씨! 진짜예요? 세상에! 재주도 좋아요."

소란이 안정된 것은 안방에서 아버지와 승우가 마주 앉았을 때였다.

"흐음! 그러니까 내 딸과 교제를 허락받기 위해 온 건가?"

"아뇨, 약혼을 허락받고 싶습니다."

찰싹!

승우의 말이 끝남과 동시에 방 밖에서 누군가의 등짝 때리는 소리가 들렸다. 어머니가 너무 놀라서 진이의 등을 때려 버린 것이다. 아버지는 애써 밖의 동태를 무시하며 다시 말을 이었다.

"하지만 내가 듣기에는 자네 지금 유학 중이라고."

"네, 그래서 결혼이 아니라 약혼만이라도 하고 싶습니다."

"그러니까 내 말은 유학 기간이 아주 길다고 들었는데."

"네, 하지만 서로의 마음만 확실하다면 그런 건 상관이 없다고 생각합니다."

"하버드씩이나 다니면서 그런 말 모르나? 몸이 멀어지면 마음이 멀어지네. 그렇게 오래 떨어져 있는데, 어떻게 마음이 한결같을 거라고 장담하나."

"지금까지 그래 왔습니다. 십 년이 한결같았는데, 앞으로의 십 년이 한결같지 않으리란 법은 없지 않습니까? 전 진이를 믿습니다."

십 년이란 말에 아버지는 손가락으로 꼽으며 십 년 전 진이의 나이를 계산해 보았다. 결국 열일곱 살 때부터 이놈 하나만 좋아했다는 소리다. 아버지는 징한 것이라고 혼잣말하며 혀를 찼다. 결국 여기서 안 된다고 하면 그 십 년 세월이 허사가 된다는 소리였다. 아버지는 잠시 승우를 뚫어져라 쳐다보다가 밖에 대고 소리쳤다.

"황진이! 들어와 봐!"

아버지의 명령에 진이는 슬금슬금 안방으로 들어왔다. 아버지는 자신의 딸을 똑바로 쳐다보며 물었다.

"내 확실히 묻겠는데. 혹시 지금까지 선 안 본다고 도망 다닌 게 이 남자 때문이냐?"

선이라는 소리에 승우가 놀라서 고개를 들어 진이를 쳐다보았다. 승우로서는 처음 듣는 이야기였기 때문이다. 승우는 몰랐지만 지금까지 몇 번의 선 이야기가 오갔었다. 왜냐하면 황진이가 꽃다운 나이에 연애도 하지 않고 있었기 때문이다. 처음엔 집을 나가 춘희네 집으로 도망을 갔었고, 그 다음에는 제주도로 놀러간다는 핑계를 대고 도망가기도 했었다.

"그게, 그렇겠죠."

자신없게 대답하는 진이의 대답에 만족하지 못한 아버지가 호통을 치셨다.

"확실하게 대답해!"

"아뇨, 맞습니다."

"그래서 내가 약혼 허락 안 하고 선보라고 하면 또 도망갈 거냐?"

"네! 이번엔 미국으로 가려고요."

순간 승우는 오히려 그쪽이 더 흥미가 당겼다. 어쨌든 진이가 미국으로 오는 거니까. 약혼을 하면 안전하게 도장을 찍어두는 거지만, 대신 오랜 시간 헤어져 있어야 했다. 결국 약혼이 바로 행복한 두 사람의 생활을 말하는 건 아니었다.

"그래서 선생 하면서 혼수 비용은 모았나?"

"그게, 해외 전화비를 너무 많이 내서……."

"그럼 지금부터 차곡차곡 모아! 전화비도 줄여! 네가 뿌린 씨앗이니까, 수확도 네 스스로 하는 거야! 이봐, 뭐 해! 술상은 언제 나오는 거야!"

아버지의 호통에 밖에서 예예 하는 대답이 들려오면서 어머니와 큰올케가 부엌으로 달려가는 소리가 들렸다. 그리고 아버지는 다시 차분한 목소리로 돌아와서 승우에게 말했다.

"내 딸이 인물을 밝히는 줄은 몰랐군."

"아니에요! 승우 오라버니 얼굴 보고 좋아한 거 아니에요!"

진이의 완강한 부정에 승우가 의심스러운 눈으로 진이를 쳐다보았다. 의심하는 승우의 눈을 보며 진이는 강하게 손사래를 쳤다.

"좋아하기 전에는 재수없게 생겼다고 생각했다고요."

"하긴 남자가 너무 예쁘게 생기면 그것도 재수없지."

이중으로 자신의 외모를 재수없다고 말하는 부녀를 바라보며 승우는 차분히 물었다.

"그럼 성형수술이라도 할까요?"

무사히 기습방문을 마치고 진이와 승우는 나란히 집을 나섰다. 진이는 거리를 걸으면서 길게 한숨을 쉬었다.

"휴! 정말 정신없었죠? 무슨 말들을 했는지 기억이 하나도 없어요."

"우리가 약혼 허락 받았다는 것만 잊지 마."

약혼이라는 말에 진이가 이제야 근심을 털어놓았다.

"그런데 승우 오라버니 어머니가 반대하실 텐데. 그렇게 덜컥 저희 집에 말해도 괜찮아요?"

"우리 어머니도 허락하셨어."

"네? 진짜요? 어떻게?"

"연우가 고집했거든. 안 그러면 약혼식에 초대 안 한다고 해서 겁먹고 그러신 걸지도 모르지만 어머니는 자기가 한 말에는 책임을 지는 분이셔. 그래도 그렇게 크게 반대하시는 눈치는 아니셨어. 나보다 연우가 널 너무 좋아하는 게 마음에 걸리셨나 봐."

반드시 하버드 메디컬스쿨 입학 후에 하라는 엄명이 있었지만, 약혼할 수만 있다면 언제든 상관없었다.

"못 믿으시니까 그렇게 쉽게 허락한 거예요."

"응?"

"내가 기다리지 못할 거라고 믿고 계세요."

우울해진 진이의 얼굴을 손으로 들어올려 눈을 맞추며 승우는 미소를 지었다.

"하지만 넌 기다려 줄 거잖아. 모든 열쇠를 쥐고 있는 건 우리 어머니가 아니라 너야. 그러니까 힘을 내! 네가 불안해하면 나까지 불안해."

"저 때문에 불안해요?"

"그래, 굉장히 불안해."

승우가 진이를 안으며 그녀의 등을 부드럽게 쓸었다. 그리웠던 승우의 향기를 마음껏 맡자 불안했던 진이의 마음은 차츰 가라앉았다. 그런데 승우는 아니었나 보다.

"아! 불안할 때는 그게 굉장히 효과가 있더라."

"네? 그거라니요?"

진이가 역시나 알아듣지 못하자, 승우는 진이의 귀에 대고 작게 속삭였다. 승우의 속삭임을 들은 진이의 얼굴이 빨갛다 못해 타

들어가기 시작했다.

"저기, 오라버니, 그때 그런 건 오라버니가 다짜고짜 미국에 가자고 해서 진정을 시켜야겠다는 의미도 있었고, 이대로 헤어지기 싫다는 마음도 있었고, 밀어붙이는 오라버니 때문에 정신이 없기도 했었고,"

"그래서 싫었어?"

숨결이 느껴지는 바로 앞에서 사랑하는 남자가 불쌍한 고양이 표정을 하고 물으면 어떤 여자도 싫다고 할 수 없다. 사랑이 식은 게 아니라면 말이다. 진이는 난처한 표정을 지으며 겨우 대답했다.

"그게…… 굉장히 아팠어요,"

후유증이 굉장했었다. 호텔을 나올 때 어기적어기적 걸어나오느라 모든 사람들의 시선을 받아야 했었다. 포경 수술한 십대 소년도 아니고, 정말 얼굴 팔렸었다.

"이번엔 안 아플 거야."

무언가 기대감에 가득 찬 승우의 얼굴을 보며 진이는 의심을 품었다.

"오라버니, 혹시 불안해서 그러는 게 아니라 그냥 그거 좋아하시는 거 아니에요?"

"쿡! 맞아! 나도 남자거든."

승우는 남자라서 괴로웠다. 단 하룻밤의 열락(熱樂)이 봄날의 밤들을 고통 속에서 보내게 하였었다. 그리고 황진이는 여자라서 아직은 섹스가 두려웠다.

아프지 않을 거라는 승우의 말을 굳게 믿고 진이는 승우를 따라 그 호텔방으로 왔다. 그들이 처음 사랑을 나누었던 그 호텔방, 그 침대는 변한 게 없었다. 마치 그들이 오기를 기다리고 있었던 것처럼 똑같았다.

승우는 키스로 굳어 있는 진이의 몸을 녹였다. 입술에서 시작된 키스는 목을 타고 내려와 어깨에 자잘한 흔적을 남기고, 점점 가슴으로 내려왔다. 승우의 입술이 닿기도 전에 흥분한 진이의 젖꼭지는 하늘을 향해 고개를 쳐들고 있었다. 크지도, 그렇다고 작지도 않은 진이의 젖무덤을 잠시 바라보며 승우는 희미하게 미소 지었다.

"예쁜 가슴도 여전하네."

설마 이 상황에서 승우가 말을 할 줄은 몰랐기에 진이가 놀라서 말했다.

"그렇다고 내 가슴이랑 대화를 나누지는 마세요."

승우는 진이의 왼쪽 가슴에 귀를 가져다 대었다. 두근두근, 그녀의 심장 소리가 뜨겁게 들려왔다. 그녀의 생명력 넘치는 고동에 만족한 승우는 진이의 손을 잡아 자신의 왼쪽 가슴에 가져갔다.

"느껴지니?"

진이는 말 대신 작게 고개를 끄덕였다. 승우가 행복한 미소를 지으며 말했다.

"그래, 우리가 함께 있는 게 확실하구나."

승우의 입술이 내려와 진이의 젖가슴을 한가득 베어 물었다. 가슴에서 전해오는 짜릿한 전율에 진이의 허리가 활처럼 휘면서 그녀의 음부가 그의 남성을 건드렸다. 한순간의 자극에 딱딱하게 굳어지는 그것을 느끼며 진이는 놀란 눈을 아래로 내렸다가 꽉 감아버렸다. 부단히도 안 보려고 노력했었는데, 이번엔 보고 말았다. 언젠가 그의 알몸이 익숙해질 날이 올지 아직은 상상이 안 되었다. 단지 본 것만으로 온몸이 부끄러움에 타 들어갔다. 그런 진이의 수줍은 사정을 모르는지 탐욕에 들뜬 승우의 혀가 진이의 젖꼭지를 노골적으로 핥고 빨았다. 하아, 승우의 혀가 민감한 그곳을 건드리며 핥을 때마다 진이는 시트를 움켜쥐며 터져 나오는 비명을 참아냈다. 진이가 마음껏 표현하지 않고 참고 있다는 느낌이 들자, 승우의 마음속 새끼늑대가 심술을 부리기 시작했다. 승우는 그녀의 발끝으로 내려가서 발등에 깊게 키스했다. 그리고 매력적인 그녀의 다리 위에 키스마크로 길을 만들며 점점 위로 올라오기 시작했다. 승우의 의도를 몰라 진이가 고개를 숙였을 때 승우의 머리가 자신의 은밀한 터럭으로 가는 것을 보고 놀라서 소리쳤다.

"오라버니! 안…… 흐읍!"

안 된다는 거부는 붉은 조갯살을 벌리고 파고드는 혀의 말초적인 감각 때문에 그대로 묻혀 버렸다. 그 작은 혀의 움직임에 온 몸이 부서지는 것 같았다. 혀가 그녀의 안을 건드릴 때마다 진이는 자지러지는 듯한 비명을 질러댔다. 이대로 기절이라도 할 것 같았다. 확실히 아프지는 않는데, 온몸이 불에 덴 듯 뜨거웠다. 발끝까지 전기가 통해 찌릿찌릿했다. 혼미해진 정신 속에서 울부짖다 보니, 진이의 목이 아플 정도로 뒤로 꺾여 들어갔다. 꼭 이대로 자신의 몸이 다른 무언가로 변해 버릴 것만 같았다. 섹스를 하다가 변신을 하는 여자가 있다는 말은 들어본 적이 없지만, 지금의 자신이라면 가능할 것도 같았다. 온몸의 세포가 미쳐서 날뛰고 있었다. 눈물인지 땀인지 모를 것들이 온몸을 적셨다.

참을 수 없는 건 승우도 마찬가지였다. 그녀의 안으로 들어가고 싶어 아우성치는 그의 남성이 이제는 아플 정도로 팽창해 있었다. 승우가 다시 고개를 들어 헐떡이는 진이에게 다가온 것은 그녀의 붉은 조개 입술이 그를 받아들일 만큼 충분히 젖었을 때였다. 진이는 금방이라도 꺼질 듯한 몽롱한 시선으로 승우를 바라보았다.

"헉헉, 죽을 거 같아요."

"안 돼! 이제야 시작이야."

딱딱한 그의 것이 그녀의 여성에 닿았다. 그 묵직한 느낌에 진이는 첫 경험의 아픔을 생각해 내고 반사적으로 승우의 가슴을 손으로 밀어냈다. 승우가 겁을 먹은 그녀의 손을 잡고, 그녀의 목에 부드럽게 키스하며 달래듯이 말했다.

"괜찮아. 아프지 않을 거야."

그는 바로 들어오지 않고, 마치 어루만지듯 붉게 달아오른 그녀의 입구를 살살 몇 번 건드렸다. 인내심의 한계에 다다랐을 때, 승우의 손이 진이의 말랑한 엉덩이를 붙잡고 들어올려 그의 몸에 밀착시켰다. 거목(巨木)과도 같은 그의 남성이 천천히 그녀의 좁은 동굴 안으로 들어서기 시작했다. 터질 듯이 꽉 차는 느낌에 진이는 참지 못하고 거친 숨을 내쉬며 눈을 질끈 감았다. 그가 점점 더 안으로 들어오는 게 느껴졌다. 누군가가 자신의 안으로 들어온다는 느낌은 상상할 수 없을 정도로 신비로운 것이었다. 아픔이, 아픔만은 아니었다.

배 안이 꽉 차는 느낌이 들었을 때 진이는 천천히 눈을 떴다. 아프기는 했지만, 처음만큼은 아니었다. 혼탁하게 흐려진 승우의 시선을 마주하며 그 역시 자신과 마찬가지로 미지의 세계에 떨어져 허우적대고 있음을 느낄 수 있었다. 진이는 팔을 들어 승우의 목을 강하게 끌어안았다. 그와 그녀는 이제 한 배를 탄 동지였다. 한 배에 몸을 실은 두 사람은 서로를 부둥켜안고 거친 항해를 했다.

그녀의 안에서 그가 서서히 움직이기 시작하면서 세상이 요동치며 쾌락의 파도가 밀려왔다. 그가 빠져나가면 그 빈 공간이 슬퍼서 그를 더욱 꽉 끌어안았다. 그가 들어오면 그 가득함에 온 신경이 팽창해서 그대로 비명이 되어 밖으로 터져 나왔다. 살과 살이 부딪치는 아찔한 소리와 두 사람이 헐떡임만이 방 안을 뜨겁게 채웠다. 십 년의 부족함을 채우듯 아주 오랫동안 두 사람은 서로에게 자신을 담았다. 절정은 또 다른 절정을 만들어내면서 이 세상이 끝날 때까지 이 순간의 절정은 계속될 것만 같았다.

시간조차 따라오지 못할 정도로 사랑을 나누고 지쳐서 쓰러져 자다가 먼저 눈을 뜬 건 승우였다. 승우는 눈을 뜨자마자 자신의 옆 자리를 확인하였다. 다행히 진이가 눈을 감고 자고 있었다. 곤히 자고 있는 진이의 얼굴을 손으로 조심스럽게 쓸었다. 손으로 만지는 것만으로는 성이 차지 않아 가까이 다가가 키스를 했다.

그랬더니 자고 있던 진이의 얼굴이 살짝 찡그려졌다. 그 얼굴이 귀여워 바짝 다가가 와락 끌어안았다. 맨살이 닿는 느낌이 너무 아찔했다.

아! 지승우 어쩌려고 이러냐!

문득 무언가 부족하다는 느낌이었다. 승우는 고개를 내려 자고 있는 진이의 얼굴을 빤히 바라보았다. 그리고 뭔가 생각을 해낸 듯 침대 옆 탁자 위, 메모지 통에 꽂힌 펜을 뽑아 들고 진이의 이마에 또박또박 큰 글씨로 세 자를 적었다.

〈승우 거.〉

그제야 완벽주의자 지승우는 안심이 되어 다시 잠이 들었다. 참 잠결에 별걸 다 하는 남자다. 아마도 미국에 있을 때는 잠자면서 시험공부도 했을 것이다.

"으아악! 이거 안 지워지잖아."

눈을 떴을 때 연인들에게 다가온 상황은 그리 달콤하지 않았다. 욕실에서 들려오는 진이의 비명 소리에 승우는 멋쩍음에 손으로 베개를 긁으며 변명했다.

"내가 안 그런 것 같은데……."

꿈속에서 그런 기억이 있지만.

"안 그러긴 뭐가 안 그래요? 필체가 딱 오라버니 필체인데! 그럼 제가 제 손으로 이런 낯간지러운 글을 제 이마에다 적어 넣어요?"

"별일도 아닌데 왜 화를 내?"

승우의 책임회피성 말에 샤워를 마치고 샤워가운만 걸친 진이가 욕실에서 뛰어나왔다.

"이마에 주인 명찰 달고 다니게 생긴 게 아무 일 아니라고요!"

승우는 진이의 이마에 자신이 써놓은 글씨를 직접 눈으로 보고는 피식 웃어버리고 말았다. 자신이 쓰긴 했지만, 맨정신에서 보니 참 웃겼다. 낮은 승우의 웃음소리에 진이의 몸이 파르르 떨렸다.

"오라버니, 지금 웃었죠?"

"아니, 안 웃었어."

승우는 바로 웃음을 거두며 정색을 하였다. 승우의 거짓말에 진이는 더욱 화를 내었다.

"거짓말하면 단무지예요."

"단무지?"

"옐로우 카드요! 그러니까 오라버니도 저랑 똑같은 아픔을 느껴봐야 해요!"

진이가 펜을 들고 승우에게로 달려오자, 승우가 놀라서 침대를 벗어나 멀리 도망갔다.

"우리 이성적으로 행동하자. 이건 너무 유아틱하잖아."

"오라버니가 유아틱하게 제 이마에 낙서를 했잖아요! 이리로 당장 안 와요!"

쫓고 쫓기며 침대 주위를 뱅뱅 돌던 두 사람 중 먼저 기선을 잡은 건 황진이였다. 경계선으로 놓여 있던 침대를 점프 한 번에 넘어와서 승우를 그대로 바닥에 눕히고 그 위에 올라탔다. 헉헉헉, 짧은 운동으로 두 사람 모두 가쁜 숨을 내쉬었다. 진이의 밑에 깔린 승우는 비통한 표정을 지으며 말했다.

"내가 장담하는데, 우리가 부부싸움하면 항상 내가 질 거야."

"걱정 마세요. 울면서 빌면 봐드릴게요."

"나보고 울라고?"

"네, 아주 불쌍하게요. 그래야 저한테 동정심이 생기잖아요."

"눈물을 보일 바에는 차라리 죽음을 선택하겠다. 맘대로 해라!"

승우는 될 대로 되라는 식으로 눈을 감아버렸다. 진이는 눈을 감은 승우의 얼굴을 내려다 보다 손을 들어 그의 얼굴을 부드럽게 쓸었다.

"오라버니, 울어보신 적 있으세요?"

승우는 눈을 감은 채 담담히 대답했다.

"난 울지 않아."

"그래도 세상 일은 모르는 거잖아요. 정말 참을 수 없이 울고 싶을 때가 생길지도 몰라요. 그런데 그게 만약 나 때문이라면⋯⋯."

진이는 질끈 입술을 깨물었다. 상상만으로도 가슴이 답답해졌다.

"⋯⋯그냥 나에 대한 기억을 모두 지워 버려요."

예상치 못한 진이의 말에 승우가 놀라서 눈을 떴을 때, 진이의 붉은 입술이 승우의 입술에 부딪쳐 와 그의 말을 막았다. 타는 듯한 그녀의 호흡이 밀려들어 오면서 그의 입술을 애타게 보듬었다.

"난 아직 널 우리 오빠의 짝으로 받아들인 게 아냐! 그러기엔 네가 지금까지 날 속여온 일이 너무 괘씸하거든!"

그녀의 힘으로 진이와 승우의 약혼식 승낙까지 받아낸 지연우는 지금 든든한 친구와 얄미운 시누이 사이에서 진이를 내려다보고 있었다. 동글동글 동그란 눈은 역시나 도도하게 치켜떠도 동그랬다. 진이는 피식 새어나오는 웃음을 죽을힘을 다해 참으며 완벽한 저자세로 물었다.

"가슴 깊이 반성하고 있다. 그래서 어떻게 해야 날 용서해 줄 거니?"

연우가 먼저 자리에서 일어서며 말했다.

"따라와!"

연우가 진이를 데리고 간 곳은 드레스 샵이었다. 화려하고 치렁치렁한 드레스들을 보면서 진이는 입을 딱 벌린 반면 연우는 화려함의 극치 속에서 백조처럼 우아하였다. 아름다운 지연우가 하얀 웨딩드레스를 꺼내면서 웃으며 말하기를,

"네 약혼식 드레스는 내가 사줄 테니까, 내 웨딩드레스는 네가 사줘."

약혼식 드레스보다 웨딩드레스가 훨씬 더 비싸지 않냐? 라고 딴지를 걸고 싶었지만, 지연우는 이제 잘 보여둬야 하는 시누이였기에, 진이는 가능한 저자세로 손을 싹싹 비비며 말했다.

"어차피 한 번만 입을 거 빌려서 입자."

약혼 허락을 받았다고 해서 바로 약혼을 하는 것도 아니었다. 그리고 승우와 자주 만날 수 있는 것도 아니었다. 승우는 여전히

미국에서 잠도 자지 않으며 공부 중이었고, 진이는 한국에서 열심히 백 명도 넘는 아이들을 가르치며 살고 있었다. 진이가 혼자 승우를 짝사랑하던 때와 크게 달라진 건 없었다. 하지만 하루를 살아가는 마음만은 그때와 달라졌다. 사랑받고 있다는 믿음은 하루를 살아가는 원동력이었다. 승우의 사랑이 진이를 진정한 황진이로 만들어주었다. 진이는 요즘 자신이 세상에서 가장 아름다운 여자라는 착각 속에서 살고 있었다.

진이의 핸드폰으로 그 전화가 걸려온 건 6월이 시작되는 날이었다.

"태유 오라버니?"

[그래, 내가 좀 늦게 전화를 걸었지?]

진이는 고개를 들어 벽시계를 봤다. 밤 열두 시가 넘어가는 시간이었다. 이제 막 6월이 시작되고 있었다.

"아! 태유 오라버니가 저한테 전화하는 거 처음이네요. 그렇죠?"

그러니까 늦은 밤에 전화를 한 무례는 눈감아줄 수 있었다.

[그렇지. 좀 만날 수 있을까?]

"만나요? 지금요?"

[응. 집 앞이야. 잠깐만 나올래?]

집 앞이라는 태유의 말에 진이는 창문으로 달려가 어두운 거리를 내다보았다. 골목 어귀 가로등 밑에 큰 키를 한 남자가 보였다. 태유 같았다.

진이는 전화를 끊고 바로 집 밖으로 나갔다. 가로등에 기대서서 담배를 피우고 있던 태유는 걸어오는 진이를 발견하고, 물고 있던 담배를 발로 비벼서 껐다.

"놀랐지?"

"네, 조금. 혹시 무슨 일 있으세요?"

혹시나 수진이 잘못된 게 아닌가 걱정되어 진이는 조심스럽게 물었다.

"아니, 줄 게 있어서 왔어. 지금 아니면 시간이 없겠더라고."

태유는 옆에 세워두었던 차 문을 열어서 무언가를 꺼냈다. 지구본처럼 둥근 그게 농구공이라는 걸 안 건 가로등 불빛 아래로 태유가 다시 걸어왔을 때였다. 태유는 농구공을 진이에게 내밀었다.

"받아."

진이는 선뜻 받지 못하고 오래 쓴 흔적이 여기저기 남아 있는 농구공을 묵묵히 내려다보았다. 묻지 않아도 태유가 쓰던 농구공이라는 걸 알 수 있었다.

"어서 받아."

진이가 받지 않자 태유가 다시 말했다. 진이는 고개를 들어 태유의 얼굴을 바라보았다.

"이걸 왜 저한테 주시는 거예요?"

"약혼 축하 선물이야. 옷이나 보석은 그 남자가 사줄 테니까, 내가 주는 건 의미가 없을 것 같아서. 내가 줄 수 있는 건 이것뿐이더라고."

"하지만 난 농구도 못하는데……."

자신의 청춘이 고스란히 담긴 농구공을 다른 사람에게 주는 태유의 마음이 너무 버거워 눈물이 날 것 같았다. 농구공을 내미는 손에 채워진 고장 난 시계가 자꾸 눈에 밟혀 눈이 따가웠다. 그런 진이의 마음을 모르는지 태유는 농구공을 진이의 손에 억지로 안겨 주면서 밝은 목소리로 말했다.

　"나중에 아들 낳으면 그놈 쓰게 해. 아주 유명한 농구 선수가 썼던 거라고 꼭 말해."

　결국 농구공 위로 진이의 눈물이 떨어져 내렸다. 태유는 말하지 않았지만 느낄 수 있었다. 이것이 태유와의 마지막이라는 걸, 아마도 이후로 아주 오랫동안 그를 만나지 못할 거라는 걸. 진이는 애써 눈물을 참으며 환하게 웃었다.

　"그럼 선물 받은 기념으로 우리 농구나 한 판 할까요?"

　태유는 눈물 가득한 진이의 눈을 바라보다 고개를 들어 하늘 위의 달을 올려다보았다.

　"그럼 심판은 저 달한테 부탁해야겠는데."

　한밤의 농구 시합이 열렸다. 하지만 다행히 그리 슬퍼 보이지는 않았다. 한 명이 아니라 둘이라서 그런가 보다. 여자의 기량이 훨씬 떨어져 보이지만, 그래도 경기를 하는 두 사람의 모습에는 부족함이 없었다. 왜냐하면 이건 이기기 위한 시합이 아니었으니까. 서로에게 남기는 행복한 추억이었다. 그래서 버려두었던 농구공을 잡은 태유는 외롭지 않고 행복해 보였다.

　철썩!

　태유가 던진 공이 아름다운 호를 그리며 농구골대를 끌어안았다. 그 아름다운 포물선을, 달 아래 서 있는 아름다운 남자를, 둘이서 함께한 이 아름다운 밤을 진이는 마음속 깊은 곳에 담았다.

잊지 마세요, 한없이 힘들어질 때 옆에서 같이 울어줄 제가 있다는 걸요. 그러니까 그때는 꼭 다시 절 찾아오셔야 해요.

그렇게 태유는 떠났다. 그의 전설이 담긴 농구공만을 진이에게 남겨두고. 영원이라고는 생각하지 않는다. 분명 그는 돌아올 것이다. 혼자서 돌아오게 될지 그때도 둘일지는 모르지만, 그래도 분명한 건 그는 돌아올 것이라는 거다. 이곳에 그의 가족이 있고, 그의 모든 것이 남겨져 있으니까.

태유가 다녀가고 얼마 지나지 않아 진이를 찾아온 남자가 있었다. 마태후였다. 그러고 보니 태후가 진이를 찾아오는 이유는 언제나 마태유였다. 그래도 동생이라고 자신의 형을 걱정하는 마음이 느껴져, 진이는 태후에게 캔 커피를 대접하였다.

"형이 장수진이랑 같이 사라졌어."

자신의 말을 듣고도 담담한 진이를 보며 태후는 얼굴을 찌푸렸다.

"역시 당신 알고 있었지? 우리 형 어디 있어?"

"알면 어쩌려고요? 찾아가서 서울로 끌고 오려고요?"

"내가 우리 아버지인 줄 알아? 그냥 알아만 두려는 거야! 아예 모르는 것보다는 그게 나아."

수진을 십 년 동안이나 숨겨두고 있던 아버지의 이야기에, 진이가 걱정이 되어 물었다.

"당신 아버지는 어쩌고 계세요?"

"그냥. 지금은 아무 말씀 없으셔."

장수진에게 남겨진 시간이 조금밖에 안 남았다고 굳게 믿고 있으니까 그러시는 걸 게다. 그럼 태유는 어떤 마음으로 수진과 떠난 것일까? 마지막을 위해? 아니면 기적을 꿈꾸며?

"전 당신 아버지가 잘못했다고 생각해요. 비록 그녀가 깨어나지 못한다고 하더라도 숨기지 말았어야 했어요. 그녀의 옆이었다면 당신 형의 지난 십 년이 그렇게 슬프지는 않았을 거라고요."

진이는 마산에게 해야 할 비난을 그의 아들인 태후에게 했다.

"그럴까 겁이 나셨던 거야. 장수진이 깨어날 때까지 죽어도 그 여자 곁을 떠나지 않는다고 할까 봐 아버지는 겁이 나셨던 거라고."

그런데 마태후는 항상 아버지와 삐꺽거리는 말썽꾸러기 아들이면서 어쩐 일인지 지금 이 순간은 그의 아버지 편에 서서 말을 했다.

"어떤 선택이었든 장수진이 깨어나지 않는 한 달라지지 않았을 결과야."

"난 그 여자 분이 깨어날 거라고 생각해요. 그러니까 지금까지 버텨온 게 아닐까요?"

의사들은 가망성을 놓아버렸지만 그래도 진이는 희망을 가지고 싶었다. 세상에는 기적이라는 게 있으니까. 어쩌면 승우가 진이를 사랑하게 된 것도 진이의 일편단심에 감동해 신이 내려주신 기적에 속하는 일인지도 모른다.

희망을 말하는 건 쉽다. 하지만 희망이 이루어지기는 하늘의 별을 따는 것만큼 어려운 일이었다. 그래서 태후는 조심스럽게 말을 꺼냈다.

"장다르크가 아직도 건재하다면 그럴지도 모르지."

장다르크, 영원히 시들지 않을 태유의 청춘. 이제 희망은 그녀만이 만들어낼 수 있었다. 아무도 없었다. 그녀만이 태유에게 잃어버린 찬란한 청춘을 돌려줄 수 있었다.

"하지만 일 년이 지나면 분명 당신한테 부탁할 거야, 형 데리고 오라고. 우리 아버지는 그리 인내심이 많은 편이 아니거든."

"또 저한테 부탁한다고요?"

진이는 싫었다. 어째서 그런 어려운 일만 부탁한단 말인가.

"그럼 우락부락한 경호원들 보내서 끌고 오게 해?"

그가 자신의 발로 돌아올 때까지 기다려야 한다는 게 진이의 생각이었다.

"우리 형 어디 있어?"

태후가 다시 물었다. 진이는 잠시 머뭇거리다 다른 사람이 듣지 못하게 작게 말했다.

"시간이 느리게 흐르는 곳이요."

"아! 그곳!"

태후가 그 모호한 표현을 한 번에 알아듣자 진이가 놀라서 물었다.

"알아요?"

"그래, 잘 알아. 그 여자가 바닷가에 앉아서 하루 웬 종일 부르던 노래가 아직도 딱지가 져서 귀에 박혀 있어."

"어떤 노래였는데요?"

"148곡 정도 부른 것 같은데, 그중에 무슨 노래가 알고 싶은데?"

"가장 기억에 남는 곡이요."

태후는 골똘히 생각하다 노래 제목 하나를 말했다.

"감수광?"

언제나처럼 가방 하나 달랑 메고 가출의 길을 떠난 태후가 장수진에게 딱 걸린 적이 있었다. 사고가 나기 일 년하고 이 개월 전이었다. 미성년자의 보호자라는 명목 아래에서 수진은 찰거머리처럼 태후에게 딱 붙어 태후의 가출에 동행했었다. 그 가출의 마지막 종착지가 제주도였었다. 그 아름다움에 취해 시간도 느리게 흘러가는 섬, 그곳에서 태후는 낚시를 하며 바다를 유용하게 이용했었고, 수진은 노래를 부르며 바다를 즐겼었다.

"감수광 감수광 나 어떡할렝 감수광 설릉 사랑 보낸시엥 가거들랑 혼조옵서예. 겨울 오는 한라산에 눈이 덮여도 당신하고 나 사이에는 봄이 한창이라오. 감수광 감수광 나 어떡할렝 감수광 설릉 사랑 보낸시엥 가거들랑 혼조옵서예. 어쩌다가 나를 두고 떠난다 해도 못 잊어 그리우면 혼자 돌아옵서예(가십니까 가십니까 나는 어떡하라고 가십니까 서러운 사람이. 보내드리는 것이니 가시거든 빨리 돌아오세요. 가십니까 가십니까 나는 어떡하라고 가십니까 서러운 사람이. 보내드리는 것이니 가시거든 빨리 돌아오세요. 못 잊어 그리우면 빨리 돌아오세요)."

"시끄러워! 네 요상한 노래 때문에 고기가 도망가잖아!"

바윗돌에 앉아서 노래를 부르는 수진에게 태후가 고함을 질렀다. 낚시를 하는 옆에서 노래를 부르는 행위는 고기 도망가라고 훼방을 놓는 것과 같은 행위였다.

"이런, 화를 내는 거 보니까 넌 아직 사랑을 모르는구나. 하긴 아직은 어린 나이지. 태후야, 사랑을 해봐. 그럼 지금 내 노래가 얼마나 구슬픈 노래인지 알 거야."

"감수광이 구슬퍼 봤자 감수광이지!"

그 뜻이 무엇이든 웃기는 발음을 비웃으며 태후는 낚싯대를 감았다.

"태후야, 태유는 지금 뭐 하고 있을까?"

"낸들 알아? 궁금하면 당장 서울 가!"

휘리릭! 태후가 던진 낚싯줄이 커다란 호를 그리며 바닷속으로 들어갔다. 철썩철썩! 파도가 계속해서 바위를 때렸다. 수진은 해를 삼키고 있는 바다를 바라보았다. 아름다운 바다 노을이었다. 말로 표현할 수 없는 찬란한 붉은 빛인데 무언가 부족했다. 그게 누군가 옆에 없기 때문임을 금방 알 수 있었다. 다음에는 꼭 태유와 같이 보고 싶었다. 다음에는……

시간이 흘러 2007년 6월에도 바다에는 노을이 지고 있었다. 그리고 그 바위 위에는 여전히 한 명이 서 있을 뿐이었다. 이번엔 호리호리한 몸매의 여자가 아니라 훤칠한 키의 남자였다. 태유는 붉디붉은 바다 노을을 말없이 바라보며 서 있었다. 사라락 모래 사이로 시간이 흘러가는 소리가, 철썩철썩 바위를 때리는 파도 소리가 아련하게 들려왔다.

　"아름답지, 태유야?"

　"그래, 아름답다."

"**손**님! 손님! 도착했습니다, 손님!"

계속해서 깨우는 스튜어디스의 목소리에 진이는 번쩍 눈을 떴다. 잠이 덜 깬 눈으로 진이가 멀뚱히 쳐다보고만 있자 스튜어디스는 상냥하게 다시 설명했다.

"보스턴 공항입니다. 즐거운 여행 되세요."

보스턴이란다, 승우가 있는 곳. 진이는 자리에서 벌떡 일어났다.

비행기에서 내려 공항 안으로 들어선 진이는 우선 그 광활한 크기에 압도당했다. 그만큼 정신없을 정도로 사람도 많았다. 진이는 그 많은 사람들 속에서 승우를 찾기 위해 노력했다.

『황진이 양?』

꼬부라지는 목소리로 자신의 이름을 말하며 한 남자가 다가왔다. 그는 절대로 승우는 아니었다. 그런데 그 남자는 분명 자신의 이름을 부르며 자신에게 다가왔다. 그 사실을 이해할 수 없었던 진이는 놀란 눈으로 갈색 머리의 외국 남자를 올려다보았다.

『난 레이몬드 윌리엄, 승우의 룸메이트예요.』

영어였지만 짧고 쉬운 단어들이었기에 진이도 알아들을 수 있었다. 그러니까 이 남자는 승우의 룸메이트인 영국 누렁이다. 생각보다 말끔히 생겨서 진이는 내심 놀라며 물었다.

"에, 나이스 투 미츄. 앤 승우 웨어?"

진이는 더듬더듬 영어를 하며 승우를 찾았다.

『승우가 날 보냈어요. 따라와요.』

Follow me? 따라오라는 소리지.

진이는 공항 안을 두리번거리며 렉의 뒤를 따라갔다. 승우가 전화로 미리 말을 안 한 게 아무래도 찜찜하기는 했지만, 그래도 승우의 룸메이트니까 믿고 따라갔다. 무언가 갑자기 승우에게 급한 일이 생겼다고 생각하며 그가 운전하는 차에 탔다.

『사진보다 더 미인이네요.』

Beautiful? 뭐가 아름답다는 거지?

"예, 예스."

제대로 알아듣지 못한 진이는 그냥 대충 예스라고 말하며 웃었다. 렉이 운전하는 차가 보스턴 공항을 나와 시내를 향해 달리고 있을 때, 진이의 전화가 울렸다. 승우의 번호임을 안 진이는 반가운 마음에 바로 전화를 받았다.

"오라버니! 나 지금 공항 나와서 가는 길이에요."

[지금 옆에 렉 있어?]

"네, 오라버니가 보냈다고 하면서 공항에 왔던데요."

[그래, 좀 바꿔줄래?]

"바꿔요? 지금 운전 중인데."

[괜찮아. 바꿔.]

진이는 조심스럽게 전화기를 렉에게 내밀었다. 렉은 승우? 라고 묻더니 웃으면서 전화를 받았다. 그리고 바로 전화기 속에서 승우의 성난 목소리가 진이의 자리에까지 고스란히 들려와 그녀를 놀라게 하였다. 중간중간 fuck you 라는 믿을 수 없는 욕이 흘러나오는 걸 들은 진이는 사색이 되었다. 뭐, 뭐지? 뭐가 잘못된 거야? 설마 나 납치되는 거야?

렉이 전화를 끊고 진이에게 내밀었다. 더 이상 렉을 신용할 수 없었던 진이는 차 문에 바짝 붙으며 물었다.

"왓 두 유 원트?"

원하는 게 뭐냐고 긴장한 얼굴로 묻는 진이의 질문에 렉은 장난스럽게 웃으며 간단히 말했다.

『You!』

렉의 차가 멈춘 곳은 시내의 한 레스토랑 앞이었다. 적어도 창고나 버려진 공사 현장은 아니라는 것에 진이는 안도하였다. 렉이 진이가 앉아 있던 자리의 차 문을 열어주었다.

"도대체 뭐 하는 거예요?"

긴장한 진이는 안 되는 영어 따위 집어치우고 한국어로 따졌다.

『음! 우린 당신을 꼭 만나고 싶었는데, 승우는 분명 소개시켜 주지 않을 테니까, 미리 선수 친 거라고나 할까. 그냥 가볍게 식사나 하자는 거예요.』

"디너? 저녁식사요?"

『어서 내려요. 친구들이 당신을 기다려요.』

차 안에서 계속 버틸 수 없었던 진이는 순순히 렉을 따라 레스토랑 안으로 들어섰다. 렉은 사람들을 지나쳐 금발머리의 섹시한 미인과 검은 머리의 동양인이 앉아 있는 테이블로 갔다. 나른한 표정으로 앉아 있던 금발머리 여자는 렉과 같이 오는 진이를 보자마자 탐색하는 눈으로 변해 진이의 발끝에서 머리까지 훑어보았다. 꽤 민망한 시선이었다.

『엘리예요. 승우를 당신한테 빼앗겨서 꽤 독이 올라 있으니 조심해요.』

꽤 긴 영어 문장이었는데, 어쩐지 지금 렉의 말은 모두 알아들을 수 있었다. 그러니까 저 여자가 승우한테 맘이 있었다는 것이다. 도도한 미국 여자의 시선에 움츠러들었던 진이는 바로 허리를 꼿꼿하게 펴며 엘리에게 먼저 인사하였다.

"나이스 투 미츄! 아임 진이 황!"

『그리고 내 약혼녀야. 굉장하군! 남의 약혼녀를 빼돌릴 계획을 세우고 있었다니. 니들이 범죄 집단이냐?』

어느새 왔는지 승우가 진이의 어깨에 손을 두르며 자신 쪽으로 바짝 끌어안았다. 갑자기 나타난 승우의 등장에 그 자리에 있던 모든 사람이 놀랐다. 그리고 자연스럽게 여자를 안은 그의 손 또

한 하버드 범죄 집단을 놀라게 했다. 스킨십! 그건 지승우와 지독히도 안 어울리는 단어였는데 오늘 보니 그런 것도 아닌 것 같았다. 렉이 분위기를 타 진이의 어깨에 나란히 팔을 올리려고 했다가 매서운 승우의 손길에 바로 퇴치되었다.

"너도 그래! 왜 아무 남자나 따라가!"

그의 친구들과의 소란스런 식사를 마치고 승우가 살고 있는 집으로 오면서 승우는 계속 그 문제로 진이를 타박했다. 진이는 똑같은 변명을 또 했다.

"오라버니 룸메이트라고 했단 말이에요."

"그래, 하지만 내 룸메이트라고 해서 신용할 수 있는 남자라는 뜻은 아냐!"

"그래도 내가 온다니까. 며칠 동안 다른 곳에서 지낸다고 했다면서요? 얼마나 좋은 사람이에요."

"하여튼 다시는 다른 남자 따라가지 마!"

승우가 자신이 사는 집의 문을 열었다. 깔끔한 느낌의 아파트 실내를 진이는 꼼꼼히 살펴 보는 동안 승우는 진이의 짐을 구석에 두었다.

"우와! 남자 두 명 사는 곳이 정말 깔끔하네요."

"그래, 그래도 렉이 맘에 드는 부분이 청소 하나는 잘한다는 거야. 그게 아니었으면 진작 쫓아냈을 거야."

"쿡! 오라버니가 아니라 그 영국 남자가 청소해요?"

"시간 되는 사람이. 그래서 여행은 즐거웠어?"

어느새 승우가 진이의 바로 앞에 와 있었다. 승우는 팔을 뻗어 진이의 허리를 감아 자신에게로 끌어당겼다.

"음! 자고 일어나 보니 보스턴이었어요. 비행기 좌석도 꽤 편안하……."

입 안으로 들어오는 승우의 혀 때문에 더 이상 말을 할 수 없었다. 언제부터인지 키스를 하는 일이 대화를 하는 것만큼이나 자연스럽게 되어버렸다. 진이는 팔을 들어 승우의 목을 감싸 안았다. 몸무게를 실어오는 승우 때문에 진이의 허리가 활처럼 휘어졌다 그래도 소파에 쓰러졌다. 자신이 누워 있다는 걸 눈치 채고서야 진이가 놀라서 물었다.

"설마, 아니겠죠?"

"응? 뭐가?"

진이의 목에서 입술을 떼지 않으며 승우가 대충 대답했다.

"나 하루 종일 웬 종일 비행기에 차에 시달렸다고요. 씻어야 해요!"

"괜찮아. 향기만 좋아."

블라우스 속으로 파고드는 승우의 손을 잡아채며 진이가 강하게 말했다.

"약혼녀에 대한 예의를 갖춰주세요. 적어도 씻고 싶을 땐 씻게 해줘야죠."

하지만 승우는 멈추지 않았다. 기어코 진이의 브래지어를 벗겨내고 그녀의 가슴을 한 손에 움켜잡았다.

"허억!"

그리고 진이는 꿈에서 깨어났다. 자신이 있는 곳이 보스턴에 있는 승우의 아파트가 아니라 자신의 방이라는 걸 깨달은 진이는 허탈한 표정을 지었다.

"도대체 무슨 꿈이 이래! 하려면 끝까지 가든지!"

영국 누렁이가 나왔으니 개꿈인지도 모른다. 진이는 다시 눈을 감고 다시 승우의 보스턴 아파트로 가려고 하였으나 그게 쉽게 되지 않았다. 한 시간이나 잠을 자려고 노력하다 실패한 후, 진이는 포기하고 누웠던 자리에서 일어나 달력으로 걸어갔다. X 표시만 잔뜩 있는 달력이었다. 하지만 아직도 표시해야 될 X가 더 많았다. 그 말은 승우를 다시 만나려면 아직도 많이 남았다는 것이다.

꿈에서처럼 보스턴으로 그냥 확 날아가 버릴까?

하지만 현실은 쉬운 게 아니었다. 우선 학교도 문제였고, 승우의 어머니도 문제였고, 비싼 비행기 표도 문제였고, 이것저것 문제점투성이였다. 승우가 유학 갔을 때부터 느낀 거지만 원거리 연애는 쉬운 게 아니었다. 시간이 지날수록 그리움이란 해독약이 없는 숨 막히는 고통이었다. 하지만 이건 선택이 아니라 어쩔 수 없는 상황이니까, 괴로워도 이겨낼 수밖에 없다. 진이는 다시 침대에 누워서 억지로 잠을 청했다. 겨우 다시 꿈나라로 들어갔을 때, 그곳에 있는 건 조각 같은 몸매의 승우가 사는 아파트가 아니라, 물이 나오지 않는 공동 화장실이었다. 젠장이요!

다음날, 학교를 마치고 집으로 온 진이는 언제나처럼 우편함을 열어 오늘 온 우편물을 확인하였다. 황씨 가에는 대식구가 모여 사는 집답게 각자가 맡은 임무가 있는데 우편물 확인은 진이가 맡은 일이었다. 오늘도 가득 쌓인 우편물을 주인별로 분류하던 진이는 자신의 앞으로 온 편지를 보고 멈칫하였다. 보내는 사람이 없이 그냥 받는 사람에 진이의 이름과 집주소가 적혀 있을 뿐이었다. 진이는 다른 우편물을 옆에 내려놓은 다음 자신에게 온 편지를 뜯어보았다. 편지 봉투 안에는 하얀 편지지와 티켓 하나가 있었다. 진이는 우선 편지지를 조심스럽게 펴보았다. 깨끗한 글씨가 눈에 들어왔다.

〈저는 잘 지내고 있습니다. 당신도 용기를 내길 바랍니다.〉

어쩐지 러브레터의 오겡끼 데스까, 가 생각나는 문장이었다. 혹시 학교 학생들이 장난친 거 아닐까 생각하며 진이는 봉투 안에 티켓을 꺼냈다. 그게 보스턴 행 비행기 표라는 걸 확인했을 때, 진이는 웃음과 함께 눈물이 날 것 같았다. 태유다. 태유가 보낸 편지가 분명했다. 편지지 속의 정갈한 글씨들이 다시 그녀에게 말을 걸어왔다.

'당신의 손으로 행복을 잡아요.'

쏴아아! 파도가 바닷가 모래사장까지 밀려왔다 다시 바다로 돌아가는 소리가 방 안에까지 들려왔다. 태유는 창가에 앉아서 노래를 부르고 있었다.

"떠나요. 둘이서 모든 것 훌훌 버리고, 제주도 푸른 밤 그 별 아래."

낮고 허스키한 목소리로 서툴게 노래를 불렀다. 노래로 말을 하며 살았던 그녀를 위해서 태유가 제주도에서 하는 일은 노래를 부르는 일이었다.

"이제는 더 이상 얽매이긴 우린 싫어요. 신문에 TV에 월급봉투에. 아파트 담벼락보다는 바달 볼 수 있는 창문이 좋아요."

창밖의 바다를 바라보며 노래하던 태유는 고개를 돌려 침대에 누워 있는 수진을 바라보았다. 평온해 보이는 얼굴, 어쩐지 살짝 입가가 웃고 있는 것도 같았다. 그래서 태유도 살며시 미소 지으며 잠이 든 그녀가 심심하지 않게 계속 노래했다.

"낑깡밭 일구고 감귤도 우리 둘이 가꿔봐요. 떠나요. 제주도 푸른 밤하늘 아래로……"

남자의 느릿한 노랫소리가 인적 드문 제주의 바닷가에 조용히 퍼져 나간다. 철썩철썩 파도에 밀려 멀리, 아주 멀리 퍼져 나간다.

미국을 가자고 결심을 한 이후, 진이는 비자를 신청하였다. 그리고 미국 비자 받는 게 정말 힘들다는 걸 몸소 경험하게 되었다. 911 테러 이후 외국인한테 미국 비자는 쉽게 나오지 않는단다. 돈 내고 간다는데 어째서 미국은 자기같이 선량한 시민까지 안 받아주는지 진이는 정말 이해가 안 되었다. 미국이라는 나라 너무 도도하다. 그러나 그렇다고 해서 안 갈 수는 없다. 그곳에는 승우가 있으니까.

비자를 받기 위해서는 면접을 보는 것처럼 인터뷰를 봐야 했다. 그런데 미역국을 먹고 말았다. 정말 시험을 보는 것처럼 합격 불합격이 있었던 것이다. 미국에 왜 가려고 하냐고 묻기에 애인 만나러 간다고 솔직히 대답했다. 아무래도 그게 떨어진 이유 같았다. 이해가 안 되었다. 그게 하찮게 보였단 말인가! 자신의 인생에서는 너무도 중요한 일이 그들의 눈에는 별거 아닌 이유로 보였다는 게 화가 났다. 하지만 그렇다고 비자 신청을 포기하고 밀입국을 할 수도 없는 노릇이었기에 진이는 또 신청하였다.

첫 번째 비자 심사에서 떨어지고 두 번째 비자 심사에서는 주위의 조언을 구하기로 하였다. 우선 연우에게 물었다. 그냥 예쁘게 웃어주며 묻는 말에 대답만 잘하면 된단다. 내가 그랬다가 떨어졌다고! 다음은 마태후에게 물어보았다. 가능한 간절하게 보여야 한단다. 사실에 거짓말도 조금 보태서 포장을 하란다. 대신 거짓말인 거 티나면 바로 쫓겨난다고 한다. 결국 자기가 인터뷰할 때 거짓말을 했다는 것이다. 도대체 어떤 거짓말을 했기에 들키지도 않고 비자가 나왔는지 궁금했지만 묻지 않았다. 그런 건 알아봤자 인생만 더티해질 테니까. 그리고 미국 비자 인터뷰 시 주의사항이라는 항목도 인터넷에 있다고 해서 찾아서 읽어보았다. 시간 엄수, 복장 단정이라는 말이 나오는 거 보니 정말 면접이었다. 여덟 번째 사항을 보니 말은 예, 아니오 로 짧게 하고 길게 할 필요가 있을 때는 논리적으로 설명해야 한단다. 그리고 가능한 큰 목소리로 말하는 게 좋다고 한다. 그 부분을 읽으니 어쩐지 자신이 첫 번째 비자 신청에서 떨어진 이유를 알 것 같았다. 미국에 왜 가냐고 물었을 때 머리를 긁적이며 '애인 만나러……' 라고 부끄러워하며 들릴락 말락하게 말했던 것이다.

그래, 수줍어하면 안 되는 거야. 당당하게!

두 번째 비자 신청 인터뷰가 있던 날, 진이는 인터뷰 시간보다 삼십 분이나 일찍 가서 대기하고 있었다. 그리고 인터뷰가 시작되었을 때는 마치 면접을 볼 때처럼 자세를 꼿꼿하게 세우고 면접관을 뚫어지게 바라보았다. 미국인은 이야기할 때 눈을 피하는 걸 예의가 아니라고 생각한단다. 그런데 진이의 시선이 너무 강렬해서 미국인 면접관이 진이보다 더 긴장해 버렸다. 간단하게 본인의 직업과 부모님의 직업을 묻는 질문을 지나 왜 미국에 가냐고 하는 질문이 왔다. 진이는 처음처럼 수줍어하지 않고 당당하게 말했다.

『네, 미국에서 유학 중인 애인 만나러 갑니다.』

미국에서 유학 중이라고 하니까 어느 학교를 다니고 있냐고 물었다. 질문이 하나 더 추가되는 거 보니까 조짐이 좋았다.

『네, 하버드대학교 생물학과 4학년에 재학 중입니다.』

자신이 하버드대 다니는 것도 아닌데 마치 진이 본인이 하버드생인 것처럼 자랑스러웠다.

인터뷰를 무사히 마치고 대사관을 나온 진이는 자신감에 차 있었다. 이번엔 분명 비자 나올 거다. 그런 확신을 가지며 핸드폰을 꺼내 전화를 걸었다. 띠리리리 띠리리리, 아침잠 많은 그는 참 끈질기게도 전화를 받지 않았다. 하지만 진이는 끝까지 전화를 걸었다.

[진이야! 아무리 너라도 이 시간에 전화하는 건 나한테 살인 행위야.]

역시나 힘들게 말을 하며 승우가 전화를 받았다. 전화기를 귀에 대고 베개에 머리를 박고 있을 그의 모습이 눈에 훤하게 그려졌다.

"그래서 내가 보스턴에 가면 살인미수로 감옥에 집어넣을 거예요?"

[뭐? 어딜 온다고? 보스턴? 미국 보스턴? 여기 온다는 거야? 언제? 오늘? 오늘 오는 거야? 왜 진작 말을 안 했어? 설마 벌써 미국은 아니지? 쿠당탕!]

전화기 속에서 무언가 넘어지는 소란스런 소리가 들렸다. 진이가 놀라서 물었다.

"오라버니, 괜찮아요? 무슨 일이에요?"

[아냐! 아무것도 아냐. 난 괜찮아.]

신음하며 힘겹게 말하는 걸 들으니 침대에서 떨어진 것 같았다. 아침의 지승우는 정말이지 빈틈투성이였다.

"조심하지! 피 나요?"

[아냐. 그래서 진짜 보스턴에 온다고?]

"오라버니 어머니랑 같이 갈게요."

[우리 어머니? 진짜?]

"응. 굉장한 여행길이 되겠죠?"

미꾸라지처럼 손가락 사이를 빠져나가는 행복을 붙잡기 위해 손 꽉 움켜쥐고 달려보겠습니다. 당신도 힘내세요.

황진이, 씩씩한 여자의 이름. 지승우, 사랑받는 남자의 이름. 마태유, 안타까운 카리스마. 장수진, 찬란한 청춘. 『백만 번의 키스』를 쓰면서 각 인물의 이름을 쓰면 이렇게 그들의 이미지가 그려졌었습니다. 마치 그들이 실제로 존재하는 인물들처럼 썼습니다. 그래서 더 애착을 가지고 쓸 수 있었던 작품이었습니다. 완벽한 해피엔딩이 아니라서 과연 이 글을 모두 읽고 독자분들이 어떤 반응을 보일지 조금 두렵기도 하지만 그 두려움은 출간을 하는 작가가 짊어지고 가야하는 짐이니까 기꺼이 짊어져야겠죠.

아시는 분은 다 아시겠지만, 『백만 번의 키스』는 『마녀의 정원을 훔쳐보다』의 연작입니다. 그래서 책은 두 권이지만 이 글을 끝마치고 나서야 하나의 소설을 끝낸 것 같은 느낌입니다.

취업 준비기간 중에 수정작업을 해서 오히려 소설 수정이 쉼터 같았던 작업이었습니다. 역시 글을 쓰는 게 재미있어, 라고 느꼈다랄까요. 하지만 그래도 전 취업을 합니다. 아니, 해야만 합니다라고 해야 맞겠네요. 아마도 이 책이 나왔을 때 저는 어느 회사에서 연수를 받고 있을 것 같네요. 열심히 하라고 그냥 마음속으로 응원해 주시겠어요?

반백수 생활을 하면서 하루 종일 글을 쓰던 습관이 들어 밤에만 글을 쓰는 생활 습관이 아직은 익숙지가 않네요. 아마도 이제는 소설 하나를 완성하는 데 더

작 가 후 기

오랜 시간이 걸리겠지만 다음에는 실컷 웃을 수 있는 작품으로 돌아오겠습니다. 글을 쓰는 저 자신이 혼자서 바보처럼 킬킬 웃으면서 쓸 수 있는 그런 글로요.

이 글을 읽어주시는 모든 독자 분들 감사드립니다. 그리고 언제나 잊지 않고 카페를 찾아와 주시는 '오리지날쑥 스타일' 가족 분들, 벌써 카페 일 주년이 다가오고 있네요. 앞으로 이 주년, 이십 주년이 될 때까지 오래도록 같이할 수 있기를 바랍니다. 또 『백만 번의 키스』가 새롭게 태어날 수 있도록 요목조목 리플을 주신 지윤 씨, 이번에도 역시나 감사드립니다. 『백만 번의 키스』가 독자들에게 칭찬을 듣는다면 모두 청어람 식구들의 리플과 편집 때문이라고 생각합니다. 『백만 번의 키스』 수정을 하면서 제 글의 거친 점을 새삼 느꼈습니다. 많이 배우고 마무리를 할 수 있어서 저로서는 뿌듯합니다.

엄마, 바쁘다고 전화도 못하는데 설날에 얼굴 봐요. 바쁘게 살고 있는 친구들, 모두 자신의 길에 만족하며 살아가기를. 동생 현정이, 극본 작업 열심히 해라. 언젠가 네 이름이 붙은 드라마가 나오길 기다리고 있으마. 그리고 오빠, 결혼해서 행복하게 살아.

여러분에게 눈물보다는 웃음을 드리고 싶은 오리지날쑥이었습니다.

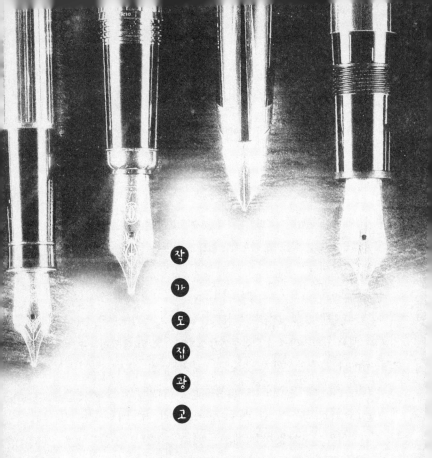

작
가
모
집
광
고

도서출판 청어람의 문은 항상 열려 있습니다.
실력있는 작가 분들의 많은 관심 부탁드립니다.

TEL:032-656-4452 • FAX:032-656-4453
http://www.chungeoram.com
http://chungeoram.egloos.com
e-mail:chungeoram@chungeoram.com